Laure van Rensburg

NUR DU UND ICH

LAURE VAN RENSBURG

# NUR DU UND ICH

Thriller

Aus dem Englischen
von Marie Rahn

Ullstein

Besuchen Sie uns im Internet:
www.ullstein.de

**Wir verpflichten uns zu Nachhaltigkeit**
- Klimaneutrales Produkt
- Papiere aus nachhaltiger Waldwirtschaft und anderen kontrollierten Quellen
- ullstein.de/nachhaltigkeit

MIX
Papier
FSC FSC® C083411

ISBN 978-3-864-93179-6
Deutsche Erstausgabe im Ullstein Paperback

Satz: Pinkuin Satz und Datentechnik, Berlin
Gesetzt aus der Scala
Druck und Bindearbeiten: CPI books GmbH, Leck

*Für meine Mutter, die immer daran glaubte,*
*dass ich eine erfolgreiche Autorin werde.*
*Tut mir leid, dass es so lange gedauert hat.*

*»Ich wünsche mir die Dinge,*
*die mich am Ende zerstören.«*

Sylvia Plath

Das Haus wird ihnen verraten, was sich abgespielt hat. Alles hier erzählt eine Geschichte. Wahrheit macht frei, heißt es.

Das ist ein Irrglaube.

Es beginnt mit dem lautlosen Puls blauer Lichter, die durchs Fenster dringen, dann erobert die Außenwelt mit lautem Klopfen und Schritten das Haus. Durch die offene Eingangstür dringt Kälte und huscht die Treppe hinauf. Das Haus erschauert und erwacht zum Leben.

Stimmengewirr verdrängt die Stille. Einzelne Wörter tauchen aus der Geräuschkulisse auf: *Opfer. Nicht ansprechbar. Mein Gott!* Sie stammen von einem Polizisten mit Burt-Reynolds-Schnäuzer. Eine blanke Marke weist ihn als Deputy Wilcox aus: schwarze, in Messing geätzte Buchstaben, das o fast zu einem zweiten c verkratzt. In seinen Augen spiegeln sich die Fragen, während er zu entschlüsseln versucht, was hier passiert ist. Er riecht nach Kaffee, und an seinem Schnäuzer klebt noch Milchschaum. Hinter seinen gesprungenen Lippen sieht man gelbe Zähne, die mal dringend gereinigt werden müssten. Mit der Hand am Kinn überblickt er eine Szenerie, die man in dieser friedlichen Gegend des Landes wohl noch nie gesehen hat. Einen Autounfall, das schon, oder hin und wieder ein Missgeschick beim Holzhacken. Aber so was? So was tun sich nur Tiere an – und das in den Tiefen des Waldes, nicht in einem schicken Haus. Was hier passiert ist, hat Teppich und Wände mit Blut und Gestank getränkt. Der Deputy schließt die Augen, doch die Bilder haben sich längst in seinen Geist gebrannt und begleiten ihn, als er wieder nach unten geht. Um ihn herum präsentiert ihm das Haus eine Szene wie in einem Horrorfilm.

Auf der dritten Stufe liegt eine zerrissene Halskette mit einem herzförmigen Anhänger. Das Geschenk für ein Mädchen, das es nicht mehr gibt. Einer von Wilcox' Kollegen hebt sie auf und lässt sie in ein Plastiktütchen fallen, wo der einstige Liebesbeweis zu einem weiteren Indiz für die Gräuel wird, die hier stattgefunden haben. Die kleine Tüte wird versiegelt und kommt zu den anderen, die größtenteils zerfetzte Kleider enthalten. In einer stecken die Scherben eines Bechers.

Im Erdgeschoss wimmeln weitere Polizisten mit Fragen im Blick im Chaos herum: Blitzlichtgewitter, statisches Rauschen aus Funkgeräten, das Schnalzen von Latexhandschuhen, ein durchdringender Gestank, der hier unten so stark ist, dass Deputy Wilcox durch den Mund atmen muss. Es riecht nach Tod und austretenden Körperflüssigkeiten. Blut bedeckt die Wände und Türrahmen, die Küchentheke vollkommen verschmiert: Spritzer und Flecken ein Bilderrätsel, das gelöst werden muss. Im Wohnzimmer liegt ein Rollstuhl, umgekippt wie ein verwundetes Tier, während im Kamin die Überreste einer Tasche schwelen.

Alles hier erzählt eine Geschichte.

Deputy Wilcox wendet sich vom Gewimmel ab und geht auf die weit offen stehende Haustür zu.

Draußen empfängt ihn die beißende Kälte. Die Sonne färbt den Horizont zu einem fahlen Gelborange und kündet vom neuen Tag. Die Wolkendecke hat sich aufgelöst, das Blau den Himmel zurückerobert. Möwen schreien die Eindringlinge an, die die friedliche Stille der Küste stören.

Durch den Schnee vor dem Haus verläuft eine Blutspur, an deren Ende ein Officer ein Messer aus seiner eisigen Ruhestätte ausgräbt. In einiger Entfernung sieht man in einer offenen Doppelgarage, wie ein weiterer Beamter in die Hocke geht und die tiefen Schnitte im Vorderreifen eines Wagens begutachtet. Hier konnte niemand weg.

Mitten in den kreuz und quer geparkten Streifenwagen wartet eine Ambulanz mit blitzenden Lichtern. Dahinter wirkt der Wald nicht mehr bedrohlich: Die Bäume haben sich aus der Dunkelheit gelöst. Bei Tageslicht sieht alles anders aus. Doch unter der leuchtend weißen Schneedecke ist der Boden immer noch tot.

Zwei Sanitäter springen aus dem Krankenwagen, dem ein starker Geruch nach Desinfektionsmittel entströmt. Die Matte auf der Tragbahre ist dünn und quietscht bei jeder Bewegung.

»Wohin, Jungs?«, fragt der Deputy.

»Ins Mercy General Hospital«, erwidert der Sanitäter mit dem blonden Pferdeschwanz. Er wirkt viel zu jung, um die Verantwortung für das Leben anderer zu übernehmen.

Die Türen des Krankenwagens schlagen zu, doch ein Wort hängt weiter in der Luft, beißend wie der Schwefelgestank eines Streichholzes. Ein Wort, das hier völlig fehl am Platz ist.

*Mercy: Gnade.*

# TAG EINS

*Es braucht keine Kammer,*
*um von Geistern*
*heimgesucht zu werden,*
*und auch kein Haus;*
*das Gehirn hat Gänge,*
*in denen es schlimmer spukt*
*als an jedem greifbaren Ort.*

Emily Dickinson

# 1 ELLIE

Wenn ich nicht aufpasse, könnte ich zu Schaden kommen, und zwar schlimm. Bemüht gleichmäßig atmend, wage ich mich über den vereisten Bürgersteig, auf dem jeder Schritt meine Beziehung mit der Schwerkraft gefährdet. Der Weekender in der einen Hand und die schwere Einkaufstasche über der Schulter drohen mich aus dem Gleichgewicht zu bringen. Ich habe für drei Tage gepackt. Aber erst mal müssen wir aus der Stadt raus.

Der Wagen ist nur noch einen Meter entfernt, doch ein Schritt reicht, und mein rechter Fuß rutscht unkontrolliert zur Seite. Steven packt mich am Arm und bewahrt mich vor einem peinlichen Sturz. Dabei tut mir noch die Hüfte weh, weil ich ein paar Tage zuvor hingefallen bin. Glücklicherweise hat er nicht mit angesehen, wie ich lang hinschlug und im Schnee landete, nachdem ich aus dem U-Bahnhof gerannt und über die letzte Stufe gestolpert war. Auf allen vieren musste ich den Inhalt meiner Tasche einsammeln, der über das Eis geschlittert war, und behinderte dabei zusätzlich die nachdrängenden Pendler, die sich besser als ich im Gleichgewicht hielten.

»Vorsicht, du willst doch nicht, dass der Ausflug endet, bevor er angefangen hat«, scherzt Steven und schenkt mir sein charmantestes Lächeln.

Ich halte mich an ihm fest. Erst als ich wieder vollkommen sicher auf meinen Füßen stehe, nimmt er mir die Tasche aus der Hand und wirft sie in den offenen Kofferraum des Lexus. Obwohl er Schuhe mit Ledersohlen trägt, gerät er nicht ein einziges Mal aus dem Tritt.

»Tut mir leid.«

Die Entschuldigung treibt mir die Röte in die Wagen, und bevor ich mich noch weiter erniedrigen kann, zwänge ich mich hastig in meinem Kokon aus Wolle ins Auto: Pullover, Mantel, Handschuhe, langer dunkelblauer Schal und Beanie. Steven lässt seinen Mantel von den Schultern gleiten. Er faltet ihn, legt ihn auf den Rücksitz und schwingt sich in einer einzigen eleganten Bewegung auf den Fahrersitz. Ich hingegen muss mich auf meinem Sitz hin und her winden, um mich von einem Teil meiner schützenden Hülle zu befreien.

Gerade kämpfe ich vergeblich mit meinem Mantel, da summt das Handy auf dem Armaturenbrett. Noch bevor ich einen Blick aufs Display werfen kann, hat er schon danach gegriffen. Lächelnd beginnt er zu lesen, aber dann runzelt er die Stirn.

»Alles in Ordnung?«, frage ich, doch er hört mich gar nicht, so sehr konzentriert er sich auf die Nachricht. »Alles in Ordnung?«, wiederhole ich.

»Ja, sorry, alles gut, ist nur was von der Arbeit.«

Seine Miene beunruhigt mich. »Musst du hin?« Mit einem einzigen Wort könnte er alles ruinieren. Wäre nicht das erste Mal. Vor ein paar Wochen hat er nur wenige Stunden bevor wir uns treffen wollten, mit einer SMS unser Essen bei Nessia gecancelt. Die Vorstellung, der Ausflug zu unserem Jubiläum könnte so kurzfristig abgeblasen werden, jagt mir einen riesigen Schrecken ein. Ich kämpfe gegen die aufsteigende Panik und den störrischen Sicherheitsgurt, der sich einfach nicht bewegen will. Je heftiger ich ziehe, desto fester wird er. Das darf doch jetzt wirklich nicht wahr sein! Aber Stevens Miene gibt mir keinerlei Hinweis, wofür er sich entscheiden wird.

»Ach, das kriegen die auch ohne mich hin, egal, was es ist.

Die nächsten drei Tage gehöre ich ganz dir«, sagt er schließlich und sieht mir direkt in die Augen. Und ich glaube ihm.

Als ich mich in meinen Sitz zurücksinken lasse, rastet der Sicherheitsgurt endlich ein. Bereit für unseren ersten gemeinsamen Wochenendausflug. Steven lässt Arbeit Arbeit sein und legt das Handy in das Fach hinter der Handbremse. Als ich das Licht auf dem Display erlöschen sehe, fällt mir ein, dass ich Connor nicht zurückgerufen habe. Während ich packte, leuchtete sein Name auf meinem Handy auf, und mein stummes Versprechen, ihn direkt nach dem Packen anzurufen, geriet zwischen den zahlreichen Gängen zwischen Bad und Schlafzimmer in Vergessenheit.

Jetzt ist es zu spät.

Leise löst sich der Wagen vom Bordstein, die Reifen greifen in den Splitt auf der Fahrbahn. Als wir uns in den Feierabendverkehr einreihen, huscht Stevens Blick zum Rückspiegel, doch anstatt ihn wieder auf die Straße vor uns zu richten, verharrt er dort und vertieft die Falte auf seiner Stirn. Mühsam drehe ich mich auf meinem Sitz um, erkenne aber – gerade als wir um eine Ecke biegen – durch die beschlagene Rückscheibe nur noch einen fuchsiafarbenen Mantel und einen blonden Lockenschopf.

»Also, die erste Reise 2018«, bemerkt Steven, bevor ich die Frage äußern kann, die mir schon auf der Zunge liegt.

»Die erste gemeinsame Reise.«

»Der erste Sechsmonatstag.«

Stoßstange an Stoßstange mit unzähligen anderen Wagen kriechen wir unter einer orangefarbenen Wolkendecke, die unmissverständlich weiteren Schnee ankündigt, aus Manhattan. Seit Tagen schon überzieht der Schnee Bürgersteige und Fahrbahnen und sorgt für einen Anstieg von Knochenbrüchen und leichten Gehirnerschütterungen. Diesem Wetter können wir nicht entkommen, die Vorhersage für die Chesapeake Bay verheißt Ähnliches.

Erst als Newark im Rückspiegel hinter uns verschwindet, wird der Verkehr besser. Steven kennt zwar unser Ziel, doch das Navi weist ihm den Weg dorthin. Ich entspanne mich auf dem Beifahrersitz und stelle mir vor, wir wären bereits da und erlebten unser perfektes Wochenende.

Wir sind noch über eine Stunde von unserem Ziel entfernt, da zeigt die Benzinanzeige, dass der Tank nur noch ein Viertel voll ist, und Steven steuert die nächste Tankstelle an.

»Bringst du mir eine Tüte Hershey's Kisses mit?«, frage ich, als er aussteigt.

Während er tankt, hole ich mir den Toilettenschlüssel von der Angestellten – einem jungen Mädchen mit grellblauen Haaren, Polyesteruniform und gelangweilter Miene. Da der Boden rutschig vom Schneematsch ist, stütze ich mich an der Mauer ab, während ich das Tankstellengebäude umrunde.

Ich spüre die eisige Januarluft auf der Haut, vergrabe die Nase in dem weichen Kaschmir und atme durch die Maschen. Ein Geschenk von Steven. Ich will nicht mal daran denken, wie viel der gekostet hat, aber Steven weiß, wie sehr ich die Kälte hasse. Ich bin einfach nicht dafür geschaffen. Allerdings ertrage ich trockene Kälte besser als feuchte. Trockene Kälte dringt nur durch die Kleider, aber feuchte gelangt bis in die Knochen und will dann einfach nicht mehr weichen. Ich erschauere.

In der fensterlosen Toilette riecht es beißend nach Urin und billigem Bleichmittel. Durch den Mund atmend, hocke ich mich über die Schüssel, versuche so schnell wie möglich zu pinkeln und ignoriere die tiefsinnigen Sprüche und fragwürdigen Kunstwerke an den Wänden.

Gerade mal hundert Meilen trennen uns von unserem endgültigen Ziel, und dann: nur wir zwei, für volle drei Tage. Drei Tage. 72 Stunden, 4320 Minuten, ohne die Möglichkeit, sich voreinander zu verstecken. Ich hoffe, ich vermassle das nicht. Offenbar kennt man jemanden erst wirklich, wenn man mit ihm verreist ist. Wo hab ich das gelesen? Was werde ich an diesem Wochenende über Steven erfahren, was ich noch nicht wusste? Ich zucke die Achseln, trete aus der Kabine und beschließe, mir nicht die Hände zu waschen, da im Waschbecken neue Lebensformen zu entstehen scheinen.

Tief einatmen. Draußen ist die Luft benzingeschwängert. Ich erreiche gerade rechtzeitig den Tankstellenshop, um zu sehen, wie die Angestellte errötet, weil Steven irgendwas zu ihr gesagt hat. Sie zupft an den unzähligen Armreifen an ihrem Handgelenk und antwortet lächelnd und mit gesenktem Kopf. Als ich das sehe, bleibe ich wie angewurzelt an der Tür stehen und spüre, wie mein Gesicht unter dem Schal von meinem aufsteigenden Atem feucht wird. Wie erstarrt beobachte ich, wie sein Mund sich bewegt, und frage mich, welche Worte wohl über seine Lippen kommen. Das Kunstlicht fängt sich in den silbrigen Haaren an seiner Schläfe und verleiht seinem edlen Profil zusätzlichen Glanz.

»Verzeihung?«

Das reißt mich aus meiner Trance. Ich trete einen Schritt beiseite, damit eine Frau mittleren Alters mit überdimensionaler Brille und freundlicher Miene die Tür aufziehen kann. Als ich ihr in den Shop folge, liegt der Toilettenschlüssel schwer in meiner Hand.

Drinnen hat die Szene gewechselt: Steven streicht seine schwarze AMEX und die Quittung ein, während das Kassenmädel mich mit einem routinierten Lächeln bedenkt. Daraufhin reiche ich ihr den Schlüssel. Als Steven seinen Arm um meine Taille legt, schmiege ich mich an ihn.

»Hershey's Kisses gab es nicht, aber ich hab dir eine Tüte Reese's Peanut Butter Cups besorgt«, sagt Steven, als wir zur Tür gehen und die blauhaarige Kassiererin hinter uns lassen.

»Danke.« Dabei mag *er* Reese's, nicht ich: Von der vielen Erdnussbutter wird mir schlecht. Doch bevor ich noch etwas sagen kann, drückt er mir die Quittung in die Hand.

Der Wagen fordert uns piepend auf, schnell ins Warme zu kommen. Gerade hat es wieder angefangen zu schneien, und ein paar Flocken schmuggeln sich in die Lücken zwischen Schal und Haut: winzige Nadelstiche der Kälte, die sich in meinen Körper brennen. Auf der anderen Seite des Wagens lässt Steven seine Halswirbel knacken.

»Wenn du willst, fahre ich den Rest der Strecke«, sage ich, während ich die Quittung vom blauhaarigen Mädchen zusammenfalte.

»Nein, geht schon.«

»Bist du sicher? Es macht mir nichts aus, es ist eine lange Fahrt.«

»Nein, alles okay. Ich möchte nicht, dass du wegen der verschneiten Straßen Probleme hast.«

»Aber ich bin eine gute Fahrerin, weißt du.«

»Natürlich. Aber jetzt entspann dich einfach. Bald sind wir da«, erwidert er und nimmt auf dem Fahrersitz Platz.

Auf dem Highway verdichtet sich die Atmosphäre im Wagen immer mehr von den Vorstellungen über das nahende Wochenende. Während die Heizung heiße Luft verströmt, wage ich einen Blick auf Stevens Profil, das in Intervallen von den Highwaylampen und den Scheinwerfern vorbeifahrender Autos erhellt wird. Licht und Schatten wandern wie flüchtige Gedanken über sein Gesicht.

Immer wieder huscht mein Blick zwischen Bremsleuchten vor uns und seinem Gesicht hin und her, bleibt aber schließlich an den Linien seiner geraden Nase, seiner hohen Stirn und seiner gewölbten Unterlippe hängen. Ein ganzer Schmetterlingsschwarm flattert plötzlich so heftig in meinem Bauch auf, dass mir ganz schwindlig wird. Ich grabe meine Fingernägel tief in das Fleisch zwischen Daumen und Zeigefinger, bis der Schmerz alles andere überlappt. Einfach unglaublich, dass wir sechs Monate geschafft haben – so vieles stand uns in letzter Zeit im Weg, aber all das haben wir in New York gelassen, und jetzt bleiben nur noch wir. *Nur wir zwei.*

Als wir die Staatsgrenze erreicht haben, werden mir vom eintönigen Dröhnen des Motors die Lider schwer. Ich kippe die Rückenlehne des Sitzes ein bisschen weiter nach hinten, strecke mich aus und mache es mir für den Rest der Fahrt zur Chesapeake Bay bequem. Allerdings stoßen meine Füße gegen die Einkaufstasche im Fußraum.

»Wieso legst du die nicht auf den Rücksitz?«

»Nein, es geht schon.« Ich beuge mich hinunter und schiebe die Tasche gegen den Sitz, sodass ich meine Beine endlich ausstrecken kann.

»Das Ding sieht immer so aus, als würde es jeden Moment explodieren.« Sein Lachen erfüllt den begrenzten Raum des Wagens. Ich ziehe den Reißverschluss der Tasche auf und stopfe die unangebrochene Tüte Reese's Cups hinein.

»Was hast du eigentlich da drin?«, erkundigt er sich und wirft einen Blick zu mir. Doch ich beuge mich noch tiefer darüber und ziehe den Reißverschluss wieder zu. »Versteckst du ein Geschenk für mich?«

»Nein.« Auf gar keinen Fall soll er sehen, was ich für ihn habe, zumindest jetzt noch nicht. »Nur das Übliche. Brieftasche, Kosmetik, Bücher und Krimskrams. Du weißt schon.«

»Bücher? Hast du dir für unser gemeinsames Wochenende etwa Hausaufgaben mitgenommen?«

»Ja. Nein. Keine Hausaufgaben, nur Recherche. Ich muss doch noch diesen Essay über Dostojewski schreiben. Vielleicht finde ich ein bisschen Zeit zum Lesen.«

Er löst seinen Blick kurz von dem Asphaltband, das die Scheinwerfer freilegen, schaut mich an und konzentriert sich dann wieder auf die Straße.

»Sitzt du immer noch da dran? Über welchen Roman? *Der Idiot*?«

»Nein, *Die Dämonen*.«

Er lacht erneut. »Na großartig! Willst du mir ernsthaft sagen, dass du einen Haufen russischer Aufreißer und Mörder mit auf unseren Wochenendtrip nimmst?«

»Nun, *Professor*, ich dachte, es würde dir ganz guttun, um meine Aufmerksamkeit buhlen zu müssen. Und falls uns der Gesprächsstoff ausgeht, könntest du mir helfen, ›Stolz und Schuld in *Die Dämonen*‹ zu erörtern.«

»Na, da hoffe ich nur, ich halte dich so beschäftigt, dass wir nicht über Dostojewski reden müssen«, bemerkt er und löst die Hand vom geriffelten Lenkrad, um mir über die Wange zu streichen.

»Nun, wir werden sehen«, erwidere ich.

Er legt die Hand um meinen Nacken, zieht mich zu sich und gibt mir einen kurzen Kuss.

# 2 STEVEN

Steven schaltet den Motor aus. In der letzten Dreiviertelstunde hat sein Handy immer wieder vibriert, und das Summen kam ihm im engen Innenraum des Wagens unnatürlich laut vor. Ellie schläft immer noch neben ihm. Er dreht den Ring an seinem kleinen Finger, während er die Nachrichten liest, die nach seiner Aufmerksamkeit verlangen und Ellie zu wecken drohen.

*Vermiss dich*

*Müssen reden*

*Melde dich*

*Ich weiß es. Du bist bei ihr*

Bei der letzten Nachricht zieht er die Augenbrauen zusammen, nicht weil sie es weiß, sondern wegen der Implikation, was sie damit bewirken, wie sie das nutzen könnte.

Er hat J. nicht mehr gesehen, seit er beschloss, sich ganz auf Ellie zu konzentrieren, obwohl man durchaus behaupten kann, dass sich die Beziehung ohnehin totgelaufen hatte. Trotz ihrer ständigen Nachrichten hat er sie nicht zurückgerufen, und die paar Male, die er sie vor der Richmond Prep herumlungern sah, war er jedes Mal im Gespräch mit einem Kollegen und verschwand, bevor sie sich ihm nähern konnte. Ihr Klammern stößt ihm sauer auf, es ist so kindisch. Gar kein Vergleich zu Ellie! Der Ausflug hier kommt wirklich zum perfekten Zeitpunkt.

Er starrt auf das gedämpfte Licht des Bildschirms und überlegt, was er antworten soll. Mehrfach beginnt er Sätze, die zu viel oder zu wenig sagen, und löscht sie, bis seine unentwegt tippenden Finger endlich eine simple Antwort produzieren, die ihm Zeit verschafft.

*Schlechter Empfang hier. Rufe an, sobald es geht*

Er steckt das Handy wieder in die Brusttasche, fest entschlossen, sich dieses Wochenende nicht von dem verderben zu lassen, was in New York drohen könnte. Nicht nach allem, was er geplant hat. Vom Armaturenbrett starrt ihn der kleine Kranich an, den Ellie aus der Quittung gefaltet hat.

Er dreht sich etwas auf dem Sitz, um Ellie besser sehen zu können. Sie schläft, zusammengerollt und immer noch gehalten vom Sicherheitsgurt: ihr Schopf ein Wirrwarr aus Karamell in allen Farbnuancen von Toffee bis Krokant, die Finger leicht gekrümmt. Das Tattoo mit dem nicht ganz geschlossenen Unendlichkeitszeichen lugt unter ihrem Ärmel hervor. Bei dem Anblick verzieht er das Gesicht, was andere sicher nicht tun würden. Vor seinem inneren Auge erscheinen Typen, die das Tattoo küssen, während sie sich ihren Arm hocharbeiten. Aber sie gehört ihm. Also verdrängt er die Typen und streicht ihr das Haar aus dem Gesicht, sodass er ihre Lippen sehen kann, die vom Schlaf leicht geschwollen sind und geschürzt, als lutschte sie an einem unsichtbaren Daumen.

Bevor sie einschlief, ließen sie ganz allmählich die Zivilisation hinter sich. Sie hatten Witze darüber gemacht und ihr nachgewinkt, während sie von der grellen Beleuchtung auf dem Highway in die Dunkelheit der Landstraßen getaucht waren. Als Erstes verschwanden die hellen Wohnbezirke, die ausufernden Vorstädte, dann die Einkaufszentren am Stadtrand, dann die einsamen Motels. Schließlich fielen immer mehr andere Wagen zurück, bis nur noch sie die schwarze Kulisse des Waldes entlangsausten, gefolgt von einem fernen Paar Scheinwerfer im Rückspiegel, bis sie von der Hauptstraße abbogen.

Die Ablenkung hätte verhängnisvoll sein können, denn fast hätte er den Schotterweg übersehen, der als private Zufahrt zum Haus diente: eine kleine, dunkle Öffnung am geschlossenen Waldsaum.

»Wach auf, Ellie. Wir sind da.«

Als Ellie sich rührt und ihn blinzelnd ansieht, überkommt ihn erneut der Drang, sie zu küssen. Sie richtet sich auf und blickt durch die Windschutzscheibe: Sie beide starren auf den Umriss des Hauses im Scheinwerferlicht. Obwohl es einstöckig ist, ragt es vor ihnen in die Höhe; er muss sich über das Lenkrad beugen, um das ganze Gebäude zu sehen, das nur aus Gegensätzen zu bestehen scheint: aus Holz und Glas und Formen, die sich in die Landschaft fügen und gleichzeitig von ihr abheben. Da das Licht des SUV sich in den Panoramafenstern spiegelt, wirkt es, als würde das Haus sie wütend anblitzen. Er fühlt sich seltsam taxiert und beurteilt, als wollte das Haus sich im Stillen klar werden, ob er gut genug ist, die nächsten drei Tage in seinem Innern verbringen zu dürfen. Hinter dem Scheinwerferlicht des Wagens verschwindet die Welt in einer undurchlässigen Dunkelheit, aus der nur das leise Rauschen ans Ufer spülender Wellen dringt – ein Hinweis darauf, dass da irgendwo im Vakuum der Ozean ist.

»Wir sind da«, wiederholt Ellie, als richtete sie sich an das Haus auf der anderen Seite der Windschutzscheibe, und bricht damit den Bann, in den es ihn gezogen hat. »Es ist so dunkel.«

»Tja, dann wollen wir mal reingehen und das ändern.«

Er steigt vom Fahrersitz in die eisige Kälte, eilt zum Kofferraum und holt das Gepäck, während Ellie die Schlüssel aus einem Schließfach an der Vordertreppe nimmt. Mit den Taschen in der Hand kämpft er sich gegen eine plötzliche Windböe, die den frisch gefallenen Schnee vom Boden aufwirbelt, bevor er die Treppe zur Veranda erreicht. Am Dach über ihm hängt eine gezackte Zierleiste aus Eiszapfen, deren Spitzen in einem nicht zu lokalisierenden Licht glitzern. Er bleibt hinter ihr stehen, während sie sich abmüht, im schwachen Schein ihres Displays die Schlüssel im Schloss auszuprobieren.

»Mach schon, ich erfriere hier«, sagt er mit hochgezogenen Schultern und stampft mit den Füßen gegen die aufsteigende Kälte.

»Tut mir leid, ich versuch's ja.«

Da lässt sie die Schlüssel fallen, und er muss lächeln, als sie in einer Atemwolke leise flucht. Schließlich passt einer der Schlüssel ins Schloss.

»Musste nur ein bisschen geruckelt werden«, erklärt sie, als es endlich beruhigend klickt.

Sie treten ein, und er stößt die Tür mit dem Fuß hinter sich zu. Als sie sich weiter hineinwagen, verrät das leise Echo ihrer Schritte, wie groß das Haus ist. Seine Augen müssen sich erst an die Dunkelheit gewöhnen, und Ellie ist von der Dunkelheit der Eingangshalle verschluckt. Als Steven ihr Gepäck fallen lässt, schreit Ellie erschrocken auf, und er bewegt sich schnell in die Richtung, aus der ihre Stimme kommt.

»Mist, was war das?«, fragt er, als sein Fuß gegen etwas stößt.

»Meine Tasche. Ich glaube, Licht wäre jetzt eine gute Idee, Professor.«

Gehorsam weicht er wieder zur Haustür zurück und tastet an der Wand entlang, bis er unter seinen Fingerspitzen die flache Wölbung eines Lichtschalters spürt.

Mit einem Klick erfüllt Licht den Raum und präsentiert Ellie, die sich blinzelnd und desorientiert langsam im Kreis dreht. Sie hat sich in der Mitte des Raums verloren, und er muss lächeln bei der Vorstellung, dass sie beide in diesem Haus mitten im Nirgendwo sind. Vor ihm steht Ellie, eine einsame Gestalt auf dem schwarz-weiß gefliesten Boden der großen Eingangshalle: die weiße Königin allein auf dem Schachbrett. Sie lächelt ihn an. Den gegnerischen König, der bereit ist, sie zu schlagen.

Jedes Mal wenn sie ihn mit ihren großen Rehaugen anblinzelt, spürt er ein Ziehen in seinen Leisten. Nun, da sie endlich angekommen sind, nimmt die vor ihnen liegende Zeit deutlichere Formen an. Drei Tage mit gemütlichen Mahlzeiten und Spaziergängen am Meer, unzählige Stunden, in denen sie sich an der Gesellschaft – und am Körper – des anderen erfreuen können. Ohne Ablenkungen, ohne Vorlesungen, ohne Abgabetermine. Sie müssen nicht vernünftig sein, und es ist niemand da, mit dem er sie teilen muss. Hier draußen wird er ihre uneingeschränkte Aufmerksamkeit haben. Hier draußen können sie alles machen, was ihnen einfällt, niemand sieht sie, und sie brauchen sich auch keine Sorgen zu machen, ob irgendwelche Nachbarn sie hören. Hier können sie alle Hemmungen fallen lassen.

Er hatte Bedenken gehabt, weil alles so kurzfristig war. Aber nun hält er es für möglich, dass dieser Ausflug sich als fantastische Idee erweist.

# 3 STEVEN

Nach einem Kuss erklärt sich Ellie bereit, die Lebensmittel aus dem Wagen zu holen. Steven beobachtet, wie sie die Haustür öffnet und sofort in einen Wirbel aus Schneeflocken gerät.

»Das große Schlafzimmer ist oben rechts von der Treppe«, ruft sie ihm über die Schulter zu, lächelt und blinzelt sich die Flocken von den geschwungenen Wimpern, bevor sie in der Nacht verschwindet.

Er schnappt sich ihr Gepäck und geht immer zwei Stufen auf einmal nehmend die imposante Treppe aus Glas, Metall und Holz hinauf, um das Schlafzimmer zu suchen: den Ort, wo Ellies Streben zu gefallen immer gut genutzt werden kann. Oben angekommen, sieht er mehrere Türen auf beiden Seiten des Korridors. Er wendet sich sofort nach rechts und verschiebt die Erkundung des Hauses auf später.

Das Hauptschlafzimmer nimmt, genau wie bislang der Rest des Hauses, seine ganze Aufmerksamkeit gefangen. Er verharrt auf der Türschwelle und starrt auf die spektakuläre Panoramafront vor ihm, die einen unverstellten Blick auf den Wall aus Bäumen ermöglicht. Leises Unbehagen breitet sich in ihm aus, als er die dunklen, hohen Schatten im Wind schwanken sieht.

Er lässt die Taschen auf das riesige Bett fallen und holt einzeln seine gefalteten Kleidungsstücke aus seinem Koffer. Nachdem er ein Hemd über einen Bügel gehängt hat, streicht er zuerst die Falten glatt, bevor er es in dem begehbaren Schrank unterbringt. Neben seinem Koffer liegt Ellies Reisetasche, prall gefüllt mit den Kleidern, die sie hineingestopft hat. Ihre Schussligkeit und ihre Neigung zur Unordnung haben ihn schon immer auf die Palme gebracht: Statt ihren Mantel ordentlich aufzuhängen, wirft sie ihn über einen Stuhl oder die Lehne seines Sofas; und in ihrer riesigen Schultertasche schleppt sie allen möglichen Kram herum, den sie vorher achtlos hineingeworfen hat. Doch bei den Eselsohren musste er eine Grenze ziehen. Als er das erste Mal sah, wie sie vor seinen Augen die Ecke einer Seite einknickte, sprang er vom Sofa und riss ihr das Buch aus der Hand, bevor sie noch größeren Schaden anrichten konnte. Er hatte gelacht, um ihre erschrockene Miene zu glätten, und ihr dann ein Lesezeichen gegeben. Sie hatte sich über ihn lustig gemacht und ihn »altmodisch« genannt. Doch sie hatte nie wieder ein Buch mit Eselsohren verunstaltet.

Am Fenster hält er Ausschau nach ihr unten am Wagen, sieht aber, bevor das Flutlicht ausgeht, nur ihre Fußspur im Schnee, die sich mit seiner kreuzt. Er spitzt die Ohren und identifiziert nach und nach die Geräusche, die er durch die offene Schlafzimmertür hört: Ellie macht sich unten zu schaffen. Er stellt sich vor, wie sie sich im weitläufigen Erdgeschoss umschaut, um den richtigen Schrank für die Lebensmittel zu finden – leicht desorientiert, denn er weiß, dass eine fremde Umgebung sie oft verunsichert. Wie zum Beispiel auf Jeffreys Party.

Als er sie das erste Mal auf eine Veranstaltung mitnahm, waren sie knapp einen Monat zusammen. Sie hing an seinem Arm und wartete darauf, dass er sie seinen Freunden und Kollegen vorstellte. Zwar versuchte sie, ganz selbstbewusst zu wirken, doch jedes Mal wenn sich ihnen jemand näherte, spürte er, wie sich der Druck ihrer Finger auf seinen Oberarm leicht verstärkte.

»Guten Abend, Jeffrey.«

»Steven, freut mich, dass du es einrichten konntest. Wie geht's deinem Vater?«, fragte Jeffrey, als er ihm die Hand schüttelte, worauf Steven seinen Griff schmerzhaft verstärkte.

»Ihm geht's gut, er ist auf Lesereise, um für sein neues Buch zu werben.«

In akademischen Kreisen war es immer dasselbe. Ständig erkundigten sich die Leute nach seinem Vater, wie es ihm ging und was er machte, sodass Steven nicht aus dem Schatten des großen Mannes treten konnte. Aber nicht mehr lange – so hoffte er zumindest –, denn der Dekan der Columbia hatte mit ihm beiläufig über eine Stelle an ihrer Fakultät für Literatur und über das Modul »Einführung in die Literatur« gesprochen – eine Stelle, die sein alter Herr selbst vor circa dreißig Jahren besetzt hatte. So würde Steven endlich zu einer Dozentur an einer Ivy -League-Uni kommen und, falls er sich bewährte, die Chance auf eine unbefristete Stelle und den ersehnten Professorentitel erhalten. Am Ende hatte es sich doch ausgezahlt, dass er drei Jahre zuvor die Stelle am Barnard College angenommen hatte. Schon bald würde er sich von dem kleinen Campus und seinem Aushilfsjob an der Richmond Prep verabschieden können, wo er Leistungskurse in englischer Literatur für die privilegierten Jugendlichen der Upper East Side gab. Großes erwartete ihn, und in absehbarer Zukunft würde man ihn nicht nur deshalb kennen, weil er Stewart Hardings Sohn war.

»Und wen haben wir hier?«, fragte Jeffrey und musterte Ellie, die an Stevens Arm hing. Steven folgte seinem Blick: Verdammt, in diesem trägerlosen Kleid sah sie einfach hinreißend aus. Er hatte vollkommen recht gehabt mit seiner Empfehlung, genau dieses anzuziehen.

»Dies ist Ellie Masterson. Ellie, das ist Jeffrey Kirkland von der Mathematischen Fakultät der NYU.«

»Hallo, Jeffrey.«

»Bitte nennen Sie mich doch Jeff! Nur meine Mutter und dieser alte Spießer hier nennen mich Jeffrey.« Er lachte und hauchte einen Kuss auf die Hand, die sie ihm bot. »Schön, Sie kennenzulernen, Ellie.«

Steven lächelte: Er war stolz auf seine Maßstäbe und seine Fähigkeit, sie aufrechtzuerhalten. Er hasste Spitznamen oder Diminutiva, sie waren geschmacklos und erniedrigend, als würde man in eine billigere Version seiner selbst verwandelt. Er war leicht irritiert gewesen, als Ellie ihren Namen nannte. *Und das ist die Abkürzung von?* »Ellie«, hatte sie erwidert. »Nur schlicht und einfach Ellie.« Obwohl nichts an ihr schlicht war.

Er überließ sie ihrer Unterhaltung und ging zur Bar, um einen Bourbon zu bestellen. Dann blieb er dort und beobachtete aus der Distanz, wie Ellie zuhörte, während Jeffrey Gott weiß was über ihre gemeinsame Zeit in Princeton erzählte. Sie nickte, strich sich in regelmäßigen Abständen die Haare hinter die Ohren und hatte ansonsten die Arme unter der Brust verschränkt.

Er war nicht der Einzige, der sie beobachtete. Auf der anderen Seite der Bar unterhielt sich in gedämpftem Ton ein Grüppchen Professorenfrauen – darunter auch Jeffreys –, ohne Ellie aus den Augen zu lassen. Als sie ihn bemerkten, erhob Steven sein Glas und honorierte damit ihre Anwesenheit und ihre offene Missbilligung des Altersunterschiedes zwischen ihm und seiner Begleiterin. Auch männliche Blicke ruhten auf Ellie. Das störte ihn nicht. Im Gegenteil, mochten sie glotzen und flirten, wie sie wollten: Am Ende ging sie doch mit ihm nach Hause. Er drehte sich um und signalisierte dem Barkeeper, dass er noch einen Bourbon wollte.

»Hey«, sagte Ellie und legte ihm die Hand auf den Unterarm.

»Vermisst du mich schon?«

»Nein, ich kenne hier nur keinen. So viele Akademiker, ziemlich einschüchternd!« Sie lächelte den Professorenfrauen zu und senkte die Stimme. »Außerdem finden diese Damen da drüben sicher, ich sollte lieber bei ihnen zu Hause babysitten, als hier mit einem Mann zu erscheinen, der siebzehn Jahre älter ist als ich.«

»Ist dreiundzwanzig nicht ein bisschen zu alt für eine Babysitterin?«

»Du weißt, was ich meine.«

»Komm mit«, befahl er, verschränkte seine Finger mit ihren und führte sie zum Bad im oberen Stockwerk. Es gab hier so viele Gäste, dass es nicht auffallen würde, wenn zwei davon zwanzig Minuten fehlten.

»Steven!«

Wie ein Pfeil durchbohrt sein Name die Stille. Adrenalin schießt so heftig in seinen Körper, dass er aus dem Schlafzimmer stürzt und die Treppe hinunterdonnert. Irgendwas an diesem Haus beunruhigt ihn, obwohl er nicht genau weiß, was. Er hätte sie nicht allein lassen sollen.

Als er in der Eingangshalle landet, empfängt ihn Stille.

»Ellie?«

Vielleicht macht ihn der moderne Bau nervös: das kalte Glas, die nüchternen geraden Linien und scharfen Kanten. Er vertraut mehr auf alte Gebäude mit Geschichte, auf Steine, die durch Jahrzehnte oder gar Jahrhunderte jedem Wetter getrotzt, und auf Dielenböden, die sich unter der Last Hunderter Füße nicht verformt haben.

»Ich bin hier«, ruft ihre körperlose Stimme aus dem Zimmer zur Rechten, das sich als riesiges Wohn-/Esszimmer entpuppt.

Der Ausblick durch die verglaste Wand verstört ihn so, dass es ihm die Sprache verschlägt. Zwar ist jetzt alles dunkel, aber Steven weiß, dass sich der Wald direkt vom Haus bis zum Ozean erstreckt, dessen Wellen er trotz der Mehrfachverglasung noch zu hören meint. Die Natur drängt sich in das moderne Ambiente des Raums.

»Guck doch mal«, sagt Ellie, die in die entgegengesetzte Richtung blickt.

Als er sich umdreht, sieht er eine Wand, die in der gesamten Länge und Breite von Büchern eingenommen wird.

»Was glaubst du: Wie viele sind das?«, fragt sie, den Kopf in den Nacken gelegt.

Er fährt sich mit der Hand übers Gesicht und sieht sie stirnrunzelnd an. »Herrgott, Ellie, ich dachte, dir wäre was passiert!«

Zu jedem anderen Zeitpunkt hätte er sich mit Freuden in so einer eindrucksvollen kleinen Bibliothek verloren und nach Schätzen auf den Regalen gesucht: einer Erstausgabe etwa oder einer ungewöhnlichen Widmung. Aber an diesem Wochenende, da er ganz allein mit Ellie inmitten der Chesapeake Bay ist, geht es um etwas ganz anderes.

»Tut mir leid, ich musste dir das einfach zeigen.« Man hört ihr ihre Begeisterung an.

»Ja, klar, verstehe. Ich bin nur erledigt vom Fahren in der Dunkelheit. Wir können uns das morgen ansehen.« Sein Lächeln lockt sie aus ihrer Versunkenheit.

»Ich komme gleich nach.«

Er geht die Treppe hinauf, während Ellie sich Zeit lässt.

»Ach, Mist!« Sie steht immer noch unten in der Eingangshalle.

»Was ist denn jetzt?«

»Es gibt hier keinen Empfang«, antwortet sie, ohne den Blick vom Handy zu lösen.

»Bist du sicher? Ich hab doch gerade ...«

Er zieht sein Handy hervor, aber die zwei Balken, die er im Wagen noch hatte, sind verschwunden. Das ändert sich auch nicht, als er ein paar Stufen runter und wieder rauf geht. Wie es aussieht, werden sie hier nicht nur mit wechselhaftem Wetter, sondern auch mit wechselhaftem Handyempfang klarkommen müssen. Wenigstens verringern sich dadurch drastisch die Chancen für J., ihn hier zu erreichen und ihm die Zeit mit Ellie zu verderben.

»Komm schon«, sagt Steven und steckt das Handy zurück in die Brusttasche. »Ich bin sicher, du wirst die nächsten drei Tage auch ohne dein Handy überleben.«

# 4

*28. August*

Gestern, am Ende des Tages, hast du mir die Tür aufgehalten. Als ich hindurchging, spürte ich deine Hand auf meinem Rücken, die mich mit leichtem Druck hineinführte. Das kam so unerwartet, dass ich erstarrte. Ich blickte zu dir hoch, sah dort aber keinerlei Hinweis, ob diese Geste Absicht war oder reiner Reflex.

Langsam öffnest du dich mir. Verwandte Seelen, die sich an diesem Ort, in diesem Labyrinth aus Fluren und Räumen, in diesem Meer aus anonymen Gesichtern gefunden haben. Du bist wie ich, auch du hast hier niemanden. Auch für dich ist das neu.

Du hast den Ring an deinem kleinen Finger gedreht und gesagt: »Es ist schön, mit jemandem zu reden, der das versteht.«

Heute habe ich dich ertappt, wie du mich angesehen hast. Zuerst hielt ich das für Zufall. Ich hatte nur gerade aufgeschaut, als dein Blick den Raum überflog und bei mir landete. Wieso solltest du mich absichtlich ansehen? Ich bin doch nur ein Niemand. Ziemlich uninteressant. Aber als ich mich traute, noch mal zu dir hinzuschauen, wartete dein Blick schon auf mich. Und dein Lächeln.

# 5 ELLIE

Als ich mit der Hand über den beschlagenen Spiegel wische, sehe ich verschwommen mein Gesicht und das Bad im Hintergrund. Ich war nicht sicher, ob wir es bis hierhin schaffen würden. Er war zerstreut gewesen, sein Blick ständig nach innen gerichtet. Ich dachte, ich würde ihn verlieren. Ich hatte auch mehr als einen Verdacht. Der letzte – den ich kurz durch ein beschlagenes Rückfenster sah – trug einen fuchsiafarbenen Mantel und einen blonden Lockenschopf. Steven war distanziert gewesen, und dann noch der schreckliche Streit in der Galerie ... Um ein Haar wäre alles gescheitert. Allein bei der Vorstellung steigt Beklemmung in mir auf. Nun hängt alles davon ab, dass dieses Wochenende zu Ehren unserer ersten sechs Monate perfekt wird. Aber das schaffe ich.

In der feuchten Luft des Badezimmers spüre ich auf einmal Vorfreude. Ich sitze, die Ellbogen auf die Knie gestützt, auf der Toilette. Es geschieht wirklich: Ich bin mit ihm hier. Steven und ich, ganz allein auf einem Wochenendtrip. Der Gedanke jagt mir einen Schauer über den Rücken. Ich stehe auf, das Handtuch gleitet auf den Boden, ich ziehe mich an, fummle an den Knöpfen des Pyjamaoberteils herum – das Weihnachtsgeschenk von Steven, obwohl wir uns doch versprochen hatten, uns nichts zu schenken.

An einem der Abende, als wir bis tief in die Nacht noch Wein tranken, gestand ich ihm meine Schwäche für Männerpyjamas, die *Ein Herz und eine Krone* in meiner Jugend in mir geweckt hatte. Audrey Hepburn in Gregory Pecks viel zu großem gestreiftem Schlafanzug hatte mich verzaubert. Und ein paar Tage vor Weihnachten hatte Steven mich mit einem Geschenkkarton überrascht: Darin war eine Kopie des berühmten Pyjamas. Seine Aufmerksamkeit erwischte mich kalt. Ich war sprachlos und leicht beschämt. Was sollte man einem Mann schenken, der am Central Park West wohnte und eine Omega-Uhr als ganz normales Accessoire trug? Natürlich wollte er, kaum dass ich ihn angezogen hatte, ihn mir schon wieder vom Leib reißen. Er sagte, auf seinem Schlafzimmerboden sehe er ganz großartig aus.

Doch der Anflug von Sentimentalität verfliegt, und ich konzentriere mich erneut, während ich mit einem weiteren Knopf kämpfe, der sich einfach nicht durchs Loch drücken lassen will. *Komm schon, du schaffst das.*

Die Vorstellung, dass Steven auf der anderen Seite der Wand ist und sonst niemand in einem Umkreis von Meilen, erfüllt mich mit Vorfreude und gleichzeitig mit leiser Furcht. Als ich hastig aus dem Bad durchs Schlafzimmer stürze, trifft mich Stevens erstaunter Blick.

»Was ist denn?«

»Nichts. Ich hole mir nur ein Glas Wasser von unten. Möchtest du auch was?«

»Nein, danke«, sagt er und schlüpft unter die Decke. »Ich warte hier auf dich.« Das sagt er mit einem so charmanten Lächeln, dass ich unwillkürlich die Finger vom Türgriff löse, weil es mich zu ihm zieht.

»Dauert nur eine Minute«, erwidere ich dann, unterbreche den Kontakt und verschwinde durch die Tür.

Im Flur ist es ziemlich dunkel, dennoch mache ich kein Licht. Auf der anderen Seite des Gangs sehe ich drei Türen. Ich starre sie an und rechne fast damit, dass eine sich öffnet –

habe aber keine Ahnung, was oder wer sich dahinter verbergen könnte. Es drängt mich, sie abzuschließen, obwohl niemand in den Zimmern ist, nur Möbel – stelle ich mir vor –, die unbewegt auf ihre Nutzung warten.

Ich bin in vielen verschiedenen Häusern aufgewachsen. Es waren lediglich Hüllen aus Holz und Stein mit leeren Räumen, die bis zum nächsten Umzug den Inhalt unserer Kartons aufnahmen. Nur ein Ort ging mir unter die Haut. Aber das hatte nichts mit dem Haus, der Stadt oder dem großartigen Wetter zu tun. All diese Umzüge ... das war einer der Gründe, warum so viele zu Dads Beerdigung kamen. Neunundzwanzig Jahre lang sammelte er Freunde und Bekannte an den unzähligen Orten, die er zu einer bestimmten Zeit sein Zuhause genannt hatte. Dad hatte ein Talent dazu – im Gegensatz zu mir. *Tu so, dann wirst du so, Käferchen,* hätte er gesagt. Als der Flur vor meinem Blick verschwimmt, blinzle ich die aufsteigenden Tränen weg.

Ich lasse die Erinnerungen hinter mir und gehe zur Treppe. Am oberen Ende lege ich die Hände auf die Balustrade aus dunklem Mahagoni und lehne mich so weit vor, dass das Geländer gegen meinen Magen drückt. Drei Meter unter mir sehe ich den Schachbrettboden der Eingangshalle nur in Grautönen. Auf Zehenspitzen tipple ich noch näher ans Geländer, wage mich weiter vor und spiele mit der Schwerkraft. Mit tiefen Atemzügen fülle ich mich mit der Stille der Nacht. *Nur wir zwei.* Die Bedeutung dieser Worte sinkt in mein Bewusstsein. Als meine Fersen wieder den Teppich berühren, knackt irgendwo unten eine Diele.

In der Küche gurgelt das Wasser, als ich ein Glas fülle. Einen Moment lang verharre ich dort und nehme die Stille, die leicht unheimliche Dunkelheit in mir auf. Das Fenster ist ein schwarzes Viereck, das in die graue Wand geschnitten wurde. Die völlige Lautlosigkeit draußen beunruhigt mich. Unwillkürlich drücke ich das Glas Wasser an meine Brust. In Manhattan ist man ständig von Geräuschen und Lichtern von Autos und Gebäuden umgeben, von Menschen auf den Straßen und in den Wohnungen über und unter einem. Aber hier weiß man nicht, wie viele Meilen der nächste Mensch entfernt ist. Menschen sind nur eine verblassende Erinnerung, wie in den Katastrophenfilmen, wo jemand auf einer entlegenen Farm die Apokalypse überlebt und keine Ahnung hat, ob es noch Zivilisation gibt.

Als sich meine Augen an die Dunkelheit draußen gewöhnt haben, verschiebt sich ein Schatten am Waldsaum. Ich erstarre. Durch die Doppelverglasung der Panoramawand dringt keinerlei Geräusch. Gibt es in Maryland Bären? Oder vielleicht keine Bären, aber Wölfe? Wieder bewegt sich der Schatten. Zentimeter für Zentimeter schiebe ich mich zum Fenster, magisch angezogen von der potenziellen Gefahr, der ich einen Namen geben will. Mein Atem geht jetzt schnell und flach. Ich starre auf den Schatten, bis der Rest der Welt verschwindet und nur noch wir zwei bleiben.

Da packt jemand meine Schulter. Der Schreck durchzuckt mich wie ein Stromschlag. Ich schreie auf.

»Ich bin's nur.«

»Gott, Steven, du hast mich erschreckt!«

Er lacht über meine kindische Ängstlichkeit.

»Ich dachte, ich hätte was gesehen.« Wieder wende ich mich zum Fenster, aber jetzt sieht man nur, wie der Wind den Schnee aufwirbelt.

»Wahrscheinlich einen Waschbären auf der Suche nach Futter«, erwidert er und geht durch den Raum Richtung Hintertür. Er drückt die Klinke hinunter, aber die Tür bewegt sich nicht.

Zufrieden kommt er zu mir zurück und legt die Hände um meine Taille.

»Komm ins Bett.«

Oben nehme ich mein Buch vom Nachttisch und mache es mir unter der Decke bequem. Doch bevor ich die richtige Seite finde, nimmt Steven mir einfach das Buch aus der Hand und wirft es leichthin auf den Boden. »Tut mir leid, Dostojewski, aber deine Anwesenheit ist heute Nacht unerwünscht.«

»Und das aus dem Munde eines Literaturdozenten?«

Daraufhin küsst er mich nur, langsam zuerst, doch je länger der Kuss dauert, desto hungriger wird sein Mund und wandert schließlich über meine Wangen und meinen Hals. Unter der Decke sucht seine Hand die meine und führt sie nach unten. Wie bei unserem ersten Mal. In jener Nacht führte er mich auch, zeigte mir seinen Rhythmus, zeigte mir, wie es ihm gefiel. Und ich passte gut auf, weil ich ihm gefallen wollte. Der Körper unter seinen Kleidern überraschte mich: Es war nicht der Körper eines Lehrers, dessen Fleisch vom stundenlangen Sitzen und Korrigieren weich geworden war. Ich strich über straffe Muskeln, so hart und glatt wie vom Meer polierte Felsen.

Sein Mund und sein Geist verlieren sich irgendwo in der Biegung meines Halses, sein heißer Atem weht mir ans Ohr, während seine Finger geschickt meine Pyjamahose hinunterschieben, überzeugt, dass ich dies hier genauso will wie er.

Einen Moment driftet meine Aufmerksamkeit weg, und ich lausche nur auf die Geräusche der Nacht. Auf der anderen Seite der geschlossenen Vorhänge heult der Wind und klopft gegen das Fenster wie ein unsichtbarer Irrer, der Einlass verlangt, der Schutz sucht vor einer aus den Fugen geratenen Welt. Mir kommt der Gedanke, dass das dicke Glas ihn von uns abschirmt, uns gleichzeitig aber isoliert. Steven öffnet den letzten meiner Knöpfe und schiebt das Oberteil über meine Schultern. Als meine Arme befreit sind, schlinge ich sie um ihn. Er umfasst meine Wange, seine Finger ruhen auf meinem Nacken. Lächelnd drückt er sanft meinen Kopf nach unten, dorthin, wo er mich will.

Ein Geräusch weckt mich. Ich hebe den Kopf vom Kissen, spitze die Ohren und lausche auf einen Hinweis, ob es von hier kam oder aus meinem Traum. Als sich meine Augen an die Dunkelheit gewöhnt haben, tauchen Türen aus der Dunkelheit auf: eine zum Bad, eine zum begehbaren Schrank und eine zum Flur.

Ein leises Knacken! Jetzt bin ich hellwach, und mein Kopf füllt sich mit Sätzen aus *Spuk in Hill House* und Bildern aus *The Shining*, die mich überzeugen, dass, wenn ich hochblicke, etwas mit verzerrten Gliedern an der Decke kriecht. Steven neben mir atmet sanft in tiefem Schlaf. Er hat einen Arm um mich gelegt, aber seine Umarmung ist kein Trost. Ich will, dass er aufwacht, ganz von selbst; dass er wegen meiner irrationalen Ängste seufzt, mich zu sich zieht, mir einen Kuss aufs Haar drückt und murmelt: »Schlaf wieder ein.«

Stattdessen lasse ich meinen Kopf unter der Last meiner kindischen Ängstlichkeit wieder aufs Kissen sinken. Dieses Haus ist gar nicht alt genug, um verflucht zu sein. Es ist kein verfallenes Gemäuer aus verwitterten Steinen, mit abblätternden Tapeten und einer langen Folge tragischer Todesfälle. Es ist ein Designerhaus aus Glas und Stahl. Doch mich beschleicht der Gedanke, dass es bei Häusern sein könnte wie bei Menschen: Sie können in jedem Alter von Geistern heimgesucht werden.

Ich rutsche tief unter die Decke, kneife die Augen zu und will mich zwingen, wieder einzuschlafen. Vielleicht sind es gar nicht die Häuser, die unabhängig vom Alter von Geistern heimgesucht werden; vielleicht bringen *wir* sie mit und hinterlassen sie manchmal dort. Erneut höre ich ein Knacken aus dem Vakuum jenseits meiner geschlossenen Augen: eine Botschaft vom Haus, eine Warnung. Dass es vielleicht ein Fehler war herzukommen.

# 6

*17. Oktober*

Du sagtest, ich sei schön, was ich kaum glauben konnte. Lächelnd rücktest du näher, bis nichts mehr zwischen uns war.

Du sagtest: »Was du mit mir machst … ich kann mich nicht dagegen wehren.«

Deine Lippen strichen über meine, tupften sie ab. Ich vergaß zu atmen. Dann geschah es. Der feste Druck deines Mundes, die langsame Bewegung deiner Zunge.

Du küsstest mich.

Ich erstarrte, weil ich den Status quo nicht brechen, dir keinen Grund geben wollte aufzuhören. Du nahmst mich in die Arme, und als du mich an dich zogst, breitete sich ziehende Wärme zwischen meinen Beinen aus. Deine Hände lagen auf meinem Rücken, bis sie nach dem T-Shirt griffen, das ich von dir hatte. Du zogst es mir über den Kopf – wie einen Vorhang an dem Punkt, wo es kein Zurück gibt. Du hast mich ermuntert, botst dich mir an, daher wagte ich es, dein Gesicht zu berühren. Wir küssten uns eine Ewigkeit, und dann führtest du meine Hand in deine Boxershorts.

»Ist das okay?«, fragtest du.

In meiner Hand warst du glatt und hart. Mit dem Spiel meiner Finger entlockte ich dir einen Seufzer. Dein Genuss war mein Werk. Deine Finger brachten mich zum Stöhnen, sie kannten Geheimnisse meines Körpers, von denen ich nichts geahnt hatte.

Dein Gewicht drückte mich schwer zu Boden. Schmerz und Lust überwältigten mich. Ich hielt mich an dir fest und grub meine Finger in dein feuchtes Fleisch.

»Okay?«, fragtest du. Ich nickte, mein Geist war leer gefegt.

Da begannst du, dich zu bewegen, langsam zuerst und dann schneller. Die ganze Welt um mich herum veränderte sich. Du verändertest auch mich, machtest mich anders, machtest mich neu. Auch du verändertest dich und gabst die Kontrolle zugunsten der Lust auf. Immer schneller, immer schneller, bis zur Raserei. Mit zugekniffenen Augen hielt ich dich fest.

Leer brachst du über mir zusammen. Ich hielt dich fest, wollte nicht mehr loslassen, weder dich noch den Ansturm der Gefühle, die mich durchströmten. Als du dich von mir herunterrolltest, war ich von deinem Gewicht befreit, aber nicht von der Verbindung, die wir gerade erschaffen hatten. Ich wollte dich fragen, was das zu bedeuten hatte, wer wir jetzt waren, aber jedes Wort erstarb mir im Mund.

Im Bad starrte ich, während das Wasser lief, in den Spiegel, um nach Veränderungen in den Zügen oder der Farbe meines Gesichts zu forschen, oder im Glanz meiner Augen. Sie kamen mir etwas größer vor. Auf dem Waschbecken blinkte mir dein Ring entgegen. Ich streifte ihn über, aber an meinem Finger fühlte er sich lose und schwer an. Ich hob die Hand ans Gesicht und roch dich an meinen Fingerspitzen. Drehte den Hahn zu, ohne die Hände zu waschen, und legte den Ring zurück.

Du sagtest: »Was da passiert ist ...« Ich erstarrte und wartete darauf, dass du mir das Herz brachst und dem ein Ende setztest, was doch gerade erst begonnen hatte. »Davon darfst du keinem erzählen. Die Leute würden es nicht verstehen, und ich würde Ärger kriegen.«

Als ich heute Morgen aufwachte, spürte ich noch die Wärme, die mein Unterleib seit vergangener Nacht ausströmte. Ausnahmsweise freute ich mich auf den Tag: darauf, die anderen zu beobachten, während ich saß, aß und allein umherging. Jetzt war es mir egal. Jetzt fühlte ich mich nicht mehr allein.

Sie wussten ja nicht, wie dein Mund schmeckte.

Ich streckte mich und strich mir lächelnd über den Bauch. Als die Erinnerung an deinen Kuss und das Gefühl deiner Lippen auf meinen in mir aufstieg, schlüpften meine Finger unter das Gummi meines Höschens.

# 7 STEVEN

Er stützt sich auf den Ellbogen. Ellie neben ihm schläft auf der Seite, ihr Körper gekrümmt wie ein Fragezeichen. Letzte Nacht lag sie genauso da, aber hellwach, und biss sich in die Unterlippe. Er hatte ihr das Haar aus dem Nacken geschoben und ihre Wirbel geküsst, einen nach dem anderen, immer tiefer bis zur Ebene ihres unteren Rückens. Sie hatte sich jeder seiner Bewegungen angepasst und sich gegen ihn gedrückt, bis sie einander erschöpft hatten. Bei dieser Erinnerung regt sich etwas in ihm, ein Hunger, der nie ganz gestillt zu sein scheint. Er könnte sie direkt noch mal nehmen, nur um zu hören, wie sie seinen Namen flüstert, wenn er sich in ihr bewegt. Nichts kann ihn aufhalten.

Er meinte, was er neulich sagte: Sie stimuliert ihn körperlich und geistig. Kaum zu glauben, dass sie schon sechs Monate zusammen sind. Die meisten seiner Beziehungen versandeten bereits lange vor diesem Meilenstein. Von der ersten Nacht an, in der sie miteinander schliefen, war sie diejenige, die blieb. Sie übt eine unerklärliche Faszination auf ihn aus, ist ein Rätsel, das er nicht lösen kann und das ihn immer wieder zu ihr zurückbringt, ganz gleich, auf welche Abwege er gerät. Er lächelt: Ellie. Das Mädchen, das blieb. Hin und wieder beunruhigt ihn ihre Macht, er fürchtet, sie könnte seine Freiheit gefährden, doch in letzter Zeit überrascht ihn ein wachsendes Verlangen, eine tiefere und umfassendere Beziehung zu Ellie zu entwickeln. Zugegeben, in den letzten Wochen war er leichtsinnig, aber das ist vorbei. Sie ist *sein* Mädchen, und bei der Vorstellung, sie könnte auch mit jemand anderem zusammen sein, sträubt sich alles in ihm.

Was würde sie ohne ihn machen? Erst vergangene Woche wurde sie, als er zu ihrer Verabredung in der Bar eintraf, von einem jungen, dreisten Wall-Street-Wolf bedrängt, der sie vollquatschte und ihr viel zu nah auf die Pelle rückte. Ihre höfliche Maske konnte ihn nicht darüber hinwegtäuschen, wie unwohl sie sich fühlte. Sie brauchte ihn, er musste sie retten, was er auch tat: Er schlang ihr einen Arm um die Taille, zog sie an sich und küsste sie. Als er sich von ihr löste, hatte der aufdringliche Typ ihnen schon den Rücken zugedreht.

Unwillkürlich huscht sein Blick zur Schranktür und dem, was sich in seiner Reisetasche verbirgt, bevor er wieder bei ihr landet. Ganz kurz überkommt ihn die Vorstellung, ihr Oberteil hochzuschieben und seine Lippen auf ihre heiße Haut zu drücken, eine Vorstellung, bei der er schon hart wird, doch da reißt ihn ein leises Knurren seines Magens zurück in die Realität. Die Leuchtziffern auf seinem Wecker erinnern ihn, dass es schon nach zehn und das Frühstück überfällig ist.

Er wendet gerade den dritten Pancake, da schrappt einer der Hocker hinter ihm über die Fliesen.

»Du hättest mich wecken sollen.« Ihre Stimme ist noch leicht heiser vom Schlaf.

»Das hatte ich mir auch überlegt«, erwidert er lächelnd. »Aber du sahst so friedlich aus, dass ich mich dagegen entschied.«

»Es duftet köstlich.«

»Da es fast elf ist, dachte ich, wir könnten direkt brunchen.«

»Großartig, und was gibt es?«

»Pancakes und Eier mit Speck.«

»Aber sollte *ich* nicht das Frühstück an unserem romantischen Wochenende machen?« Als er sich umdreht, grinst sie ihn an. Ihre Haare türmen sich zerzaust auf ihrem Kopf, und unter ihrem linken Auge ist die Wimperntusche verschmiert. Sie ist die Einzige, bei der er einen so nachlässigen Look attraktiv findet. Sie sitzt auf dem Hocker, das Kinn in die Hand gestützt, und versinkt fast in dem übergroßen Pyjama, den er ihr zu Weihnachten geschenkt hat.

»Wir haben 2018 und nicht mehr 1950. Hast du noch nie was von Gleichberechtigung gehört?«

»Erzähl das mal meiner Mutter«, erwidert Ellie lachend.

Die Kaffeemaschine mischt sich mit lautem Gurgeln in ihre Unterhaltung. Auf seiner Seite der Kücheninsel gibt Steven eine neue Kelle Teig in die Pfanne, die mit lautem Zischen antwortet. Die Gerüche von frischem Kaffee und süßen, warmen Pfannkuchen durchziehen die Luft und versprechen einen perfekten Tag.

»Ich krieg ein ganz schlechtes Gewissen. Komm, ich helfe dir«, sagt sie und hüpft, ohne auf eine Antwort zu warten, vom Hocker.

Sie holt Becher und Ahornsirup aus dem Schrank und Servietten aus einer der Schubladen. Als er den Teller mit dem Pancake-Turm auf die Küchentheke stellt, muss er über sie und diese häusliche Szene lächeln. Er neigt sich zu ihr, drückt ihr einen Kuss ins Haar und holt den Speck aus dem Ofen, während sie den Kaffee einschenkt. Es überrascht ihn, wie sehr ihm das alles gefällt; er war nie der häusliche Typ, eher im Gegenteil. Die eintönige Routine des Ehelebens hat er immer gehasst. Er war von jeher überzeugt, dass er für Höheres geboren war.

»Was ist das denn?«, fragt sie, als sie wieder Platz nimmt, und weist mit dem Kopf auf ihre Serviette, die sich über einem Gegenstand hochwölbt.

Er lächelt nur, als sie die kleine blaue Schachtel darunter hervorholt. Überraschung und Aufregung malen sich auf ihrer Miene ab; ihre Finger kämpfen mit dem weißen Geschenkband. Dabei wirkt sie so jung, dass er förmlich das kleine Mädchen in ihr sieht, das am Weihnachtsmorgen eifrig und angestrengt die Geschenke ausgepackt hat.

»Oh, Steven, wie schön!«, ruft sie aus und hebt die silberne Kette mit dem herzförmigen Anhänger in die Höhe. »Könntest du?«

Sie reicht ihm die Kette, die er ihr um den Hals legt und verschließt.

»Wirklich, du verwöhnst mich ja! Danke.« Sie küsst ihn; ihre Dankbarkeit schmeckt nach Zahnpasta.

Als sie ihn scheu anlächelt und die Finger auf den Anhänger legt, spürt er einen Kloß im Hals.

»Komm, das Essen wird kalt!«

Er setzt sich neben sie und bereitet seinen ersten Bissen vor: Dazu schneidet er zuerst ein Stück Eiweiß ab, dann ein Stück Speck, spießt die Ecke eines Pancakes auf und taucht alles in Ahornsirup. Ellie hingegen schneidet alles in kleine Stückchen und ordnet sie, während sie sie isst, immer wieder neu auf dem Teller an. Er fragt sich, ob sie immer so etepetete ist oder nur wenn sie zusammen sind.

»Wie ist eigentlich deine Mutter?«, fragt sie, während sie an einem Streifen Speck knabbert.

Diese persönliche Frage unterbricht das sorgfältige Stapeln seines nächsten Bissens. Bislang haben seine Beziehungen nie ein Stadium erreicht, das solche Offenheit zugelassen hat.

»Sie ist eine sehr liebevolle und sanfte Frau. Ich glaube, du würdest sie mögen.« Ein einsames Stück Pancake an seiner Gabel ertrinkt in einer Pfütze aus Ahornsirup.

Mehr erlaubt er sich nicht preiszugeben. Margot Harding ist in der Tat eine liebevolle Ehefrau und Mutter. Zu liebevoll. Als Kind hat er mit angesehen, wie verzweifelt sie sich um die Aufmerksamkeit ihres Mannes bemühte und sich alles von ihm gefallen ließ, auch seine zahlreichen Seitensprünge. Sie war dankbar für jeden Krümel, den er ihr übrig ließ, und gab im Laufe der Zeit immer mehr ihre Würde auf. Jahre später klammerte sie sich genauso an Steven wie einst an ihren Mann: Ihre Finger klebten geradezu vor Verzweiflung. Er fragte sich immer, ob sie sich an ihn oder den Teil von ihm klammerte, der von seinem Vater stammte. Als Kind hatte er ihre Liebe genossen, aber als Halbwüchsiger fand er ihre Zuwendung erdrückend und entzog sich ihr in einer Mischung aus Scham und Verachtung – denn wie sollte er sie achten, wenn sie sich selbst nicht achtete? Schon viel zu lange denkt er an seine Mutter nur noch mit Wut wegen ihrer Schwäche.

»Was wollen wir nachher unternehmen?«, fragt Ellie, und ihre Lippen glänzen vom Sirup.

»Wir könnten uns anziehen und im Wald spazieren gehen. Die Gegend erkunden.«

Sie wirft einen Blick aus dem Fenster. Unter einem grauen Plumeau aus Wolken spannt sich ein weißes Schneelaken bis zum Waldrand. »Bist du sicher? Es sieht sehr kalt aus da draußen.«

»Kann sein, aber wenigstens schneit es nicht.« Darauf erwidert sie nichts, sondern senkt das Gesicht über ihren Becher und trinkt einen großen Schluck Kaffee. »Wenn wir dann zurück sind, haben wir die volle Berechtigung, uns vor dem Kamin zu lümmeln«, fügt er hinzu.

Also ziehen sie sich an, hüllen ihre Körper in mehrere Lagen aus Thermowäsche und Stoff, obwohl er dabei versucht, sie ihr wieder abzustreifen. Sie wehrt seine Hände ab und schlägt spielerisch nach ihnen.

Schließlich setzt sie ihrem Kampf ein Ende und hindert seine Hände an weiteren Vorstößen, indem sie ihre Finger mit seinen verschränkt. Er erlaubt ihr, ihn vom Bett zu ziehen, und gibt sich damit für diese Runde geschlagen.

»Mehr willst du nicht anziehen?«

Mit dieser Frage unterbricht er ihren Versuch, ihn zur Tür zu zerren. »Nein, wieso?«

»Das ist nicht warm genug. Draußen ist es eiskalt.«

Bevor sie ihm widersprechen kann, geht er in die Schrankkammer und kommt mit einem dicken Strickpullover heraus. Sie nimmt ihn entgegen und zerrt ihn über den Kopf. Er hilft ihr, befreit ihre langen Haare aus dem Halsausschnitt und zupft den Kragen ihrer Bluse zurecht.

»Viel besser. Du sollst doch nicht frieren.«

Seine Hände fahren über die Wölbung ihrer Schultern und die Kurven ihres Busens hinab. Ihr Körper erbebt unter seinen Fingerspitzen, als sie an ihrer Taille verharren. Hinter ihnen lädt das Bett zu einem faulen Nachmittag ein.

»Später«, sagt sie und schiebt ihn lachend in den Flur, als könnte sie seine Gedanken lesen.

»Was ist das?«, fragt er und weist nickend auf eine Tür im Zwischengeschoss am Ende des Flurs, die kleiner ist als die anderen.

»Ich glaube, die führt zum Dachboden.«

»Du glaubst es?«

»Sie ist abgeschlossen.«

Er drückt die Klinke hinunter, doch die Tür geht nicht auf.

»Sagte ich doch: abgeschlossen.«

»Ich frage mich, was da oben ist.«

»Wahrscheinlich alter Krempel von den Besitzern. Ist doch egal. Komm, gehen wir.«

Ellie zerrt ungeduldig an seinem Ärmel, aber als er sich zu ihr umdreht, rutscht ihr der Stoff aus den Fingern. Sie kippt nach hinten zur Balustrade, streckt instinktiv die Hand nach ihm aus und reißt panisch die Augen auf. Wie ein Gummiband zieht sich die Zeit in die Länge und schnalzt zurück, als sein Magen vor Angst einen Purzelbaum schlägt. Er streckt den Arm aus und ergreift den Pullover, bevor ihr Körper vollends den Halt verliert.

»Herrgott, Ellie, pass doch auf!«, knurrt er mit hämmerndem Herzen.

»Ich ... ich ... Tut mir leid.« Als er sieht, wie ihr Tränen in die Augen steigen, beruhigt er sich langsam.

»Nein, tut mir auch leid. Aber du hast mir richtig Angst eingejagt. Ich meine, wenn du aus dieser Höhe runtergefallen wärst, auf den Marmorboden, mit dem Kopf voran, dann ...« Bei dem Bild, das vor seinem inneren Auge aufblitzt, verschlägt es ihm die Sprache.

Er verschränkt seine Finger fest mit ihren und drückt ihre Hand. Sie lächelt schwach, woraufhin Wärme seinen Körper durchströmt und jegliche Anspannung auflöst. Doch als sie die Treppe hinuntergehen, will eine Frage in seinem Kopf nicht weichen: Was würde sie nur ohne ihn machen?

# 8 STEVEN

Draußen empfängt sie frische Winterluft, in der das salzige Aroma des Meeres und der Geruch nach verrottendem Tang mitschwingen.

»Guck mal, wie groß die sind«, sagt Ellie, als er die Klinke der Haustür hinunterdrückt, um sich zu vergewissern, dass sie auch wirklich abgeschlossen ist. Er dreht sich um und sieht, dass sie den Kopf in den Nacken gelegt hat und hinauf zu der Zierleiste aus Eiszapfen blickt.

»Sind sie dir gestern nicht aufgefallen? Ziemlich eindrucksvoll.« Er streckt die Hand aus und bricht einen der kleineren ab, worauf das straffe Leder seiner Handschuhe leise knarzt.

»Ich wette, es würde wirklich wehtun, wenn einem so einer auf den Kopf fallen würde.«

»Mehr noch, so einer könnte die perfekte Mordwaffe sein. Man könnte jemanden damit erstechen«, erklärt er und imitiert die berühmte Duschszene, »und ihn einfach schmelzen lassen. So würde die Mordwaffe niemals gefunden«, fügt er hinzu und wirft den Eiszapfen auf den Boden.

Lachend beschließen sie, nicht zum Strand, sondern in den Wald zu gehen. Sie kehren den leise rauschenden Wellen den Rücken zu und betreten Arm in Arm die unheimliche Stille des Waldes. Als das Haus und das Meer außer Sichtweite sind, wird die Landschaft um sie herum monochromatisch: Himmel und Erde in milchigem Weiß, der Horizont vor der schwarzen Silhouette der Bäume kaum sichtbar. Mit jedem Schritt hinterlassen sie frische Spuren im unberührten Schnee.

Der Schnee hier ist ganz anders als der graue Matsch in der Stadt. Hier erstreckt er sich wie ein makellos weißes Laken über der Erde. Der frische Schneefall in der Nacht hat alle Spuren ihrer gestrigen Ankunft gelöscht, so als wären sie nie hier gewesen, während der Schnee in New York sogar im Central Park immer von unzähligen Fußspuren gezeichnet ist, verdichtet vom Treiben der Zivilisation oder geschmolzen von den aufsteigenden Dämpfen menschlicher Technik. Der Schnee hier erinnert sie einmal mehr daran, wie isoliert sie gerade sind. Die stille Kraft des Waldes nimmt ihre Aufmerksamkeit gefangen. Schweigend stapfen sie durch die Bäume. Je weiter sie sich hineinwagen, desto spärlicher fällt der Schnee. Erdkrusten überziehen den Waldboden wie Schorf eine alabasterweiße Haut.

Sie hat sich bei ihm eingehängt und den Kopf an seine Schulter gelegt, während sie die knorrigen Äste über und vor ihnen betrachtet.

Er spürt, dass sie abgelenkt ist und oft in ihrer eigenen Welt versinkt. Was geht da unter der glatten Wölbung ihres Schädels vor, was ist da für sie verlockender, als mit ihm zusammen zu sein? Das ist für ihn etwas ganz Neues in einer Beziehung: sein Drang zu wissen, wie er in diese Welt passt und wie bedeutend er darin ist. Bislang hat er sich nie besonders für andere interessiert. Wenn er doch nur ihre Aufmerksamkeit auf sich ziehen und festhalten könnte, mit seinen Fingern einen kleinen Käfig dafür bilden könnte!

»Was denkst du gerade?«

»Ich habe über Sylvia Plaths Gedicht ›Liebeslied eines verrückten Mädchens‹ nachgedacht.«

Da hat er die Antwort: Ihr Kopf ist angefüllt mit den Worten einer Dichterin, die ein tragisches Ende erlitt – wenn das ihre Aufmerksamkeit von ihm ablenkt, kann er damit leben.

Er drückt ihren Arm. Sie lächelt, doch eine Windböe lässt ihr Lächeln sofort verblassen.

»Eigentlich habe ich dich immer für ein Dickinson-Mädchen gehalten, eine Mischung aus Romantik und Mystery.«

»Versteh mich nicht falsch: Emily ist großartig, aber Sylvias Gedichte sprechen mich auf einer tieferen, persönlicheren Ebene an.«

Schon zieht sie sich wieder in ihren Kopf zurück, dabei hat er doch gerade erst ihre Aufmerksamkeit erhascht. Ihre Erklärung ruft ihm in Erinnerung, dass zwischen ihnen zwar eine tiefe Verbundenheit herrscht, sie jedoch eigentlich nicht viel über ihre jeweilige Vergangenheit wissen.

Aber an ihre gemeinsame Zeit erinnert er sich ganz genau.

»Ich meine, bei unserer ersten Begegnung hättest du auch Sylvia Plath gelesen.«

Sie trat in sein Leben wie ein mystisches Wesen oder eine Göttin: mitten im Wüten der Elemente. Er saß gerade in seinem Lieblingscafé, benotete Hausarbeiten, ohne auf den dunklen, grollenden Himmel zu achten, und verzweifelte an Stuart Winthrops Essay – eines Jungen, der ohne das Vermögen seiner Familie niemals überleben würde –, da wurde das heftige Trommeln des Regens auf dem Asphalt auf einmal lauter.

Sie trat ein, tropfte auf den Fliesenboden und überblickte das Café auf der Suche nach einem freundlichen Gesicht oder auch nur einem leeren Tisch. Zögernd blieb sie stehen; das nasse Kleid klebte ihr an den Schenkeln, die Brüste zeichneten sich deutlich ab. Direkt unter ihrem Schlüsselbein erahnte man durch den durchsichtigen Stoff ein dunkles Muttermal. Er fragte sich, ob es sich unter seinen Fingerspitzen glatt oder wie eine kleine Erhebung anfühlen würde.

Ihre Suche nach einem Tisch blieb ergebnislos, denn die anderen Gäste waren zu sehr in ihre Unterhaltungen vertieft, um zu bemerken, wie sie sexy und doch zerbrechlich dastand. Also erhob er sich, zog den freien Stuhl von seinem Tisch und bedeutete ihr, sich zu ihm zu setzen. Sie schaute sich mit unschlüssig zuckendem Mund um, bevor sie schließlich seiner Einladung folgte. Als sie das Handtuch nahm, das der Barista ihr reichte, legte sie eine völlig durchweichte Ausgabe von Sylvia Plaths Gedichten auf den Tisch. Schnell nahm Steven seine Unterlagen weg.

»Tut mir leid, ich mach alles ganz nass«, sagte sie, und ihre blassen Wangen färbten sich entzückend rot. Sie saß da und trocknete sich die Haare, ohne zu bemerken, welche Wirkung ihr durchscheinendes Kleid auf ihn hatte.

»Aber nicht doch«, wehrte er lächelnd ab.

»Was ist das?«, fragte sie und wies nickend auf den Stapel auf seinem Schoß.

»Aufsätze. Ich bin Literaturdozent.«

»Oh, ich mache gerade meinen Master in Komparatistik an der NYU.«

Daraufhin sprachen sie über Plath und ihrer beider Liebe zu Büchern. Sie hörte ihm aufmerksam zu, faltete dabei aber unablässig eine Papierserviette zwischen ihren Fingern. Sie wirkte scheu und leicht entrückt, was ihn bezauberte. Es war eine Mischung aus Beflissenheit und Unerreichbarkeit, die ihm einen Stromstoß durch die Adern jagte.

Er musste sie unbedingt wiedersehen. Er musste sie haben.

Jetzt schaut sie ihn mit demselben spröden Blick an wie an dem Tag im Café. Manchmal überkommt ihn die Angst, dass sie ihn verhext hat, aber sein Verlangen nach ihr überwiegt seine Sorge. Er bleibt unvermittelt stehen, zieht sie in seine Arme und küsst ihre eiskalte Nase und Wange, bevor er ihren Mund unter den Lagen ihres Schals sucht.

»Ich erinnere mich auch, dass du mir erzählt hast, wie sehr du deinen Namen hasst«, bemerkt er und löst sich von ihr.

»Ist doch kein Wunder, oder?«

»Was ist denn so schrecklich an Ellie?«

»Damit komme ich mir vor wie eine Zwölfjährige. Ellie ist ein Name für ein kleines Mädchen, findest du nicht?«, erwidert sie und wirft ihm die Arme um den Hals.

»Nein, ich weiß nicht. Mir gefällt er.«

»Da bist du aber der Einzige. Wie auch immer, ich erinnere mich daran, dass du mal gesagt hast, mit Steven wärst du auch nicht zufrieden.«

»Das weißt du noch?«

»Und das verstehe *ich* nicht. Was ist so schrecklich an Steven?«, fragt sie und lacht.

Er hasst seinen Namen nicht – nicht den Namen an sich –, sondern das, wofür er steht. Er ist so ähnlich wie der Name seines Vaters, unterscheidet sich aber so weit davon, dass er nicht mit ihm verwechselt werden kann. Dass Steven der volle Name und ihm damit der Titel Stewart Harding jr. verwehrt wird, heißt, dass er es einfach nicht wert ist. Sein Vater hat nie eine Gelegenheit ausgelassen, ihn daran zu erinnern, dass er immer hinter ihm stehen wird, gefangen in seinem Schatten. Wie zum Beispiel beim alljährlichen Barbecue seiner Eltern, als er in der vorletzten Klasse an der Highschool war. In dem Licht der Papierlaternen und dem Geruch nach Grillfleisch verkündete seine Mutter freudig den Millers, dass ihr Sohn bei seinem Studieneingangstest 1484 Punkte erzielt hatte. »Nicht schlecht, aber nicht so gut wie die 1535 Punkte von seinem alten Herrn«, scherzte sein Vater und drückte Stevens Schulter ein bisschen zu fest. »Trotzdem sind wir stolz auf ihn«, fügte er hinzu und klopfte seinem Sohn auf den Rücken. *Trotzdem*. Dadurch klang das Lob wie eine Herabsetzung. Der Stich dieser Demütigung verwandelte sich in brennenden Schmerz, als er am Ende des Abends seinen Vater dabei ertappte, wie er sich vertraulich mit seiner Freundin unterhielt und sich dabei unnötig nah zu ihr neigte und mit dem Siegelring an seinem kleinen Finger spielte. Diese Wunde schmerzt noch nach zwanzig Jahren.

»Du hast recht. Steven ist trotzdem viel, viel besser.« Er grinst.

»Hätte auch schlimmer kommen können.«

»Wie das?«

»Wenn sie dich *Junior* gerufen hätten.«

Da beendet er das Gespräch mit einem Kuss. Einem Kuss, der sich immer mehr vertieft und die Verbindung zwischen ihnen beiden ergründet. Eine Öffnung, die größer wird. Zungen, die sich berühren und zum Spiel einladen. Ihr Mund sagt ihm, wie sehr sie ihn mag, sogar liebt, obwohl keiner von ihnen diese Worte je ausgesprochen hat. Während ihres Kusses wird ihm die Abgeschiedenheit dieses Ortes deutlicher bewusst denn je. Nur sie beide sind in diesem gefrorenen Paradies, Adam und Eva – die Frau, die wie für ihn geschaffen scheint.

# 9

*19. Oktober*

Heute sah ich dich das erste Mal, seit alles anders war. Mein Herz flatterte wie ein aufgeregter Sittich im Käfig. Ich hatte Angst, du würdest mich ignorieren und so tun, als wäre das Wochenende nicht passiert. Als sich alle über die Bücher beugten, blickte ich auf. Deine Augen warteten schon auf mich. Von deinem Lächeln erstrahlte dein ganzes Gesicht.

Alles nur für mich.

# 10 ELLIE

Das Knacken eines Zweigs, scharf wie das Brechen eines Knochens, hallt so laut im Wald wider, dass ein Schwarm Vögel zum Himmel auffliegt.

Abrupt löse ich mich aus unserem Kuss. »Was war das?«, rufe ich und lausche auf das panische Flattern, das die Stille des Waldes stört.

»Nur ein Reh oder ein Fuchs. Wer weiß?«, antwortet er, vergräbt den Kopf an meinem Hals und ignoriert, dass ich wie erstarrt dastehe.

Ich schiebe mich an Steven vorbei und suche angestrengt nach der Ursache des Aufruhrs, sehe aber nur schwarze skelettartige Bäume, die wirken wie in einem Horrorfilm, wo die naive Collegestudentin, die mit ihrem Freund rummacht, als Erste abgeschlachtet wird. Unter dem milchigen Himmel hinterlässt nichts einen Schatten, nicht mal wir.

»Dieser Wald ist gruselig«, sage ich und erschauere.

»Aber *du* hast doch diesen Ort ausgesucht.«

Der Wald wird dunkler, als würden die Bäume sich zusammendrängen. Aus dem Augenwinkel erhasche ich eine Bewegung. Zu schnell, um zu erkennen, was es ist, und dann ist es schon weg. Ich drehe und wende mich, und der Wald kreist um mich: Bäume und Unterholz, so weit man sieht. Ich schließe die Augen, aber das Gefühl, beobachtet zu werden, will einfach nicht weichen. Nach ein paar tiefen Atemzügen habe ich mich so weit beruhigt, dass ich die Augen wieder öffnen und mich zu einem Lächeln zwingen kann.

»Nun, Professor, ich dachte, es würde schrecklich romantisch sein«, erkläre ich, als er mich in die Arme nimmt.

Wir küssen uns wieder, aber jetzt ist es anders. Obwohl meine Lippen auf seinen liegen, verharrt mein Geist doch bei dem, was da im Wald sein könnte: ein Nachbar auf einem Spaziergang etwa oder eine Silhouette hinter einem Baum. Der kalte Wind fegt um uns herum, beißt mir in die Wangen und lüftet mein Haar, um an meinen Hals zu kommen.

»Ich hab das Gefühl, beobachtet zu werden«, erkläre ich und winde mich aus seiner Umarmung. Erneut betrachte ich forschend unsere Umgebung und spüre meinen kalten Atem in meiner Brust. Doch ich sehe nur Espen, die wie menschliche Gestalten wirken; die einzigen Augen hier sind in ihre Rinde geätzt.

»Sei nicht albern«, seufzt er. »Hier ist niemand.«

Ich muss an den Schatten gestern Abend denken, der sich flüchtig vor dem dunklen Waldrand abhob. Der könnte hier noch irgendwo sein. Der Wind wird stärker, und die Bäume fangen an zu flüstern. Ich spitze die Ohren, ob es noch mal knackt, wie ein Arm, der zu stark verdreht wird.

»Können wir bitte zum Strand gehen?«

Er bedenkt mich mit einem ironischen Lächeln. Wie ein Erwachsener, der ein unvernünftiges Kind ansieht. Ich drücke mich an ihn, lege die Hände auf seine Goretex-geschützte Brust und verziehe den Mund zu einem Lächeln.

»Ich brauche nur etwas mehr Weite und Freiraum.«

Also gibt er nach, und wir stapfen durch den Wald, dessen dürres Unterholz sich immer wieder an unseren Hosen verfängt und uns zurückhalten will. Unentwegt mustere ich die dunklen Stellen zwischen den Bäumen, bis wir endlich aus ihnen hervortreten und zu einem schmalen verschneiten Sandstrand gelangen. Vor uns liegt der Ozean, dunkel wie flüssiger Feuerstein, auf dem hier und da Eisschollen driften. Dankbar genieße ich die Weite und atme tief die salzige Luft ein. Wir schlendern am Ufer entlang, wo das Wasser am Schnee leckt und den darunter liegenden Sand freilegt.

Vor uns ziehen sich fette dunkle Wolken über dem Meer zusammen. Der Wind zerrt an meinen Haaren und peitscht Strähnen über mein Gesicht. Er ist so kalt und die Luft so salzig, dass meine Augen brennen. Mit behandschuhten Fingern wische ich die Tränen weg.

»Was hast du?«, fragt Steven.

»Nichts.«

»Das glaube ich nicht.«

»Es liegt an diesem Ort. Der Strand erinnert mich an jemanden.« Ich wische mir heftiger über die Augen. »Der blöde Wind.« Mit einem in Wolle verpackten Daumen tupft er mir eine Träne von der Wange. Sein zärtliches Lächeln lässt mich alles ganz kurz vergessen.

»Wieso ist es eine traurige Erinnerung?«, fragt Steven und drückt meine Hand.

»Wir haben uns verkracht. Ist schon lange her.«

»Und wieso genau ...«

»Ehrlich gesagt möchte ich nicht darüber sprechen ... Können wir über was anderes reden?«

Er zieht den Handschuh aus und streicht mir eine verirrte Strähne aus dem Gesicht. Seine Handfläche brennt an meiner eiskalten Haut. Mit dem Daumen streichelt er über meine Wange.

Er zieht mich an sich und sagt: »Natürlich.« Ich drücke mein Gesicht an seine Brust und spüre durch die Stoffschichten das kaum merkliche Schlagen seines Herzens.

»Hier geht es nur um uns. Erzähl mir, was es bei dir Neues gibt.«

Wir schlendern Arm in Arm weiter, während Steven mir von seiner neuesten Publikation berichtet: »Die Literatur des 19. und 20. Jahrhunderts: Einfangen und Erschaffen der Moderne.« Der Rhythmus seiner Worte und der Wellen lindern meinen Schmerz, bis wir auf einen Meerestümpel stoßen, in dem eine Möwe verzweifelt versucht, sich unter einer dicken Eisplatte hervorzukämpfen. Der verängstigte Vogel ruft verzweifelt nach einem Artgenossen und flattert heftig mit dem freien Flügel, doch Kälte und Erschöpfung fordern bereits sichtlich ihren Tribut, da er immer schwächer wird. Während wir die Möwe betrachten, kann sie den anderen Flügel befreien, und das Kreischen verstummt.

»Armes Ding. Ich frage mich, wie sie in diese Lage gekommen ist.« Ich hocke mich hin und strecke vorsichtig eine Hand nach dem Vogel aus, doch er hackt danach, weil er misstrauisch ist oder mein Zögern spürt. Ruckartig ziehe ich die Hand zurück.

Steven neben mir bückt sich und streicht mit dem Handrücken über den Kopf der Möwe. »Sieht so aus, als wäre ein Flügel gebrochen.«

»Was können wir tun?«

Steven stopft die Handschuhe in die Jackentasche und sieht sich den Vogel genauer an, während ich nach einem Stein oder Kiesel suche, der groß genug ist, um damit das Eis zu zerschlagen. Er streicht mit den Fingern über das weiche Federkleid der Möwe und beruhigt sie, bis sie sich an Stevens Anwesenheit und Berührung gewöhnt. Obwohl meine Oberschenkel immer stärker brennen, weil ich halb in der Hocke gehe, muss ich unwillkürlich lächeln. Ich stelle mir vor, wie wir den Vogel in einem Nest aus Stevens Schal nach Hause bringen, ihn auf ein Kissen am Kamin setzen und seinen Flügel bandagieren. Ich suche immer noch nach einem ausreichend großen Stein, da legt Steven seine andere Hand auf den Hinterkopf der Möwe.

»Ist schon gut«, flüstert er, und dann hebt er die Stimme und befiehlt: »Geh einfach weiter. Ich komme gleich nach.«

Als ich ein paar Meter von ihm entfernt bin, höre ich ein scharfes Knacken, das mich noch weiter von ihm wegtreibt.

# 11

*3. November*

Weißt du noch, wann du mir deinen Namen geschenkt hast? Die Schranke des förmlichen *Mr.* fiel, und dein Name glitt wie eine neue Süßigkeit über meine Zunge. Ich erkundete ihren Geschmack und ihre Beschaffenheit. Als ich ging, sagte ich ihn mir immer wieder im Stillen vor und freute mich schon auf den nächsten Donnerstag, wenn ich ihn wieder benutzen durfte.

Aber du schenktest mir nicht nur deinen Namen, sondern sagtest: »Ich hab was für dich«, stecktest die Hand in deine Tasche und holtest ein Buch hervor. »Ich dachte, das könnte dir gefallen, und wir könnten darüber reden, wenn du es ausgelesen hast.« Ich fuhr mit den Fingern über die weiße Schrift: *Jane Eyre.*

Schon am gleichen Tag begann ich damit, und ich liebte es. Wie gut du mich schon kanntest! Dieses Buch war nicht nur ein Geschenk, sondern auch der greifbare Beweis dafür, dass du an mich dachtest. Sogar wenn ich nicht bei dir war.

Heute waren wir zusammen unter der Dusche, und die feuchte, schwere Luft zwischen uns zwang uns, durch den Mund zu atmen.

Heute hast du mir einen neuen Namen gegeben.

Heute nanntest du mich deinen Darling Jane.

# 12 ELLIE

Was als vereinzelte Flocken beginnt, entwickelt sich schnell zu dichtem Schneegestöber. Heftige Windböen treiben Flocken, so groß wie Federn, in unsere Gesichter und zwingen uns zur Umkehr. Die Eiseskälte durchdringt die Stoffschichten unserer Kleider, schmelzende Schneeflocken rinnen unter die Kragen unserer Jacken. Mit eingezogenem Kopf stemmen wir uns gegen das feindselige Wetter, halten uns im heulenden Wind dicht beieinander. Wir pflügen uns auf dem Weg vom Strand durch den Schnee, und die Kälte, die uns bis in die Knochen fährt, erinnert uns daran, dass diese Postkartenlandschaft, dieses romantische Fleckchen Erde eigentlich etwas ist, das ohne Weiteres unseren Tod bedeuten könnte. Unter der Tarnung der Schönheit liegt tödliche Gefahr. Der Schnee überzieht die Welt vor uns mit einem milchigen Weichzeichner, bis sich eine Form vor dem gleichförmigen Hintergrund abzeichnet.

Das Haus wartet auf uns, leer und still. Wie ein perfekter Gastgeber bietet es seinen Gästen alles, was sie brauchen, gewährt Raum für ihre Gespräche und schafft Platz für ihre Habseligkeiten. Es verwandelt sich in alles, was gerade gefragt ist: in ein Ausflugsziel, eine Zuflucht, ein Übergangszuhause. Bis zur Abreise existiert es nur für sie, und dann wird es wieder eine leere Hülle, die auf die nächsten Bewohner wartet. Und immer bewahrt es ihre Geheimnisse.

Statt die Vordertür zu nehmen, umrunden wir das Haus und taumeln in einem Wirbel aus Schneeflocken in die Küche. Wir stampfen uns den Schnee von den Stiefeln und schütteln den

Flockenschleier von den Haaren. Dann ziehe ich meinen Mantel aus, aber Steven behält seine Jacke an.

»Ich fahre mal kurz den Wagen in die Garage, bevor er völlig zugeschneit wird.«

»Ist gut, ich mach uns Kaffee. Steven?«

»Ja?«

»Könntest du aus der Garage Holz mitbringen, damit wir ein Feuer im Wohnzimmer machen können?«

»Klar.«

»Danke.«

Als er die Tür hinter sich zuzieht, sperrt er alle Geräusche vom aufkommenden Schneesturm aus. Ich muss mich auf die Zehenspitzen stellen, um zwei Becher vom obersten Regal zu holen, aber der zweite steht so weit hinten, dass ich ihn nur mit den Fingerspitzen streifen kann. Ich strenge mich an und recke meinen Arm so weit wie möglich in die Höhe. Zentimeter für Zentimeter kann ich den Becher weiter nach vorn schieben und schon fast fassen, da ertönt auf einmal ein so lautes Kreischen, dass ich zusammenzucke. Der Becher kippt über die Regalkante.

»Mist!«

Gekrümmt warte ich, bis der Becher auf dem Boden zerschellt. Der Schrei scheint von der anderen Seite des Hauses gekommen zu sein und ist schon wieder verstummt. Alarmiert spitze ich die Ohren und lausche auf einen Hinweis, aber jetzt hat sich tiefe, undurchdringliche Stille über das Haus gesenkt. Mein Herz hämmert gegen meine Rippen, als wollte es sie sprengen. Mein Atem wird ganz flach. Ich gerate in Panik. Das ist das Letzte, was ich brauchen kann. Nicht jetzt.

Z ... Y ... X. Bei jedem Buchstaben atme ich ein, bis sich meine Lunge gegen meinen Brustkorb drückt. W ... V ... Langsam beruhigt sich mein Herzschlag. Krise abgewendet.

Ich gehe in die Hocke, sammle die Scherben ein, die über den Boden verteilt sind, und spüre, wie sich die verhärteten Muskeln an meinen Schultern entspannen. Wenn ich mich beeile, kann ich alles wegräumen, bevor Steven zurückkommt, und meine Tollpatschigkeit verbergen. Aber noch während ich damit beschäftigt bin, die Scherben aufzuheben, fährt mir erneut ein Schrei durch Mark und Bein – das lang gezogene Heulen eines Menschen, der wahnsinnig wird. Unwillkürlich schließe ich die Hand um eine Scherbe und schneide mich in den Zeigefinger.

Ein Blutstropfen quillt hervor; schnell lecke ich ihn weg, bevor er auf die Fliesen tropft. Das Heulen ist verstummt, und erneut erfasst Stille das Haus, bis die Außenwelt hinter mir hereindringt: eiskalter, pfeifender Wind, gefolgt vom Knallen der Hintertür an die Wand. Ich zucke zusammen.

»Draußen wird es immer schlimmer.«

Ich springe auf, verliere das Gleichgewicht und stoße gegen die Schranktür.

Steven kommt mit einem Stapel Holz auf den Armen herein. Schnee glitzert auf seinen Haaren, seinen Schultern und sogar auf seinen Wimpern.

»Was ist passiert?«, ruft er und stürzt zu mir.

»Tut mir leid. Ich habe einen Becher fallen gelassen.« Mit dem Finger im Mund gehe ich wieder in die Hocke, um schnell die Beweise meiner Ungeschicklichkeit zu entfernen.

»Ellie!«, sagt er mahnend, sodass ich mir vorkomme wie eine Zehnjährige. Er hilft mir und sammelt Scherben auf, bis er die blutverschmierte entdeckt. »Du blutest ja!«

»Ist nicht schlimm.«

Daraufhin ergreift er meine Hand, mustert sie prüfend und steckt meinen Zeigefinger in den Mund. So hocken wir auf dem Boden; ich spüre, wie er an meinem Finger saugt. Als sich unsere Blicke treffen, entsteht eine bislang nie erreichte Intimität zwischen uns. Irgendwie löst diese unschuldige Geste den Drang in mir aus, aufzuspringen und ihn zu küssen, mein Blut auf seiner Zunge zu schmecken. Doch bevor ich mich bewegen kann, zerreißt ein weiteres unmenschliches Heulen die Stille. Ich zucke zusammen, entziehe Steven meinen Finger und verliere fast schon wieder das Gleichgewicht.

»Das ist nur der Wind, der sich im Kamin fängt«, erklärt Steven und lacht.

Vor lauter Scham wird mir ganz heiß. Ich schnappe mir die restlichen Scherben und wünschte nur, ich könnte mit ihnen im Mülleimer unter dem Waschbecken verschwinden. Stevens Schultern zittern vor unterdrücktem Lachen, während er die Holzscheite aufhebt. Das hier ist noch viel schlimmer als gestern, als ich vor ihm auf dem Bürgersteig ausgerutscht bin. Mit dem Holzstapel auf den Armen verlässt er die Küche.

Im Wohnzimmer empfängt mich das Knacken eines frisch entzündeten Feuers. Bei Tageslicht ist der Raum einfach umwerfend. Riesige Panoramafenster nehmen zwei Wände ein und integrieren die Natur auf der anderen Seite des Glases: Die dicht beieinanderstehenden Bäume bilden eine eigene Wand, die mit einer atemberaubenden Aussicht auf das Meer und die Terrasse endet – obwohl die Landschaft gerade im Weiß des Schneegestöbers verschwindet. Das Haus schützt uns vor dem Sturm, bietet uns jedoch gleichzeitig einen Logenplatz für das Schauspiel der entfesselten Natur.

»Eindrucksvoll, oder?«, fragt Steven und weist nickend zu der Wand aus Nadelbäumen.

»Eher einschüchternd ...« Ich setze mich neben ihn aufs Sofa vor dem Kamin und mache es mir bequem, bevor ich ihm seinen Becher gebe. Allerdings ist »Kamin« ein fast zu schlichtes Wort dafür. Es wird dem riesigen Stein nicht gerecht, der halb von der Natur, halb vom Menschen gestaltet die Wand aus Glas von der aus glattem Putz trennt. Eine Weile sitzen wir schweigend da und betrachten die Flammen.

»Und, was möchtest du morgen unternehmen?«, fragt Steven schließlich.

»Ich weiß nicht. Ich ... muss immer noch an die Möwe denken.«

»Glaub mir, es war besser so. Vergiss es einfach.« Er lächelt mich an und nippt an seinem Kaffee.

»Was möchtest *du* denn morgen unternehmen?«, erkundige ich mich.

»Wir könnten nach Stockton fahren, in Antiquitätenläden stöbern und in einem Restaurant am Wasser zu Mittag essen. Was hältst du davon?«

»Klingt perfekt.« Ich lächle. »Wenn es je aufhört zu schneien.«

»Hoffen wir, dass es nicht zu lange dauert«, erwidert er und klopft mit der freien Hand seine Hosentaschen ab. »Hast du mein Handy gesehen?«

»In deiner Jacke? Wie üblich?«

»Wie üblich?«

»Immer wenn du mich nach deinem Handy fragst, ist es entweder in deinem Mantel oder in deiner Jacke. Soll ich nachsehen?« Ich will schon aufstehen, da hält er mich fest.

»Bemüh dich nicht, ich brauche es jetzt nicht. Bleib einfach bei mir.«

»Na gut.«

Schweigen senkt sich über uns wie draußen der Schnee über das Land, während wir in unsere Becher pusten. Ich starre auf den massiven Block aus Bäumen und das Ufer, das hinter einem dichten Vorhang aus Flocken verschwindet.

»Glaubst du das wirklich?«, frage ich unvermittelt und lege meinen Kopf an seinen Oberarm.

»Was denn?«

»Das mit der Möwe. Dass es so besser war ...«

Er schlingt mir den Arm um die Schultern, zieht mich an sich und drückt mir als Antwort einen Kuss auf den Schopf.

Das heiße Porzellan meines Bechers verbrennt mir die Fingerspitzen. Bei jedem vorsichtigen Schluck jagt mir der Kaffee Röte ins Gesicht und hinterlässt eine wohltuend warme Spur in meiner Kehle. Meine Schultern entspannen sich, bis ich warm und weich in Stevens Arm liege. Aber jetzt ist nicht der rechte Moment einzuschlafen. Dafür ist später noch genug Zeit.

Ich löse mich aus der Gemütlichkeit des Sofas, schlendere durch den Raum und bleibe vor dem Soundsystem und den CD-Regalen stehen. Während ich mit dem Zeigefinger die Plastikhüllen entlangfahre und Namen und Titel lese, spüre ich Stevens Blick auf mir. An einem Namen bleibe ich hängen. Mit einem kleinen Schubs verschwindet die CD in der Anlage.

Gitarrenklänge dringen aus den unsichtbaren Boxen. Als Chris Isaaks melancholische Stimme ertönt, drehe ich lächelnd die Lautstärke auf. Ohne auf Steven zu achten, gehe ich zum Kamin. Meine Augen sind geschlossen, die Flammen wärmen meinen Rücken. Meine Hüften bewegen sich zu der Musik, meine Haut und mein ganzer Körper nehmen den sinnlichen Rhythmus in sich auf, bis er mich völlig erfasst. Ich drücke den Becher an meine Brust. Im gedämpften Licht spüre ich immer noch Stevens Blick auf mir. Ich wende mich vom Sofa ab und tanze mit dem Feuer. Seine Flammen liebkosen meine Schenkel mit Wärme und treiben mir die Röte ins Gesicht.

Ich spüre eine Bewegung. Als Chris mir etwas über verbotene Spielchen erzählt, spüre ich Stevens Hände auf meinen kreisenden Hüften und seinen Körper, der sich an meinen Rücken presst. Er dreht mich zu sich um. Mit geschlossenen Augen lasse ich mir den Becher aus der Hand nehmen. Wir kommunizieren mit unserem Atem, der immer lauter wird. Ich tanze weiter, während er mich auszieht. Immer mehr nackte Haut, die die Flammen wärmen können. Seine Finger schlüpfen unter den Bund meiner Jeans. Der oberste Knopf springt auf. Mit leisem Ratschen öffnet sich der Reißverschluss. Steven streift mir erst die Hose und dann den Schlüpfer ab.

Als die ersten Töne von »You Owe Me Some Kind of Love« erklingen, versinke ich nackt in Stevens Umarmung, der noch vollständig angezogen ist. Ich spüre seine Erregung an meinem Schenkel. Als ich die Augen öffne, ist meine Welt nur von ihm erfüllt. Ich verschränke die Finger an seinem Nacken und ziehe sein Gesicht zu mir, bis meine Lippen seine berühren. Ich küsse ihn so inbrünstig, dass ich für einen Moment die Kontrolle habe und mit Mund und Zunge den Rhythmus diktiere, aber ganz schnell übernimmt er. Das laute Knacken eines brennenden Holzscheits reißt uns auseinander. Er zieht mich nach unten, so ungestüm, dass meine Schulter trotz des Teppichs hart auf dem Boden aufschlägt – das wird einen blauen Fleck geben. Besorgt sieht er mich an, doch ich ziehe ihn an mich und küsse ihn.

Seine Hand liebkost meine Haut. Es ist dieselbe Hand, die eben noch die zarten Knochen eines Vogels zerbrochen haben. Rasch zieht er sich aus, doch ich bin noch nicht bereit und winde mich unter seinem Körper. Ich wehre seine Hände ab und baue sein Verlangen auf wie ein Kartenhaus, das schließlich zusammenbricht, als er es nicht mehr aushält: Er packt meine

Handgelenke und hält sie über meinem Kopf fest. Als ich mich wehre, verstärkt er nur seinen Griff. Seine Kraft hält meinen Körper gefangen, bis mein Widerstand bricht. Ich ertrage es, bis es genug ist. Da küsst er mich leidenschaftlich. Der Sieger holt sich seine Belohnung. Mit seinem gesamten Gewicht presst er mich flach zu Boden. Er wartet, dass ich mich ihm öffne, doch ich halte die Beine geschlossen.

»Zeig mir, wie sehr du mich willst«, flüstere ich.

Da drückt er sein Knie in die Lücke zwischen meinen Beinen und will sie damit öffnen. Ich widerstehe ihm, sodass er fester pressen muss.

»Tu es!«

Das Verlangen, mich zu besitzen, lodert in seinen Augen. Er presst die Lippen zusammen. Da gebe ich nach. Ganz kurz löst er eine Hand, um sich richtig zu positionieren, dann hält er wieder mit beiden Händen meine Handgelenke fest und beginnt, sich rhythmisch in mir zu bewegen. Nimmt sich, was er will. Mich. Und ich feuere ihn flüsternd an, während ich immer heftiger atme.

Wir bewegen uns vor den Glasscheiben, die uns vom unergründlichen Wald trennen, beobachtet höchstens von Wesen, die darin leben.

# 13 STEVEN

Sie sitzen auf dem Boden, Steven lehnt sich ans Sofa, Ellie schmiegt sich an seine Brust. Unter der Decke sind sie beide nackt. Der Stoff kratzt auf seiner Haut, es ist eine Decke, die nur für dekorative Zwecke gedacht und allenfalls gemütlich ist, wenn man vollständig angezogen ist. Das Feuer im Kamin verströmt dämmriges Licht, gerade genug, um die Schatten um sie herum zu vertreiben.

Die Dunkelheit hat sich verdichtet, während sie sich miteinander vergnügten, und die Bäume zu einer schwarzen Wand verschmelzen lassen. Er hatte vergessen, wie schnell die Tage im Winter vergehen. In der Stadt gibt es eigentlich keine richtige Nacht: Echte Schwärze wird vom orangefarbenen Licht der Straßenlaternen und unzähliger Fenster in Schach gehalten. Aber hier, wo die Natur regiert und der Mensch höchstens geduldet wird, herrscht wahre Nacht und hält sich unangefochten, bis die Sonne wieder aufgeht. Doch bis dahin umgibt sie nichts als undurchdringliche Finsternis.

»Ich glaube, es wird schlimmer.«

»Was denn?«, fragt Steven und streicht mit den Fingerknöcheln über ihren Arm.

»Der Schnee draußen.«

Auf der anderen Seite des Panoramafensters werden große, schwere Schneeflocken vom Wind gejagt. Tausend weiße Punkte und Wirbel vor einer schwarzen Leinwand: Die Natur erschafft ihren eigenen Jackson Pollock. Nur das ferne Rauschen der Wellen, die ans Ufer krachen, dringt durch die massiven Scheiben.

»Stockton rückt in immer weitere Ferne.«

»Ich kann mir auch andere Beschäftigungen mit dir vorstellen«, flüstert er ihr ins Ohr, und sein warmer Atem ist wie ein Versprechen.

»Aber ich hatte mich so darauf gefreut.«

»Es wäre unvernünftig, bei solchem Wetter zu fahren.« Sie will protestieren, doch er fährt unbeirrt fort: »Und als Fahrer habe ich das letzte Wort.« Sanft stupst er mit dem Finger gegen ihre Nasenspitze und beendet damit das Thema.

»Wahrscheinlich hast du recht«, gibt sie nach und schmiegt sich wieder an seine Schulter.

Ihre Haut verströmt Hitze, und ihre Wangen sind noch rot von ihrem Liebesspiel. Er legt ihr den Arm um die Schultern und streichelt mit dem Daumen ihr Schlüsselbein.

»Also heißt es: nur wir und dieses große Haus«, bemerkt sie.

»Es ist ziemlich beeindruckend. Wie bist du darauf gestoßen?«

»Ein Freund hat mir davon erzählt.«

»Ein Freund?«

»Von der Schule. Die Bekannten seiner Eltern haben es mal gemietet. Und jedes Mal wenn ich ihn treffe, schwärmt er davon.«

Er spürt, wie seine Rückenmuskeln sich anspannen. Das ist das erste Mal, dass sie einen männlichen Freund erwähnt. Da er ihre Gutmütigkeit kennt, handelt es sich wahrscheinlich um irgendeinen Langweiler, den Ellie nicht abserviert, weil sie einfach zu nett ist. Sie zieht Männer an wie Motten das Licht. Er hat ihre begehrlichen Blicke gesehen, als wären sie Elstern, die etwas Funkelndes entdeckt haben. Wie dieser Idiot bei Saschas Vernissage vor ein paar Wochen, der Letzte in einer langen Reihe. Ellie hatte sich aufgeregt, weil er was trank, und war beleidigt abgerauscht. Er hatte sich gefragt – während er darauf wartete, dass der Barkeeper ihn bemerkte –, ob er ihr nachlaufen sollte, da war ein Typ an ihm vorbeigehastet und hatte damit seine Aufmerksamkeit auf sich gelenkt: Sein Blick folgte dem Rotschopf mit dem Dreitagebart durch die Glastür bis nach draußen, wo der Fremde Ellie an der Hand packte und abrupt zurückriss. Stevens Körper hatte auf diese Dreistigkeit sofort mit Anspannung reagiert, aber sein Geist, gedämpft von fünf Gläsern Bourbon, brauchte etwas länger. Draußen hatte der Unbekannte auf sie eingeredet und sich dabei mit der Hand über die Nase gewischt – verdammter Kokser, hatte Steven gedacht, dem diese Geste gleichzeitig vertraut und fremd war. Die Vorstellung, dass sie es mit einem Drogensüchtigen zu tun hatte, gefiel ihm gar nicht. Das Gesicht sah er nicht zum ersten Mal: Es waren verschiedene Männer, aber das Gesicht war immer dasselbe: ihr Blick, der durch Ellies Kleider drang, die geschürzten Lippen, die von ihrem Verlangen zeugten, die Anmaßung, wenn sie sich viel zu nah zu ihr beugten.

Er hatte beobachtet, wie Ellie ihn mit großen Augen anschaute, die Miene wie eingefroren, der ganze Körper angespannt. Das war der Auslöser, der Steven aus seiner Erstarrung riss: Er hatte sich durch die Menge der Kritiker und Kunstliebhaber gezwängt, die ihm die Sicht und den Weg zu Ellie versperrten. Als er schließlich durch die Tür ins Freie stürzte, stand der Fremde allein da, und Ellie war spurlos verschwunden. Hier muss er sich wenigstens keine Sorgen wegen anderer Männer machen.

Ihre Stimme reißt ihn in die Gegenwart zurück. »Ich frage mich, wie lange man ohne entsprechende Kleidung in diesem Wetter überleben könnte.«

»Wieso interessiert dich das?«

»Ach, ich weiß nicht.«

»Du machst dir zu viele Gedanken.«

Ihre Bemerkung und ihre kindische, aber rührende Angst bringen ihn dazu, sie noch mal grinsend an der Nase anzustupsen.

»Vielleicht machst *du* dir nicht genug Gedanken. Gibt es eigentlich etwas, was du bereust?«, fragt sie nach einer Weile.

»Nein.«

»Wirklich nicht?«

»Alles, was ich getan habe, hat dazu geführt, hier mit dir auf dem Boden zu sitzen. Was sollte ich also bereuen?«

»Alter Schmeichler!«

Daraufhin zieht er sie noch etwas enger an sich und genießt das Gewicht ihres Kopfs auf seiner Brust, ihre feuchte Wange an seiner Haut. Er lächelt. Weit und breit kein Mensch: nur sie zwei. Draußen schleudert der Sturm Flocken gegen die Scheiben, schiebt Schnee gegen die Vorder- und Hintertür und scheint bis auf Weiteres nicht nachlassen zu wollen. Die Chancen, dieses Haus zu verlassen, sind in Anbetracht des Wetters verschwindend gering. Eins ist sicher: Er hat sie hier ganz für sich allein.

## 14 ELLIE

Alles muss perfekt sein, obwohl es ein sehr spätes Abendessen werden wird. Das Surren des Ofenventilators leistet mir in der dämmrigen Küche Gesellschaft. Auf der anderen Seite der Glasscheibe blubbert der Käse in der Hitze. Ich korrigiere ein bisschen die Temperatur. Der Rest dieses Wochenendes hängt von heute Abend ab. Stevens Blick hat sich in letzter Zeit verändert. Früher lächelte er auch mit den Augen und zeigte unverhüllt sein Verlangen. Er zog mich mit Blicken aus oder studierte konzentriert meine Gesichtszüge. Mittlerweile aber wechselt sein Blick ständig: von Anerkennung zu Entnervung und manchmal zu Gleichgültigkeit. Hin und wieder löst er sich, während ich spreche, von meinem Gesicht und richtet sich auf etwas anderes – auf einen fuchsiafarbenen Fleck und blonde Locken im Rückspiegel etwa. Wenn ich frage, was los ist, bekomme ich immer nur ausweichende Antworten. Er ist auch gereizt und verliert leicht die Selbstbeherrschung, auf die er doch so stolz ist. Wenn alles läuft wie geplant, sollte das eng anliegende Kleid, das heute Abend meinen Körper einschnürt, sein Interesse wachhalten.

Als das Essen fertig ist, will ich ins Wohnzimmer gehen, doch ein leiser, dumpfer Schlag an der Haustür hält mich auf. Vorsichtig öffne ich sie und verharre auf der Schwelle zwischen Licht und Dunkelheit, zwischen wohliger Wärme und beißender Kälte. Ich horche in die Stille, mit der der Schnee alles überzieht. Auf dem Boden liegt bereits eine so dicke Schneedecke, dass selbst Stiefelschritte gedämpft würden.

»Hallo?«, rufe ich. Doch nur der Wind antwortet mit einem leisen Pfeifen.

Ich starre in die Dunkelheit, und sie starrt zurück. Keiner von uns regt sich. Bis … hat es da an der Garage geraschelt, hat sich da ein Schatten verschoben oder spielen mir die Schneeflocken einen Streich? Bevor ich das entscheiden kann, packt mich eine Windböe mit ihren kalten Tentakeln und treibt mich zurück ins Haus.

Im Wohnzimmer rücke ich das Besteck und die Weingläser neben den Tellern zurecht, bis sie perfekt arrangiert sind. In der Mitte des Tisches thront eine Flasche Cabernet Sauvignon. Ich greife nach dem Korkenzieher, lege ihn aber wieder hin – besser, Steven öffnet sie und kostet den Wein. Das genießt er immer. Stattdessen zünde ich die Kerzen an, die ich im ganzen Raum verteilt habe. Ich tauche meinen Finger in das flüssig gewordene Wachs einer Kerze: Brennend heiß schmiegt es sich um meine Haut und wird wieder fest. Ich zupfe die weiße Kruste von meiner Fingerspitze und lasse sie in das flüssige Wachs der Kerze fallen, wo sie sich wieder auflöst. Das erinnert mich an den Schnee um uns herum: Hitze oder Kälte sind Katalysatoren, die Wasser in Schnee verwandeln oder Wachs in Flüssigkeit. Dasselbe Element in anderer Form.

Auf dem Servierwagen funkeln Spirituosen in dickwandigen Flaschen. Ich drehe die Kappe vom Gin fester zu und frage mich, wie viel Steven heute Abend trinken wird. Genau wie sein Blick hat sich auch sein Alkoholkonsum verändert. Wie oft musste ich mich in letzter Zeit wiederholen! Ich bin zwar jung, aber nicht dumm: Ich weiß genau, wie sehr ihm die Nominierung seines Vaters für den National Book Award zusetzt.

Der schlimmste Abend war vor etwa drei Wochen in der Kunstgalerie, wo wir zu einer Vernissage eingeladen worden waren – genauer gesagt Steven, ich war nur seine Begleitung. Ganze fünfzehn Minuten hatte ich auf dem Bürgersteig vor der Galerie ausharren müssen und war hin und her getippelt wie ein Hund, der auf sein Herrchen wartet. Jedes Mal wenn ich eine hohe Gestalt in einem gut geschnittenen Mantel sah, strafften sich meine Schultern, nur um wieder nach unten zu sacken, wenn es nicht er war. Schließlich erbarmte sich der Türsteher und ließ mich hinein, sodass ich in einem geheizten Raum bei Gratisgetränken warten konnte. Erst eine weitere halbe Stunde später spürte ich Stevens Hand auf meinem Rücken und seine Lippen auf meiner Wange.

»Könnte ich einen Bourbon kriegen?«, fragte er den Mann hinter der Theke.

»Natürlich, Sir. Eis?«

»Ja, bitte.«

Er trank das Glas in einem Zug leer, und sein Adamsapfel bewegte sich rhythmisch, während der Alkohol seine Kehle hinunterrann. Kaum hatte er das Glas abgesetzt, bat er den Barkeeper, ihm nachzuschenken.

»Wo ist Sascha? Ich sollte mal kurz Hallo sagen.« Sein Blick wanderte über meinen Kopf hinweg, suchte nach unserem Gastgeber und ließ mich dastehen wie ein weiteres Ausstellungsstück in der Galerie.

»Du hast dich verspätet.«

»Ja, tut mir leid.« Seine Entschuldigung war so flüchtig, dass sie mich kaum erreichte, denn er war immer noch mit der Suche nach Sascha in dem überfüllten Raum beschäftigt.

»Ich habe mir Sorgen gemacht. Wo warst du?«, flüsterte ich, als müsste ich mich schämen, dass ich nach seinem Verbleib fragte.

»Bitte sei nicht so.«

»Wie denn?«

»Das ist wirklich nicht besonders sexy, Ellie.«

Wegen seines vorwurfsvollen, kalten Tonfalls blieb mir jegliche Erwiderung im Hals stecken. Er war noch nie gemein zu mir gewesen – distanziert oder abgelenkt, das ja, aber niemals gemein. Da ich nicht flüchten konnte, zog ich mich in mich selbst zurück. Ich würde hier keine Szene machen. Ich war gerade *so* gewesen, was ich gar nicht wollte. Ich hasste es, *so* zu sein, hasste es genauso wie er, aber irgendwie drängte er mich dazu und gab mir dann die Schuld daran. Wieso machen Männer das, und wichtiger noch: Wieso lassen wir das zu? Ich hielt mich an seiner Seite, steckte die Nase in mein Weißweinglas und versuchte, in den abstrakten Farbwirbeln auf den Leinwänden irgendetwas zu erkennen.

In der nächsten Dreiviertelstunde folgten wir einer gleichbleibenden Choreografie: gingen von Bild zu Bild, führten vorhersehbaren Small Talk und kehrten regelmäßig an die Bar zurück. Bis Steven dort auf seinen fünften Bourbon wartete und ich mich mit meinem Glas in der Hand umdrehte und es unwillkürlich so fest umklammerte, dass es zu zerbrechen drohte.

Bei einer der auffälligsten Skulpturen stand Connor. Obwohl er mir den Rücken zuwandte, hätte ich den verfilzten Rotschopf und seinen Tick, sich die Schuhspitze an der Hose abzuwischen, überall erkannt. Ich musste hier raus, und zwar schnell!

Also holte ich tief Luft. »Steven, findest du das vernünftig?«, fragte ich und wies auf das Glas, das der Barkeeper ihm reichte.

»Was?«, platzte es in einer Wolke aus Alkohol aus ihm heraus.

Als ich einen Blick über Stevens Schulter warf, sah ich, dass Connor zu den nächsten Skulpturen ging und sich uns mit jedem Schritt näherte, was unweigerlich zu gegenseitiger Vorstellung, zu Fragen und Erklärungen führen würde.

»Ich glaub, ich gehe jetzt.«

»Erst meckerst du, weil ich zu spät komme, und jetzt, wo ich da bin, willst du abhauen?« Stirnrunzelnd starrte er mich an.

Ich wollte auf gar keinen Fall zickig wirken, aber die Alternative war schlimmer. Ich würde Steven schon irgendwie dazu bringen, mir zu verzeihen. »Ja, wenn du dich so benimmst, gehe ich lieber.«

Statt einer Antwort zuckte er die Achseln, wandte sich wieder der Bar zu und beendete damit das Gespräch. Ich ging erst zur Garderobe und schlüpfte dann aus der Galerie, um mir auf dem regennassen Bürgersteig ein Taxi heranzuwinken.

Am folgenden Morgen las ich online einen Artikel über die Nominierung seines Vaters. Später, nach meinem letzten Seminar, wartete eine versöhnliche SMS auf meinem Handy. Ich verlor kein Wort über den Artikel, aber ich verstand ihn.

Obwohl Steven sich tausendmal für diesen Zwischenfall entschuldigte und versuchte, ihn mit einem selbst gekochten Dinner wiedergutzumachen, dazu mit einem riesigen Strauß aus Pfingstrosen und Callas und einer ganzen Nacht, die nur meinem Vergnügen gewidmet war, konnte ich die leise Stimme in meinem Innern nicht zum Verstummen bringen, die mir einflüsterte, dass ihm unsere Beziehung vielleicht doch nicht so wichtig sei, wie ich gedacht hatte. Dass er sich langsam zurückziehe und die Trennung nur noch eine Frage der Zeit sei. Mittlerweile stellte Connor immer mehr Fragen. Jedes Mal wenn Steven und ich uns trafen, folgte auf die Erleichterung, dass wir noch zusammen waren, sofort die Angst, dies könnte unser letztes Treffen sein. Das Gleiche galt für jeden Anruf, jede SMS und jeden gemeinsamen Augenblick – bis zu dem am Vortag, als wir aus Manhattan losgefahren waren.

Ich arrangiere Käsescheiben fächerförmig auf dem Holzbrett und verziere sie mit Girlanden aus Weintrauben. Sie erinnern mich an die Frauen, die für die Maler der Jahrhundertwende ungezwungen auf Chaiselongues posierten. Alles ist bereit und so romantisch, wie man es sich wünschen kann. Ein letztes Mal rücke ich mein Kleid zurecht. Mein schemenhaftes Spiegelbild im Fenster zieht meine Mundwinkel nach oben. Aber das Lächeln ist gezwungen.

# 15

*18. Dezember*

Weihnachtsferien. Heute war unser letzter gemeinsamer Tag bis zum nächsten Jahr.

Aber du wirst nicht ganz fort sein. Als du letzte Woche neben mir schliefst, schoss ich mit dem Handy heimlich ein Foto von uns. Ich druckte es in einer Drogerie aus und löschte es dann vom Handy, damit es nicht versehentlich entdeckt werden konnte.

Du bist auf der anderen Seite des Landes und verbringst die Feiertage bei deiner Familie, während ich hier ganz allein bin. Aber meine Erinnerungen an dich sind wie ein Adventskalender, mit dem ich mir die Wartezeit vertreiben kann. Jeden Tag öffne ich ein neues Türchen. Heute führt mich die Erinnerung in das Kabuff, in das du kamst, als ich gerade fleißig Kopien machte. Ich war so überrascht, dass ich zusammenzuckte und meine Tasche vom Kopiergerät fegte, sodass sich der Inhalt über den ganzen Boden verteilte. Du hocktest dich neben mich, um mir beim Aufsammeln zu helfen.

»Ist das deine Schwester?«, fragtest du und zeigtest auf das Foto in meiner aufgeklappten Brieftasche.

Wir hatten das Foto am Meer aufgenommen, wo sich meine rotblonden Locken mit ihren dunkelbraunen Haaren im Wind verhedderten. Wir standen nebeneinander und trugen identische Hoodies, aber das war auch das Einzige, was uns gemeinsam war. Ich beneide sie um ihren Körper, ihre runden

Brüste und die weiblichen Hüften. Ich hingegen bestehe nur aus Ecken und Kanten.

»Übrigens«, sagtest du, bevor ich dir von Vee und jenem Tag am Meer erzählen konnte, »könnten wir uns nächste Woche eine halbe Stunde früher treffen? Ich bekomme ... Besuch.«

Schrecklich, wie du *Besuch* gesagt hast – nein, dein Zögern davor! Dieses Stocken wollte mir nicht mehr aus dem Kopf, und wieder einmal mussten meine Fingernägel dran glauben. *Besuch*. Wieso hast du gezögert?

Weil es eine Frau ist?

# 16 STEVEN

Heute hat sie ihn überrascht, weil sie die Initiative ergriff. Normalerweise folgt sie seinen Vorgaben und erfüllt seine Bedürfnisse, aber nicht an diesem Nachmittag. Die Gedanken an ihre Stunden vor dem Kamin begleiten ihn, als er sich Shampoo in die Hand drückt. Sie verfügt einerseits über eine Erotik, die ihn im Bett in den Wahnsinn treibt und ihn zwar immer befriedigt, sein Verlangen nach ihr aber niemals stillt, und andererseits über einen Intellekt, der ihr erlaubt, mit ihm über den Zusammenhang von Erzählstil und moralischem Urteil in Joseph Conrads *Herz der Finsternis* zu diskutieren.

Auf dem Regal steht eine Reihe bunter Fläschchen vor den weißen Fliesen – eine Aufmerksamkeit ihrer Gastgeber. Das helle Grün spricht ihn an, und er öffnet die Flasche, obwohl er kein Shampoo braucht. Er hatte recht: Ein künstlicher Apfelgeruch erfüllt die Duschkabine.

C.s Haare rochen immer nach grünen Äpfeln. Wenn er mit ihr im Bett lag, schälte er ihr die Kleider vom Leib, bis ihr weiches weißes Fleisch entblößt war. Er versenkte gern seine Zähne darin, nannte sie seine »verbotene Frucht«. Sie lachte dann, aber eher abwehrend, als wüsste sie nicht, ob das wirklich ein Kompliment war. Seine Kissen in dem winzigen Apartment rochen immer nach Äpfeln. Es dauerte nur einen Frühling, doch durch sie wurde die Zeit in Pasadena erträglich, während er ihr einen sicheren Hafen vor dem Scheidungssturm ihrer Eltern bot.

Er öffnet die Augen. Schluss mit den Erinnerungen. Obwohl

er nicht eine Einzige vergessen hat, hält keine dem Vergleich mit Ellie stand. Nicht mal C.

Als er aus der Dusche in das von Dampf erfüllte Bad tritt, hat er sich entschieden und weiß, was er tun wird, aber nicht heute Abend. Vielleicht morgen in Stockton, wenn sie in irgendeinem idyllischen Restaurant am Meer essen gehen. Er muss lächeln, weil ihm ihr Gesichtsausdruck in den Sinn kommt, wenn er sie fragen wird, doch als er sich ein Handtuch um die Hüften schlingt, hört er plötzlich ein leises Scharren und kann es nicht orten.

»Ellie?«, ruft er, erhält als Reaktion jedoch nur ein Nachtropfen des Duschkopfs.

Er will es schon abtun, da hört er es wieder: ein leises Huschen über ihm. Mit angehaltenem Atem blickt er zur Decke. Ihn schaudert bei der Vorstellung, sich das Haus mit einer Maus oder Schlimmerem teilen zu müssen. Das wird er auf jeden Fall in dem Feedback-Formular erwähnen, das sie den Besitzern schicken werden. Auch wenn er in der Stadt an den Anblick von Mäusen und Ratten in U-Bahn-Gängen oder Seitengassen gewöhnt ist, heißt das noch lange nicht, dass es ihm nichts ausmacht, in einem Haus zu wohnen, in dem sich unsichtbare Nagetiere tummeln. Vielleicht könnte er die Besitzer anrufen und sich beschweren. Hat Ellie ihre Nummer? Aber dann fällt ihm wieder ein, dass sie hier kein Signal haben, und wenn er es recht bedenkt, hat er auch nirgendwo Telefonmasten gesehen.

Tropfend steht er auf der Matte und trocknet sorgfältig seinen Körper ab, auf den er immer viel Sorgfalt verwendet: die Schultern, die vom allmorgendlichen Schwimmen breit und muskulös sind, den Bauch, der ganz flach ist, weil er auf Zucker verzichtet. Mit den Fingern fährt er sich durch die dichten kastanienbraunen Haare. Die alten Römer hatten schon recht: gesunder Geist in gesundem Körper. Er geht ins Schlafzimmer, verharrt nackt vor dem riesigen Fenster und betrachtet die knorrigen Äste der Bäume, die sich in alle Richtungen erstrecken, bis sie mit dem nächtlichen Himmel verschmelzen. Statt noch weiter an etwaige Nagetiere zu denken, konzentriert er sich darauf, wie gut das Leben es mit ihm meint. Die harte Arbeit zahlt sich langsam aus. Er denkt an seine hinreißende Freundin, die ihn mit einem romantischen Wochenendausflug überrascht und dieses wundervolle Haus für sie gemietet hat – er fragt sich, wie viel sie das kostet und wie lange sie dafür gespart hat. Und er denkt an das Gespräch, das er vor ihrer Abreise mit Schuhmacher hatte.

Es erwischte ihn kalt, als ihn Schuhmacher im Lehrerzimmer ansprach. Selbst Lehrern wird es mulmig, wenn sie zum Direktor gerufen werden. Er saß mittlerweile schon ziemlich lange an der Richmond Prep fest. Eigentlich hatte sein Job dort nur eine Zwischenstation sein sollen, um sein Einkommen aufzustocken, Erfahrungen zu sammeln und Verbindungen zu einflussreichen Personen innerhalb der Elternschaft dieser exklusiven Schule zu schaffen, doch irgendwie war er länger geblieben als erwartet. Genau wie am Barnard College: Eigentlich hatte er die Stelle nur angenommen, um wieder nach New York zurückzukehren, das näher an Princeton und der Columbia lag. Er hatte sich schon immer gefragt, ob sein alter Herr irgendwas unternommen hatte, um ihn festzusetzen. Wäre dem Bastard durchaus zuzutrauen.

»Stevie, könnten Sie nach Feierabend kurz bei mir vorbeischauen? Es ist wichtig.«

Weder die Worte noch die Miene des Direktors ließen

irgendwelche Schlüsse zu. Der Nachmittag lief ziemlich verschwommen an ihm vorbei, bis er schließlich vor der Tür des Direktors stand.

»Kommen Sie rein, Stevie. Setzen Sie sich.«

Steven krümmte sich innerlich wegen des albernen Namens, mit dem Schuhmacher ihn immer anredete, doch da er sein Vorgesetzter war, musste er gute Miene zum bösen Spiel machen, ein falsches Lächeln aufsetzen und ihm die Hand schütteln. Er revanchierte sich, indem er die Wurstfinger seines Chefs, von denen einer von einem längst stumpf gewordenen Ehering gequetscht wurde, ein bisschen zu fest zusammendrückte.

»Danke. Also, was kann ich für Sie tun, Donald?« fragte Steven, nahm Platz, wischte die Hände unauffällig am rauen Bezug ab und legte sie in den Schoß.

»Gibt es da etwas, das Sie mir zu sagen haben?«

Schweigen. Steven wartete. Schuhmacher sollte schon zeigen, was er gegen ihn in der Hand hatte. Glaubte er wirklich, so ein Bluff würde bei ihm ziehen?

»Tut mir leid, ich weiß nicht, was Sie meinen«, sagte er schließlich.

Schuhmacher seufzte tief auf, erhob sich und ging um den Schreibtisch herum zu Steven. Als er sich auf eine Ecke der Tischplatte setzte, meinte Steven ein protestierendes Knarzen zu hören. Den Anblick der geplatzten Äderchen auf Schuhmachers Nase fand er abstoßend, mehr noch aber das sich über seinem Bauch spannende Hemd, das ein sichtbares Zeichen seiner mangelnden Selbstkontrolle war.

»Mir sind da Gerüchte zu Ohren gekommen.«

Steven erstarrte. Gott, wie er das Wort »Gerüchte« hasste! Das war doch nur eine höfliche Umschreibung dafür, dass die Leute ihre Nase in fremde Angelegenheiten steckten! Während er mit einem Achselzucken sein Unverständnis zeigte, überlegte er angestrengt, was er getan oder gesagt haben könnte, um irgendwelche »Gerüchte« aufkommen zu lassen. Schuhmacher beugte sich so weit zu ihm, dass er den Schweiß auf seiner Stirn sehen konnte; er selbst spürte auch, wie es unter seinen Achselhöhlen warm und feucht wurde. Glücklicherweise achtete er auf förmliche Kleidung und trug zu diesem Treffen seinen Blazer. Normalerweise genoss er es, Schuhmacher zu zeigen, wie man sich anständig anzog, aber das interessierte ihn jetzt nicht im Geringsten.

»Tut mir leid, das werden Sie schon näher erklären müssen.«

Er folgte Schuhmachers Blick, der auf seinen nervös zuckenden Fingern ruhte. Sofort zwang er sich, die Hände auf seinem Schoß ruhen zu lassen.

»Ich muss sagen, ich bin von Ihnen enttäuscht, Steven.«

Steven verlagerte sein Gewicht, verschränkte die Hände und weigerte sich, Schuhmachers Spielchen mitzuspielen. Auf gar keinen Fall durfte man irgendwas zugeben, bevor man wusste, worum es ging. Wenn ihn seine nächtlichen Pokerpartien in Princeton eines gelehrt hatten, dann, dass man niemals sein Blatt zeigen durfte. Sein Boss knickte als Erster ein.

»Ein kleines Vögelchen hat mir gezwitschert, dass die Columbia an Ihnen interessiert ist.« Stevens Rückenmuskeln entspannten sich. »Tut mir leid, wenn Sie meinten, Sie könnten damit nicht zu mir kommen. Aber wenn das wirklich stimmt, werden Sie wohl keine Zeit mehr haben, weiter an unserer kleinen Einrichtung zu unterrichten. Was sollte Sie auch davon abhalten, uns zu verlassen? Höchstens die Aussicht auf meinen Job«, sagte er lachend und schlug Steven auf die Schulter.

»Sorry, Donald, aber nicht mal das. Ihr Job ist Ihnen sicher.« Er schloss sich Schuhmachers gekünsteltem Lachen an.

»Meine Gratulation, Stevie.« Steven wischte sich die schweißnasse Handfläche an der Hose ab, bevor er Schuhmacher die Hand schüttelte.

Er rückt seinen Kragen zurecht und lächelt angesichts dieser Erinnerung. Jetzt erntet er die Früchte seiner Mühen: seine Arbeit, sein Ruf und das wunderschöne Mädchen, das unten auf ihn wartet. Wer behauptet, man könnte nicht alles haben, arbeitet einfach nicht hart genug. Nach einem letzten Blick in den Spiegel verlässt er das Schlafzimmer und geht Richtung Treppe.

# 17

*1. Februar*

Ich hab dich mit ihr gesehen. Ihr seid Arm in Arm gegangen, und sie hat sich eng an dich geschmiegt. Du hast gelächelt. Sie wirkte bedürftig, so wie sie sich an dich klammerte. Ich hätte weggehen sollen, konnte es aber nicht. Ich musste es sehen. Dieser Mann da bei ihr, das warst nicht du. Jegliche Zurschaustellung in der Öffentlichkeit ist dir zuwider, schon bald würdest du dich befreien und sie abschütteln. Aber als du deinen Mund auf ihren drücktest, zerfiel mein Herz zu Staub. Deine Küsse sind eine Sprache, die ich mittlerweile fließend spreche. Dieser hier zeugte von Verlangen. Du wolltest sie, und dieser Kuss würde dich nicht lange zufriedenstellen. Du würdest mehr wollen. Mehr von ihr.

Die Erkenntnis traf mich mit voller Wucht. Eine Welle der Übelkeit überkam mich. Ich wandte mich ab, um mich zu übergeben, konnte aber nur trocken würgen. Ich war leer.

Als ich sie lachen sah, verwandelte sich mein Schock in Wut. Sie trat auf die Straße – wie sehr wünschte ich mir, ein Bus würde sie überfahren, ihr alle Knochen im Leib zermalmen, sie aber nicht sofort töten! Oder noch besser: Ein Blitz sollte euch beide treffen! Ich wünschte, ich könnte euch beide so krank machen, dass ihr wüsstet, wie ich mich die ganze Zeit fühle.

Du hast die Wagentür für sie aufgehalten. Als sie sich auf den Beifahrersitz setzte, bist du erstarrt und hast dich an den

Türgriff geklammert. Durch den Tränenschleier sah ich verschwommen, wie dein Gesicht zu mir gewandt war.

Gelächelt hast du jetzt nicht mehr.

# 18 STEVEN

Unten im großen Raum legt Ellie am Esstisch gerade letzte Hand an.

»Wow«, sagt Steven beim Eintreten.

Sie hat für zwei Personen gedeckt, und der gesamte Raum wird nur vom Licht unzähliger Kerzen und vom prasselnden Kaminfeuer erhellt. Dadurch herrscht trotz der modernen Gestaltung eine leicht gruselig-romantische Atmosphäre, was Steven veranlasst, die Manschetten seines Hemds noch mal zurechtzuzupfen.

»Du siehst gut aus.«

Er trägt Jeans, Oxfordhemd und marineblauen Pullover – seine Freizeitkluft. Sie hingegen hat das schwarze Bandeaukleid angezogen, das er ihr geschenkt hat. Es schmiegt sich so eng um ihre Kurven, dass er sieht, sie trägt nichts darunter. Er weiß eben, was ihr am besten steht; das Kleid ist ein weiterer Beweis dafür. Als er sie damit überraschte, hatte sie schwach protestiert, aber es freut ihn einfach, ihr Sachen zu kaufen, die sie sich nicht leisten kann.

»Danke«, erwidert er und streicht ihr über die Wange. »Deine Haut ist ja eiskalt!«

»Ich war draußen.« Stirnrunzelnd sieht er sie an. »Ich dachte, ich hätte was gehört.«

Ohne ein Wort marschiert er aus dem Wohnzimmer in die Eingangshalle. Mit einem befriedigend satten Geräusch rastet der Riegel ein.

»So«, sagt er, als er zu ihr zurückkommt, »hier kommt nichts und niemand mehr rein. Aber dieses Arrangement sieht sehr eindrucksvoll aus. Allerdings herrscht wohl erhöhte Brandgefahr.«

»Gefällt es dir nicht?« Ihr Lächeln verblasst. Nervös spielt sie mit dem silbernen Anhänger an ihrer Kette.

»Doch, sehr.« Er umfasst ihr Gesicht und küsst sie, worauf sie wieder zu lächeln anfängt. Irgendwas verlangt nach seiner Aufmerksamkeit, aber er weiß nicht, was, bis sein richtiger Sinn anspringt und sein Hirn meldet: klassische Musik. Das Präludium in cis-Moll von Rachmaninow dringt aus den Lautsprechern. Plötzlich sehnt er sich nach dem Sommer, wenn er Ellie zu klassischen Konzerten in den Central Park mitnehmen wird: sie beide auf einer Picknickdecke, ihrer Insel im Meer aus grünem Gras, mit Käsesandwichs und Wein, zum Klang der anschwellenden Geigen bei Beethovens Siebter oder zum Surren der Streicher und Drohen der Hörner bei Mussorgskis *Nacht auf dem kahlen Berge*.

»Es duftet köstlich hier. Ist es das, was ich vermute?«

Sie nickt lächelnd.

»Aber ich dachte, Auberginen wären nicht so dein Fall?«

»Ich weiß doch, dass du die am liebsten isst. Könntest du bitte den Wein öffnen?«

Während er ihn entkorkt, studiert er das unbekannte Etikett. »Haben wir den mitgebracht?«

»Nein, ich hab ihn in der Vorratskammer gefunden.« Seine Hand am Korkenzieher hält inne. Mit hochgezogenen Augenbrauen sieht er sie an. »Eine Aufmerksamkeit unserer Gastgeber, schätze ich.«

Sie nehmen Platz. Die Bäume draußen sind ihr Publikum, das sie im Kerzenschein der Bühne allerdings nur undeutlich sehen kann. Nach einem Mahl aus gefüllten Auberginen, gemischtem Salat und einer Käseplatte, zu dem sie sich eine Flasche 2007er Cabernet Sauvignon gönnen, räumt er den Tisch ab und stellt das Geschirr in die Spülmaschine – das ist das Mindeste nach all der Mühe, die Ellie in die Planung dieses Wochenendes und die Zubereitung des Abendessens gesteckt hat. Wie üblich hat sie nur ein winziges Häufchen Speisen in der Mitte ihres Tellers arrangiert. Es sah aus wie bei einer Verkostung in einem Sternerestaurant. Aber dieses Mal ließ er das nicht zu und legte ihr eine ganze Auberginenhälfte auf den Teller, bevor sie es verhindern konnte. Sie protestierte zwar höflich, aß sie aber auf, weil er keinen Widerspruch gelten ließ.

Als er zurück ins Wohnzimmer kommt, mixt sie fleißig Drinks. Er öffnet schon den Mund, um ihr zu danken, da dringt ein unerwarteter Duft in seine Nase: Vanille, aber nicht zum Backen, sondern subtiler und unterlegt mit einem blumigen Aroma – nicht Rosen –, genauso zart, aber wärmer, Jasmin vielleicht. Der Duft weckt eine Erinnerung in ihm, die er nicht ganz fassen kann: Er weiß, da ist etwas, etwas Wichtiges, aber er kann es nicht identifizieren. Ein verschwommenes Gesicht, eine vertraute Geste. Diesen Duft hat er eben schon wahrgenommen, aber nicht bewusst. Es war nur ein Hauch, aber nun ist er stärker und fordert ihn auf, sich zu erinnern.

»Steven. Steven?« Ellies Stimme bricht den Bann und bringt ihn zurück in die Gegenwart.

»Tut mir leid, was ist?«

»Alles in Ordnung mit dir? Du hast gewirkt, als wärest du ganz weit weg.«

»Nein, es ist nur … Riechst du das?«

»Was denn?«, fragt sie, nachdem sie tief Luft geholt hat.

»Ach, egal.«

Aber dieser Geruch will ihn einfach nicht loslassen und sagt ihm, dass es nicht nur ein Raumduft ist. Er will seine gesamte Aufmerksamkeit fesseln, doch jetzt ist nicht der rechte Zeitpunkt.

»Du siehst aus, als hättest du einen Geist gesehen.«

»So würde ich das, was ich vor mir sehe, nicht gerade nennen«, erwidert er und mustert sie unverhohlen von Kopf bis Fuß.

»Du brauchst was zu trinken«, sagt sie und reicht ihm ein Glas, das er widerstrebend annimmt. »Ich fürchte, der Whiskey ist leer, aber es gibt noch Gin.«

»Keinen Bourbon?«

»Leider nicht.«

Mit dem Glas in der Hand tritt er näher zu ihr und streicht mit der freien Hand über ihre Hüfte. Lächelnd bemerkt er, dass sie unter diesem Kleid wirklich nichts trägt. Vor seinem inneren Auge taucht eine Nacht voller Möglichkeiten auf.

»Worauf sollen wir anstoßen?«, fragt sie.

»Auf dieses Wochenende. Auf uns zwei, ganz allein in diesem großen Haus, wo nichts und niemand uns stören kann.«

Ihre Gläser stoßen aneinander, dann trinken sie beide einen großen Schluck Gin. Ellie betrachtet ihn mit einem Glitzern in den Augen, das er noch nie an ihr gesehen hat.

»Auf eine Nacht, die wir nie vergessen werden«, sagt sie.

Ein weiteres Mal stoßen ihre Gläser klirrend aneinander, ein weiterer Schluck rinnt ihre Kehlen hinunter. Der Gin ist so bitter, dass er das Gesicht verzieht.

»Was ist?«, fragt Ellie.

»Nichts. Aber der Gin ist echt mies.« Trotzig trinkt er noch einen Schluck. Beißender Alkohol macht ihm keine Angst. Nichts macht ihm Angst.

Er beugt sich zu ihr und schmeckt ihren Mund, leckt ihr das Salz von den Lippen. Ein neuer Hunger erwacht in ihm, der mit jedem Bissen seines Kusses stärker wird. Er presst sich an sie und drängt sie bis zur Tischkante.

»Langsam.«

Er kaut auf ihrem Wort, entreißt es ihr aus dem Mund.

Nachdem er sein Glas auf dem Tisch abgestellt hat, umfasst er ihre Hüften, weil ihn der Hauch von Nichts unter ihrem Kleid unwiderstehlich reizt. Überrascht merkt er, dass er nur flach atmen kann. Seine Zunge ringt mit ihrer, aber sie verliert den Kampf. Er will mehr. Mit einer einzigen Bewegung dreht er sie um und legt sie über den Tisch. Etwas hat von ihm Besitz ergriffen, das unter der Schicht aus politischer Korrektheit und vernünftigem Verhalten verborgen war und durch die Natur und die Abgeschiedenheit wiedererwacht ist.

»Steven, was ...«

Auf der anderen Seite der riesigen Glasscheibe starrt der Wald ihn an. Die dunklen Silhouetten der Nadelbäume wiegen sich in der Nacht und flüstern ihm zu, dass er sich nehmen soll, was er will. Sie drängen näher zu ihm, ragen über ihm in die Höhe und fordern ihn auf, einfach loszulassen. Doch dann verschwimmen sie, und die Welt kippt, als hätte er in seinem eigenen Körper den Boden unter den Füßen verloren. Er will den Schwindel abschütteln und stützt sich mit beiden Händen auf dem Tisch ab. Vor sich sieht er Ellies über den Tisch gebeugten Körper, den Hügel ihres Pos, ein Territorium, das es zu erobern gilt. Er lässt alle Rücksicht fahren und schiebt ihr das Kleid hoch.

Ellie sagt etwas, doch sein Hirn kann die Botschaft nicht entschlüsseln. Erneut schleicht sich der Schwindel an ihn heran. Er versucht dagegen anzukämpfen, aber plötzlich kippt die Erde zur Seite und reißt ihm wieder den Boden unter den Füßen weg.

## 19 STEVEN

»Steven … was? Was ist los?«, fragt Ellie und zieht hektisch das Kleid wieder nach unten. Mit weit aufgerissenen Augen starrt sie ihn an. Sie wirken jetzt eher blau als grün.

»Keine Ahnung, was über mich gekommen ist«, erwidert er und fährt mit den Händen durch sein schweißfeuchtes Haar. Unter seinem Pullover lugt sein Hemd hervor. »Hab irgendwie das Gleichgewicht verloren. Gib mir eine Minute.«

Er greift zu seinem Glas und trinkt einen Schluck, doch sein wild rasendes Herz will sich einfach nicht beruhigen. Noch nie hat er derart die Kontrolle verloren, aber dieses Gefühl, die Macht, die er kurz davor verspürte … hier, ganz allein, wo er alles tun konnte, was er wollte. Er braucht nur einen Moment, um wieder zu sich zu kommen. Gleich können sie es noch mal versuchen. Im Kopf malt er sich schon aus, wie er es wiederholen kann. Er ist immer noch high vom Ansturm des Adrenalins, der Pheromone oder was auch immer sich durch seinen Körper brennt. Die Flammen der Kerzen verwandeln sich in Pailletten aus Licht. Er schüttelt den Kopf und verspürt einen leichten Schwindel, bevor die Flammen sich wieder zu einer Form verdichten.

»Steven, ist alles in Ordnung?«

Als Antwort brummt er nur und umfasst seinen Nacken. Die Haut ist feucht unter seinen Fingern.

»Es ist nie gut durcheinanderzutrinken«, sagt sie.

»Was meinst du?« Weil diese Frage ihm am Gaumen zu kleben scheint, spült er mit einem Schluck aus seinem Glas nach.

»Wein mit Schnaps zu mischen. Ich hab schon oft genug die Auswirkungen bei Mitstudenten gesehen.«

Er lacht schnaubend. Sein Lachen hallt im Gewölbe seines Schädels wider. »Ich bin kein Student! Ich hoffe nur, ich hab mir nichts eingefangen.« Die Aussicht, ohne Handysignal Hilfe zu brauchen, sollte er tatsächlich krank werden, verstärkt sein Unbehagen.

»Das hoffe ich auch!«

Vanille und Jasmin. Der Geruch ist wieder da.

»Riechst du das?«, fragt er, hört ihre Antwort aber nicht.

Woher kennt er diesen Duft? Immer noch will sich kein dazugehöriges Gesicht zu erkennen geben. Er verwirft diese Frage mit einem weiteren Schluck von seinem Gin, da sticht ihm das Feuer ins Auge. Die Flammen sind grellgelb und pulsieren in einer Aura aus Orange. Dieser faszinierende Anblick wird noch spektakulärer, als ein Holzscheit bricht und prasselnde Funken den Kamin hinaufschießen. Er taumelt zurück, weil diese Explosion aus Licht ihn blendet. Ellie verschwimmt immer wieder vor seinen Augen. Er kneift sie zu und massiert mit zwei Fingern seine Nasenwurzel. Als er die Augen wieder öffnet, sind Ellie und der Raum normal zu sehen.

»Du wirkst richtig angeschlagen«, sagt Ellie sichtlich besorgt. »Ist alles in Ordnung? Steven? Antworte mir.«

Ganz kurz hat er das Gefühl, das Meer hätte das Haus unterspült und das Wohnzimmer wäre ein schwankendes Schiff auf rauer See. Der in seinem Glas herumwirbelnde Gin verstärkt den Eindruck. Er holt tief Luft und wartet, bis sich das Gefühl legt. Mit trockenem Mund kippt er den Drink hinunter.

Er richtet sich auf und starrt in das Glas in seiner Hand. »Dieser Gin ist wirklich heftig. Haben wir den mitgebracht?«

Er kann nur noch schleppend sprechen, so als wäre sein Kiefer aus Zement. Auch seine Gliedmaßen und sein Hirn werden immer unbeweglicher. Er schüttelt heftig den Kopf, kann das Gefühl aber nicht abschütteln, weil es schon viel zu stark ist.

»Nein, der stand auf dem Servierwagen.« Ellies Stimme echot in seinem Kopf. »Vielleicht solltest du dich hinlegen. Wirklich, ich mach mir Sorgen.«

Plötzlich sieht er sie doppelt vor sich: leicht verzogen und eine Ellie durch die andere, als ob sie mit ihrem Geist dastünde.

Taumelnd fängt er an zu lachen, aber das Lachen klingt gar nicht nach ihm. Um ihn herum dreht sich alles, was ihm zeigt, dass der Witz auf seine Kosten geht. Seine Knie geben nach, und er droht zu Boden zu sacken, doch kann er sich noch an der Lehne des Sofas festhalten. Wieder kippt die Welt unter ihm weg.

»Steven?«

Er hört Panik in ihrer Stimme und noch etwas anderes, aber ihre Worte sind verzerrt, als wären sie unter Wasser. Er fasst den Kragen seines Pullovers und zieht daran, doch das hilft nicht: Die Luft um ihn wird dicker, heiß drückt sie gegen seine Brust, blockiert seine Lunge und erschwert ihm immer mehr das Atmen. Der Boden schwankt unter seinen Füßen. Wieder geben seine Beine nach. Das Glas gleitet ihm aus der Hand, und als es am Boden zerschellt, klingeln tausend Glöckchen in seinen Ohren. Ellie umfasst mit einer Hand seinen Ellbogen und führt ihn mit der anderen Hand auf seinem Rücken zum Sofa.

Dunkelheit schleicht sich an ihn heran, nimmt ihm immer mehr die Sicht und verschluckt den Raum, bis nur noch ein Lichtstrahl bleibt und Ellies schrille Stimme. Der geheimnisvolle Duft ist nun intensiver als je zuvor. Er hüllt ihn ein, dringt in ihn, bis er nur noch ihn wahrnimmt. Eindringlich und tröstend. Wie eine Hand, die seinen Nacken streichelt.

# TAG ZWEI

*Nicht der Mörder,*
*der in unsere Wohnung*
*schleichen könnte,*
*sollte uns am meisten Angst*
*einjagen, sondern das Ich,*
*das wir vor uns selbst*
*verbergen.*

Emily Dickinson

## 20 STEVEN

Seine Schultern bringen ihn um. Im Sitzen drückt er das Kinn zur Brust und rollt den Kopf nach links und rechts, um seinen Nacken zu entspannen. Er will jemanden rufen, aber sein Mund ist wie ausgetrocknet, und die Zunge klebt ihm am Gaumen. Langsam fährt er damit über seine Zähne, dennoch bringt er immer noch kein Wort hervor. Seine Augenlider wiegen eine Tonne. Er konzentriert sich darauf, sie zu heben, und als es ihm gelingt, weicht die Dunkelheit grellem Licht. Langsam tauchen unscharfe Formen auf: der Umriss eines Sofas und verschwimmende Flecken aus Gelb und Rot, die in einem dunklen Rahmen tanzen – der Kamin. Er ist im Wohnzimmer.

Der Raum ist dunkler geworden, und er sitzt vor einem riesigen stumm geschalteten Fernseher, in dem nur weißes Rauschen zu sehen ist. Die Kerzen. Alle Kerzen sind gelöscht, bis auf ein, zwei Ausnahmen, und der Fernseher ist das riesige Panoramafenster des Wohnzimmers. Draußen ist der Schneesturm wieder stärker geworden, Schneeflocken prallen gegen die Scheibe und rutschen daran herunter, und durch die Doppelverglasung hört man gedämpft das Heulen des Windes. Der Himmel ist von dicken dunkelgrauen Wolken überzogen, sodass er nicht sagen kann, ob es Tag oder Nacht ist. Wie lang war er bewusstlos?

Was ist passiert? Als er angestrengt versucht, sich an die Zeit zu erinnern, bevor er aufwachte, bevor er das Bewusstsein verlor, findet er nur ein riesiges schwarzes Loch. Wie viele von seinen Erinnerungen hat er verloren? Er zupft an den losen

Fäden in seinem Geist. Da sind nur ein paar Bilder, Gerüche und Wörter. Er zieht sie zusammen, um eine Geschichte zu weben und die Löcher in seinem Gedächtnis zu stopfen. Ein Wochenendtrip. Sie fuhren mit dem Wagen, ein Mädchen schlief auf dem Beifahrersitz. Er küsste sie an einem Baum, die Hitze ihrer Zunge an seiner, die Eiseskälte um sie herum. War das heute? *Ellie*. Wie eine Kugel schießt ihr Name durch seinen Geist. Sein Kopf fährt zurück. Es fühlt sich an, als wäre der Raum leer. Wo ist sie? Sein immer noch tonnenschwerer Kopf rollt wieder hin und her und sackt dann auf die Brust wie bei einem dösenden Studenten während einer langweiligen Vorlesung. Sein Bewusstsein schwindet. Er fällt in einen dunklen Brunnen. In seinen eigenen Körper. In der Dunkelheit sieht er ihr ängstliches Gesicht. Ellie. Die Vorstellung, dass sie ihn braucht, Angst hat und irgendwo benommen und verwirrt aufwacht, treibt ihn an, doch wieder den Kopf zu heben und oben zu halten.

Er öffnet den Mund, aber die Worte wollen nicht herauskommen, sie kleben an seiner Zunge wie Fliegen an einer Haftfalle. Er räuspert sich mehrfach, bevor er das eine Wort herausbringt, das er braucht.

»Ellie?« Seine Stimme ist kaum mehr als ein Hauch. »Ellie?« Ihr Name erstirbt auf seinen ausgetrockneten Lippen. Er bemüht sich, so viel Speichel wie möglich zu sammeln, und holt tief Luft. »Ellie?«

Irgendwo im Haus rumpelt etwas. »Ellie, bist du das?« Jedes Wort brennt in seiner Kehle.

Oben, denkt er. Schritte. Gemurmel? Das Knacken des Feuers dringt in seine Ohren, die Hitze bedrängt seinen Körper, schwache Erinnerungen, die an die Oberfläche wollen, ringen mit geflüsterten Worten um Raum. Es sind zu viele Informationsfragmente, die aufeinanderprallen, sein Verstand kann sie nicht verarbeiten, sie ziehen ihn in verschiedene Richtungen. Ihm wird schwindelig, und er spürt, wie eine beißende Flüssigkeit in seiner Kehle hochsteigt.

Ellie. Er klammert sich an ihren Namen wie an einen Anker, um nicht von den Informationsmassen in die Tiefe gezogen zu werden und unterzugehen. Nach ein paar tiefen Atemzügen verebbt der Ansturm, und mit einem Mal fallen ihm besorgte Äußerungen von ihr ein, die er abgetan hat. Ihre Stimme flüstert in seinem Kopf, und schlaglichtartig blitzen Bilder vor seinem inneren Auge auf. Die Küche in einem Rahmen aus Schwarz, Ellies Silhouette zum silbern spiegelnden Fenster gewandt: *Ich glaube, ich habe draußen was gesehen* – was er als kindische Furcht verwarf. Blitzlicht, anderes Bild. Im Wald, versunken in ihrem Kuss, als sie plötzlich ein knackender Ast auseinanderriss. Blitzlicht, neues Bild. Ihr Körper, an seinen gepresst, die schwindende Wärme ihres Mundes auf seinem. Die Angst in ihrer Stimme, als sie sagte: *Ich hab das Gefühl, beobachtet zu werden.* Vielleicht hätte er sie ernst nehmen sollen.

Ellie. Die Ruhe im Sturm, der in ihm und um ihn herum tobt. Er muss zu ihr, sich vergewissern, dass es ihr gut geht. In dem kraftlosen Impuls, sie zu retten, will er sich in Bewegung setzen, doch seine Gliedmaßen verweigern ihm den Dienst, sosehr er sich auch anstrengt. Er klebt an seinem Stuhl. Wie sein Geist ist sein Körper ihm fremd geworden und will ihm nicht mehr gehorchen. Seine Anstrengungen und seine Benommenheit überwältigen ihn. Archaischer Moschusgeruch von Angst erfüllt die Luft, die Wände um ihn herum kommen näher und wölben sich so dicht über ihm, dass er sich fühlt wie ein Gefangener in einer neuen Wirklichkeit. Erneut steigt eine Welle der Übelkeit in ihm auf und spült brennende Flüssigkeit in seine Kehle. Er atmet bewusst langsam ein und aus, um sie in Schach zu halten.

Da hört er etwas. Oben, ganz eindeutig. Trotz seines Versuchs, ruhig zu bleiben, beschwört seine Fantasie furchterregende Szenarien herauf, in denen Ellie sich am Kopfende des großen Betts zusammenkauert wie ein in die Ecke getriebenes Tier, während ein gesichtsloser Schemen sich auf sie zubewegt. Sie betet, dass er kommt und sie rettet, aber er sitzt hier unten fest und kann nicht verhindern, dass der Schatten des Eindringlings über sie fällt. Wieder versucht er, nach ihr zu rufen, doch ihr Name erstirbt diesmal schon in seiner Kehle, bevor er auch nur den Mund aufmachen kann.

Es war ein Irrtum zu glauben, dass sie hier, allein und abgeschirmt vom Rest der Zivilisation, sicher wären. Jeder hätte hier eindringen können – jeder Fremde, der Schutz vor dem Sturm suchte und mehr fand als erhofft.

Steven konzentriert sich jetzt nur auf seinen Atem, um mit jedem Luftholen den Nebel zu lichten. Ihm ist schmerzlich bewusst, dass jede Sekunde, in der er sich nicht rührt, eine Sekunde mehr ist, in der Ellie ihn braucht. Eine Sekunde, in der das Schlimmste näher rückt und er es nicht verhindert.

Ein Echo. Ein vertrauter Klang. Sein Name, in einem lang gezogenen Ruf. Ein gedämpftes Rumpeln, gefolgt vom Galopp leiser Schritte, die die Holztreppe hinunterrennen. In der darauffolgenden Stille nimmt er wahr, wie jemand hinter ihm atmet. Es ist ein tröstliches Geräusch.

»Steven?«

Er klammert sich an ihre Stimme, um sich selbst aus dem schwarzen Loch in seinem Gedächtnis zu ziehen. Da er die Augen nicht öffnen kann, konzentriert er sich auf seinen Mund.

»Ellie! Ich bin hier.«

Vor ihm erscheint Ellies Gesicht, verschwindet und taucht wieder auf. Zerzauste Haare, der Blick eines Lebewesens, das nur noch fliehen will. Er blinzelt, bis er sie deutlicher sehen kann, doch irgendwas stimmt nicht mit ihr.

»Wie fühlst du dich?«, fragt sie, und ihre Stimme ist so undeutlich wie bei einer schlechten Telefonverbindung. Ihre Augen huschen so schnell über sein Gesicht, dass ihm erneut übel wird und beißende Säure in seine Kehle steigt.

Sie lässt seine Oberschenkel los und umfasst sein Gesicht, hält seinen hin und her kippenden Kopf fest. Als er sie verschwommen lächeln sieht, schwillt ihm das Herz, und Erleichterung breitet sich in ihm aus. Es geht ihr gut.

»Was ... was ...«, setzt er an, wird jedoch von einem Hustenanfall erfasst.

»Warte!«, befiehlt sie und verschwindet wieder. Ohne die Hilfe ihrer Hände sackt sein Kopf ruckartig nach vorn. Er reißt ihn zurück.

Schon ist sie wieder da und mit ihr ein harter, kreisförmiger Plastikrand, der gegen seine Lippen gepresst wird. Herrlich frisches Wasser fließt in seinen Mund. Er trinkt es, so unbeholfen, dass es ihm aus den Mundwinkeln übers Kinn rinnt und auf seinen Hemdkragen tropft, aber das ist ihm egal. Er leert den gesamten Becher. Die Flüssigkeit hilft nicht nur gegen seinen trockenen Mund, sondern plötzlich kann er wieder mühelos atmen, die saubere Luft riechen und klar und deutlich sehen. Da seine Kraft zurückkehrt, beugt er sich vor, um Ellie in die Arme zu nehmen, ihr Gewicht an seiner Brust zu spüren und sich zu vergewissern, dass es ihr wirklich gut geht. Jetzt kann er sie bei der Hand nehmen, die Autoschlüssel schnappen und sich mit ihr in Sicherheit bringen. Aber seine Arme weigern sich immer noch mitzumachen.

»Was ist passiert?«, fragt er, erntet darauf aber nur Schweigen, das sich zwischen ihnen ausdehnt, lastend und unbehaglich, bis es unerträglich wird. Während er auf ihre Antwort wartet, füllt seine Fantasie die Leere mit einem neuen schrecklichen Szenario, einem, das viel bedrohlicher ist: Vielleicht rührt sein Gedächtnisverlust nicht vom Angriff eines Eindringlings. Vielleicht ist er im Vollrausch die Treppe hinuntergestürzt, hat sich das Rückgrat gebrochen und ist nun vom Hals abwärts gelähmt!

»Wie schlimm ist es?« Dieses Mal antwortet sie mit einem starren Blick und einer kleinen Furche auf ihrer Stirn. Er sieht Mitleid in ihren Augen. Das stößt ihn ab. Wenn er eines nie wollte, dann Mitleid. Unwillkürlich ballt er die Faust, um das Mitleid zu zerquetschen. Seine Finger! Er kann sie bewegen, also ist er nicht gelähmt! Vor lauter Erleichterung wird ihm schwindelig. Nun fühlt er sich auch stark genug, den Blick zu senken und an sich hinabzuschauen.

Seine Arme sind mit mehreren Lagen Klebeband an den Lehnen fixiert. Er beugt sich so weit wie möglich vor. Seine Beine sind auch gefesselt. Aber er sitzt nicht auf einem normalen Stuhl ... sondern in einem Rollstuhl! Er stemmt sich gegen die Fesseln, aber sie wollen nicht nachgeben. Wieder kommt ihm das Szenario mit dem Eindringling in den Sinn.

»Ellie, hol schnell ein Messer oder so was.«

»Ich kann nicht.«

Ihre Antwort und ihr sachlicher Ton bringen ihn zum Schweigen. Vielleicht hat der Angreifer, der ihn gefesselt hat, sie dazu gezwungen und ihr mit unaussprechlichen Grausamkeiten gedroht, falls sie seine Anweisungen nicht befolgt. Wenigstens wirkt sie unverletzt, aber wer weiß, was sich unter ihren Kleidern verbirgt.

»Schneide mich los, bevor er zurückkommt.« Sie reißt die Augen auf und blickt auf etwas oder jemanden hinter ihm. Den Eindringling, der hinter ihm steht und sie schweigend kontrolliert. Er spitzt die Ohren und meint seinen Atem zu hören.

»Ellie, ich verstehe, dass du Angst hast.« Jedes Wort, das er ausspricht, kostet ihn unendlich Kraft. Ihr Blick huscht von seinem Gesicht zu einer Stelle über seiner rechten Schulter. Wie sind sie bloß hier gelandet? Dies sollte doch ein romantisches Wochenende werden, um sich, ungestört von der Welt, besser kennenzulernen. Wieder tauchen all die mahnenden Vorzeichen, die er verworfen hat, vor seinem inneren Auge auf: der Wald, die dunkle Küche. Doch mit einem Mal werden sie von einem grellen Licht überlagert. Er konzentriert sich, bis er klarer sehen kann. Es sind Scheinwerfer, die ihn auf dem letzten Abschnitt der Strecke im Rückspiegel blendeten. Eine schemenhafte Gestalt hinter dem Steuer eines unbekannten Wagens, der ihm bis zur letzten Abbiegung auf den Privatweg im dichten Wald folgte. Diese Gestalt konnte ins Haus schlüpfen, während sie ihren Spaziergang machten, und sich bis zu ihrer Rückkehr irgendwo oben verstecken. Sein Hirn weigert sich, den Gedanken weiter zu verfolgen.

»Ellie, ich weiß, du hast Angst, aber du schaffst das.«

Ohne ein Wort richtet sie sich auf, bis sie ihn überragt. Der Vorhang ihrer Haare fällt über ihr Gesicht. Als sie sie zurückschiebt, hat sich ihr Ausdruck verändert. Jetzt sieht sie ganz anders aus, wie eine völlig Unbekannte. Sie neigt sich zu ihm, streicht ihm eine Strähne aus der feuchten Stirn und blickt ihm durchdringend in die Augen.

»Wieso sollte ich dich befreien? Ich war es doch, die dich gefesselt hat.«

## 21 ELLIE

Er reißt den Mund auf, bringt aber kein Wort heraus. Geschockt und ungläubig starrt er mich mit hervorquellenden Augen an. In meiner Brust zieht sich alles zusammen. Angst beschleicht mich. So nervös war ich nicht mehr seit unserer ersten Begegnung in seinem Lieblingscafé in der Nähe seiner Schule. Als er mit perfektem Outfit und perfekter Föhnfrisur dasaß, die tief liegenden blauen Augen unter gepflegten, vollkommen geraden Augenbrauen, während ich auf meinen Stuhl tropfte und mir ziemlich unansehnlich vorkam, weil mir nasse Haarsträhnen am Gesicht klebten wie Tang an einem Felsen. Trotzdem gefiel ich ihm an diesem Tag – genug jedenfalls, um mich nach meiner Nummer zu fragen und kurz darauf anzurufen, um zu bestätigen, in welcher Bar wir uns auf einen Drink treffen wollten.

»Was soll das, verdammt noch mal«, fragt er schließlich halb wütend, halb verwirrt. »Wie konntest du …«

»Ich hab dir was gegeben.« Nervöse Energie durchströmt meine Arme und fühlt sich an wie Nadelstiche, sodass ich mein Gewicht verlagere.

»Wie?! Wann?!«

»Du bist keine Frau, also hat man dich nicht gewarnt, niemals Getränke anzunehmen, die nicht vor deinen Augen geöffnet oder gemixt wurden.«

»Du hast mich unter Drogen gesetzt?« Er reißt die Augen auf; seine Pupillen sind immer noch riesengroß und lediglich von einem schmalen blauen Ring umgeben, wie bei einer Katze, die zum ersten Mal einem Hund begegnet und sich plötzlich fühlt wie eine Maus.

Angesichts dieser Information erschlafft sein Griff um die Lehnen des Rollstuhls. Es hat ihm die Sprache verschlagen. Jetzt heißt es warten. Es muss von ihm kommen, in seinem Tempo. Ich habe Angst. Der Drang, einfach abzuhauen, ist stark, aber ich kämpfe dagegen an. Seit Ende meiner Teenagerzeit ist Flucht mein Mittel der Wahl: meilenweit laufen, mit Musik in den Ohren, bis ich nur noch das Brennen meiner Beine und den Rhythmus meines Atems spüre; meine Angst mit jedem Schritt auf dem Asphalt zertreten.

Reglos warte ich auf seine nächsten Worte.

»Wieso, Ellie. Sag mir einfach, wieso.«

»Das gehört zu einem kleinen Spiel. Etwas, damit das Wochenende ... interessanter wird. Ich wollte mal was anderes machen. Für dich.« Unter gesenkten Lidern schaue ich ihn an. *Bitte verzeih mir.* Es ist unbedingt notwendig, dass er mir verzeiht.

»Ich bin gefesselt, verdammt noch mal«, erwidert er und ruckt an den Klebebändern. Seine verzerrte Miene zeugt von seinem Drang freizukommen.

»Das gehört zu einem Spiel, von dem ich gelesen habe. Ich wollte unser Jubiläum ein bisschen aufpeppen.« Daraufhin zieht er nur eine Augenbraue hoch. »Ich dachte, wir könnten was Besonderes machen, etwas Gewagteres. Wir wollen doch nicht zu einem dieser langweiligen Pärchen werden.«

»Dazu musstest du mich aber nicht unter Drogen setzen! Wenn du das wolltest ...«

»Ich weiß, ich wusste nur nicht, wie ich dich fragen sollte. Verzeihst du mir?«, frage ich mit einem Anflug von Reue in der Stimme und beiße mir auf die Unterlippe. Sein Schweigen reicht mir, um fortzufahren. »Wenn du mitspielst, dann verspreche ich dir, wirst du dich glücklich schätzen können. Sehr glücklich. Bitte, ja? Mach einfach mit«, sage ich, ganz dicht an seinem Ohr.

Als ich ihn küsse, wehrt er sich nicht, sondern öffnet die Lippen und dringt mit seiner Zunge in meinen Mund. Er schmeckt noch nach Gin. Ich dränge mich gegen ihn und kämpfe um die Kontrolle bei diesem Kuss, bis sein Rücken schließlich gegen die Lehne gedrückt wird und er den Kopf in den Nacken gelegt hat. Als ich mich von ihm löse, keucht er.

Er bricht als Erster das Schweigen. »Wie geht das Spiel?«

Ich lächle. »Es wird dir gefallen, das verspreche ich.«

Dann hole ich den Stapel Papiere vom Beistelltisch, wo ich ihn hingelegt habe. Als ich mich auf die Rückenlehne des Sofas hocke, koste ich den Moment gespannter Erwartung voll aus, sichte die Seiten, überprüfe die Reihenfolge. Es ist ein Gefühl wie auf einem Sprungbrett, kurz bevor man ins kalte Wasser taucht. Sobald ich spreche, wird sich alles in Bewegung setzen. Das Gewicht meiner Worte wird den ersten Dominostein kippen.

»So, Professor, ich dachte, wir prüfen als Erstes mal deine Kenntnisse in Literatur. Berühmte Werke und ihre Autoren.«

»Ist gut«, willigt er ein, klingt aber verunsichert.

»Fangen wir mit etwas Einfachem an: ›Sieh die Welt in einem Körnchen Sand und einen Himmel in der wilden Blume, greif das Unendliche mit deiner Hand und fühl' die Ewigkeit in einer Stunde.‹ Von wem ist das?«

»William Blake«, sagt er prompt und lächelt vor Stolz. Eitelkeit kennt keine Grenzen, nicht mal aus Klebeband.

»Gut, Professor.« Grinsend ziehe ich mir den Pullover über den Kopf und werfe ihn beiseite. Nun stehe ich in Socken, Leggings, BH und Thermohemd vor ihm. Sofort richtet er sich auf. Jetzt ist er bei der Sache.

»Und wie ist es mit ›Ich bin kein Vogel, kein Netz kann mich fangen; ich bin ein freies menschliches Wesen mit einem unabhängigen Willen‹?«

»*Jane Eyre*«, sagt er, diesmal lauter.

Lächelnd schiebe ich meine Daumen unter den Bund der Leggings. Im Licht der verbliebenen Kerzen sehe ich Vorfreude in seinen Augen schimmern. Wäre er ein Wolf, würde er sich die Lippen lecken. Doch anstatt das zu tun, was er erwartet, bücke ich mich und ziehe mir die Socken aus.

»Ach, komm schon!«

Angesichts seiner sichtlichen Enttäuschung muss ich wieder grinsen. »Du weißt doch, aller guten Dinge ...«

»Schon klar, schon klar.«

Ich blättere durch die Seiten und suche nach dem nächsten Zitat. »Jetzt das hier: ›Wir liebten uns mit einer frühreifen Hingabe, mit einer Leidenschaft, die so oft das Leben Erwachsener zerstört.‹ Irgendeine Ahnung?«

Schweigend runzelt er die Stirn. Er kennt das Zitat und versucht, es dem richtigen Buch, dem richtigen Kontext zuzuordnen. Ich gleite von der Rückenlehne des Sofas, gehe zu ihm und setze mich auf seinen Schoß. Dann wiederhole ich das Zitat, so dicht vor ihm, dass mein Mund fast seinen berührt.

»Kann ich noch einen Hinweis haben?«, fragt er und schürzt die Lippen, wie um mich zu küssen.

»Sie war Lo, schlicht und einfach Lo, wenn sie morgens mit ihren vier Fuß zehn in nur einem Söckchen dastand. Sie war Lola in Hosen. Sie war Dolly in der Schule.«

»*Lolita*«, flüstert er, und sein warmer, leicht nach Gin riechender Atem streicht mir über die Haut. Ohne aufzustehen, winde ich mich aus meinem Thermohemdchen, sodass ich nur noch in BH und Leggings auf seinem Schoß sitze und spüre, wie sich seine Latte gegen meinen Po drückt. Obwohl er an einen Rollstuhl gefesselt ist, gefällt ihm das Spiel. Vielleicht genießt er es insgeheim, mir gegenüber wehrlos zu sein, und entdeckt die Wonnen der Vorfreude und Kapitulation.

»Was habe ich zu gewinnen?«, fragt er und starrt lüstern auf die Kluft zwischen meinen Brüsten, als läge die Belohnung für seine nächste richtige Antwort unter dem Stoff meines BHs, als wäre mein Körper der Preis, auf den er ein Anrecht hat, wenn er das Richtige sagt. In diesem Augenblick verschwimmen seine Gesichtszüge zu einer Maske all jener, die auf uns Anspruch erheben: die Typen, die mir auf Partys oder in Bars an den Arsch packten; der ältere Mann, der mir fünf Blocks lang folgte, weil ich es gewagt hatte, ihm ein Lächeln und eine Antwort zu verweigern; der Kerl, der meine Hand auf seinen Schwanz drückte, als wir uns zum ersten Mal küssten.

Er ist so berechenbar. Es ist mir ein Rätsel, wieso ihn noch niemand durchschaut hat. Aber Menschen können blind sein, wenn sie etwas nicht sehen wollen. Sie erfinden Geschichten, die von dem ablenken, was direkt vor ihnen steht.

»Letztes Zitat. ›Ich kann nicht aufhören, an dich zu denken.‹« Ausdruckslos starrt er mich an. Zugegeben, der Satz ist ein Stereotyp und taucht in vielen Romanen auf. Ich komme ihm entgegen.

»Wie wär's mit ›So wie bei dir habe ich mich noch nie gefühlt‹?«

Immer noch kein Zeichen, dass er das wiedererkennt. Trotz der Drogen und Fesseln fühlt er sich immer noch sicher und wiegt sich in dem Glauben, dass er mich kennt, dass ich keine Bedrohung darstelle. Ich bin doch Ellie, seine schüchterne

Freundin, das Mädchen, das rot wird, wenn er Komplimente macht, das Mädchen, das ihm immer seinen Willen lässt, bei dem sich alles um ihn dreht. Die harmlose, durchschaubare Ellie, über die man nicht länger nachdenken muss. Er ist so arglos, so geblendet vom Glanz seiner Selbstsicherheit, dass er sich nicht mal gefragt hat, woher zum Teufel dieser Rollstuhl kommt.

Ich lecke mir über die Lippen. »Vielleicht hilft dir das.« Ich neige mich so dicht zu ihm, dass ich fast seine Wange berühre, und flüstere ihm ins Ohr: »›Danke für die letzte Nacht, Professor H. J xxx‹.«

Sofort spannt sich sein gesamter Körper an, und tiefe Furchen graben sich in seine glatte Stirn: Endlich hat er erkannt, wer das geschrieben hat. Seine rechte Hand zerrt an der Fessel.

Zum ersten Mal hat er keine clevere Antwort auf etwas. Ihm fehlen die Worte. Ich habe sie ihm gestohlen. Seine angeborene Zuversicht schwindet aus seiner Miene. Erregung durchströmt mich bis in die Fingerspitzen. Die Atmosphäre ist geladen von der Verlagerung der Macht in diesem Raum. Das ist das erste Mal in unserer Beziehung. Es gibt so viel, das ich ihm sagen will.

Sein Blick huscht über mich. Er ist beunruhigt. Ich bin nicht mehr die harmlose, durchschaubare Ellie.

Und noch schlimmer ist: Ich weiß über die SMS Bescheid.

*Ich weiß über* sie *Bescheid.*

## 22

*12. Februar*

Heute hast du mich ertappt, als ich mich mehr schlecht als recht hinter einer Zypresse gegenüber deinem Wohnhaus versteckte wie eine drittklassige Nancy Drew.

»Was machst du hier!«, hast du mich angefahren, mich so fest am Arm gepackt, dass sich deine Finger in mein Fleisch bohrten, und mich über die Straße gezerrt.

Dein sonst so vertrautes Apartment kam mir fremd vor, als ich mich deinem Griff entwand. Ich wusste nicht mehr, wo ich hingehörte. Es roch irgendwie anders, ein herber Zitrusduft erfüllte die Luft. Dann traf mich die Erkenntnis wie ein Schlag: Es roch nach ihr.

Du hast dich neben mich gesetzt. Dein Eau de Cologne überdeckte kaum deinen eigenen Geruch, den ich so gut kannte, den Geruch, der früher an mir haftete.

»Ich liebe dich«, stieß ich hervor. Das hatte ich noch nie gesagt, nicht weil es nicht stimmte, sondern weil ich Angst vor deiner Reaktion hatte.

Du hast geseufzt, und dieses Seufzen war niederschmetternder als alles, was ich mir vorgestellt hatte. Ich starrte an die Wand hinter dir und stellte mir ein ungemachtes Bett vor, mit dem Abdruck ihres Kopfs auf dem Kissen. Es trieb mir Tränen in die Augen, und ich bemühte mich, nicht zu blinzeln.

Du hast meine geballte Hand umfasst und gefragt: »Was hast du da?«

Dann hast du mir einen Finger nach dem anderen geöffnet, bis das gefaltete Blatt Papier frei auf meiner Handfläche lag. Als du es aufgefaltet hast, wich dir alles Blut aus dem Gesicht.

»Ist dir klar, wie sehr du mir damit schaden könntest?«, hast du laut gebrüllt. Deine Enttäuschung traf mich so hart, dass ich mich fühlte, als würde ich in tausend Stücke zerspringen. »Wenn das in die falschen Hände geriete?«

Du hast mir das Bild abgenommen und es ohne einen weiteren Blick auf uns zerrissen. Hast mein Lächeln zerrissen und unsere Geschichte zu Konfetti gemacht.

# 23 STEVEN

Als er seine Fingernägel in die Armlehnen gräbt, bekommt das billige Kunstleder Dellen. Wie ist das möglich? Bei J. war er immer vorsichtig und hat Ellie nie einen Grund gegeben, argwöhnisch zu werden. Das enge Klebeband an seinen Hand- und Fußgelenken verwehrt ihm die Möglichkeit, einfach zu gehen und sich ihren unausgesprochenen Vorwürfen zu entziehen. Sie hat ihn hereingelegt. Er hätte sie nie für so ein Mädchen gehalten. Ein Mädchen, das gern Spielchen spielt, vor allem solche. Schweigen hat sich über sie gesenkt, quälend und lastend von Ungesagtem. Steven ist sicher, dass sie Fragen hat – die hat er auch, doch wenn er sie stellen würde, gäbe er zu, dass etwas dran ist an dem, was sie ihm unterstellt. Im Kamin knistert das Feuer, und das Holz knackt so laut wie Knochen, auf die man tritt.

»Nun?«, fragt sie, schräg an das Fenster gelehnt. Sie hat die Arme unter der Brust verschränkt, die Fußknöchel gekreuzt, und nur ihre Schultern berühren das Glas. Mit undurchdringlicher Miene schaut sie auf ihn herab. Er muss seinen Kopf stark zur Seite drehen, um sie ansehen zu können. Irgendwas ist anders, nur weiß er nicht, was.

»Ich warte«, setzt sie nach.

Ihre Augen. In ihnen liegt eine Kälte, die er bislang noch nie gesehen hat. Eine Hülle steht vor ihm, so als hätte jemand Ellies Wesenskern entfernt.

»Ich habe keine Ahnung, wovon du eigentlich sprichst.« Er verlagert sein Gewicht, um die Beine übereinanderzuschlagen, weil er vergessen hat, dass sie immer noch an die Fußstützen gefesselt sind.

»Spar dir den Scheiß, Steven. Ich weiß Bescheid. Ich will nur, dass du es laut aussprichst.«

Ihre Stimme ist so harsch, ihre allgemeine Haltung so dominant, dass er dieses Mädchen vor ihm nicht wiedererkennt. Als wäre sie ein vollkommen anderer Mensch geworden, während er bewusstlos war. Das ist doch Wahnsinn! Eigentlich sollten sie jetzt in Stockton sein, einen Spaziergang an der Uferpromenade machen und in Antiquitätenläden stöbern. Sie hätte sich bei ihm untergehakt und ihn bei der Suche nach etwas für ihre Wohnung nach seiner Meinung gefragt. Wenn sie etwas gefunden hätte, hätte er darauf bestanden, es zu bezahlen, nur um zu sehen, wie ihr Gesicht vor Freude aufleuchtet. Danach hätten sie sich in ein Café gesetzt, in dem karierte Tischdecken auf den Tischen lägen, und Speisekarten studiert, in denen stünde, dass alle Zutaten aus der Gegend kämen. Der Eigentümer wäre jemand gewesen, der dem Stress der Großstadt entflohen wäre. Stattdessen ist er in diesem Albtraum gelandet. Der Raum pulsiert im orangefarbenen Licht des Kamins, das bedrohlich tanzende Schatten an die Wände wirft.

»Das hat nichts zu bedeuten. Da hat mir nur eine meiner Studentinnen einen Streich gespielt. Mehr ist da nicht, ich schwöre es ...«

»Ach wirklich: *Danke für die letzte Nacht*? Das soll ein Streich sein?«

»Ich hab ihr nur bei einem Aufsatz geholfen.«

»Hältst du mich für blöd?«

»Wieso sollte ich dich betrügen? Das wäre doch verrückt.«

»Du bist genau wie dein Vater.«

Mit einem Mal ist die Atmosphäre wie elektrisch aufgeladen.

Die unerwartete Erwähnung seines alten Herrn trifft ihn wie ein Stromschlag. Nie hätte er gedacht, dass ihm der Schatten des alten Bastards bis hierher folgen könnte. Hätte Ellie ihn mal getroffen, wäre er ein wahrhaft würdiges Ziel für ihren Zorn gewesen, doch das hat sie nie. Dafür hat er gesorgt.

»Wieso kommst du jetzt auf meinen Vater?«

»Weil du genau wie er bist, oder etwa nicht?«

»Woher willst du das denn wissen?«

Anstatt zu antworten, wendet sie den Blick zum Fenster, und ihr Haar verbirgt wie ein Vorhang ihr Gesicht.

*Irgendwas verschweigt sie ihm.* Sie kann doch nicht eine von denen sein – von den ehrfürchtigen Studentinnen seines Vaters. Er versucht, ihre Schritte in der Vergangenheit zurückzuverfolgen, auf der Suche nach einem Weg, der sich mit dem von Professor Stewart Harding gekreuzt haben könnte. Allerdings muss er zugeben, dass ihr Leben vor ihrer ersten Begegnung im Grunde ein Rätsel für ihn ist, an dessen Lösung er bislang nicht sonderlich interessiert war. Liegt dort die Antwort?

»Sag mir einfach nur die Wahrheit«, fordert Ellie ihn auf. »Bitte.«

Sie ist zu wütend auf ihn, um noch länger über seinen Vater zu reden. Hier geht es nicht um ihn, sondern um das, was er, Steven, getan oder nicht getan hat. Und um ihre Gefühle für ihn.

»Du hast meine Frage noch nicht beantwortet.«

»Du meine auch nicht«, erwidert sie.

»Können wir nicht einfach darüber reden, woher …«

»Wir reden doch, und ich bitte dich, mir die Wahrheit zu sagen.«

Wo ist das Mädchen geblieben, das unter dem langen Pony zu ihm aufgeschaut hat? Das ihn immer nach seiner Meinung fragte und dann an seinen Lippen hing? Er betrachtet ihre geschürzten Lippen, ihre zornigen Augen. Es ist noch dasselbe Gesicht, doch er erkennt seine Ellie nicht wieder, das scheue, unentschlossene Mädchen – das Mädchen, das ihn warten ließ: sechs Dates, bis sie sich schließlich erweichen ließ. Das Warten hatte ihn verrückt gemacht, war er es in Zeiten prompter Wunscherfüllung doch längst nicht mehr gewohnt, aber die verzögerte Belohnung war umso befriedigender gewesen.

»Das tue ich doch, ehrlich ...«

»Nicht!« Wie ein Fallbeil zerschneidet dieses Wort seine Lügen.

Das ist nicht sie. Da steckt ein anderer dahinter. Angestrengt durchforstet er sein Hirn nach irgendwelchen Hinweisen. Jemand hat sie zu dem hier gemacht und seine Ellie in dieses rachsüchtige Wesen verwandelt.

»Kann sein, dass du mich bis jetzt für eine Idiotin gehalten hast und ich das zugelassen habe. Aber das ist nun vorbei. Ich weiß Bescheid, also ist Lügen nicht nur zwecklos, sondern auch beleidigend. Ich habe die Textnachrichten gesehen. *Ich weiß über sie Bescheid.*«

Er erstarrt. Das kann kein Zufall sein. Das ist Wort für Wort J.s letzte SMS an ihn.

Er stellt sich J. und Ellie in einem Lokal vor, vielleicht im vertrauten Ambiente von Norman's Café – doch nein: Er will sich sein Lieblingsjagdgebiet nicht durch dieses Bild verderben. Außerdem wären sie dann Gefahr gelaufen, von ihm gesehen zu werden. Nein, er versetzt sie lieber in eine der trendigen Bars, in der die Sitzgelegenheiten aus bunt gemischten Wohnzimmermöbeln bestehen. Vor seinem inneren Auge fläzt J. sich auf einem verschlissenen alten Sofa, während Ellie an der Kante eines grünsamtenen Sessels hockt, mit Tränen in den Augen die Hände ringt und versucht, J.s Behauptungen mit ihrer Beziehung zu Steven und seiner Hingabe in Einklang zu bringen. Doch unter J.s Anschuldigungen bröckelt ihre Gewissheit.

*»Tut mir leid, ich wollte dir nicht wehtun, aber ich dachte, du solltest das wissen.«*

*»Das kann einfach nicht sein. Das würde er mir – uns – niemals antun.«*

*»Ich behaupte das nicht einfach, ich kann es dir auch beweisen. Guck hier.«*

Er sieht vor sich, wie J. Ellie ihr Handy zuschiebt, um die übergroßen Porzellantassen herum. Ellie hat wie immer einen Cappuccino, dessen Milchschaum nicht vom üblichen Kakaostaub verunziert ist. *Kaffee und Kakao sollten niemals vermischt werden*, hatte sie ihm einmal mit ernster Miene verkündet. Dann Ellie, wie sie auf die Nachrichten auf J.s Display starrt.

*»Die könnten von jedem stammen.«*

*»Dann sieh dir die Handynummer des Absenders an.«*

Jede Ziffer seiner Nummer ist ein Sargnagel für Ellies Glauben an ihn. Mit jedem Blinzeln löst sich eine weitere Träne aus ihren Augen.

Wie konnte er nur so leichtsinnig sein? Er hätte J. niemals vertrauen dürfen.

Während Ellie auf eine Antwort wartet, fahndet er hektisch nach einer angemessenen Reaktion, doch wegen des schmerzhaften Pochens hinter seinen Augen kann er sich nur schwer konzentrieren. Die Wände aus Gips und Glas schließen sich um ihn zusammen, der ganze Raum schnürt ihm die Luft ab. Draußen wirbelt der Wind so heftig die Schneeflocken durcheinander, dass er in dem Gestöber nichts mehr richtig erkennen kann. Wenn Ellie sich tatsächlich mit J. getroffen hat, weiß sie, dass sie nichts zu befürchten hat: Sie stellt sie in jeglicher

Hinsicht in den Schatten. Schließlich ist sie der Grund, weshalb er das Intermezzo mit J. beendet hat.

»Das hat nichts zu bedeuten; *sie* bedeutet mir gar nichts. Das musst du mir glauben.«

»Wieso sollte ich dir noch glauben?« Sie hat alle Schutzschilde hochgefahren: Ihre Arme sind verschränkt, ihre Hände umklammern die Ellbogen, ihr Gesicht ist eine Maske der Feindseligkeit. Er dringt nicht zu ihr durch.

»Sie ist nur irgendein Mädchen, sie bedeutet mir nichts.«

»Nett! Also hast du sie nur benutzt?«

»Nein, das wollte ich nicht damit sagen. Ich hatte einen schwachen Moment, und da hat sie sich mir an den Hals geworfen.«

»Willst du damit sagen, dass es ihre Schuld war?«

»Also ...«

»Du hättest ja Nein sagen können.«

»Ellie. Bitte.«

»Wie lang hat es gedauert?«

»Nicht lang. Ich hab's sofort bereut. Hast du mich deshalb hier an diesen Rollstuhl gefesselt? Das war nicht nötig. Du brauchst keine Angst vor mir zu haben. Ich würde dir niemals wehtun.«

»Hast du aber gerade.«

Stille senkt sich über den Raum wie der Schnee draußen über die Erde. Kopfschüttelnd stößt sich Ellie von der Glasscheibe ab und geht zum Kamin. Im Licht der Flammen ist ihre Gestalt nur eine schwarze Silhouette. Sie lässt die Schultern hängen und rauft sich verzweifelt ihre Mähne. Es macht ihn traurig, sie so zu sehen. Er wollte ihr niemals wehtun, hatte nicht beabsichtigt, dass sie es erfuhr. Es war einfach passiert. Als J. ihn so ansah ... wusste er einfach nicht, wie er sich dem entziehen sollte. Nicht ihr, sondern der Vorstellung, mit ihr zusammenzukommen, dem prickelnden Gefühl, gewollt, begehrt zu werden. Sie bedeutet ihm nichts – und ganz sicher bedeutet es auch nicht, dass sein Interesse an Ellie erlahmt ist.

»Wie konntest du nur?«, flüstert sie kaum hörbar im spöttischen Knacken des Feuers.

»Wie hast du davon erfahren?«

»Ist das wichtig?«

»Es tut mir wirklich leid. Könntest du mich jetzt losbinden?«

»Tut es dir leid, dass du es getan hast oder dass du erwischt worden bist?«, fragt sie mit einer Verachtung, die er noch nie an ihr erlebt hat.

»Ich wollte dir nie wehtun. Ellie, schau mich an.« Sie ignoriert seine Bitte und starrt in die Dunkelheit, in der die dicke Wolkendecke das Licht der Sterne geschluckt hat. »Bitte, schau mich an.«

Sie muss ihn unbedingt ansehen. Er kann sie überzeugen, er kann ihr Verständnis gewinnen, aber dazu muss er zuerst eine Verbindung zu ihr herstellen. Wenn er erst mal ihren Blick eingefangen hat, wird er sie erreichen können – erreichen, dass sie ihn versteht. J. hat die Bindung zwischen ihm und Ellie unterschätzt. Sie ist eine aufmerksame Zuhörerin, das war sie schon immer. An dem Tag, als sie sich in Norman's Café begegneten, war sie zuerst reserviert, aber er hat die richtigen Worte gefunden, um ihr Vertrauen zu erringen – und ihre Telefonnummer. Er weiß, auch jetzt wird er Worte finden, auf die sie anspricht, die richtige Kombination, um seine Reue auszudrücken. Dann wird sie ihm verzeihen, ihn von seinen Fesseln lösen und aus diesem Stuhl befreien. Wenn er ihr den Fehler vergeben kann, ihn unter Drogen zu setzen und zu fesseln, dann kann sie ihm dies doch wohl auch verzeihen.

»Gibt es noch andere?«, fragt sie unvermittelt, starrt aber weiterhin auf ihr Spiegelbild oder vielleicht auch auf den Wald hinter der Glasscheibe.

»Ellie ...«

Doch bevor er noch etwas sagen kann, setzt sie sich schon in Bewegung und verringert die Distanz zwischen ihnen, bis sie schließlich vor ihm hockt, ihre Arme ein warmes Gewicht auf seinem Schoß.

»Sag mir die Wahrheit, Steven! Wir können das durchstehen, aber nur, wenn du mir die Wahrheit sagst.«

Ein dringlicher Ton liegt in ihrer Stimme. Sie verschränkt ihre Finger mit seinen, während sie auf seine Antwort wartet. Ihr Blick beschwört ihn, ihr nicht noch mehr das Herz zu brechen. Im dämmrigen Licht leuchtet Ellies Haut so durchscheinend weiß, dass sie aussieht wie ein Geist. Als wäre sie selbst nicht mehr da. Für eine Sekunde wäre es ihm fast lieber, dies alles wäre doch der Angriff eines Fremden. Dann wüsste er wenigstens, wie er sie vor einem solchen Angriff schützen könnte.

Was soll er ihr antworten? Wenn sie nur von J. weiß, warum soll er ihr dann noch mehr wehtun? Aber wenn sie alles weiß und ihn beim Lügen ertappt ... Er kratzt mit dem Zeigefinger über den Kunstlederbezug der Armlehne. Was ist die richtige Antwort? Das Richtige zu sagen heißt nicht unbedingt, die Wahrheit zu sagen. Das lauter werdende Kratzen seines Fingernagels nervt ihn, aber er kann einfach nicht damit aufhören. Und sie bedenkt ihn die ganze Zeit unverwandt mit diesem flehenden Blick.

Genau diese Frage war ihm vor vielen Jahren schon einmal gestellt worden. Es war ein anderes Gesicht, aber derselbe Blick. Damals von seiner Mutter. Sie sah ihn mit derselben Qual in den Augen an. Damals war er gerade mal dreizehn und hatte ein paar Tage bei seinem alten Herrn verbracht, der mit seinem neuesten Buch auf Lesereise war. Es war der Morgen nach seiner Rückkehr, er war heimgefahren, weil die Schule bald wieder anfing, während sein Vater mit der Entschlossenheit der ersten Pilger immer weiter Richtung Westen strebte. Seine Mutter bestürmte ihn mit Fragen, während sie French-Toast, sein Lieblingsessen, auf seinen Teller legte. Er stopfte sich mit dem warmen Zimtbrot den Mund voll, sodass er nur schwer verständlich antworten konnte.

Kaum hatte er den letzten Bissen hinuntergeschluckt, stand er so hastig auf, dass der Stuhl über die Küchenfliesen schrappte. Aber bevor er auch nur einen Schritt gehen konnte, legte seine Mutter ihm schwer ihre Hand auf die Schulter und hielt ihn auf. Sie fixierte ihn mit genau demselben Blick wie Ellie jetzt. Ihre Frage unterschied sich kaum von Ellies. Und seine Antwort war identisch.

»Nein«, sagt er. »Sonst gibt es keine.«

# 24

*25. Februar*

Du hast dich mit deinem Lächeln entschuldigt, von dem mir immer schwindelig wird, und erklärt, ich würde das hoffentlich verstehen, aber von nun an müssten wir auf unsere Privatstunden verzichten, weil du so viel zu tun hättest. Ich weiß nicht mehr, was du sonst noch sagtest. Ich erinnere mich nur noch verschwommen.

Ich zwang mich zu einem hoffentlich echt wirkenden Lächeln und versicherte: »Na klar, das verstehe ich. Ist schon gut.« Aber es ist nicht gut, es ist alles andere als gut. Wenn *gut* die Sonne ist, dann bin ich jetzt der Planet, der am weitesten von ihr entfernt ist. Es ist nicht gut: Ich werde von einem Felsbrocken zerquetscht, mir wird das Herz in Stücke gerissen, eine Welle der Übelkeit treibt mich aus dem Zimmer auf die Toilette.

Später fragte ich dich, ob ich was falsch gemacht hätte.

»Ich weiß nicht, was du meinst«, hast du geantwortet. »Da gab es nichts falsch zu machen. Du deutest da zu viel hinein. Ich habe nur viel zu tun.«

Manchmal verwandelt sich Schmerz in etwas anderes. Wie ein Stück Papier, das man zu einem Kranich, einer Lotusblüte oder einem Schmetterling faltet. Manchmal knickt mein Schmerz zu Wut zusammen, und dann denke ich: Du bringst mich um mein Glück und vielleicht, nur vielleicht, solltest dafür büßen.

## 25 STEVEN

Seufzend steht sie auf und entzieht ihm ihre Finger. Das Klebeband an seinen Handgelenken verhindert, dass er den Arm nach ihr ausstreckt.

»Könntest du mich bitte befreien, damit wir uns richtig unterhalten können?«

»Wieso sollte ich einen Lügner befreien, der eindeutig keinen Respekt vor mir hat?«, kontert sie und nimmt den Stapel Papiere, den sie für das Spielchen bereitgelegt hatte.

»Ellie ...«

»Sonst keine, hast du gesagt?«

»Ja, aber ...«

»Und was sagst du dazu?«

Sie wirft ihm ein paar Blätter auf den Schoß. Als er den Blick senkt, spürt er, wie ihn wieder ein eisiger Schauer überläuft.

»Wenn ich mich nicht irre, hat die schwer zu fassende J. rote Haare, stimmt's?«

In seinen Achselhöhlen sammelt sich Schweiß und tränkt unter seinem Pullover den Stoff seines Hemds. Die körnigen Fotos zeigen ein Mädchen mit langen blonden Haaren und weißen Spitzendessous mit aufgestickten Blümchen. Am unteren rechten Rand springt ihm die Anzeige von Datum und Uhrzeit ins Auge. Er verflucht sich für seine Schwäche, verflucht sich, diese Fotos gemacht zu haben. An jenem Tag wollte er einfach nur nett sein. Dabei hätte er sich weigern sollen. Er braucht keine Fotos. Er erinnert sich an jede Einzelne.

A. posierte gerne für ihn. Trotz des dürftigen Ausdrucks ist ihre befriedigte Miene deutlich zu erkennen. So sah sie immer nach dem Sex aus.

Er machte mit ihr Schluss, als er anfing, mit Ellie auszugehen. Kennengelernt hatte er sie in der öffentlichen Bücherei, wo sie Recherchen für ein Projekt betrieb. Sie war die große Treppe hochgerannt und gegen ihn geprallt, sodass ihm seine Bücher entglitten. Als sie sich überschwänglich entschuldigte, musste er lächeln. Ihm gefiel, wie sie an den Seiten ihres Notizbuches fingerte, während sie ihm zuhörte. Sie verabredeten sich für den übernächsten Tag, wo er sie das erste Mal in der Astronomieabteilung küsste. Sie schmeckte nach Kirschen und presste ihren Körper an seinen: ein Angebot, das er nicht ablehnen konnte. Schon kurz darauf öffnete sie sich ihm.

*»Ich bin als Pflegekind aufgewachsen, weil meine Mom ein Junkie ist und mein Dad schon kurz nach meiner Zeugung abhaute. Für mich hat sich noch nie jemand interessiert. Ich war immer auf mich allein gestellt.«*

Sie traf sich mit ihm, wann immer er ihr eine SMS schickte, dankbar, dass ein Mann mit Erfahrung ihr Aufmerksamkeit schenkte. Als er sie das erste Mal in sein Schlafzimmer führte, hielt sie seine Hand und verschränkte ihre Finger mit seinen, genau wie Ellie eben. Die Fotos waren ihre Idee gewesen. Damals schliefen sie bereits seit ein paar Wochen miteinander.

Die Fotos auf seinem Schoß werden lebendig. A.s blasse Gliedmaßen stechen aus dem Papier hervor, bis er sie förmlich auf seinem Bett sitzen sieht wie an diesem speziellen Tag.

*»Findest du mich schön?«*, hatte sie gefragt, während sie ihren BH anzog.

*»Aber natürlich«*, hatte er erwidert und ihre geschwollenen

Lippen geküsst. Sie hatten gerade Sex gehabt, und ihre Wangen waren noch vom Orgasmus gerötet.

*»Ich möchte für dich posieren.«* Sie hatte sich auf dem Bett zurückgelehnt und sich ihm dargeboten. *»Würdest du mich fotografieren? Ich möchte wissen, wie ich aussehe, wenn du in mir gekommen bist.«*

Bereitwillig hatte er ihr diesen Wunsch erfüllt, und sie hatte sich ihm voller Vertrauen entblößt und verletzlich gezeigt. Nach ein paar Aufnahmen hatte er den Fotoapparat beiseitegeworfen und sich zu ihr gelegt, um sie erst eine halbe Stunde später wieder in die Welt zu entlassen. Danach war ihre Affäre schnell im Sand verlaufen.

Sie war eine helle Sternschnuppe gewesen, deren Licht ihn kurzzeitig abgelenkt hatte. Er hätte die Fotos niemals behalten dürfen, doch jedes Mal wenn er sie betrachtete, bereit, sie mit dem Cursor in den Papierkorb zu ziehen, erinnerte er sich daran, wie er sich an jenem Tag gefühlt hatte, und dann schwoll ihm die Brust, er starrte lächelnd auf den Monitor und ließ die Datei in dem Ordner.

Seine Weigerung, sie zu löschen, zeugt von einer Schwäche, die ihn ärgert. A.s verewigter Blick, der noch nie zuvor auf Papier gebannt worden war – nur in Pixeln auf seinem Bildschirm –, führt ihn zu der Frage, wie diese unscharfen Fotos überhaupt in Ellies Händen und dann auf seinem Schoß gelandet sind. Wut steigt in ihm auf und verwandelt seine Scham in Empörung. Er beißt die Zähne zusammen, ballt die Fäuste und zerrt an seinen Fesseln.

»Bist du etwa heimlich an meinen Computer gegangen?«

Er hätte nie gedacht, dass Ellie eine dieser eifersüchtigen Frauen ist, die Grenzen missachten und persönliche Sachen durchwühlen, weil sie meinen, sie hätten Anspruch auf alles im Leben des anderen, und keinerlei Privatsphäre dulden. Woher wusste sie überhaupt, wo sie danach suchen musste? Niemand wusste davon, nicht mal J. – *vor allem* nicht J. Die einzige Person, die davon wusste ... vor Angst kann er den Gedanken nicht zu Ende denken. Irgendwie muss A. damit zu tun haben: Das Ganze riecht nach ihrer Impulsivität. Ihr wildes Naturell hatte ihn fasziniert: Sie zerrte ihn in dunkle Nischen zwischen hohen Bücherregalen, auch auf das Risiko hin, ertappt zu werden, und riss ihm die Kleider vom Leib, sobald er die Wohnungstür geschlossen hatte. War das der Preis dafür, dass er ihre kurze Affäre beendet hatte? Hatte sie es Ellie erzählt, um ihm die Chance auf eine glückliche Beziehung zu nehmen?

Vor seinem inneren Auge entsteht ein neues Szenario: A. wartet vor seinem Wohnhaus darauf, dass er auftaucht, doch dann sieht sie ihn mit Ellie. Später spricht sie sie an und erzählt ihr alles – und wiegt sich vor und zurück wie eine Abrissbirne, die Schwung nimmt, um seine Beziehung zu zerschmettern. Jetzt fliegt ihm alles um die Ohren. Er hat noch nie verstanden, wieso so viele Frauen kleinliche Rachsucht hegen. Wieso nicht einfach mit Würde weiterziehen?

»Du hast mich betrogen, und das nicht nur mit einer, sondern mit zwei Frauen, und jetzt soll *ich* mich schämen, weil ich an deinem Computer war?« Sie steht so dicht über ihm, dass er gezwungen ist, den Kopf in den Nacken zu legen, um sie anzusehen. »Unfassbar!«

Sie lässt ihn mit ihren Anwürfen zurück und marschiert zum Servierwagen, um sich einen Drink einzuschenken. Den kippt sie hinunter und gießt sofort nach. Die Metamorphose ist noch nicht beendet. Die Ellie, die er kennt, trinkt Alkohol nicht so weg, sondern nippt nur daran wie ein Kind, ganz langsam und vorsichtig, um die Bitterkeit mit kleinen Schlückchen zu mildern. Sie ist kein Mensch, der ein Glas leert, ohne zusammenzuzucken.

»Wie konntest du mir das antun? Wie konntest du das *uns* antun?«

Fieberhaft überlegt er, wie er ihr erklären soll, dass das nichts mit ihr oder ihnen zu tun hat, dass sich ihre Beziehung auf einem ganz anderen Level befindet als diese Mädchen. Die befriedigen nur ein Bedürfnis, stoppen einen Juckreiz. Sie sind belanglos, unbedeutend im Vergleich zu dem, was er mit ihr erlebt.

»Kann ich noch Wasser haben?«

»Was?« Angesichts seines unerwarteten Wunschs kneift sie ihre großen Augen zu Schlitzen zusammen.

»Wasser. Könnte ich noch was haben? Mein Mund ist immer noch ausgetrocknet, und mir ist auch noch übel. Bitte.«

Seufzend verlässt sie den Raum. Als wäre er ihr lästig geworden. Ohne ihren prüfenden Blick und ihre endlosen Fragen und Anschuldigungen kann er endlich klarer denken.

Es gibt nur einen Grund, warum sie ihn so hasst: Sie leidet. Nur weil sie leidet, geht sie derart auf ihn los. Ihre extreme Reaktion ist ein Zeichen dafür, dass sie ihn liebt. Wenn er ihr egal wäre, hätten seine Ausrutscher sie nicht so verletzt. A. oder J. – wer auch immer es ihr erzählt hat – haben es nicht geschafft, die Liebe zu zerstören, die Ellie für ihn empfindet. Er kennt diesen brennenden, alles verschlingenden Schmerz. Er hat einen Namen dafür, einen, an den er seit Jahren nicht mehr gedacht hat: Zoey.

Wenn Ellie zurückkommt, wird er ihr erklären und zeigen, wie viel sie ihm bedeutet. Er wird alles sagen, was ihn aus diesem Rollstuhl rausbringt. Wenn seine allumfassende und bedingungslose Kapitulation der Preis der Freiheit ist, wird er ihr seine Worte zu Füßen legen.

Da verändert sich die Atmosphäre im Raum. Ein Duft nach Vanille und Jasmin hüllt ihn ein. Seine Haut prickelt bei diesem Hauch, so als würden Spinnenbeine über die nackte Haut an seinem Hals huschen.

»Ist hier noch jemand?« Er dreht den Kopf, um zu sehen, ob jemand hinter ihm steht, doch auf seine Frage hört er nur das verdammte Knacken des Feuers.

Der Duft will nicht weichen, genauso wenig wie eine flüchtige damit zusammenhängende Erinnerung, etwas Vertrautes, das er nicht näher bestimmen kann. Ein verschwommenes Gesicht, ein Lächeln. Nicht J. Nicht A., nicht C. Ganz gewiss nicht Ellie. Eine andere.

Doch bevor er diesem Schemen einen Namen geben kann, blendet ihn eine Explosion aus Licht, die aus dem Kronleuchter über ihm kommt. Mit großen Schritten durchquert Ellie den Raum. Er kneift die Augen zusammen und blinzelt, bis sich seine Pupillen an die nun deutliche Umgebung angepasst haben, und dann legt er sich im Stillen die Worte zurecht, mit denen er Ellie wiedergewinnen kann.

# 26 ELLIE

In der Küche nehme ich mir nicht mal ein Glas, sondern drehe den Hahn voll auf und schaufle mir mit der hohlen Hand so viel Wasser in den Mund, bis es wehtut und ich nur noch keuchend Luft bekomme. Ich spritze mir auch Wasser ins Gesicht, aber das hilft nicht. Das Ganze ist schwerer, als ich erwartet hatte. Doch ich habe einen Grund, der stärker ist als alles andere, stärker als alles Mitleid, das er in mir heraufbeschwören könnte. Diese Situation hat er einzig und allein seiner Arroganz und Ignoranz zu verdanken. Er hat Sanftmut mit Dummheit verwechselt und tatsächlich geglaubt, ich hätte das Handy nicht bemerkt, das immer mit dem Display nach unten neben ihm lag, beim Essen am Tisch oder auf dem Sofa, und in regelmäßigen Abständen kurz gecheckt wurde – und ansonsten sorgfältig in Jacken- oder Manteltaschen versteckt. Ich habe mich immer gefragt, ob das eine wohlüberlegte Gewohnheit war oder ein unbewusster Abwehrmechanismus. Als ich mich gegen die Küchentheke lehne, spüre ich das Gewicht des herzförmigen Anhängers auf meiner Haut.

In letzter Zeit musste er dann immer häufiger zur Recherche in die Bibliothek und cancelte oder veränderte in letzter Minute unsere Verabredungen. Aber ich machte nie eine Szene, verlangte nie eine Erklärung, verwehrte ihm nie den Sex.

Während das Wasser in die Flasche läuft, spiele ich mit dem silbernen Herzen. Wie Steven lächelte, als ich heute Morgen die Schachtel öffnete. Wie er die Pfannkuchen in der Luft wendete, wie der Geruch des Teigs noch vor wenigen Stunden die Luft in diesem Raum versüßte. Plötzlich nagen Zweifel an meiner Entschlossenheit.

Das Gesicht, das ich jetzt brauche, wartet hinter meinen geschlossenen Augenlidern. Sofort stellen sich Erinnerungen ein. Eine ragt aus allen anderen hervor: unser Kuss in jener Nacht, fern von den neugierigen Blicken der Partygänger im Haus, der Kick durch das Risiko, erwischt zu werden. Diese Erinnerung fegt alle Zweifel hinweg. In meinem Kopf blitzt auf, was Steven getan hat, und treibt mir die Tränen in die Augen, die ich hastig mit dem Ärmel meines Pullovers abwische, als sie mir übers Gesicht rinnen wollen.

*Nur wir zwei.* Diese Worte lasse ich mir mehrmals auf der Zunge zergehen. In der Sicherheit der Küche nehme ich mir die nötige Zeit, um mich wieder zusammenzuflicken.

Kaum trete ich in das grelle Licht des Wohnzimmers, da überrascht mich Steven mit der Ankündigung: »Hör mal, ich möchte dir was sagen.«

»Willst du nichts mehr trinken?«

»Nein. Hör zu, Ellie.«

Sein Gesicht sieht jetzt anders aus, so als hätte er sich in jemand anderen verwandelt, als ich nicht hinguckte. Dabei war ich gar nicht so lange weg. Glaube ich zumindest. Verschwunden ist der Steven, der sich mit allen Mitteln wehrte, und hat einer ruhigen Version seiner selbst Platz gemacht. Mit gelassener Miene sitzt er im Rollstuhl und streckt mit gespreizten Fingern und nach oben gedrehter Handfläche die Hand nach mir aus. Verwirrt starre ich sie an, dann lege ich meine Hand in seine. Schon rechne ich damit, dass er mich abrupt zu sich zerrt oder versucht, mir die Knöchel zu brechen, doch er streicht mit dem Daumen über meine Haut.

»Es tut mir leid.«

»Wirklich?« Eine Entschuldigung aus seinem Mund überrascht mich mehr als sein Versuch einer zärtlichen Geste. Mit einem Mal weiß ich nicht mehr, was ich fühlen soll. Seine Miene zeigt aufrichtige Reue, was gar nicht zu dem Steven passt, den ich kenne.

»Ich habe dir wehgetan, obwohl ich das niemals wollte. Ich war ein Idiot, ein verfickter Narr!«

Noch nie zuvor hat er das F-Wort in den Mund genommen; selbst wenn er sich den Zeh an der Ecke seines Betts stieß, kam ihm höchstens ein »Mist« über die Lippen. Sogar als ich aus Versehen heißen Kaffee auf ihn schüttete.

»Ist es dir wirklich ernst damit?«

»Ich hatte Angst davor, mich wirklich zu binden, und diese Mädchen waren der Versuch ... Ich hab Mist gebaut, aber das wird nie wieder passieren. Wenn du mir noch eine Chance gibst, werde ich dir so etwas nie wieder antun.« Sein Versprechen unterstreicht er, indem er meine Hand drückt, was ich zu unser beider Überraschung erwidere. Seine Finger sind kalt, vielleicht weil das Klebeband seine Blutzirkulation hemmt. Draußen scheint sich der Sturm zu einem leichteren Schneetreiben gelegt zu haben. Mein Blick huscht zur Küche.

»Vergebung muss man sich mit Taten verdienen, nicht mit Worten.«

»Na gut. Ich werde zur Therapie gehen, so oft und so lange, wie du willst.«

»Das würdest du wirklich tun?«, frage ich mit brüchiger Stimme. Vielleicht hat es tatsächlich gereicht, ihm Angst einzujagen. Bei einer Therapie könnte er sich nicht mehr hinter der Leugnung seiner Taten verstecken, sondern müsste sie endlich zugeben.

»Das würde ich«, nickt er.

»Aber wie könnte ich dir wieder vertrauen?«

Seine Miene hellt sich auf. »Geh nach oben und sieh mal in meiner Tasche nach!«

»Wieso, das verstehe ich nicht.«

»Ich kann dir beweisen, wie viel du mir bedeutest. Guck mal in meine Reisetasche im Schlafzimmerschrank. In der kleinen Innentasche wirst du einen Umschlag finden. Den bringst du mir.« Ich spüre die Falte, die sich in meine Nasenwurzel gräbt. »Dann wirst du es verstehen, ich verspreche es. Bitte, Ellie.«

Mit dem Klicken des Schalters flutet warmes Licht ins Schlafzimmer. Durch das Panoramafenster im ersten Stock wirkt der Sturm wieder heftiger. Der Wind wirbelt wild die Schneeflocken durcheinander und treibt sie in Böen gegen die Scheibe. Durch das Schneegestöber ist der Wald nicht mehr zu sehen. Das Heulen des Windes lässt mich frösteln.

Stevens Reisetasche wartet auf einem Regal im Schrank. Sie ist leer, weil der Inhalt entweder aufgehängt oder ordentlich im Bad verteilt wurde. Ich ziehe den Reißverschluss der kleinen Innentasche auf. Der Umschlag ist aus handgeschöpftem, edlem Papier und liegt schwer in meiner Hand. Ich könnte es sofort hinter mich bringen und ihn öffnen, stattdessen nehme ich ihn mit nach unten.

»Danke«, sagt Steven, als er den Umschlag in meiner Hand sieht. »So hatte ich das eigentlich nicht geplant, aber bitte öffne ihn jetzt. Nur zu.«

Als mein Zeigefinger unter die nicht zugeklebte Lasche fährt, spannt sich sein Gesicht erwartungsvoll an. Auf der Karte mit einem Aquarell aus Blumen steht in verschnörkelter, schräger Schrift *Für die Frau, die alles hat.* Ich weiß nicht, ob ich mich geschmeichelt oder leicht beleidigt fühlen soll. Unter dem Papier spüre ich den Umriss von etwas Hartem.

Stevens Blick fordert mich auf, die Karte aufzuschlagen. Darin liegt nicht wie befürchtet ein Diamantring, sondern ein schlichter, mit Klebeband befestigter Schlüssel. Dafür der ganze Aufwand?

Steven leckt sich nervös über die Lippen. »Das ist ein Schlüssel zu meiner Wohnung. Eigentlich wollte ich ihn dir heute irgendwann geben. Du sollst das Gefühl haben, dass du jederzeit zu mir kommen kannst. Und das ist noch nicht alles«, fügt er hinzu, als ich nicht auf sein Geschenk reagiere, »du kannst mein Handy und meine E-Mails überprüfen, wann immer du willst. Keine Geheimnisse mehr zwischen uns.« Sein Lächeln erstreckt sich über sein gesamtes Gesicht und reicht bis zu seinen Augen. Ich spüre, wie mein Widerstand bröckelt. Ich schüttle den Kopf. Denn es gibt immer noch Geheimnisse. Geheimnisse, die er vor mir verbirgt. Geheimnisse, von denen er nicht weiß, dass ich sie kenne.

»Ich weiß nicht ...«

»Ellie, sieh mich an.« Obwohl ich es besser wissen müsste, folge ich seiner Bitte. Seine Augen leuchten vor Aufrichtigkeit. »Ich war so dumm. Du bist die Einzige, die mir je etwas bedeutet hat. Ich hab mir was vorgemacht, aber das ist jetzt vorbei.«

Die Einzige. »Und die anderen?«

»All diese Mädchen haben mir nichts bedeutet.«

Ich lasse den Schlüssel los. Ganz kurz hatte ich vergessen, wie dieser Mann war, der hier vor mir sitzt. Noch vor wenigen Stunden hat mich dieser Mann so heftig gegen den Esszimmertisch gedrängt, dass sich die Kante in meinen Magen grub. Die Maserung des Holzes hat an meiner Wange geschabt, und ich habe den Blick fest auf den großen Ficus in der Ecke des Wohnzimmers geheftet und die Blätter gezählt, bis dieser Mann taumelte und es nicht durchziehen konnte.

»Sie alle haben dir nichts bedeutet? Keine Einzige?«

»Nicht eine Einzige.«

# 27

*15. März*

Ich beobachte die anderen Mädchen, genau wie früher. Wie sie in der Cafeteria sitzen und auf den Fluren stehen. Wie ihre Mienen lebhafter werden, wenn sie mit dir sprechen. Wie sie lächeln oder herzlich lachen, das Glitzern ihrer weißen Zähne, das Schimmern ihres Lipgloss.

Ich beobachte sie und frage mich: Wie viele andere gibt es noch?

## 28 STEVEN

Als sich Frustration in ihm ausbreitet, spürt er wieder den metallenen Klammergriff des Rollstuhls. Er wehrt sich gegen den Stuhl genauso wie gegen das, wofür er steht.

Wie konnte sie ihm das antun? Sie hat ihm seine Entschuldigung und sein Geschenk direkt ins Gesicht geworfen. Hat nicht mal fünf Sekunden überlegt, bevor sie seine guten Absichten abtat und ihn zurückstieß. Seinen Schlüssel hat er noch keiner gegeben. Seine Wohnung ist sein Allerheiligstes. Begreift sie nicht die Ausmaße dieser Geste, versteht sie nicht, was das über die Tiefe seiner Gefühle für sie aussagt? Sie hat alle anderen ausgestochen. Im Metall des Schlüssels fängt sich ein Schimmer vom Feuer und provoziert ihn. Sie hat ihn einfach fallen lassen, wie ein Kind, das von seinem neuen Spielzeug enttäuscht ist.

Wut sammelt sich in seiner Kehle und presst von innen gegen seinen Brustkorb. Als Folge davon zuckt der Stuhl, wackelt und droht zu kippen. Ist ihm egal. Sein ganzer Körper fühlt sich an wie eine Rohrbombe, doch bevor er explodieren kann, kommt Ellie wieder ins Wohnzimmer marschiert. Er schluckt seine Wut so hastig hinunter, dass sein Herz heftig gegen seine Rippen pocht. Als sie ihn mit zusammengekniffenen Augen mustert, erschlafft er. Er darf sich nicht provozieren lassen, genau das will sie ja. Stattdessen richtet er sich auf und strafft die Schultern.

Sie sitzt auf der Sofakante, lächelt ihn an und umfasst mit beiden Händen ihre Haare, um sie zu einem losen Knoten zu drehen. Dabei legt sie den Kopf zurück und bietet ihm ihre Kehle dar. Es ist noch nicht lang her, da konnte er einfach nicht genug davon kriegen, diese zarten Linien zu küssen; jetzt hingegen denkt er daran, was er ihr antun wird, wenn er sich erst mal von diesen Klebebändern befreit hat, die bei jeder Bewegung an den Härchen auf seinen Händen ziepen. Wie er ihr eine Lektion erteilt. Wenn er sich denn befreien kann.

Da sie immer noch die Hände in den Haaren hat, rutschen die Ärmel ihres Pullovers herunter, und er sieht neue dunkle Tätowierungen an ihren schlanken Handgelenken. Erst als er die Augen leicht zusammenkneift, erkennt er, was es wirklich ist: blaue Flecken von ihrem Sex. Kaum zu glauben, dass sie vor nicht allzu langer Zeit hier auf dem Boden miteinander geschlafen haben. Sie sind genau dieselben Menschen wie ein paar Stunden zuvor. Noch schwerer zu glauben ist es, dass sie ihn da schon so sehr verachtet hat. Ihm wird schwindelig vom Ausmaß ihres Betrugs; er ist gefangen in einem Haus im Nirgendwo, mit einem Mädchen, das ihm vollkommen fremd geworden ist.

Ellie lässt ihre Haare wieder fallen, da sie kein Gummi hat. Sie fließen ungebändigt über ihre Schultern, als wäre sie eine Wilde, die in den Wäldern hinter ihr aufgewachsen ist.

P. machte das auch mit ihren Haaren: Sie drehte sie auf ihrem Kopf zusammen und ließ sie dann wieder fallen. Er hat nie begriffen, wieso sie das tat. Wieso Mühe auf etwas verwenden, wenn man doch weiß, dass es sinnlos ist und sofort danach wieder in den ursprünglichen Zustand zurückfällt?

»Ich hätte dich nie für so ein herzloses Mädchen gehalten. Ich kann verstehen, wieso du aufgebracht bist, aber das gibt dir noch lange nicht das Recht, mich unter Drogen zu setzen und an einen verdammten Stuhl zu fesseln.« Herzlos, aber nicht besonders clever. Denn irgendwann wird sie ihn losbinden müssen. Und was meint sie, was dann passiert? Aber vielleicht plant sie auch, ihn noch mal zu betäuben, sodass sie verschwinden kann, ohne dass er nachkommt.

»Du hast mich belogen und betrogen, aber du bist hier das Opfer und nicht ich? Interessant«, sagt sie mit kühler Stimme und legt den Kopf schräg. »Außerdem bin ich kein Mädchen, sondern eine Frau.«

»Trotzdem habe ich das nicht verdient.« Wütend presst er die Lippen zusammen. Die Anspannung durch ihr Verhalten ist neu und versteift seine Schultern. Er rollt den Kopf hin und her, bis er einen Wirbel knacken hört. Eine kleine Erleichterung, die fürs Erste reichen muss.

»Wie alt sind sie?«, fragt sie, ohne den Blick von ihren Zehen zu heben. Er ärgert sich, dass sie sich sicher genug fühlt, hier barfuß zu gehen.

»Was?«

»Diese Mädchen. Wie viele es auch sein mögen.« Jetzt hebt sie ihren Blick, aber er ist so neutral, als würde sie weiterhin ihre Füße betrachten. »Wie alt sind sie?«

Er fühlt sich wie ein unfreiwilliger Teilnehmer in einer bizarren Gameshow, der bei der falschen Antwort über 50 000 Dollar verlieren wird. Das Kunstleder unter seinen Händen ist schweißnass.

»Das weißt du doch.«

»Allerdings, aber ich möchte, dass du es laut aussprichst.«

Er wendet den Kopf von ihrer Arroganz ab und starrt auf den Servierwagen. Die vertraute Bitterkeit eines Whiskeys oder eines Scotchs käme ihm jetzt sehr recht, aber er will nicht darum bitten. Stattdessen fährt er sich mit der Zunge über die Zähne und schweigt.

## 29 STEVEN

Sie ragt über ihm in die Höhe. Normalerweise überragt er sie, da er erheblich größer ist. Es gefällt ihm, dass sie den Kopf in den Nacken legen muss, wenn sie sich küssen. Nicht nur Ellie. Alle. Ihre Gesichter sind immer nach oben gerichtet, wenn sie darauf warten, von ihm geküsst zu werden. Ja, normalerweise gab es einen Altersunterschied. Na und? Zwischen ihm und Ellie gibt es auch einen. Sie wartet immer noch auf eine Antwort, die aber nicht kommen wird. Diese Genugtuung wird er ihr nicht geben. Es gibt so viele Fragen, die er ihr stellen will, aber er weiß nicht mehr, ob er die Antworten noch hören will. Sie zerren beide an der Stille, wie beim Tauziehen, aber sie lässt als Erste los.

»Okay, dann will ich es dir sagen. Kinder. Es waren Kinder. Kleine Mädchen.«

Ihre letzten Worte kränken ihn, weil sie ihr Urteil als Wahrheit ausgeben. Kleine Mädchen spielen mit Puppen und Teeservice aus Plastik, und sie ziehen sich keine Dessous aus Spitze an. Kleine Mädchen malen Einhörner und tragen Söckchen, kein Make-up. Und sie sehen ihn nicht so an. Diese Mädchen standen an der Schwelle zum Frausein und streckten die Hände nach ihm aus, damit er sie auf die andere Seite führte. J. zum Beispiel würde er kaum als kleines Mädchen bezeichnen, so wie sie ihm nachgestellt hat. Oder A., wie sie für ihn posierte. Er erinnert sich noch an alle, und keine Einzige war ein kleines Mädchen. Jeder weiß doch, dass Mädchen schneller reif werden als Jungen. Er ist überzeugt, dass auch Ellie ein frühreifer Teenager gewesen ist. *Kinder.* Ganz gleich, wie verletzt sie sein mag, er wird ihr jedenfalls nicht erlauben, dass sie Fakten zu einem Narrativ verdreht, das sie sich zusammenfantasiert hat.

»Es ist nicht so, wie du denkst.«

»Doch, genau so ist es. Bei Volljährigkeit gibt es keine Grauzonen. Kannst du dir vorstellen, was es für deinen Ruf bedeutete, wenn das rauskäme?«, fragt sie und geht zum Servierwagen. Bei dieser Frage erstarrt er.

»Willst du einen Drink?«, fügt sie hinzu, bevor er nachhaken kann, was sie damit sagen will.

»Würde ich ja, aber mir sind gerade ein bisschen die Hände gebunden«, erwidert er spontan. »Und ich bin immer noch dehydriert.«

Sie schnaubt angesichts seines Sarkasmus, und für den Bruchteil einer Sekunde schimmert ihre einstige Beziehung auf, die Leichtigkeit ihrer Gespräche. Dies könnten ein lockerer Plausch und ein letzter Drink vor dem Zubettgehen sein, doch sofort spürt er wieder die Kluft zwischen ihnen und den Ernst seiner Lage. Sie greift nach der Flasche, die sie eben allein in der Küche gefüllt hat. Er könnte sie aus Prinzip ablehnen, doch die Vorstellung von frischem Wasser ist so verlockend, dass sich schon Speichel in seinem Mund sammelt. Sie drückt ihm die Flasche an die Lippen.

»Nein, geht schon«, sagt er und dreht den Kopf zur Seite. Die Worte und seine Zunge kleben ihm am Gaumen.

»Sei nicht albern«, erwidert sie und hält ihm die Flasche an den Mund.

»Verdammt, Ellie! Ich will nicht mehr!«

Schweigend betrachtet sie ihn, seziert sein Gesicht mit ihrem Blick, während die nachgiebige Plastikflasche unter ihrem Griff knackt. Sie seufzt, und ihre Züge entspannen sich. Dann setzt sie die Flasche an ihre Lippen und trinkt daraus mit demonstrativ großen Schlucken.

Als Reaktion nickt er nur. Wieder wird ihm die Flasche hingehalten, dieses Mal nimmt er das Angebot an und trinkt versuchsweise einen großen Schluck. Als ihm das Wasser in den Mund fließt, genießt er den leichten Schmerz beim Schlucken. Schluck um Schluck trinkt er, bis die Flasche leer ist.

»Im Ernst, Steven. Wie konntest du nur?«

»Es ist einfach passiert. Es war gegenseitige Anziehung, ein Bedürfnis.«

»Gegenseitig? Das soll wohl ein Witz sein, oder?«

»Nein«, widerspricht er und runzelt die Stirn. »Ich versichere dir, dass es immer einvernehmlich war. Bitte stell mich nicht wie einen dieser Typen hin.«

»Was meinst du?«

»Diese Schleicher, die Frauen nachstellen und einfach kein ›Nein‹ akzeptieren. Die kenne ich zur Genüge, schließlich muss ich dich oft genug vor solchen Typen retten. Wie zum Beispiel vor dem Kerl letzte Woche in der Bar oder dem Mann aus der Galerie.«

»Unglaublich! Jetzt hältst du dich auch noch für den Ritter auf dem weißen Pferd?«

Sie starrt mit gerümpfter Nase auf ihn herab und reibt dann mit dem Handrücken darüber. Die Muskeln in seinen Schultern spannen sich an. Diese Geste ist ihm gleichzeitig fremd und vertraut, sie erinnert ihn an den Kerl von der Vernissage an jenem Abend. Aber auch der Kerl ist ihm vertraut, allerdings aus einem anderen Grund, als er dachte.

Er war eines Nachmittags zu Ellies Wohnung gegangen, um sie mit dem Angebot zu überraschen, mit ihr im Bryant Park

Schlittschuh zu laufen. Das machte er jedes Jahr, normalerweise allein. Er genoss das schlichte Vergnügen, mit auf dem Rücken verschränkten Händen seine Kreise zu ziehen, während seine Sorgen – über schlechte Aufsätze von Studenten, Kritik an seinen Publikationen und die erbärmlichen Prahlereien seines alten Herrn – zerschmolzen wie die Eisspäne unter seinen Schlittschuhen. Es war seine eigene kleine Tradition, die er jetzt mit ihr teilen wollte.

Also hatte er sich zu ihrem Wohngebäude im West Village begeben und war, da der Aufzug defekt war, immer zwei Stufen auf einmal nehmend die Treppe hinaufgerannt. Er konnte es gar nicht erwarten, sie auf das Eis zu führen und Händchen haltend mit ihr darüberzugleiten. Er verlor sich in der Vorstellung, wie sie sich zwischen den anderen hindurch ihren Weg bahnten, da hörte er Schritte von oben auf ihn zudonnern, und dann stieß ihn jemand an der Schulter an.

»Sorry, Mann.«

Er reagierte nicht mal, so belanglos war die Sache. Dennoch drehte er sich reflexartig um, um zu sehen, wer sich bei ihm entschuldigt hatte. Ein Mann mit roten Haaren und Dreitagebart, der gedankenversunken einfach weiter die Treppe hinunterlief und sich dabei mit dem Handrücken unter der Nase rieb. Als Steven Ellies Stockwerk erreichte, dachte er schon nicht mehr an ihn; er erkannte ihn nicht mal, als er ihn ein paar Wochen später mit Ellie vor der Galerie sah. Doch jetzt erscheint ihm ihr plötzlicher Abgang an jenem Abend in einem anderen Licht: Der hatte nicht nur ihm gegolten.

Durch dieses scheinbar belanglose Detail setzen sich alle anderen Elemente plötzlich zu einem vollständigen Bild zusammen. Die Treppe. Die Galerie. Dann ihre Verabredung in der Bar, wo sie ihr erstes Date hatten. Den ganzen Abend, während er Bourbon trank und sie an einem Wodka Cranberry nippte, ging sie auf Schmusekurs, schmiegte sich an ihn, drückte ihre Hüfte an seine. Sie küssten sich immer leidenschaftlicher in ihrer intimen kleinen Sitznische. Schließlich kam sie, beschwipst und angetörnt, mit zu ihm. Als sie danach in seinem Bett lagen, überraschte sie ihn mit ihrem Plan, gemeinsam ein langes Wochenende an der Chesapeake Bay zu verbringen. Sie presste ihren warmen Körper an ihn und wartete auf seine Zustimmung. Wie sollte er diesen blauen Augen widerstehen? In jener Nacht leuchteten sie strahlender als je zuvor.

Auf einmal gewinnt der Wortwechsel, den er durchs Fenster der Galerie mitbekommen hat, eine ganz neue Bedeutung. Der Mann hatte sie nicht belästigt, sondern war jemand, den sie gut genug kannte, um seine Eigenheiten zu übernehmen. Er steckt mit ihr unter einer Decke. Er muss nur herausfinden, was sie wollen.

Ellie reibt über ihre Oberarme und starrt ihn an. Durch die weiten Ärmel wirken ihre Arme noch schlanker, als sie schon sind. Diese Arme hat er ihr über den Kopf gehalten, als sie auf dem Boden unter ihm lag; diese Arme hat er mit seinem Griff festgenagelt. Diese Arme wären niemals stark genug gewesen, ihn in den Rollstuhl zu heben, nachdem er das Bewusstsein verloren hatte.

Diese Arme, die sie vor ihm verschränkt, sind der Beweis, den er brauchte, um ganz sicher zu sein: Ellie und er sind nicht allein.

# 30

*19. März*

Jedes Mal wenn wir telefonieren, fragt mich Vee, was los ist. Auch am Montag über WhatsApp. Ich komme mir so dumm vor. Allein wenn ich daran denke, was passiert ist, schäme ich mich zu Tode. Da wird es noch viel, viel schlimmer sein, wenn ich es laut ausspreche. Ich hab ihr nie von dir erzählt, weil du sagtest, das wäre unser Geheimnis. Aber jetzt bist du fort, und ich komme mir vor wie eine Riesenidiotin. Ich hab sie belogen, und wofür?

Auch Mom fragt ständig, was los ist. Immer diese Fragen, immer diese Blicke von Mom und Vees Redepausen am Telefon.

Und dann dein Schweigen. Dein Schweigen ist das Schlimmste.

Als mir alles zu viel wurde, sprang ich in den Pool. Rannte schnurstracks vom Wagen dorthin, stürzte mich ins Wasser und blieb so lange untergetaucht, bis meine Lunge brannte. Als ich nicht länger die Luft anhalten konnte, schrie ich, ließ alles in einer aufsteigenden Blasenwolke raus, bis ich Wasser schluckte.

# 31 STEVEN

»Es kann nicht einvernehmlich gewesen sein.« Ihre Stimme erreicht ihn, bevor sie wieder ins Zimmer und in sein Sichtfeld kommt.

»Was?«

Ohne Vorwarnung geht das Licht im Wohnzimmer aus. Noch etwas, das auf die Liste mit all dem gehört, was Ellie ihm geraubt hat. Er muss sich ihren Launen und Entscheidungen fügen, mit oder ohne Licht. Glücklicherweise ist es durch das Feuer im Kamin noch hell genug.

Er öffnet schon den Mund, um zu protestieren, doch da schnürt ihm etwas die Kehle zu, und seine Aufmerksamkeit wird magisch von ihrer geschlossenen Hand angezogen. Er presst den Rücken gegen die Rollstuhllehne.

Auf Sex mit Minderjährigen steht nicht die Todesstrafe, sonst wäre sein Vater schon seit Jahrzehnten tot. Denn sein alter Herr hat unaussprechliche Handlungen begangen und Grenzen überschritten, denen Steven sich nicht mal nähern würde.

»Was du mit diesen Mädchen angestellt hast.«

Er hört, was sie sagt, aber seine ganze Aufmerksamkeit gilt dem Messer. Was er getan hat, rechtfertigt nicht, dass ihm der Bauch oder die Kehle aufgeschlitzt wird. Vielleicht hat sie auch eine andere Strafe im Sinn. Sie könnte ihn aus Rache entstellen. Ihm mit der scharfen Klinge ein blutiges Schandmal auf die Wange ritzen. Wieder wird ihm übel, und beißende Säure steigt ihm in den Mund.

Wenn sie wirklich jemanden bestrafen will, sollte sie sich lieber Professor Stewart Harding vornehmen, einen Mann, der so viele Leben zerstört hat, dass Stevens Mutter nur froh sein kann, nie davon erfahren zu haben. Ihre Weigerung, den Tatsachen ins Auge zu blicken, hat ihren Seelenfrieden gerettet.

Bei Konferenzen wurde hier und da etwas gemunkelt, auf Unifestivitäten gab es Andeutungen, die ausreichten, um ein klares Narrativ zu erschaffen. Eine eindeutige Quelle für diese Gerüchte schien es nicht zu geben; sie tauchten aus dem Äther auf, wehten durch die Flure, drangen in geschlossene Räume: Legenden, die nie verifiziert wurden und nie wahre Wirkungsmacht erlangen konnten, da eindeutige Spuren und Beweise fehlten.

Er hatte mal bei einer der unzähligen Univeranstaltungen auf Jeffrey gewartet, als ihm das Fragment einer solchen Legende zu Ohren kam. Obwohl kein Name genannt wurde, erkannte Steven an den Details das Profil seines Vaters. Es ging um ein Problem, das nicht mit einem einfachen Eingriff in einer diskreten Klinik beseitigt werden konnte, sondern nur mit einer beträchtlichen Summe, gewährt durch einen Buchvorschuss, womit die Wahrheit durch eine Unterschrift auf einer Geheimhaltungsvereinbarung begraben wurde. Alles zum Besten des Mädchens, verdiente es doch die strahlende Zukunft, die ihm die höhere Bildung versprochen hatte. Und alles anonym und glaubwürdig abstreitbar.

Im Vergleich zu seinem Vater hat er nur einen einzigen Fehler begangen, den er auch wirklich bedauert.

»Steven?« Als er aufschaut, ist ihre Miene verwirrt. »Hörst du überhaupt zu?« Sie wedelt mit der Hand vor seinem Gesicht, aber sein Blick huscht wieder zu der anderen, in der sie das Messer hält. »Oder lenkt dich das hier ab?« Diesmal fuchtelt sie mit dem Messer vor ihm herum.

Seine heikle Lage jagt ihm Angst ein. Er muss jetzt so vorsichtig sein wie ein Mann auf brüchigem Eis. Ein falsches Wort, und er landet in tödlichem Gewässer.

»Ellie, Schatz, bitte …«

Sie verdreht die Augen. »Glaubst du wirklich, Kosenamen könnten dich retten?«

Ellie setzt sich aufs Sofa, schneidet einen Apfel klein und spießt ein Stückchen auf, um es sich in den Mund zu schieben. Knirschend kaut sie darauf herum. An ihrem Mundwinkel erscheint ein bisschen Schaum vom Saft. Bei diesem Anblick und dem berauschend süßen Duft des Apfels läuft ihm das Wasser im Mund zusammen. Sie entfernt die Schale vom weichen weißen Fleisch eines weiteren Stücks.

Immer noch kauend, bietet sie ihm ein aufgespießtes Viertel an. »Willst du?«

»Nein.«

»Dein Pech«, sagt sie achselzuckend.

In der darauffolgenden Stille isst sie den ganzen Apfel auf, schiebt ein Stück nach dem anderen in den Mund und zerkaut das Fruchtfleisch zu einem Brei, den sie hinunterschluckt. Als sie fertig ist, wirft sie die Kitsche ins Feuer, wischt Mund und Messer mit dem Ärmel ihres Pullovers ab und kommt wieder zu ihm zurück.

»Wirst du jetzt zugeben, was du mit diesen Mädchen angestellt hast?«

»Angestellt? Was glaubst du denn, was ich angestellt habe?«

»Wir reden hier nicht von zwei Teenagern, die sich auf dem Rücksitz eines Autos vergnügen. Du warst … du bist ein Erwachsener, und sie sind noch Kinder. Du hast sie ausgenutzt.«

Der Stuhl knarzt unter seinen gefesselten Gliedmaßen. »Nein, das habe ich nicht. Ich habe nie etwas getan, was sie nicht auch wollten.«

»Das ist egal. *Du* bist der Erwachsene. Ihr gottverdammter Lehrer«, schreit sie, reißt das Messer hoch und sticht in die Rückenlehne des Sofas. Als sie es loslässt, bleibt es im Polster stecken. »So was bezeichnet man auch als Missbrauch!«

Dieses hässliche Wort trifft ihn wie ein Schlag in den Magen. Ihm bleibt die Luft weg. Er hat noch nie jemanden missbraucht. Er ist kein Mann, der an dunklen Ecken lauert, um sich an Frauen zu vergreifen, und ganz sicher hat er nie eine unter Drogen gesetzt, um das auszunutzen. Bei ihm hat noch keine Nein gesagt, und wenn, dann hätte er sofort aufgehört. Egal, was sie behauptet, es war immer einvernehmlich. Er hat sich nie aufgezwungen. Allein bei der Vorstellung, ein Mädchen gegen seinen Willen zu nehmen, wird ihm übel. Was für ein krankes, perverses Spielchen treibt sie da eigentlich mit ihm? Von der Vorstellung, dass sie solche Anschuldigungen aus reiner Rachsucht erfindet, bildet sich ein Kloß in seinem Hals, der ihn kaum schlucken lässt.

»Wie kannst du es wagen!«, quetscht er zwischen den Zähnen hervor.

»Wie *ich* es wagen kann? *Du* brichst doch das Gesetz mit dem, was du diesen Mädchen antust!«

»Und du brichst es nicht mit alldem hier?«

»Das habe ich nie behauptet. Ich weiß zumindest ganz genau, was ich tue, und gebe es auch zu.«

»Was denn? Dass du durchgeknallt und verrückt geworden bist? Hör mal, es tut mir leid, dass ich dich verletzt habe. Ehrlich.« Sie schnaubt nur. »Aber das rechtfertigt nicht diese überzogenen Maßnahmen hier.«

Wie konnte er sich nur dermaßen in ihr geirrt haben? Irgendwie hat sie es geschafft, ihn zu täuschen. Obwohl er nicht weiß, wozu eigentlich. Ihre Unterhaltung – wenn man das denn so nennen kann – kommt ihm vor wie eine Katze, die sich in den Schwanz beißt. Sie dreht sich im Kreis und führt zu nichts. Er schließt die Augen und durchforstet sein Gedächtnis nach irgendeinem Zeichen oder Hinweis auf ihre gestörte Psyche.

Doch er erinnert sich nur an faule Tage im Bett, Diskussionen über Keats und Whitman und Brunchs in der Stadt. Oder an den Abend vor noch nicht allzu langer Zeit, als sie zu einer Weinverkostung in einer neuen Bar in der Bowery gingen. Sie beichtete ihm, nicht viel von Wein zu verstehen, und er zeigte ihr, wie man ihn zuerst betrachtete, um Farbe und Dichte zu bestimmen, dann an ihm roch, um die verschiedenen Aromen zu erkennen, und ihn schließlich über die Zunge rollen ließ und dann schluckte, um wahrzunehmen, wie sich der Geschmack veränderte. Sie kosteten Burgunder, Shiraz und Cabernet Sauvignon. Bei jedem Wein sah sie ihn fragend an, um seine Meinung zu erfahren. Sie wartete, bis er sein Urteil abgegeben hatte. Etliche Gläser später schwankten sie zu einem Taxi – sie wesentlich betrunkener als er. Kaum saßen sie auf dem Rücksitz, stürzte sie sich auf ihn und küsste ihn leidenschaftlich. Ihr neues Selbstbewusstsein schmeckte vom letzten Pinot Noir nach Cranberry und einem Hauch Lakritz. Da, in dem Taxi, hätte er einen Blick auf die echte Ellie erhaschen können, bei ihrem verlangenden Kuss.

Als er die Augen wieder aufschlägt, hüpft sie vom Sofa, beugt sich über ihn und stützt die Hände auf seine Knie. Der silberne herzförmige Anhänger baumelt provozierend vor seinem Gesicht: das Symbol für seine Dummheit und ihre Übermacht. Er fragt sich, ob sie mit dem Mann aus der Galerie geschlafen hat, dem Mann, der hier irgendwo sein oder ihr irgendwie helfen muss. Zwar versucht er, sich das Bild von ihm auf ihr vorzustellen, sieht aber nur sich selbst. Ihre Haare wirken im orangefarbenen Licht der Flammen wie zuckende Schlangen. Vor ihm steht Medusa.

»Wie kann ich dir begreiflich machen, wie pervers du bist?«, fragt sie und starrt ihn so durchdringend an, als wollte sie ihn mit ihrem Blick versteinern.

Da packt ihn eine unkontrollierbare Wut. Er spreizt die Finger und greift nach den Haaren, die sie vor ihm baumeln lässt. Er wickelt ein paar Strähnen um seine Hände und reißt ihren Kopf zu sich. Vor Schmerz schreit sie auf. Er will ihr nicht wehtun. Er respektiert Frauen, aber sie zwingt ihn dazu.

»Das reicht! Lass mich frei. Auf der Stelle.« Mit einem Ruck an ihren Haaren zeigt er ihr seine Entschlossenheit. Sie wimmert auf. Jetzt ist ihr Gesicht so dicht vor seinem, dass er den Alkohol und den Apfel in ihrem Atem riechen kann. Und ihre Angst.

»Lass mich los!«

Doch er zieht sie so fest an ihren Haaren, dass sie vor Schmerz zischt und Anstalten macht, in die Knie zu gehen. Jetzt hat er sie, wo er sie haben will. Er spürt, wie sich das Gewicht ihrer Hände auf seinen Schenkeln verlagert, seufzt erleichtert auf und wartet darauf, dass ihm ratschend das Klebeband vom Handgelenk entfernt wird. Stattdessen durchzuckt ihn ein glühend heißer Stromstoß, als sie ihm ihren Handballen in die Eier rammt. Er krallt die Finger in ihre Haare und reißt ihr Gesicht zur Seite, aber sie lässt nicht los, sondern gräbt ihre Finger noch tiefer in sein Fleisch. Vor lauter Schmerz kann er kaum noch sehen. Er knickt zusammen und knallt mit dem Kopf gegen ihr Gesicht, bevor er kapituliert. Sie taumelt zurück und lässt sich aufs Sofa fallen. Er hat immer noch Haarsträhnen von ihr zwischen den Fingern.

Trotz der brennenden Schmerzen in seinen Leisten und an seiner pochenden Stirn sieht er sie mit zusammengebissenen Zähnen direkt an und wartet auf ihre Rache. Noch nie zuvor ist er einer Frau gegenüber gewalttätig geworden. Er verabscheut Gewalt, sie ist das stumpfe Instrument der Willensschwachen. Aber Ellie hat ihn auf dieses niedrige Niveau heruntergezogen, und seine extreme Reaktion ist ganz allein ihre Schuld. Sie hat ihm Drogen eingeflößt, ihn an diesen Rollstuhl gefesselt und sich geweigert, ihm zuzuhören. Was erwartet sie denn? Jeder Mensch hat seine Belastungsgrenzen.

Mit finsterem Blick fährt sie mit der Zunge über ihre geplatzte Unterlippe und verschmiert das Blut auf ihren Zähnen.

»Es ist Zeit, dir eine Lektion zu erteilen, Professor.«

# 32

*4. April*

Ich habe niemanden, mit dem ich reden kann. Es ist sowieso alles meine Schuld. Das Ganze habe ich nur mir selbst zuzuschreiben. Ich bin zu dir in den Wagen gestiegen. Ich habe dich angerufen. Ich hab dich gebeten, über Nacht zu bleiben. Ich wollte, dass es passiert. Ich habe Ja gesagt, wann immer du mich gefragt hast. Ja. Ja. JA. Du hast mich nie gezwungen. Ich erinnere mich noch an jede Einzelheit.

Alle anderen waren schon gegangen, nur wir waren noch übrig. Als wir die schwere Doppeltür aufstießen, blieben wir oben auf der Treppe stehen und bewunderten den Wolkenbruch. Der Regen prasselte so hart und heftig zu Boden, dass die Autos auf dem Parkplatz nur noch verschwommen zu sehen waren. Meine jämmerlichen Fahrkünste gegen die Sintflut. Die Chancen standen gegen mich. Aber du hast mich ohnehin nicht fahren lassen. Mein Ritter in schimmernder Rüstung. Mein Mr. Rochester.

Wir liefen los, doch du mit deinen langen Beinen warst viel schneller. Mit der Tasche auf dem Kopf rannte ich dir nach und erreichte gerade in dem Moment die Beifahrertür, als du sie von innen aufmachtest. Tropfnass ließ ich mich auf den Sitz plumpsen. Obwohl wir gerannt waren, waren wir beide nass bis auf die Knochen. Wir starrten uns an – zwei ertrunkene Ratten – und lachten los.

Der Regen trommelte auf das Dach des Wagens, lief in

Schlieren über die Fenster und ließ die Scheiben von innen beschlagen. Durch den ohrenbetäubenden Lärm des Platzregens, der uns in dieser Kapsel aus Glas und Metall gefangen hielt, verblasste die Außenwelt. Die Luft war schwül von der Hitze des Tages.

Du beugtest dich über mich, um das Handschuhfach zu öffnen. Mir pochte das Blut in den Ohren. Unsere Körper ganz nah beieinander. Dein Atem kühl auf meiner feuchten Wange. Ich kniff die Augen zu und drückte meinen Mund so abrupt und heftig auf deinen, dass ich die Zähne unter deinen Lippen spürte. Von Nahem rochst du nach Feuchtigkeit und Rasierwasser. Du bist nicht zurückgewichen. Nicht sofort. Aber lang hat es auch nicht gedauert.

»Das darfst du nicht«, hast du gesagt.

Da wollte ich nur weg, am liebsten vom Sturm verschluckt werden. Trotzdem blieb ich sitzen und starrte auf meine schlaffen Hände im Schoß.

»Ist schon gut«, hast du gesagt. »Es war nur ein Missverständnis. Ich sag's keinem. Vergessen wir's einfach. Es ist unser Geheimnis.«

# 33 STEVEN

Die Schmerzen in seinem Unterleib treiben ihm die Tränen in die Augen. Am liebsten würde er sich krümmen, aber das geht nicht, wegen ihr, weil sie ihn an diesen Stuhl gefesselt hat. Also beißt er die Zähne zusammen und atmet ganz flach. Das Zimmer verschwimmt vor dem Tränenschleier in seinen Augen. Er legt den Kopf in den Nacken und wartet darauf, dass der Schmerz nachlässt. Mehr erlaubt das Klebeband nicht, und er will verdammt sein, wenn er zulässt, dass sie ihn weinen sieht. Als die Schmerzen irgendwann erträglich werden, fällt sein Blick als Erstes auf das Messer, das aus dem weichen Polster herausragt: das Totem ihres Wahnsinns.

Jetzt reicht es ihm nicht mehr, einfach zu fliehen. Er muss hier weg, aber zuerst muss er rausfinden, woher sie Bescheid weiß und, wichtiger noch, was sie mit diesem Wissen anfangen will. Ihm sträuben sich die Nackenhaare bei der Vorstellung, dass diese kleine *Geschlossene Gesellschaft* nicht nur die Tat einer verschmähten Frau ist.

Wieder denkt er an den Typen in der Galerie, den räudigen Rotschopf, an die Szene vor dem Schaufenster – und an den Zwischenfall in Ellies Treppenhaus. Da er an diesen Stuhl gefesselt ist, kann er es sich nicht mehr leisten, es für einen Zufall zu halten. Irgendwas entgeht ihm hier.

Als er auf dem Stuhl herumrutscht, schneiden ihm die Fesseln in die Handgelenke. Er hasst es, sich derart hilflos und unwissend zu fühlen. Seine Denkfähigkeit ist durch die Drogen eingeschränkt, mit denen sie seinen Körper vergiftet hat. Wie gerne hätte er Gewissheit, wie gerne würde er die Beine ausstrecken und die Arme über den Kopf recken! Im Moment will er einfach nur seine Freiheit zurückhaben. Erst danach wird er überlegen, was er mit Ellie macht.

Sie hockt auf dem Sofa und ignoriert seine Schmerzen. Jetzt hat sie die Haare doch mit einem Gummi hochgebunden. Damit wirkt sie sehr jung, zumal sie sich das Gesicht gewaschen hat und jetzt ungeschminkt ist. Mit verschränkten Armen drückt sie ihr Exemplar von Dostojewskis *Dämonen* an sich.

Nicht das schon wieder! Dieses Buch hat sie seit einem Monat ständig dabei, es wohnt praktisch in ihrer Tasche. Zum ersten Mal präsentierte sie es ihm bei ihrem Essen in der Gramercy Tavern. Als sie endlich dort eintraf, saß er schon vor seinem zweiten Bourbon.

»Tut mir leid, dass ich zu spät bin«, entschuldigte sie sich und glitt auf ihren Platz.

»Noch einen Bourbon, und ich hätte gedacht, dass du mich versetzt.«

Angesichts seiner gespielt strafenden Miene wurde sie vor lauter Scham entzückend rot.

»Verzeihung. Ich wurde in der Bibliothek aufgehalten, weil ich für meine nächste Hausarbeit ein ganz bestimmtes Buch haben wollte.«

Sie ließ das dicke Paperback auf den Tisch fallen. Er beugte sich vor, zog es zu sich heran und las mit schräg gelegtem Kopf den Titel. Auf dem Cover sah man einen bärtigen Mann mit weißem Hemd und schwarzer Weste, der auf einem gestreiften Kissen lag. Vor schwarzem Hintergrund stand in weißen Buchstaben *Die Dämonen* von Fjodor Dostojewski.

»Ich hätte dir mein Exemplar leihen können.«

»Nein, ich brauchte die Sonderausgabe mit dem fehlenden Kapitel. Natürlich hat der Angestellte eine Ewigkeit gebraucht, um es zu finden.«

Wahrscheinlicher war, dass der Typ sich so viel Zeit wie möglich mit Ellie gelassen und vielleicht sogar mit ihr geflirtet hatte, um ihre Nummer oder gar ein Date herauszuschinden. Es war zwar ärgerlich, dass sie deswegen zu spät gekommen war, er konnte es dem Kerl aber nicht verdenken und fühlte sich auch nicht bedroht. Ellie gehörte ihm, und ihr Blick verriet, dass sie nur Augen für ihn hatte. Am Ende konnte er dem Typen sogar dankbar sein, dass er sie aufgehalten hatte, denn dann würde sie später im Bett alles daransetzen, ihren Fehler wiedergutzumachen.

Seitdem war dieses Buch ihr ständiger Begleiter gewesen. Schon bald war er darauf so eifersüchtig, als hätte sie sich einen russischen Liebhaber genommen. Sie waren nie mehr wirklich allein, denn wenn sie sich küssten oder Sex hatten, spähte eine Ecke des Einbands unter ihrem auf den Schreibtisch geworfenen Pulli hervor, oder der bärtige Mann sah ihnen aus ihrer offenen Tasche zu – als stiller Beobachter ihrer Beziehung, der ihn mit seinem strengen, distanzierten Blick musterte.

Und jetzt hat sie es schon wieder und drückt es an ihr Herz wie einen Komplizen. Es muss irgendwas mit ihrer sogenannten Lektion zu tun haben, die sie ihm erteilen will.

»Was hast du damit vor?«

»Ich dachte, einige Themen in diesem Buch könnten für unsere Unterhaltung relevant sein.«

»Da muss ich dir ganz deutlich sagen: Dies ist keine Unterhaltung.«

»Aber ich dachte, wir könnten uns mal das fehlende Kapitel ansehen, was der bereits veröffentlichten Ausgabe später wieder hinzugefügt wurde.« Sie schlägt das Buch auf und blättert es durch, bis sie die richtige Stelle gefunden hat.

»Das soll wohl ein Witz sein!«

*»Ich küsste noch einmal ihre Hand und nahm sie auf den Schoß. Auf einmal löste sie sich von mir und lächelte schüchtern, als würde sie sich schämen. Vor lauter Scham war ihr Gesicht hochrot. Ich flüsterte ihr die ganze Zeit etwas zu, wie in einem Zustand der Trunkenheit. Am Ende geschah plötzlich etwas äußerst Seltsames, das ich nie vergessen werde und das mich sehr verstörte: Die Kleine schlang ihre Arme um meinen Hals und begann mich leidenschaftlich zu küssen. Dabei verriet ihre Miene echte Ekstase.«*

Den Blick auf die Zeilen geheftet, liest Ellie die Stelle so flüssig, als könnte sie sie auswendig und die gedruckten Wörter wären überflüssig.

Hinter ihr sieht er, dass draußen nur noch leichtes Schneetreiben, aber immer noch Dunkelheit herrscht. Er fragt sich, welche Tageszeit es ist. Wahrscheinlich später Nachmittag. Fragen wird er sie auf keinen Fall.

»Machst du das auch so?«, fragt sie und blickt vom Buch auf.

Er hüllt sich in Schweigen. Er könnte über Dostojewskis Stil diskutieren und über die Genauigkeit der Übersetzung sprechen, nachdem das fehlende Kapitel schließlich entdeckt wurde, aber das will sie nicht von ihm hören. Sie hört ihm ohnehin nicht zu, also kommt er ihr auch nicht entgegen. Vom langen Sitzen tut ihm der Rücken weh. Also verlagert er sein Gewicht, verlagert aber damit nur seinen Schmerz. Sie hat ihm jegliche Bewegungsfreiheit genommen, er kann noch nicht mal die Beine übereinanderschlagen.

Also betrachtet er das monochrome Gemälde des Waldes hinter ihr. Angesichts der makellosen Schneedecke wird ihm erneut bewusst, dass sie hier vollkommen allein sind. Niemand wird ihn rufen hören, kein besorgter Nachbar wird nach ihnen schauen oder sich die berühmte Tasse Zucker ausborgen. Das muss er ihr lassen: Sie – oder ihr Komplize – hat diesen Ort gut ausgewählt.

Da sitzt er nun: ein Literaturdozent, dem es die Sprache verschlagen hat. Denn welche Worte er auch wählt, sie werden ihm im Mund verdreht, bis sie in Ellies Narrativ passen. Also gibt er ihr gar nichts. Jedes Mädchen, das mit ihm zusammen gewesen ist, hat sich von ihm angezogen gefühlt. Er hat sie nie ermutigt oder sie gar auf seinen Schoß gezogen. Er hat J. nie gebeten, noch im Klassenraum zu bleiben, um mit ihm zu reden, oder so nah an ihn heranzurücken, dass er die Minze ihres Kaugummis in ihrem Atem riechen konnte. Von A. hat er nie verlangt, dass sie für ihn posiert. Wie kann man ihn also für ihre Handlungen verantwortlich machen?

Wieder meint er einen Hauch von Vanille und Jasmin in der Luft zu erhaschen, einen Atemzug an seinem Ohr zu spüren. Unbeholfen will er sich umwenden, um einen Blick hinter sich zu werfen und den Ursprung des Dufts zu ergründen, aber er kommt nicht weit. Dann verfliegt der Geruch, und seine Quelle bleibt ein Geheimnis.

»*Als es vorbei war, wirkte sie verwirrt, aber ich versuchte nicht, sie zu beruhigen, und liebkoste sie auch nicht mehr. Sie blickte mich an und lächelte scheu. Ihr Gesicht kam mir dumm vor.*« Jetzt schaut Ellie nicht mehr auf die Seite, sondern hat den Blick auf sein Gesicht gerichtet, um seine Reaktion auf Stawrogins Geständnis zu sehen.

»Ist das für dich auch so?« Er hört etwas in ihrer Stimme, einen Hauch Traurigkeit, doch bevor sie noch mehr sagt, räuspert sie sich, und dann ist alle Schwäche aus ihrer Stimme gewichen. Vielleicht hat er sie sich auch nur eingebildet.

»Was willst du von mir hören?«, seufzt er.

Sie sitzt auf der Sofakante, zwischen ihnen das Buch wie ein Bollwerk, das ihren Körper abschirmt. Ihm fällt wieder ein, wie sie bei ihrem Spaziergang im Wald den Kopf in den Nacken gelegt und gedankenverloren die Bäume über ihnen betrachtet hatte. *Es gibt Dinge, die sie ihm nicht erzählt.*

»Solange ich mit ihnen zusammen war, habe ich sie geliebt«, erklärt er und zerrt mit den Füßen an den Fesseln, weil er vergessen hat, dass er die Beine nicht übereinanderschlagen kann, so wie sie es jetzt tut.

»Geliebt?« Bei diesem Wort springt sie vom Sofa auf, das ihr Rückzugsort geworden ist.

»Dir ist schon klar, dass du mich irgendwann losbinden musst, oder?«, erwidert er, ohne ihre Frage zu beachten. Mittlerweile kribbelt seine ganze Wirbelsäule schmerzhaft. »Du kannst mich nicht für immer in diesem Rollstuhl festhalten.«

Sie geht vor ihm auf und ab wie ein gefährlicher Paradiesvogel: dünne schwarze Beine, die unter einem riesigen Pullover in Blau-, Rot- und Gelbtönen verschwinden. Selbst ihr Kopf wirkt mit den hohen Wangenknochen und den großen Augen wie der eines Vogels. Stundenlang hat er im Bett oder in Restaurants und Bars in diese Augen gestarrt und zu bestimmen versucht, ob sie blau oder grün sind. Sie erinnern ihn an diese Moodringe, die die Mädchen in seiner Jugend trugen. Nach all den Monaten hat er sich immer noch nicht entschieden. Doch nie hat er in ihnen auch nur den Hauch von der Gnadenlosigkeit entdeckt, mit der sie ihn in den letzten Stunden behandelt hat.

»Bitte, so dumm kannst du doch nicht sein, schließlich bist du Akademiker. Du hast nicht *sie* geliebt, sondern das Gefühl, das sie dir gegeben haben.« In diesem Moment leuchten ihre

Augen in einem kühlen Jadegrün. Im Kamin bricht ein Holzscheit und schießt eine Stichflamme in die Luft, als wollte es Ellies Empörung untermalen.

»Ach, bist du jetzt eine Seelenklempnerin?«

»Erspar mir deinen Sarkasmus. Tatsache ist, dass du geliebt hast, wie sie zu dir aufschauten und dich auf das Podest stellten, nach dem du die ganze Zeit strebst. Wenn du ihre ungeteilte Aufmerksamkeit gespürt hast, musstest du für einen Moment lang nicht mehr im Schatten von Daddy Harding stehen.«

»Ach, fick dich doch!«

»Dabei merkst du nicht mal, dass du dir das wünschst, was du am meisten hasst. Das ist das Traurigste daran.«

»Was meinst du damit?«

»Ach komm schon, gib's doch zu: Das ist die Wahrheit, Basiswissen aus dem Grundkurs Psychologie.«

Sie irrt sich. Keine von ihnen hat irgendwas mit seinem Vater zu tun. Wieso behauptet sie das ständig? Sie schmeißt nur mit Behauptungen um sich, die in ihre abwegige Theorie passen, um ihr gestörtes Verhalten zu rechtfertigen. Jetzt macht sie einen Schmollmund und verzieht ihn zu einem verführerischen Lächeln. Genau wie gestern zur Musik von Chris Isaac. Es kommt ihm vor, als wäre das eine Ewigkeit her. Wie sie sich ihm widersetzt hat, wie er den Kick genoss, sie einfach zu nehmen, wie sie ihm erlaubte, die unsichtbare Grenze des Erlaubten zu übertreten, wie sein Verlangen wuchs, als er einfach Anspruch auf das erhob, was sie ihm vorenthielt. Aber er hat sie zu nichts gezwungen. Hätte sie ihn gebeten aufzuhören, hätte er das sofort getan. So ein Kerl ist er einfach nicht und war er auch nie. Weder bei ihr noch bei den anderen.

Er ist der Typ Mann, der Frauen immer die Tür aufhält und den Platz in der U-Bahn räumt, der ihnen Blumen schickt und sie mit teuren Geschenken überhäuft. Er hat ihr das Kleid geschenkt, das sie am Vorabend trug, weil er wusste, dass sie großartig darin aussehen würde. Er weiß immer, was ihr steht. Jedes Mal wenn sie zusammen ausgingen, hat er für sie bezahlt. Er war immer gerne bereit, ihr zu helfen und ihr Ratschläge zu geben. Es hat ihn verrückt gemacht, als sie ihn warten ließ, aber er hat ihre Entscheidung respektiert.

Wie kann sie ihm unterstellen, er hätte auch nur eines von diesen Mädchen gezwungen, wo er sie doch immer vor den Typen gerettet hat, die sie belästigen wollten? Wo doch sein ganzes Verhalten zeigt, dass er einer der Guten ist?

# 34

*6. April*

Manchmal, mitten in der Nacht, überfällt mich die Erinnerung. An Toms feuchte Finger, das sprudelnde Bier in meinem Mund, den vergorenen Geschmack seiner Zunge.

Seine kalten Finger unter meinem Rock brachten mich zur Vernunft. Wie Ameisen krochen sie immer höher und kamen mir viel zu nahe. Seine Hand, die sich an meinem Bein hochschob. Es waren nicht deine Finger. Ich stieß sie weg. Viel zu abrupt. Ich war ja so dumm. Dann krallten sich seine Finger an meinen BH-Verschluss. Die Fingerspitzen eiskalt von den Bierdosen.

Ich bat ihn aufzuhören. Ganz sicher. Mein Geschrei erfüllte das Innere des Autos, während ich gegen seine Schultern boxte, bis er von mir abließ. Ich wich zurück und drückte meinen Körper gegen die Wagentür, als ich seinen brutalen Blick sah.

»Du verfickte Aufgeilerin«, stieß er hervor.

War ich eine Aufgeilerin? Schließlich war ich zu ihm in den Wagen gestiegen. Hatte meinen Körper an seinen gepresst. Sein Schwanz drängte sich anklagend gegen den schwarzen Stoff seiner Hose.

Ich stolperte aus dem Wagen. Seine Beleidigungen trieben mich die Straße hinunter. Er brüllte: »Du Schlampe! Was hast du denn erwartet! Du hast es doch rausgefordert!« Und als das alles nichts brachte, beschimpfte er mich als verdammte Lesbe.

Noch lange nachdem seine Schmähungen verhallt waren, rannte ich weiter.

Wegen ihm konnte ich nicht nach Hause.

Wegen ihm rief ich dich an. Du hast gesagt, ich könnte dich anrufen, wenn ich Probleme hätte. Also tat ich das. Deine Stimme war voller Sorge. Sorge um mich.

Wegen ihm erkannte ich, dass ich dir wichtig war. Du sagtest einfach: »Ich hole dich ab.«

Ist es verrückt, dass ich dir dafür immer noch dankbar bin? Obwohl ich jetzt das Ende kenne, würde ich alles noch mal machen.

*7. April*

In den Abendnachrichten wurde ein Haus in der Nähe von Orlando in Florida gezeigt, das einfach in einem Erdloch verschwand. Man sah auf dem Bildschirm, wie es von der Dunkelheit verschluckt wurde: In der einen Sekunde war es noch da, in der nächsten schon nicht mehr.

Ich habe Jane verbrannt. Auf dem Grill im Garten, ich legte sie auf den Rost und goss Feuerzeugbenzin darüber. Dann sah ich zu, wie sie in Flammen aufging, alle 448 Seiten ihrer Geschichte und ihrer Täuschung. Ich sah zu, wie das Feuer das Papier fraß, die Worte schwärzte und sie in Asche verwandelte.

Ein glühendes Stückchen landete auf meinem Handrücken und brandmarkte die Haut mit einem winzigen roten Dreieck. Im Unterricht rieb ich darüber, während ich mir vorstellte, wie ich dir sagte, was ich getan hatte. Würdest du wütend werden? Konnte ich dich dazu bringen, mich zu berühren? Mich zu schlagen, deine Finger in meinen Haaren zu vergraben?

Ich wünschte, ich hätte jemanden, mit dem ich reden könnte. Ich wünschte, ich hätte Vee von dir erzählt, schon ganz am Anfang. Jetzt ist es viel zu spät, um das Ganze zu erklären.

# 35 STEVEN

Sie steht direkt vor ihm. Ihre Augen leuchten vor Trotz und sind jetzt eher blau als grün. Mit zusammengebissenen Zähnen betrachtet er ihr Gesicht und nimmt alles in sich auf. Das Dämmerlicht hat ihre Züge geschärft, ihre Wangenknochen und ihren schmalen Nasenrücken, und ihr alles Weiche genommen.

»Was ist mit dir?«, fragt er unvermittelt.

»Was soll mit mir sein?«

»Du bist keins von diesen Mädchen. Aber wenn ich nur solche will, wieso bin ich dann mit dir zusammen?«

Darauf zuckt sie nur die Achseln. Die typische Reaktion, wenn man keine richtige Antwort weiß. Das kennt er schon: aus den Klassenzimmern der Richmond Prep, wenn er Schüler ein bisschen härter rannimmt, am Gerüst ihrer Argumente rüttelt und sie in sich zusammenfallen sieht. Erst letzte Woche hat Hunter Markham mit der gleichen leeren Geste kapituliert wie Ellie jetzt. Seine Mundwinkel verziehen sich zu einem leisen Lächeln, doch nur ganz kurz.

Denn sein kleiner Triumph hat einen bitteren Beigeschmack. In nur wenigen Stunden hat sie alles in Schutt und Asche gelegt. Er ballt die Fäuste, krümmt die Finger, mit denen er ihre Wangen streichelte. Die Fingerspitzen, die sie küsste, bevor er ihr damit über den ganzen Körper strich, wollen sich jetzt um ihren Hals schließen und all den Hass und die Lügen unterbinden, die aus ihr hervorquellen. Er starrt sie an und spürt noch in der Wut einen Anflug von Trauer um das Mädchen, das er kannte, das Mädchen, das er liebt. Aber seine Ellie gibt es nicht mehr. Das Mädchen, das jetzt vor ihm steht, hat die Macht, alles zu zerstören.

Er fährt sich mit der Zunge über die Zähne, doch sein Mund bleibt wie ausgetrocknet.

»Gibt es vielleicht noch was zu trinken? Ich könnte jetzt einen Drink vertragen.«

»Klar. Willst du einen Bourbon?«

»Ich dachte, wir hätten keinen.«

»Das war gelogen.«

Nie hat das Klirren der Eiswürfel im Glas so gut geklungen, er spürt, wie seine Schultern sich automatisch entspannen. Als Ellie ihm die bernsteinfarbene Flüssigkeit reicht, will er ganz kurz doch ablehnen. Er muss einen klaren Kopf behalten, wenn er sie austricksen und dem entrinnen will, was sie – und vielleicht noch jemand – für ihn geplant hat.

Doch trinkt er mit Ellies Hilfe einen kleinen Schluck und spürt das malzige Brennen im Mund. Er schließt die Augen und lässt den tröstlichen Alkohol die Kehle hinunterrinnen und in den Blutkreislauf eintreten. Dann weicht er mit dem Kopf ein Stück weit zurück, um anzuzeigen, dass er genug hat.

Als sie das Glas wegnimmt, hängt ein Tropfen Bourbon in seinem Mundwinkel. Bevor er ihm übers Kinn rinnen kann, wischt sie ihn mit dem Daumen ab. Eine vertraute Geste. Er erinnert sich noch an alle.

Damals in seiner Zeit als Vertretungslehrer hatten seine Beziehungen ein natürliches Verfallsdatum. Wenn seine Zeit vorbei war, ging er weg. Das wussten sie immer. Da er Single war, konnte er problemlos von einem Bundesstaat in den nächsten versetzt werden. Manche machten es ihm schwer. N. zum Beispiel weinte eine ganze Stunde auf seinem Sofa, als er ihr erklärte, dass ihre gemeinsame Zeit zu Ende war.

»Was soll ich denn ohne dich machen?«, schluchzte sie.

Es drängte ihn, ihre Tränen mit dem Daumen wegzuwischen. Aber er verbot es sich. In diesem Zustand hätte jegliche Berührung von ihm als Ermutigung gedeutet werden können, als Signal, dass es vielleicht doch nicht vorbei war, dass immer noch eine Chance bestand. Selbst wenn er ihr nur ganz harmlos die Hand aufs Knie gelegt hätte, wäre das vielleicht der Schmetterling gewesen, der zu einem Tornado in seinem Leben geführt hätte. Da er das nicht zulassen durfte, faltete er seine Hände im Schoß. Irgendwann begriff sie es endlich und verließ seine Wohnung verweint, aber resigniert.

T. war nicht so leicht zu überzeugen gewesen. Sie hatte die Illusion, sie könnte sein Interesse an ihr mit gewagteren Provokationen wachhalten. Ehrlich gesagt gefielen ihm ihre Verführungsversuche, zum Beispiel der im Wagen, nachdem sie ihn spät in der Nacht angerufen und weinend gebeten hatte, sie abzuholen. Sie behauptete, nach einem Spätfilm im Kino in der Mall gestrandet zu sein. Er hätte es nicht tun sollen, damit hatte er leichtsinnig seine Karriere aufs Spiel gesetzt, doch es war das Risiko wert gewesen, ohne Zeugen und fern von seiner Arbeit. Als sie ihn allerdings im Klassenzimmer küsste, wo man sie jederzeit hätte erwischen können, bat er um ein vertrauliches Gespräch mit dem Schuldirektor.

»Ich befürchte, sie entwickelt eine ungesunde Schwäche für mich, und das ist mir ehrlich gesagt ziemlich unangenehm. Ich glaube, sie hat zu Hause ein paar Probleme, die zu dieser Situation beitragen.«

»Pubertierende Mädchen«, hatte Forsyth – so hieß der Direktor – gesagt und Steven den Rücken getätschelt. »Keine Sorge, ich bin froh, dass Sie damit zu mir gekommen sind.«

Ja, er erinnerte sich an alle. Aber sie hatten sein Interesse nicht lang wachhalten können. Bis auf Ellie: das Mädchen, das blieb.

***

Ellies Augen erscheinen ihm nun wie ein blaugrün gesprenkelter Seerosenteich. Im Vakuum des Augenblicks scheinen die letzten Stunden verflogen. Mit einem Mal wendet er wieder Pfannkuchen in der Luft, während sie in der Küche nach Bechern sucht.

»Ellie ...«

Doch als er ihren Namen sagt, verschließt sie sich sofort, und das Licht, das in ihren Augen geleuchtet hat, erstirbt genauso wie seine Hoffnung, wieder eine Verbindung zu ihr herzustellen. Er sieht, wie sie sich in sich selbst zurückzieht, wie ein Körper, der immer tiefer im dunklen Wasser versinkt, bis er nicht mehr zu sehen ist und nur noch eine glatte, undurchdringliche Oberfläche zurückbleibt. Er bewegt sich auf dem Rollstuhl, soweit es die Fesseln zulassen. Trotzdem klebt ihm der Stoff seines Hemds am Rücken.

Das Licht vom Kaminfeuer wird schwächer und erlaubt es den Schatten, zu wachsen und zu einem dunklen Schleier zu verschmelzen, der sich über das Wohnzimmer legt.

Noch bevor er etwas sagen kann, das ihm einen Weg zu der Ellie von einst bahnen könnte, fängt sie wieder an vorzulesen:

*»Ich lief auf und ab und setzte mich dann aufs Sofa. Mir ist alles in Erinnerung geblieben, bis zum letzten Moment. Es bereitete mir echtes Vergnügen, nicht mit Matrioschka zu sprechen, sondern sie*

*im Ungewissen zu lassen; warum, weiß ich nicht.* Hast du mit all den Mädchen, die du verführt hast, auch solche Spielchen getrieben?«

»Nein! Glaubst du etwa, wir befänden uns hier in einem Roman aus dem neunzehnten Jahrhundert? Hörst du dir überhaupt selbst zu, Ellie?«

»Bist du dir sicher?« Es macht ihn nervös, dass sie die Frage so langsam und mit einem Unterton ausspricht, als wüsste sie etwas, das ihm entgeht.

Er wird nicht zulassen, dass sie noch weiter Psychospielchen mit ihm treibt. Er ist ein geachteter Collegeprofessor, ein namhafter Autor – und wer ist sie? Nur ein kleines Mädchen, das wütend ist, nicht mehr im Mittelpunkt zu stehen.

Sie blättert ein paar Seiten weiter, bis sie einen neuen Abschnitt findet, so zielstrebig, als hätte sie ihn in Vorbereitung auf diesen Abend markiert.

*»Gegen elf Uhr kam die kleine Tochter des Pförtners mit einer Nachricht von meiner Zimmerwirtin in der Gorochowaja-Straße, dass Matrioschka sich erhängt hatte.«*

Als sie das liest beziehungsweise deklamiert, erscheint vor seinem inneren Auge das Gesicht, an das er sich vergeblich zu erinnern versucht hat, begleitet von einer Duftwelle aus Jasmin und Vanille. Mit jedem Wort von Ellie werden die Gesichtszüge, die Farben, die Augen, die Lippen deutlicher: Eine Porzellanpuppe erwacht zum Leben. Jetzt erinnert er sich auch an sie.

Sie war bei ihm gewesen, als sein Bewusstsein getrübt war, nachdem Ellie ihn unter Drogen gesetzt hatte. Er hatte ihre vertraute Stimme nach ihm rufen hören. Sie stand auf einer Klippe über dem Meer, und der Wind peitschte ihr lockige Haarsträhnen ins Gesicht. Er war in einer alten Erinnerung gefangen gewesen und hatte sich, während er versuchte, sein Bewusstsein wiederzuerlangen, an die unter ihm wegbröckelnden Kanten der Realität geklammert. Sie war wie ein Schatten gewesen, ein Schemen, der immer wieder seinen Namen flüsterte. Aber das war vor langer Zeit gewesen, vor fast zehn Jahren, und am anderen Ende des Landes. Sie konnte an diesem Abend gar nicht hier gewesen sein.

Er sucht in Ellies Gesichtszügen, in ihrer angespannten Miene nach einem Hinweis. Doch sie gibt nichts preis.

## 36 STEVEN

Sie knallt das Buch so laut zu, dass er auf seinem Stuhl zusammenzuckt. »Sie hat sich umgebracht. Weil sie benutzt, missachtet und weggeworfen wurde. Also blieb ihr nur noch zu springen«, haucht sie zittrig und wendet sich abrupt ab. Weint sie etwa? Er ist sich nicht sicher, bis sie ihr Gesicht mit dem Handrücken abwischt.

»Alles in Ordnung?«, fragt Steven sanft.

»Ja, alles bestens«, erwidert sie mit brüchiger Stimme.

Als sie sich wieder zu ihm umdreht, sind ihre Wimpern tränenverklebt. Obwohl seine Füße eingeschlafen sind, sein Hintern taub ist, sein Rücken steif und verschwitzt, und das nur wegen ihr, empfindet er seltsamerweise doch Mitleid mit ihr. Ihre selbstsichere Maske bekommt Risse. Sie weiß es noch nicht, aber gleich wird er sie bitten, ihn loszubinden, und sie wird es tun. Jetzt drückt sie das Buch fest gegen ihre Brust, als könnte es sie irgendwie trösten.

»Brauchst du was zu trinken?«

Darauf nickt sie nur, nimmt sich aber kein Glas, sondern trinkt direkt aus der Flasche. Sie stellt sie nicht auf den Servierwagen zurück, sondern packt sie am Hals und geht zum Kamin. Sie bespritzt die Glut großzügig mit Bourbon, worauf sofort Flammen hochschießen und an der Rückseite des Kamins lecken. Um den wilden Hunger des Feuers zu stillen, wirft sie ein weiteres Holzscheit hinein. Sie hält ihre Hand über die Flammen, so dicht, dass es gerade noch auszuhalten ist, dann zieht sie sie zurück und schüttelt das Gefühl ab. Das

Feuer sollte jetzt ihre geringste Sorge sein. Trotz der Hitze sieht Steven, dass sie erschauert.

Wenn sie ihn losbindet, wird er sie fesseln und ein paar Stunden in eines der Gästezimmer sperren, während er sich im großen Schlafzimmer ein wohlverdientes Nickerchen gönnt. Wenn er sich ausgeruht hat, könnte er geneigt sein, sich anzuhören, wieso er sie mit in die Stadt zurücknehmen sollte, anstatt sie einfach hierzulassen. Er hat sich geirrt. Wer auch immer der Kerl in der Galerie und ihrem Wohnhaus war, er kann nicht hier sein, denn dazu wirkt sie viel zu verletzlich.

»Findest du, ihm sollte verziehen werden?« Ihre Stimme ist über dem scharfen Knacken der brennenden Holzscheite kaum zu hören.

»Was?«

»Stawrogin. Darum geht es doch bei seinem Geständnis gegenüber Tichon: Er will die Absolution. Sollte er die bekommen, nur weil er beichtet?«

Obwohl er sich nicht mehr an ihren Psychospielchen beteiligen will, erwacht doch der Akademiker in ihm, der die von ihr aufgeworfene Frage diskutieren möchte. Er muss an ihre Gespräche auf seinem Sofa denken, wo sie darüber debattierten, welche der Brontë-Schwestern die einflussreichste war – Charlotte für ihn, Emily für sie – oder welchen Wert und Gehalt Anaïs Nins *Die neue Empfindsamkeit: Über Mann und Frau* hatte. Ellie verteidigte ihre Positionen immer mit großem Nachdruck, ihre Diskussionen weckten ihr inneres Feuer: Sie beugte sich vor und präsentierte gestikulierend ihre Argumente, bis sie sich wieder gegen die Sofalehne zurückfallen ließ, entweder triumphierend oder frustriert, weil er sie widerlegt hatte. Ihre literarischen Kontroversen endeten immer in Gelächter, oder einer von ihnen versuchte, mit unfairen Mitteln zu kämpfen:

mit Einsatz von Mund und Zunge oder der absichtlichen Zurschaustellung von Körperteilen. Einmal zum Beispiel bewegte sie sich wie eine anmutige Raubkatze auf ihn zu, und er wartete einfach, den Ellbogen auf die Lehne, den Kopf auf die Faust gestützt. Während sie einen Hemdknopf nach dem anderen öffnete, zählte sie die Gründe auf, wieso *Der Rabe* eine der besten Schauergeschichten aller Zeiten war. Es erfüllt ihn mit Wehmut, als er daran denkt.

Wenn einem amoralischen Russen vergeben werden kann, dann kann sie ihm doch sicher auch vergeben. Schweigend betrachtet sie sein Gesicht, als würde sie ihn und das Gewicht seiner Argumente abschätzen. Da sie im Schatten sitzt, wirken ihre Augen eher grün als blau. Sie lehnt mit dem Rücken am Sofa und sieht ihn an. Er ist versucht, diese Atempause zu nutzen, sie mit so vielen Worten und Argumenten zu überhäufen, bis sie unter dem Gewicht zusammenbricht. Aber das würde nicht mehr bei ihr funktionieren. Ein Wort von ihm könnte sie viel eher reizen als ihm von Nutzen sein. Jetzt ist sie am Zug. Sie öffnet den Mund und will die Flasche an die Lippen setzen, überlegt es sich jedoch anders.

»Tut es dir leid, was du getan hast?«

»Ja«, stößt er hervor. »Natürlich. Ich wollte dir niemals wehtun.«

»Und was ist mit den anderen? Tut es dir auch leid, was du diesen Mädchen angetan hast?« Ihr Blick ist so scharf wie die Schere, mit der sie seine Fesseln durchtrennen könnte. Da es ihr so wichtig ist, gibt er ihr, was sie hören will.

»Natürlich tut es mir auch leid, wenn ich eine von ihnen verletzt haben sollte.«

Da trübt sich ihr Blick, und seine Befreiung, die er schon zum Greifen nahe wähnte, rückt wieder in weite Ferne.

Sie steht auf, zieht sich von ihm zurück und wendet sich zum Fenster. Die Wolkendecke hat nun einen rötlichen Ton angenommen. Er kann sich nicht erinnern, wann er das letzte Mal gesehen hat, wie sich der Himmel oder die Sonne so hartnäckig hinter solchen Wolken verborgen haben. So etwas wie Zivilisation oder das Vergehen von Zeit existiert hier nicht. Er hat keine Ahnung, wie viel Uhr es ist. Er könnte genauso gut Stunden wie Minuten in diesem Stuhl sitzen.

»Wie leid tut es dir?«

Er öffnet schon den Mund, weiß aber nicht, was er sagen soll. Schweigen breitet sich zwischen ihnen aus, greifbar und giftig wie Sumach oder ein Pilz. Ein pelziges Gefühl auf seiner Zunge, er kann es fast schmecken. Schweiß rinnt ihm über den Rücken, während er sein Gehirn durchforstet: nicht nur nach den richtigen Worten, sondern auch nach der richtigen Kombination wie bei einem dieser Zahlenschlösser. Wenn er doch nur die richtige Sequenz finden könnte!

»Was meinst du damit?«

»Wie weit würdest du gehen, um deine Reue zu zeigen?«, präzisiert sie ihre Frage, immer noch zum Fenster gewandt.

Sie dreht sich um, reibt an der kleinen Kruste auf ihrer Unterlippe und kommt auf ihn zu. Er wollte sie nie schlagen, das muss sie doch wissen. So ein Mann ist er nicht. Noch vor wenigen Stunden hat er sie vor einem Sturz übers Geländer gerettet. Dieser Reflex zeigt doch, wer er wirklich ist. Dieser Rollstuhl, an den sie ihn gefesselt hat, bringt das Schlimmste in ihm hervor: und nicht nur das Schlimmste, sondern ein völlig anderes Ich, so als hätte er eine Mutation durchlaufen. Als ihre Hand seine Wange umschließt, eine vertraute Wärme, in die er sich schmiegt, hofft er, die Verbindung zu ihr wiederherstellen zu können, sie an den Mann auf der Galerie zu erinnern, den

Mann, den sie im Wald geküsst, den Mann, der ihr Pancakes gemacht hat. Alles, um hier wegzukommen.

»Ich verspreche, wenn du mich von diesem Stuhl befreist, werde ich dir jeden Tag zeigen, wie sehr es mir leidtut, was passiert ist.«

»Nein, ich hab da was anderes im Sinn …«, sagt sie zögernd.

»Alles, was du willst«, versichert er und dreht leicht den Kopf, um ihre Hand zu küssen, die immer noch seine Wange umschließt. Sie schmeckt nach Salz.

Ellie beugt sich vor und löst mit einem metallischen Klicken die Feststellbremsen des Rollstuhls, sodass sie ihn herumwirbeln kann. Mit einem Mal existiert die Welt hinter ihm wieder. Es ist ein Gefühl, als würde er einen alten Freund wiedersehen. Alles ist so, wie es sein soll. Hier ist kein Mann mit einem roten Haarschopf und auch kein Geräusch von oben. Nur der Esstisch und dahinter, durch die halb geöffnete Tür, ein Streifen vom schwarz-weiß gemusterten Boden in der Eingangshalle. Bei diesem Anblick entspannen sich seine Hände, die er, ohne es zu merken, zu Fäusten geballt hatte. Aber seine neue Position ist nicht von Dauer. Ächzend schiebt sie ihn langsam um den Esszimmertisch, über die Türschwelle in die Eingangshalle.

Dort ist das Licht so grell wie die Sonne. Geblendet blinzelt er, bis aus dem weißen Nichts vertraute Formen auftauchen.

»Das Blut in den Adern gefrieren lassen« ist ein melodramatischer Ausdruck, den er Schülern schon oft in ihren Aufsätzen rot angestrichen hat. Doch als er die Eingangshalle wieder klar sehen kann, spürt er tatsächlich, wie ihm innerlich eiskalt wird.

Vom Geländer im ersten Stock baumelt ein weißes, dickes Seil, fest um die dunklen Mahagonistreben geschlungen. Es sieht aus wie ein Kletterseil, mit dem man früher eine steile Bergwand erklommen hat.

Doch es endet in einer Henkersschlinge.

# 37

*20. April*

Eben stand ich unter Qualen im Bad. Mein ganzer Körper zitterte vor Schmerz, und das, seit ich aus deiner Wohnung getreten war. Seit ich dich verlassen hatte, konnte ich nicht mehr richtig atmen. Ein wesentlicher Teil von mir ist immer noch in deiner Wohnung gefangen. Mit der Schere in meiner bebenden Hand ritzte ich in meine Haut. Der sengende Schmerz überlagerte alles viel besser als die eiskalte Dusche, und für einen ganz kurzen Moment beruhigte sich das höllische Chaos in meinem Kopf.

Ich saß auf dem Toilettendeckel. Als sich mein Bademantel teilte, sah ich die weiße Haut und die bläulichen Adern, die wirkten wie unterirdische Flüsse. Mit der weit geöffneten Schere drückte ich die scharfe Spitze in meine Haut, bis sie sich eindellte. Ich zog eine Acht über meinen Innenschenkel, bis das Blut rot und heiß aus dem Unendlichkeitszeichen drang. Ich öffnete mich dem Schmerz. Er überwältigte mich, und dann existierte nur noch die brennende rote Linie.

## 38 ELLIE

Furcht verzieht die markanten Linien seines Gesichts zu einem Ausdruck, den ich an ihm noch nie zuvor gesehen habe. Etwas Archaisches, rein Instinktives hat von ihm Besitz ergriffen. Er nimmt das Seil und dessen Bedeutung ernst, noch bevor ich ihm eine Erklärung gegeben habe. Doch welche vagen Vorstellungen er auch haben mag, sie sind falsch. Trotz seiner Angst spüre ich immer noch seine Arroganz; er glaubt immer noch zu wissen, worum es hier eigentlich geht. Er irrt sich. Trotz aller Hinweise weigert er sich, es zu begreifen.

»Was zum Teufel soll das?«

»Dies ist deine Chance auf Wiedergutmachung.« Ich stelle mich zwischen Rollstuhl und Schlinge, doch sein Blick klebt weiterhin an dem Seil im Hintergrund.

Nach dem Zwielicht im Wohnzimmer haben sich seine Augen noch nicht an die Helligkeit in der Halle gewöhnt, und jetzt blinzelt er mich desorientiert an. Noch vor wenigen Minuten wirkte er wie ein Mann, der überzeugt war, er hätte mich mürbe gemacht und würde bald befreit werden. Doch wie üblich haben ihn Selbstgefälligkeit und Selbstüberschätzung in die Irre geführt.

»Auf was?«

»Wiedergutmachung«, wiederhole ich prononciert mit einem Lächeln.

Sein Mund zuckt, als kaute er an Worten, die er nicht aussprechen, an Wahrheiten, die er mir nicht preisgeben will.

Ich tauche mit der Hand unter den Saum meines Pullovers

und hole das Päckchen Zigaretten hervor, das ich in den Hosenbund gesteckt habe, schiebe mir eine zwischen die Lippen und zünde sie hinter meiner hohlen Hand an. Nach einem langen Zug erfüllt Rauch meinen Mund, bis ich ihn hinunterschlucke; er dringt in meine Kehle, verlangsamt meinen Herzschlag und löst die Anspannung meiner Muskeln. Ich lege den Kopf in den Nacken und stoße den ersten Zug aus. Jetzt kann ich ihn ein bisschen leichter ertragen.

»Seit wann rauchst du denn?«, fragt er mit angewiderter Miene.

Anstatt zu antworten, gehe ich in die Küche und hole mir einen Becher. Als ich ihn fülle, ist das Rauschen des Wassers bis in die Eingangshalle zu hören, und Stevens körperlose Stimme dringt zu mir.

»Kann ich auch ein Glas Wasser haben?«

Kein »Bitte«: ein weiterer Riss im Firnis seiner künstlichen Kultiviertheit. Mit der Zigarette im Mundwinkel schnappe ich mir noch einen Becher. Es bringt nichts, einem durstigen Mann Wasser zu verweigern. Wir haben noch einen langen Weg vor uns. Als ich wieder zurück bin und ihm den Becher an den Mund halte, trinkt er so hastig, dass sein gurgelndes Schlucken in der Eingangshalle widerhallt, die so groß ist wie ein Einzimmerapartment in New York. Alles in diesem Haus ist überdimensional, auch die Treppe aus Glas, Holz und Stahl. Erneut ziehe ich so gierig an der Zigarette, dass meine Wangen nach innen gesogen werden, und genieße, während der Rauch meine Lunge füllt, das Wissen, ihm Informationen vorzuenthalten: ein quälendes Vorspiel, das durch seine kaum verborgene Frustration nur noch reizvoller wird. Seine Augen fixieren mein nacktes Handgelenk und die Zigarette.

»Was hasst du mehr: Die Zigarette oder das Tattoo? Oder

ist das in deinen spießigen Moralvorstellungen gleichermaßen verwerflich?«

»Mir ist einfach unverständlich, wie du deinen Körper derart verschandeln und gefährden kannst«, erwidert er achselzuckend.

»Du rümpfst die Nase über jemanden, der seinen eigenen Körper tätowieren lässt, hast aber kein Problem damit, den eines halbwüchsigen Mädchens zu missbrauchen – das nenne ich mal *mit zweierlei Maß messen*, Professor!«

Als Antwort kratzt er nur mit den Fingern über das Kunstleder der Armlehne. Ich frage mich, ob er das überhaupt merkt. Frustriert wie ein Tier im Käfig ruckelt er am Stuhl, und ich spüre, wie mir ein elektrisierender Angstschauer über den Rücken läuft. Wenn er freikommt ...

*Wenn ich nicht aufpasse, könnte ich zu Schaden kommen, und zwar schlimm.*

*Missbrauch.* Obwohl ich weiß, was er getan hat, fällt es mir immer noch schwer, dieses Wort auszusprechen. Er ist der Täter, und ich bin die Anklägerin, und doch verursacht das Wort mir und anderen Unbehagen, es bleibt uns in der Kehle stecken. Daher verbergen wir es hinter erträglicheren Ausdrücken wie *Belästigung* oder *sexueller Übergriff.* Aber er muss es hören, er muss sich dem stellen, was er getan hat. Seine Taten dürfen nicht mit Beschönigungen relativiert werden.

»Wie viel ist dir dein vorgetäuschtes Leben wert? Wie viel ist es dir wert, dass deine systematische Unzucht mit minderjährigen Schutzbefohlenen ein Geheimnis bleibt?«

»Was sagst du da?«

»Ich habe Fotos, Namen und Daten von all deinen kleinen Affären, deinen Geheimnissen in der Vergangenheit und der Gegenwart. Wie viel bist du bereit, dafür zu geben, dass dein Ruf so makellos bleibt wie der Schnee draußen?«

Darauf verzieht er mit unmissverständlicher Verachtung das Gesicht. »Ach, darum geht es also? Um Geld?«

Wie erbärmlich! Warum glauben diese Männer immer, alles hätte mit Sex oder Geld zu tun? Aber ich bin neugierig, wohin das führen soll.

»Was meinst du?«

»Deshalb haben du und dein Freund das Ganze hier geplant. Ihr habt mich hierhergelockt, damit du mir genug Angst einjagst, dass ich für dein Stillschweigen zahle.«

»Mein Freund?« Damit habe ich nicht gerechnet. Ich nehme einen weiteren Zug von meiner Zigarette und überlege, wie er darauf kommt, dass ich einen Freund habe.

»Sag's mir: Habt ihr beide das schon vorher geplant? Oder erst, nachdem wir zusammengekommen sind?«

»Ich versteh dich nicht. Welchen Freund meinst du?«

»Seid ihr eins dieser Pärchen, die in *America's Most Wanted* oder noch mieseren Dokuserien gezeigt werden? Du kannst mit der Scharade aufhören!« Er dreht und wendet den Kopf und wird immer lauter. Dann wartet er schweigend darauf, dass jemand aus dem Schatten tritt, seinen großen Auftritt hinlegt und beweist, wie clever er ist. Die dramatische Spannung erreicht ihren Höhepunkt und fällt dann peinlich in sich zusammen.

»Vielleicht wartet er auch irgendwo, um dich abzuholen, wenn alles vorbei ist?«

»Wie kommst du darauf, dass wir nicht allein sind?«

»Komm schon, ich bin doch nicht blöd! Auf gar keinen Fall hättest du mich alleine in diesen Rollstuhl wuchten können.«

Seine selbstgefällige Miene würde mich zur Weißglut treiben, wenn er nicht völlig falschläge. Stattdessen muss ich lächeln.

»Tut mir leid, dich zu enttäuschen, aber das habe ich tatsächlich ganz allein geschafft. Mit dem Rautekgriff. Du solltest es googeln. Es gibt so viel Wissen da draußen, nur eine Onlinesuche entfernt.«

»Selbst wenn dein Freund nicht hier ...«

»Wieso glaubst du, dass ich einen Freund habe?«

»Du musst dich nicht mehr verstellen. Ich hab's rausgekriegt. Ich hab euch zusammen gesehen.«

»Wann?«

»Bei Saschas Vernissage. Ich hab gesehen, wie ihr draußen miteinander geredet habt. Und ein anderes Mal, als er aus deinem Wohnhaus kam. Du hast versucht, ihn vor der Galerie loszuwerden, aber ich hab euch trotzdem gesehen. Ihr zwei schient sehr vertraut miteinander.«

Mein Gelächter explodiert in der Eingangshalle und prallt von der hohen Decke und dem Fliesenboden ab. Als ich erst einmal angefangen habe zu lachen, kann ich nicht mehr aufhören. Es rüttelt mich durch, bis mir der Bauch wehtut und mir Tränen über die Wangen laufen. Steven sitzt in der Mitte des Schachbrettbodens in seinem Rollstuhl und sieht mich schmollend an. Seine Miene ist so komisch, dass ich fast wieder anfange zu lachen.

»Connor ist nicht mein Freund, sondern mein Cousin«, erkläre ich, mit vor Lachen bebender Stimme. »Und nur fürs Protokoll: Er würde viel lieber dir an die Wäsche gehen als mir.«

Connor. Der sanftmütige Connor, der keiner Fliege was zuleide tun könnte. Connor, der Spinnen lieber vorsichtig nach draußen trägt, während ich sie am liebsten zertrampeln würde. Connor, der nur eine Lösung für alle Probleme kennt: Fritten und Milchshakes. Zugegeben: In gewisser Weise war er beteiligt, als ich die Idee hatte und die ursprüngliche Entscheidung gefallen ist. Aber dies ist nur meine Schlacht.

»Das heißt noch gar nichts. Er könnte dich dazu gebracht haben.«

»Ich bin schon ein großes Mädchen, Steven. Ich brauche keinen Typen, der für mich die Strippen zieht.«

Ich lasse den Zigarettenstummel in den Becher fallen, ziehe sofort eine weitere aus dem Päckchen und zünde sie an. Das Nikotin und der Teer fühlen sich weitaus weniger giftig an als seine Anwesenheit. Es ist so typisch für ihn zu denken, dass hinter alldem ein Mann stecken muss und dass ich es nicht allein durchziehen kann. Unsere ganze Beziehung war geprägt von seinen ewigen Ratschlägen – um die ich nicht gebeten hatte –, weil er die irrige Annahme vertritt, er wüsste es immer am besten.

Jetzt ist es Zeit, seine Annahme zu widerlegen.

»Es ist ganz einfach. Ich lasse dir die Wahl. Entweder melde ich dem Bildungsministerium deinen systematischen Missbrauch von Studentinnen und minderjährigen Schülerinnen und gebe ihnen die Namen, Daten und Fotos. Ich werde deine Karriere zerstören – mehr noch: Ich werde deinen kostbaren Ruf zerstören.«

Ich trete zu ihm und lege meine Hand auf seine. Er hört auf, über die Armlehne zu kratzen. Da ich ihm die Sicht versperre, bleibt ihm nichts anderes übrig, als mich direkt anzublicken und die Entschlossenheit zu sehen, die jede Faser meines Körpers durchdringt.

»Du wirst nie wieder ein junges Mädchen unterrichten oder ausnutzen können. Du wirst nur noch der schändliche Sohn von Professor Stewart Harding sein.« Worte sind Waffen, und der letzte Satz ist ein Stich mitten ins Herz, denn ich sehe, wie er entsetzt die Augen aufreißt bei der bloßen Vorstellung, auf immer in Ungnade gefallen zu sein. »Oder ...«

Ich entferne mich von ihm, um den Ascheturm in den Becher zu schnippen, wo er zischend ins Wasser fällt. Als Steven das Ausmaß dieses Deals bewusst wird, ruckelt er wieder am Rollstuhl. Das Rattern des Stuhls unter seinem Körper ist mittlerweile ein Morsecode für seine Gefühle und Frustrationen geworden, den ich noch nicht entschlüsseln kann.

»Oder was?« Er starrt mich ohne zu blinzeln an, ein Blick, den ich locker erwidere. Denn ich bin nicht mehr die unterwürfige Ellie, die ihren Blick auf den Boden richtet oder nur unter gesenkten Lidern zu ihm aufschaut. Mit jedem Moment entferne ich mich weiter von ihr, treibe sie mir aus wie einen Geist, von dem ich freiwillig so lange besessen war, bis er seinen Zweck erfüllt hatte.

»Oder du verhältst dich wie ein Ehrenmann und begehst Selbstmord. Wenn du dich aufhängst, verspreche ich, kein Wort zu sagen. Du wirst mit makellosem Ruf sterben. Wer weiß, dein frühzeitiges Ableben könnte dich in Höhen katapultieren, die du sonst nie erreicht hättest.«

Zischend fällt mein Zigarettenstummel in den Becher.

Es hat eine Weile gebraucht, um hier zu landen, und zwar mehr als dreieinhalb Stunden Fahrtzeit: Wochen, in denen ich die Beweise sammelte; dazu die bitter schmeckenden Lügen, die Küsse, die nach jemand anderem rochen, die Fotos, die Gesichter von Kindern zeigten, die Textnachrichten mit ihren im Kreuzstich versiegelten Geheimnissen: xxx. Die vielen Stunden, die ich durch Angebote scrollte, immer auf der Suche nach der richtigen Bühne, der richtigen Zuflucht, wo wir allein wären – nur wir zwei und die Geister all der anderen. Eine lange Reihe verschwommener Häuser zog an mir vorbei. Doch wie heißt es so schön: Wenn man es sieht, weiß man es sofort. Die großen Fenster, die gezackte Silhouette zwischen Meer und

Wald. Ein Blick auf Google Maps und ein paar Klicks, um in der Nahaufnahme zu sehen, dass im meilenweiten Umkreis nur Grün war. Perfekt. Und bislang wurde ich nicht enttäuscht. So viel ist schon passiert. Doch wir sind immer noch nicht da, wo ich hinwill.

Eine leise Äußerung von ihm reißt mich in die Wirklichkeit zurück.

»Sorry, was hast du gesagt?«

»Ich sagte: Komm schon, das ist nicht mehr lustig und bringt auch nichts.« Er verstummt kurz und fügt dann mit selbstgefälligem Grinsen hinzu: »Außerdem muss ich dringend pinkeln.«

# 39 STEVEN

Sein Grinsen verblasst, als Ellie wortlos aus dem Raum geht und ihn mit seiner vollen Blase allein lässt. Sie hat ihn hier einfach sitzen lassen, dabei hätte die Ellie, die er kennt, Mitleid gehabt und ihn aus diesem verdammten Rollstuhl befreit. Wenn der Schockeffekt mit der Henkersschlinge nicht die verzweifelte Maßnahme eines schmollenden kleinen Mädchens oder die Einschüchterungstaktik einer Erpresserin ist, was dann? Was will sie denn? Je mehr er erfährt, desto unverständlicher erscheint ihm alles. Desto unverständlicher erscheint ihm *sie*.

Langsam weiß er nicht mehr, ob er sie überhaupt je wirklich gekannt hat. Abgesehen davon, dass sie ihm gerne zugehört und Literatur geliebt und studiert hat, ist sie für ihn ein Rätsel – und genau das gefiel ihm. Er hat es immer als Segen betrachtet, dass sie nicht versucht hat, ihn ihren Freunden oder, schlimmer noch, ihrer Familie vorzustellen. Er hat sie nur wenige Male in ihrer Wohnung besucht und war froh, dass sie meist bei ihm war, wo sie mehr Platz hatten. Aber wenn, dann hat er nie groß auf etwaige Fotos geachtet.

Jetzt erkennt er mit Erschrecken, dass es in ihrem Apartment gar keine Fotos gab. Welcher Mensch zeigt denn keine persönlichen Andenken in seiner Wohnung? Selbst er hat ein paar Fotos aufgestellt: zum Beispiel von seinem Abschluss, als er, eindrucksvoll im Talar, von seinen Eltern eingerahmt wurde, oder von Jeffreys Hochzeit, wo er Trauzeuge war, oder bei seiner Preisverleihung, als er den Samuel Sewall Essay Prize bekam. Jetzt versucht er, sich ihre Wohnung in Erinnerung zu rufen, und erkennt, dass es dort kein einziges Zeichen aus ihrer Vergangenheit gab, keine Freunde oder Verwandten, die ihn durch kühles Glas anstarrten, keinen Hinweis auf ihr Leben vor ihrer Beziehung. Das gilt auch für ihre Gespräche: keine Geschichten aus ihrer Kindheit und Jugend, nur hier und da mal eine Anekdote. Eigentlich hat *sie* sich immer nur *seine* Geschichten angehört, zusammengerollt auf dem Sofa, das Kinn auf die Hand gestützt.

Bei jeder neuen Erinnerung löst sich das Gewebe ihrer Beziehung ein bisschen mehr auf, bis es schließlich vollkommen zerfasert. Jede seiner Annahmen und Entscheidungen basierte auf seinem bisherigen Eindruck von ihr. Aber eigentlich weiß er nicht das Geringste über die Frau, mit der er hier gefangen ist. Sie tauchte als vollkommenes Individuum – wenn auch tropfnass – in Norman's Café auf, doch hatte er sich nie die Mühe gemacht herauszufinden, woher sie kam und wer sie war, bevor sie sich begegneten. Sie hätte auch durchaus aus einer Psychiatrie direkt in sein Leben getreten sein können.

Und doch: Trotz allem, was sie ihm bislang angetan hat, trotz ihrer Demütigungen und gehässigen Bemerkungen kann er diese grausame und hinterhältige Ellie, die vor ihm steht – das Mädchen, das seine Vernichtung plant –, nicht mit der Ellie aus ihrer Beziehung in Einklang bringen. Er hasst sich dafür, dass er immer noch an ihr hängt, an dem Mädchen, das ihn erst vor einem Monat nach der Arbeit überraschte. Die fahle Wintersonne verschwand hinter dem Gebirge der Wolkenkratzer, vor dem die Wohngebäude und Brownstone-Häuser im Vordergrund winzig wirkten. Er war gerade durch die Doppeltür der Richmond Prep in den kalten Winternachmittag getreten, lange hinter allen anderen, weil ein Anruf seines Vaters ihn aufgehalten hatte.

Das Telefonat war beendet, doch hatte er immer noch die Stimme des alten Mannes im Kopf, die an seinen Nerven zerrte wie ein penetranter Ohrwurm. Seine herablassenden Seitenhiebe, getarnt als witzige oder unschuldige Bemerkung, auf seine Arbeit: »Hab deinen Essay in der *North England Review* gelesen. Ganz ordentlich, mein Junge, eines Tages wirst du auch mal ein Buch veröffentlichen, so wie dein alter Herr.« *Mein Junge*. Steven hasste diesen Ausdruck, den der alte Bastard bewusst benutzte, um ihn für immer in einem kindlichen Stadium festzuhalten.

Er stand auf dem oberen Absatz der Treppe und überlegte, ob er den Nachmittagskaffee auslassen und direkt zu Bourbon übergehen sollte, da entdeckte er sie: unübersehbar in ihrem überdimensionalen Mantel, eine leuchtend rote Insel inmitten eines Meeres aus marineblauen Schuluniformen. Sie blickte zu ihm hoch. Aus der Distanz meinte er Tränen in ihren Augen zu sehen, doch sie wandte sich rasch ab. Sofort vergaß er das grässliche Telefonat und rannte die Treppe hinunter durch die Menge der Schüler zu ihr.

Als er sie erreichte, konnte er ihr gerade noch eine Träne abwischen, die ihr über die Wange lief.

»Alles in Ordnung?«

»Ja, es ist nichts«, erwiderte sie schniefend.

»Nein, sag's mir.«

»Es ist ganz unwichtig.«

Er hob ihr Kinn, damit sie sehen konnte, dass es ihm ernst war. »Sag's. Mir.«

Es überraschte ihn selbst, dass er es unbedingt wissen wollte.

Sie sah ihn erst eine Weile an, bevor sie erklärte: »Es war nur ein dummes Missverständnis mit einem Freund.«

Sie beendete ihre Erklärung mit einem tiefen Seufzer, der ihn dazu brachte, sie an sich zu ziehen. Als sie ihren Kopf an seine Brust presste, vergaß er einen Augenblick seine Abneigung gegen die öffentliche Zurschaustellung von Gefühlen, vor allem vor Schülern und Kollegen. Ihr Körper, der sich im kalten Wind versteift hatte, lag schwer in seinen Armen.

»Was ist das?«, fragte er und wies mit dem Kopf zu der hübschen pastellgrünen Schachtel, die sie an einer Schnur hielt und die jetzt gegen sein Bein stieß.

»Du hast doch mal gesagt, du hättest noch nie den Bananenpudding der Magnolia Bakery gegessen.«

»Das weißt du noch?«

Sie nickte. »Da ich heute nur eine Vorlesung hatte, dachte ich, ich bring dir welchen. Du musst ihn unbedingt probieren.« Ihr Ton war leicht, doch hörte er ihr immer noch ihre Traurigkeit an. Sie reichte ihm die Schachtel. Die Schnüre hatten rote Striemen auf ihren Fingern hinterlassen. »Aber du hast jetzt bestimmt zu tun, da gehe ich lieber.«

Sie hatte sich schon einen Schritt von ihm entfernt, um von der Flut heimwärts strebender Schüler verschluckt zu werden, da erwischte er sie noch an der Hand.

»Halt.« Bourbon und Selbstbemitleidung konnten warten.

»Nein, ich glaube, das ist jetzt keine gute Idee.«

»Was meinst du?«

»Ich sollte gehen.« Aber ihr Blick strafte ihre Worte Lügen.

»Du erwartest doch nicht, dass ich das alles allein esse, oder?« Eine Antwort war gar nicht nötig; er wusste, wie er sie aufheitern konnte. »Komm schon, gehen wir.«

Sie folgte ihm zu seiner Wohnung, doch da sie sich in ihr Inneres zurückgezogen hatte, schwiegen sie den gesamten Weg. Er wollte nicht neugierig sein, fragte sich aber, was eigentlich passiert war. Doch kaum hatten sie seine Wohnung erreicht, änderte sich alles schlagartig. Mit ihren Kleidern streiften sie auch all ihre Sorgen ab und ließen sie hinter sich zurück.

Sie hielt die Augen fest geschlossen, als er Bananenpudding aus ihrem flachen Bauchnabel und Sahne von ihrer Haut leckte und dabei einen feuchten Speichelfilm hinterließ. Hungrig schob er sich hoch zu ihrem Mund, und als er sich auf sie legte, wurde der Pudding zwischen ihren Bäuchen zerquetscht und verteilte sich auf ihrer Haut. Noch bevor er ihre Lippen berühren konnte, drehte sie sich um und verschmierte seine teuren Laken aus ägyptischer Baumwolle. Das war ihm egal. Sie grub den Kopf in seine Kissen und bot sich ihm dar.

Später lag er auf dem Rücken und hatte einen Arm unter seinen Kopf gelegt und den anderen um Ellie geschlungen. Das Bett und ihre nackten Körper klebten von den Überresten des Puddings, und ein intensiver Duft von Bananen und Zucker erfüllte das Schlafzimmer. Er spürte das Flattern ihrer feuchten Wimpern und ihren Atem auf seiner Brust. Kurz darauf löste sie sich aus seiner Umarmung und ging zum Bad. Auf seinen Ellbogen gestützt, beobachtete er, wie sie unsicher das Zimmer durchquerte. Sie erinnerte ihn an ein Rehkitz, das zum ersten Mal auf den Beinen stand.

»Ich hole mir was zu trinken. Willst du auch was?«, fragte er.

Ohne sich umzudrehen, schüttelte sie den Kopf. »Nein, aber danke dir.« Ihre Stimme bebte noch leicht von dem, was sie gerade getan hatten.

Nur ein paar Stunden mit ihr, und sein Vater war vergessen. Sie hatte den Groll überdeckt, der in seinem Inneren gebrodelt hatte, bevor er sie an der Treppe auf ihn warten sah. Sie hatte die Bitterkeit hinweggespült, die jedes Gespräch mit dem alten Herrn in seinem Mund hinterließ.

»Nein, ich danke *dir*«, hauchte er, als das Rauschen des Wassers ins Schlafzimmer drang.

Die Wahrheit ist aber, dass er nicht weiß, was sie tut oder wen sie trifft, wenn sie nicht bei ihm oder in der Uni ist. Er hat nie nachgehakt, welcher Freund ihr denn solchen Kummer bereitet hat, und bis jetzt hat er auch nie einen Gedanken an ihn verschwendet. Aber nun benimmt sie sich wie eine der durchgeknallten Frauen aus den Filmen, Serien und Boulevardzeitungen, die das Leben eines Mannes ruinieren, bloß weil sie meinen, er gehörte nur ihnen oder hätte irgendwas falsch gemacht.

Hier sitzt er, im beißenden Geruch ihrer Zigaretten, der sich mit dem seines Schweißes vermischt. Er sehnt sich danach, hier rauszukommen, einfach nur draußen zu sein und seine Lunge mit frischer, unverbrauchter Luft zu füllen. Wie ist er bloß in diese Lage geraten? Und da weht noch ein Geruch zu ihm, unterlegt mit einer chemischen Note, der eine vage Erinnerung in ihm hervorruft.

# 40 STEVEN

M. war sechzehn und er ein fünfundzwanzigjähriger Aushilfslehrer, der gerade seine zweite Vertretungsstelle angetreten hatte. Nach seinem Abschluss hatte er den Drang verspürt, den Collegekreisen zu entfliehen, wo sein Vater einen langen Schatten warf.

Sie saß in der dritten Reihe seiner Englischklasse, warf immer wieder ihre langen schwarzen Haare über die Schulter und kaute mit ihrem rosa glänzenden Mund auf ihren Stiften. An warmen Tagen zwirbelte sie ihre Haare zu einem losen Knoten zusammen, den sie mit einem ihrer malträtierten Stifte durchstach. Jeden Donnerstagnachmittag zwischen zwei und drei wurde sein Blick immer wieder wie magnetisch von ihr angezogen.

Er hatte es sich angewöhnt, jeden zweiten Morgen vor der Arbeit ins öffentliche Schwimmbad zu gehen, das sich günstigerweise genau zwischen seinem überteuerten Apartment und der Schule befand. Da er sofort nach der Öffnung hinging, war er dort ganz allein – abgesehen vom Bademeister, der mit verschränkten Armen auf seinem Ausguck hockte und immer wieder einzuschlafen drohte. Eine Dreiviertelstunde pflügte er sich durch das Wasser, bis seine Arme ermüdeten, um seine Muskeln zu definieren und etwaiges Fett zu verbrennen, das sich an seinen Körper kleben wollte. Während sein Körper durchs Wasser tauchte, wanderten seine Gedanken unfehlbar zu seinem Vater, der im Sommer zuvor über den Coopers Beach geschlendert war und bewundernde Kommentare von Bekannten geerntet hatte, wie fit er für sein Alter wirkte – offenbar war die Fitness seines alten Herrn bemerkenswerter als Stevens herausragende akademische Leistungen.

Eines Morgens, knapp einen Monat nachdem er die Stelle angetreten hatte, war sie in einem roten Sportbadeanzug aufgetaucht. Sie wählte die Bahn, die am weitesten von seiner entfernt war, und trainierte Brustschwimmen, mit erhobenem Kinn, oder Rückenschwimmen, wobei sie an die Deckenfliesen starrte. Er machte zwischen seinen Runden unmerklich Pausen, um sie zu beobachten.

Sie kam jedes Mal kurz nach ihm und glitt ins Wasser, ohne ein Wort zu sagen oder ihn auch nur zur Kenntnis zu nehmen, und verschwand immer, bevor er fertig war. Wenn sein Kopf aus dem Wasser auftauchte, zog sie sich gerade – tropfend – die Leiter hoch oder ging schon fort, wobei er die Bewegungen des straff über ihren Po gespannten Stoffs betrachten konnte. Das Klatschen ihrer nassen Füße, das von jeder gefliesten Oberfläche als Echo zurückgeworfen wurde, kündete von ihrem Abgang.

Es war ein ganz normaler Morgen, der sich in nichts von all den vorherigen unterschied. Er trocknete sich gerade in einer Umkleidekabine die Haare und das Gesicht, als er von einem Klopfen an der Tür unterbrochen wurde. Hatte er seine Schwimmbrille am Becken liegen gelassen? Kaum hatte er die Verriegelung gelöst, schlüpfte sie schon herein. Es war kaum genug Platz für sie beide – und ganz gewiss kein Raum für Fragen oder Erklärungen. Schweigend zog sie seine Badehose herunter und stürzte sich auf ihn. Er taumelte gegen die Kabinenwand, denn ihr kühner Übergriff und ihr warmer Mund hauten ihn einfach um.

Als er es wagte, seinen Blick zu senken, sah er, dass der rechte Träger ihres Badeanzugs verdreht war. Offenbar spürte sie seinen Blick, denn sie schaute durch ihre gesenkten Lider zu ihm auf. Sie kniete vor ihm, vor seiner Blöße, bot sich ihm an, bat mit ihren grauen Augen um seine Erlaubnis, obwohl seine Zustimmung deutlich sichtbar war. Ohne die Augen von seinem Gesicht zu lösen, machte sie einfach weiter und umschloss ihn tiefer. Dieser Blick und die nasse Locke, die an ihrer Wange klebte, waren unsagbar erotisch. Der Anblick ihrer Unterwerfung überwältigte ihn, durchzuckte seinen ganzen Körper, bis er sich nicht mehr beherrschen konnte.

Ihre Kühnheit stand im krassen Gegensatz zu der Zurückhaltung, die in ihrem Schweigen lag. Es war nicht nur Sex, es war eine Verbindung. Instinktiv wusste er, dass sie gesehen werden wollte, anerkannt. Sie wechselten nie ein Wort. Es war ein Übereinkommen, das sie unausgesprochen getroffen hatten. Er ließ jedes Mal die Tür unverriegelt, und sie schlüpfte herein, immer in demselben roten Badeanzug. Zwei Körper in einer engen Kabine, eingehüllt vom Geruch nach Chlor. Seitdem kann er in kein Schwimmbad mehr gehen, ohne in einer Art pawlowschem Reflex an M. denken zu müssen.

Ihre Affäre endete, wie sie begann: ohne ein Wort, an dem Tag, als sein Vertrag auslief und er nicht mehr ins Schwimmbad kam.

Dem gleichen Blick begegnete er auch an der katholischen St.-John's-Schule in Boston. Dort lobte er eine seiner Schülerinnen wegen ihres Aufsatzes und ihrer frühreifen Kommentare über *Jane Eyre*. Auch sie wollte gesehen werden. H. Sie hatte einen Schönheitsfleck unter ihrem linken Auge, der so schwarz war, dass er aussah wie gemalt. Er umfasste immer ihre Wange und strich mit dem Daumen über ihr winziges Muttermal. Ihre Augen waren so grün wie das Spielfeld im Fenway Park. Eigentlich interessierte er sich nicht für Baseball, aber bist du in Boston …

Er erinnert sich an alle. Jede ist eine einzigartige Erfahrung, eine Geschichte, die nur ihm gehört. Er gab ihnen die Beachtung, nach der sie sich sehnten. Er sah sie, er sagte ihnen, dass sie schön und von Bedeutung waren. Sie hörten ihm aufmerksam zu und suchten seinen Rat. Er zeigte ihnen, wie viel Lust man empfinden kann, wenn man die richtigen Stellen küsst oder berührt.

Eine von ihnen war etwas Besonderes. Ihr Gesicht erschien vor seinem inneren Auge, als Ellie aus den *Dämonen* vorlas, dabei kann sie unmöglich von ihr wissen. In seiner Erinnerung steht sie auf einer Klippe, und der Wind peitscht durch ihr Haar.

W. Je mehr Zeit verstreicht, desto weniger Sinn ergibt das alles. Vanille und Jasmin. Komisch, an welche Details man sich erinnert.

»Musst du immer noch aufs Klo?«

»Ja, dringend.« Ellie ist wieder da, und er geht davon aus, dass sie ein Messer oder eine Schere geholt hat, um ihn zu befreien. Stattdessen hält sie eine leere Wasserflasche in der Hand und grinst ihn an. Bei diesem Anblick verkrampft sich vor lauter Fassungslosigkeit sein Magen.

»Soll das ein Witz sein?«

»Nein.«

»Binde mich jetzt sofort los«, befiehlt er schroff und spürt, wie das Klebeband in seine Haut einschneidet.

»Nein.«

»Mach mich los, verdammt doch mal!«, brüllt er so laut, dass der Stuhl unter ihm rattert. Sie antwortet mit eisernem Schweigen, worauf er so wütend wird, dass sich zwei Räder des Stuhls gefährlich vom Boden lösen. Als er die Beherrschung wiedererlangt hat, beruhigt sich auch der Stuhl.

»Fertig?«

Das würdigt er nicht mal einer Antwort.

»Ich werde dich nicht losschneiden, also hast du zwei Möglichkeiten: Entweder benutzt du diese Flasche oder du pinkelst dich voll. Wofür entscheidest du dich?«

Ihr gleichmütiger Ton und ihre grausamen Worte zeigen ihm, dass die Ellie, die er gekannt hat, endgültig fort ist. Jetzt sitzt er mit einer Fremden gefangen im Nirgendwo und hat keine Ahnung, wozu sie fähig ist. Aber die furchterregenden Konsequenzen dieser Tatsache werden warten müssen. Zunächst einmal muss er sich die unerträgliche Demütigung ersparen, sich einzunässen.

»Die Flasche«, quetscht Steven kaum hörbar zwischen seinen zusammengebissenen Zähnen hervor. Das wird er ihr nie verzeihen. Noch nie ist er so erniedrigt worden. Wie kann sie ihm das antun?

Ratschend öffnet sich sein Reißverschluss, und er schließt die Augen; sein Geist spaltet sich von dieser Situation ab. Sie nimmt ihn in die Hand, und zum ersten Mal wird er bei ihrer Berührung nicht steif. Als der warme Strahl in die Flasche läuft, gibt er allen Stolz unwiderruflich auf. Wie ist er in eine solche Lage gekommen? In seinem ganzen Leben ist er noch nie so tief gesunken. Sobald er freikommt, wird sie dafür büßen müssen. Sie kann ihn nicht für immer hier festhalten. Die Demütigung erreicht ihren Höhepunkt, als sie ihn erst abschüttelt, bevor sie den Reißverschluss wieder schließt.

Sie lässt ihn im beißenden Uringeruch allein, um die Flasche und ihren Inhalt zu entsorgen. Und er lässt seiner Wut freien Lauf.

# 41

*13. April*

Jeden Tag in der Schule muss ich dich sehen. Muss in dem Scheißklassenraum hocken und eine ganze quälende Stunde mit dir verbringen. Muss zusehen, wie du mich ignorierst, die anderen Mädchen in der Klasse anlächelst oder mit Miss Winters auf dem Gang plauderst. Gestern stand ich nach Unterrichtsende trotzig an deinem Pult und wartete darauf, dass du aufschaust und mich siehst, doch du hast deinen Blick stur auf irgendwelche Unterlagen geheftet.

»Könnten wir bitte über meinen Aufsatz reden?«, fragte ich mit zitternden Lippen.

Du hast nicht geantwortet, sondern nur geseufzt, als würde dich aller Lebensmut verlassen. Es ging mir durch Mark und Bein und schlug mich in die Flucht. Ich stürzte in die nächste Mädchentoilette. Im Schutz einer verriegelten Kabine suchte ich eine Stelle an meiner nackten Haut und fand Erleichterung.

Danach Schulversammlung zu den Gefahren im Internet. Offenbar hatte ein Mädchen von der Jefferson High online mit einem Teenager gechattet, der sich dann als vierzigjähriger Fiesling entpuppte.

Du hast mit den anderen Lehrern auf dem Podium gesessen und wie sie den Kopf über diese tragische Geschichte geschüttelt. Hast nicht ein einziges Mal in meine Richtung geblickt. Direktorin Harvey drängte uns mit ihrer weinerlichen Stimme: »Wenn ihr auch schon mal so was erlebt habt oder wenn ihr euch Sorgen um eine Freundin oder einen Bekannten macht, dann könnt ihr euch vertraulich an Mr. Gibson wenden, den Schulpsychologen, oder an einen eurer Lehrer. Wir sind für euch da.«

Für mich da. Die Fünfzehnjährige, die wusste, worauf sie sich einlässt. Ich saß auf einem der oberen Ränge und blickte auf das Podium hinab.

Wie kann ich es einem von ihnen erzählen, wenn sie alle auf deiner Seite sind?

## 42 ELLIE

Das Licht ist so grell, dass ich kurz die Augen zusammenkneife. Es leuchtet weiß rund um den Spiegel im Bad, sodass mein Spiegelbild wie überbelichtet wirkt, bleich und verhärmt. Ich erkenne mich immer noch nicht wieder.

So lange war ich Ellie: Tage, die in Wochen und Monate übergingen. Die warme Flasche zittert in meiner Hand. Ich stelle sie ab, umklammere den Rand des Waschbeckens und suche hinter der Maske im Spiegel nach mir. Es fühlt sich an, als wollte ich einen Weg in der Dunkelheit finden, ich taste herum, bis ich über etwas Vertrautes stolpere. Dann gleite ich in mein altes Ich zurück, lege die Schüchternheit ab, die ich nur für ihn angenommen habe. Streife sie ab wie die Haut einer unsichtbaren Schlange, die auf dem Badezimmerboden liegen bleibt.

Ich hole das Foto hervor. Schon wenn ich es anschaue, erinnere ich mich wieder daran, wer ich wirklich bin. Doch gleichzeitig erwacht dadurch der Schmerz, den ich tief in mir eingekapselt habe. Wie eine Welle steigt er in mir an, drückt mein Herz gegen die Kehle und überflutet meine Lunge. Er zieht mir den Boden unter den Füßen weg und lässt mich zusammensinken.

Z ... Y ... X ...

Während ich mich aufs Rückwärtsbuchstabieren konzentriere, schrumpft der Schmerz – meiner Aufmerksamkeit entzogen – zu einem dumpfen Druck in meiner Brust, mit dem ich umgehen kann. Wenn Dad noch da wäre und wüsste, dass ich immer noch diese Panikattacken habe, würde er sofort kommen und mich nach Hause bringen. *So war das nicht geplant, Käferchen,* würde er mit seiner grollenden Stimme sagen, die allen außer mir Angst einjagte. Ich vermisse ihn unendlich. Er wusste, wie sehr mich das, was geschehen war, aus der Bahn warf. Er hatte es an jenem Tag aus nächster Nähe mitbekommen und trotzdem darauf vertraut, dass ich das bewältigen konnte – bis zu einem gewissen Punkt.

Nachdem es geschehen war, wollte ich ins echte Leben zurück. Aber Dads Widerstreben, mich ans andere Ende des Landes ziehen zu lassen, erwies sich als größtes Hindernis. Allerdings war Dr. S. auf meiner Seite.

»Glauben Sie wirklich, sie ist dazu bereit?«, fragte er, während ich auf der Terrasse neben dem Fenster seines Arbeitszimmers herumlungerte, wo ich den Geruch von verbranntem Fleisch riechen konnte, weil irgendwelche Nachbarn grillten. Ich stellte mir vor, wie gut ich nach Berkeley passen würde, sah mich mit Freundinnen auf dem Campus – obwohl sie alle immer noch dasselbe Gesicht hatten.

»Ich glaube, sie hat erstaunliche Fortschritte gemacht, und dies ist der nächste Schritt«, erwiderte Dr. S. Glücklicherweise hatte Dad wie üblich den Lautsprecher des Telefons eingeschaltet.

»Aber hat sie immer noch …« Es schnürte mir die Kehle zu, als ich die Stimme meines Vaters stocken hörte. Der Drang überwältigte mich, zu ihm zu rennen und ihn zu umarmen, aber ich blieb, wo ich war, und muckste mich nicht.

»Ich darf Ihnen natürlich nicht erzählen, was in den Sitzungen mit Ihrer Tochter zur Sprache kommt, doch ich bin zuversichtlich, dass sie für den nächsten Schritt in ihrem Leben bereit ist.«

Darauf schwieg Dad. Ich konnte mir vorstellen, wie er auf

seinem Drehstuhl saß, dessen Rückenlehne sich unter seinem Gewicht nach hinten neigte, während er beim Verarbeiten dieser Information mit seinen Unterlagen oder einem Stift spielte. Sein Arbeitszimmer blieb, ganz gleich, wo wir wohnten, eine Konstante in all den Häusern, die wir unser Zuhause nannten.

»Sollten wir irgendwelche Vorsichtsmaßnahmen treffen?«

»Ich habe ihr bereits einen meiner Kollegen in Oakland empfohlen, und natürlich stehe ich immer zur Verfügung, wenn sie mit mir sprechen will.«

Als ich das hörte, spürte ich einen Kloß im Hals. Ein Teil von mir hatte Angst, auf ihre Hilfe zu verzichten. Sie fand immer die richtigen Worte, um mich aufzubauen, mir Zuversicht zu geben – und die Hoffnung, dass der Schmerz irgendwann erträglich werden würde.

»Dafür danke ich Ihnen«, erwiderte Dad.

»Sie hat mir erzählt, Sie hätten ein Haus dort in der Gegend.«

»Ja, in Monterey. Ich habe geplant, wieder dorthin zu ziehen.«

»Dann hat sie eine Rückversicherung, falls sie die brauchen sollte.«

»Danke, Doktor. Ich melde mich, wenn ich noch Fragen habe.«

In der Stille, die auf das Klicken des Telefons folgte, wartete ich darauf, dass er sich räusperte oder durch seine Unterlagen blätterte. Auf irgendeinen Hinweis.

»Du kannst aus deinem Versteck kommen, Käferchen.«

Ich lächelte über meinen Schreck, dass ich entdeckt worden war. »Bin ich nicht langsam zu alt für diesen Spitznamen, Dad?«, fragte ich, als ich durch das offene Fenster stieg.

»Nein, tut mir leid, dafür bist du nie zu alt.« Er zögerte kurz. »Also dann: Berkeley.« Seine gespielt strenge Miene konnte mich nicht täuschen. So wie er wusste, dass ich gelauscht hatte, wusste ich immer, wenn er sich entschieden hatte – und wofür.

»Danke, Dad«, sagte ich und konnte ihn endlich umarmen.

»Und jetzt ab mit dir«, befahl er. »Ich muss den Staatsanwalt anrufen.«

***

Ich kippe die Flasche über der Toilette aus; zischend fließt Stevens Pisse ins Wasser, der durchdringende – von so Nahem überwältigende – Gestank wallt aus der Schüssel auf. Während ich die Spülung betätige, muss ich lächeln, weil ich an Stevens Demütigung denke. Er war immer so selbstsicher, aber ich habe einen Riss in seine Fassade geschlagen, einen Spalt, durch den ich in ihn eindringen kann, um ein bisschen Schaden anzurichten. Vielleicht könnte ich ihn sezieren und sehen, woraus er wirklich gemacht ist? Würden seine Eingeweide zeigen, wie verdorben er ist? Würden seine Organe nur hier und da schwarze Flecken zeigen, wären sie schon weitreichend betroffen oder wäre er bereits verrottet bis ins Mark?

Dann huschen meine Gedanken zu der Frage, was Steven wohl mit mir anstellen würde, wenn er freikäme: Was würden diese Finger, die über den Kunstlederbezug der Armlehnen kratzten, wohl tun, wenn sie über meine Haut wanderten und sich um meine Knochen krallten? An einem Ort, wo niemand mein Schreien hören würde. Doch hier geht es nicht um mich. Das ist es, was er immer noch nicht erkennt.

Unten höre ich Steven atmen. Ich bin noch nicht bereit, mich erneut seiner Verachtung und Wut zu stellen, der künstlichen Empörung, die er aus jeder Pore verströmt. Also setze ich mich auf den Badewannenrand und zünde mir eine Zigarette an.

Über der Wanne gewährt ein Fenster direkten Blick aufs Meer. Der Sturm hat sich gelegt, offenbar konnte er nicht mehr die Energie aufbringen, die Wellen ans Ufer zu werfen. So viel Aufwand an Energie, doch das Haus steht immer noch und der Wald ebenfalls.

Wieder ziehe ich Rauch in meine Lunge und lasse sie davon durchdringen. Auf der anderen Seite der Scheibe wogt das Meer wie schwarzes Öl und beruhigt meinen Herzschlag. Es wirkt fast einladend, doch unter der ruhigen Oberfläche ist es eiskalt, und die starke Strömung kann einen unterspülen und immer weiter hinausziehen. Auf meinem Badewannenrand komme ich mir vor wie ein Schiffbrüchiger auf einem Floß, der hofft, am nächsten Morgen das rettende Ufer zu erreichen. Der glühend heiße Filter an meinen Lippen reißt mich in die Wirklichkeit zurück.

Obwohl die Sonne sich den ganzen Tag nicht hat blicken lassen, ist sie jetzt vollkommen verschwunden, und die dunklen Wolken künden vom Anbruch der Nacht. Der Stummel zischt unter dem laufenden Wasserhahn und landet im Mülleimer. Anstatt wieder nach unten zu gehen, zünde ich mir noch eine Zigarette an und schwelge ein bisschen länger in Erinnerungen an meinen Dad.

Dad. Er starb ein knappes Jahr nach seinem Telefonat mit Dr. S. Ein weiterer Todesfall, den ich irgendwie verkraften musste. Sein starkes Herz erlahmte vor lauter Sorge um mich. Als ich mich an die Wand lehne, rinnen Tränen über mein Gesicht. Tränen, weil er nicht mehr da ist und weil ein anständiger Mensch wie er tot ist, während einer wie Steven immer noch atmet. Denn ohne Steven würde Dad noch leben. Doch wäre Dad nicht gestorben, hätte ich nie die Wahrheit erfahren.

# 43 ELLIE

Sein Blick hat sich verändert, das Glühen in seinen Augen zeugt nicht mehr von Furcht oder Verachtung, sondern von brennendem Hass. Sein kühler Panzer ist geschmolzen und hat, aufgelöst in Urin, seinen Körper verlassen. Jetzt zeigt sich, nackt und ungeschützt, sein Wesenskern.

»Das werde ich dir niemals verzeihen.«

»Dass du in eine Flasche pinkeln musst, sollte deine geringste Sorge sein.«

»Du bist verrückt. Einfach irre. Wie oft soll ich dir das noch sagen? Ich habe niemanden ausgenutzt. Nicht eine Einzige hat Nein gesagt.«

Seine Tirade zwingt mich zu Boden, wo ich mich im Schneidersitz hinhocke. Die Dominanz seines Egos ist wirklich kraftraubend. Es ist ein riesiger Monolith, den er für sich selbst errichtet hat und der nun seine Sicht blockiert und alles auf sich selbst zurückwirft. Es ist absolut erforderlich, dass dieser Monolith zu feinem Sand zerpulvert wird, damit Steven sich nicht mehr dahinter verstecken kann, sondern sieht, was für ein Betrüger er ist.

Meine Fesseln haben ihm nicht nur seine Freiheit geraubt, sondern auch ein Stück seiner Selbstsicherheit. Vor Kurzem las ich in den *Washington Square News* einen Artikel über Dr. Albert Mehrabian und sein Buch *Silent Messages*, in dem er darlegt, dass nur sieben Prozent jeder Botschaft durch Wörter übertragen werden, achtunddreißig Prozent durch stimmlichen Ausdruck und fünfundfünfzig Prozent durch Körpersprache:

Gesichtsausdruck, Gesten, Haltung etc. Wenn ich mir jetzt Steven anschaue, der an diesen Rollstuhl gefesselt ist, dann frage ich mich, wie viel von diesen fünfundfünfzig Prozent eingeschränkt sind.

»Nur weil du sie verführt hast.«

Seine echte oder wahrscheinlich vorgetäuschte Ignoranz treibt mich wieder vom Boden. Frustriert tigere ich über die Schachbrettfliesen. Die Königin kann sich weiterhin in jede Richtung bewegen, doch in diesem Spiel ist der König dauerhaft im Schach und merkt, dass er nicht allmächtig ist.

Der Siegelring an seinem kleinen Finger blitzt im Schein des Kaminfeuers auf.

»Du bist genau wie dein Vater«, sage ich und weise nickend auf den Ring. »Du hast sogar sein Gütesiegel bekommen.«

»Das ist kein Gütesiegel«, erwidert er und wackelt mit dem kleinen Finger, »sondern ein Geschenk zu meinem Uniabschluss.«

»Oder ein Geschenk dafür, dass der Apfel nicht weit vom väterlichen Stamm gefallen ist? Tut mir leid, ich weiß, wie sehr du Klischees hasst. Doch du darfst nicht vergessen, dass ich umfassende Recherchen betrieben habe, wie eine brave Studentin. Ich weiß alles über Daddy Harding und seine Liebschaften. Ganz sicher waren einige von ihnen noch minderjährig. Ihr beide habt uns nur als Mittel zum Zweck gesehen, um euer Ego und gleichzeitig euren Schwanz zu streicheln.«

»Ganz echt jetzt, Ellie?«

»Ihr habt euch die Einsamen ausgesucht, ihnen das Gefühl gegeben, etwas Besonderes zu sein, ihnen gerade so viel Aufmerksamkeit geschenkt, dass sie hofften, sie hätten eine Chance. Und dann haben sie sich euch an den Hals geworfen, und ihr konntet euch einreden, nichts falsch gemacht zu haben. Ihr habt ihnen eingeflüstert, sie wären Jane Eyre und ihr wärt ihr Mr. Rochester.«

Gespannt auf seine Reaktion, sehe ich ihn aufmerksam an. Er ist wirklich ein äußerst geschicktes Raubtier, das seine Beute mit Komplimenten täuscht und einlullt, bis sie sich freiwillig hinlegt und sich ihm darbietet. Er ist so gerissen, dass ich bei unserem ersten Date fast selbst auf ihn hereingefallen wäre. Nach ein paar Drinks verschwamm die Welt um uns herum, und ich senkte meine Schutzschilde. Mit seinem Lächeln hatte er mich am Haken. Die Umgebung hatte er gut gewählt, da das Stimmengewirr und die Liveband uns in einen trügerischen Kokon der Intimität hüllten: sein warmer Atem an meinem Hals, der Druck seiner Finger oder seiner Hand auf meinem Arm, wenn wir uns zueinander beugen mussten, um das Gespräch fortzusetzen. Ich erlag seinem Charme, verliebte mich in das Image, das er so viele Jahre kultiviert hatte. Am Ende musste ich mich entschuldigen und ein paar Minuten auf die Toilette zurückziehen, um mich zu sammeln, bis sich mein Herzschlag beruhigte.

Nachdem ich seine Technik so genau offengelegt habe, sehe ich, dass ein Äderchen unter der zarten Haut an seinem linken Auge pocht. Wäre dies ein Pokerspiel, hätte er sich gerade verraten.

»Wie kommst du nur auf derart irrwitzige Ideen?«

»Ich habe meine Quellen.« Als seine Ader unter dem linken Auge schneller pocht, freue ich mich, welchen Stress ich bei ihm auslöse. »Ich staune, dass du dich nie verplappert und mich versehentlich *Darling Jane* genannt hast.«

Da endlich sehe ich, worauf ich gehofft habe, seit ich ihn an diesen Rollstuhl fesselte: einen Anflug echter Angst.

# 44 ELLIE

Ich stehe, er sitzt, und zwischen uns fließt die Stille wie ein Fluss, der uns trennt. Um uns herum zieht sich die Dunkelheit zusammen; es ist gerade mal Nachmittag, und doch verlieren wir schon das Licht – nicht, dass wir heute viel davon gehabt hätten. Unvorstellbar, dass es Orte auf der Welt gibt, wo die Nacht den Tag verschluckt und sich monatelang in Dunkelheit erstreckt, wo das Sonnenlicht gerade mal ein etwas hellerer Fleck am Horizont ist. Wir sind erst einen Tag hier, und doch setzt mir die fehlende Sonne zu.

Im Schwinden des Lichts sind die Schatten gewachsen und die Ängste von letzter Nacht wiedererwacht. Ich wende meine Aufmerksamkeit von Steven ab und hinauf in den ersten Stock, betrachte den oberen Treppenabsatz und rechne schon fast damit, die Silhouette eines Geists wahrzunehmen, eine Erinnerung oder einen Eindringling, der in einer Ecke steht oder am Geländer und missbilligend auf uns herunterschaut. Für den Bruchteil einer Sekunde streicht mir der eiskalte Finger der Angst über den Rücken. Forschend starre ich in die Dunkelheit, da räuspert sich Steven.

»Hör auf, dich wie ein Opfer aufzuführen, Ellie. Ich habe dir nie etwas getan, was das rechtfertigen würde.«

Seine Überzeugung, dass es hier nur um mich und meine Unfähigkeit geht, mit seinem Betrug klarzukommen, den er für banal hält, ist einfach unerträglich, wenn auch typisch. Es kriecht mir unter die Haut und jagt mir kleine kribbelnde Stromstöße über meine Schulterblätter und Arme. Da ich ihn und seine Verblendung einfach nicht mehr ertragen kann, stürme ich aus der Eingangshalle ins Wohnzimmer. Als ich am Ficus vorbeikomme, reiße ich eines der Blätter ab und rolle es zwischen den Fingern. Wie kann er denn immer noch glauben, dies alles wären nur vorübergehende Vergeltungsmaßnahmen einer verschmähten Frau? Der Anblick der Henkersschlinge hat ihm kein Schuldeingeständnis abgerungen. Ich überfliege mit dem Blick das Wohnzimmer, um etwas zu finden, womit ich ihn bedrohen und aus seiner Geringschätzung reißen kann. Er bleibt am Kaminbesteck hängen, wird jedoch dann von einem viel näherliegenden Gegenstand auf dem Sofa abgelenkt.

Als ich zu ihm zurückgehe, reißt ihn das Messer in meiner Hand aus seiner nervösen Zappelei. Er klammert sich an die Armlehnen und drückt den Rücken gegen den Rollstuhl. Selbst seine Angst ist vorhersehbar. Je mehr ich mich ihm nähere, desto gerader und länger wird sein Rücken, als drohten sich seine Wirbel voneinander zu lösen. Die Messerspitze dellt leicht die Haut unter seinem Wangenknochen ein. Er hält die Luft an und dreht den Kopf weg. Doch sosehr er es auch versucht, er kann nicht fliehen.

»Nicht bewegen«, befehle ich. »Sonst könnte ich dich versehentlich schneiden.«

Er gehorcht widerstandslos und ohne ein Wort. Ich fahre mit dem Messer die Wange hinunter bis zu seinem Mundwinkel und ziehe eine imaginäre Linie, folge dem Pfad, den ich früher mit dem Finger zeichnete, wenn ich so tat, als wollte ich im Bett mehr wagen. Ein überwältigendes Hochgefühl überkommt mich und weckt nie geahnte Impulse. Alle Wut verblasst vor dem Kick dessen, was ich mit ihm anstellen könnte, vor der Befriedigung und der Lust, ihn zu verletzen, ihm Schmerz zu-

zufügen. Ich frage mich, wie viel Druck nötig wäre, um die Haut zu durchstechen und ihn bluten zu lassen.

»Was wäre deiner Meinung nach eine angemessene Strafe? Vielleicht eine große Schnittwunde auf deiner Wange? Dann sähst du nicht mehr gut genug aus, um leicht zu beeindruckende junge Mädchen zu betören. Andererseits ...« Ich drücke ein bisschen fester zu, doch seine Haut platzt immer noch nicht auf. Stevens Adamsapfel hüpft krampfhaft auf und ab wie der Puck bei einem Hau den Lukas und zeigt das Ausmaß seiner Angst an. »... würde die Narbe dir vielleicht einen Mitleidsbonus einbringen.«

Lächelnd ziehe ich das Messer seinen Hals hinunter, bis ich an seiner Brust lande. Sein panischer Blick huscht zwischen meinem Gesicht und dem Messer hin und her, weil er sowohl meine Entschlossenheit als auch den Weg und das Ziel des Messers abschätzen will. Doch da bleibt die Spitze des Messers an einer Masche seines Pullovers hängen und reißt ein kleines Loch.

»Sorry.«

Wieder lächle ich. Er kann nur noch flach atmen. Von den feuchten, dunkleren Flecken unter seinen Achseln steigt durchdringender Schweißgeruch zu mir.

Als das Messer den Bund seiner Jeans erreicht, zögere ich und fahre mit der Klinge über die steife Naht unter seinem Bauchnabel. Unter dem Stoff liegt die mit Flaum bedeckte Stelle, die ich schon viele Male geküsst habe. Ich könnte die Lagen aus Wolle, Denim, Haut und schließlich festen Muskeln durchtrennen, bis ihm die zusammengedrängten Gedärme auf den Schoß quellen würden. Würden dann auch einige seiner Geheimnisse, von warmem Blut überzogen, herauskommen? So verlockend die Vorstellung auch ist, der Plan sieht das nicht vor. Es wäre zu leicht, und er verdient es einfach nicht, so leicht davonzukommen. Während des ganzen Vorgangs löse ich den Blick nicht von seinem Gesicht. Ich frage mich, ob er wohl meine Gedanken lesen kann.

Ich fahre mit dem Messer weiter nach unten. Als es seinen Schritt erreicht, versteift sich vor lauter Angst sein ganzer Körper. Ich ziehe mit der Klinge einen Kreis, der auch seine Hoden umfasst.

»Ich könnte dir die Eier abschneiden und dafür sorgen, dass du nie wieder einer von ihnen wehtun kannst. Wäre dir das lieber als die Bloßstellung als Sexualstraftäter? Wäre das eine gerechtere Strafe, Professor? Deine Eier zu verlieren statt deiner Karriere?«

»Du bist ja verrückt.«

Die Klinge beschreibt einen weiteren Kreis um seinen Schritt und kratzt über den Jeansstoff.

»Du glaubst doch, du wärst ein toller Kerl, oder? Ein Mann, der Frauen gut behandelt, weil du ihnen alles zahlst und deinen Platz in der U-Bahn für sie räumst. Aber deine Einladungen, die teuren Geschenke und deine guten Manieren machen dich nicht zu etwas Besonderem, und sie geben dir auch nicht das Recht, alles zu tun, was du willst. Frauen sind kein Spielzeug, Steven. Du kannst uns nicht kaufen und wie ein Püppchen anziehen. Die Tatsache, dass du diesen Mädchen im Gegensatz zu allen anderen zugehört hast und nett zu ihnen warst, heißt noch lange nicht, dass sie dir etwas schulden. Du kannst nicht einfach ihr Leben ruinieren und dann so tun, als wäre das ihre Schuld, so als hätten sie es selbst herausgefordert.«

»Ich habe keiner geschadet, das werden sie dir versichern.« Er leckt sich über die Unterlippe und fährt fort: »Und sollte ich ihre Gefühle verletzt haben, so tut mir das aufrichtig leid.« Ich habe den Kopf gesenkt und starre auf das Messer. Meine Finger sind weiß, so fest umklammere ich den Griff. »Jetzt tu nicht so, als hätte ich jemanden umgebracht.«

Ich richte mich wieder auf. Meine Knie sind etwas steif vom langen Hocken. Ich muss das Messer von ihm entfernen, von mir, denn zu groß ist die Verlockung, ihm die Kehle durchzuschneiden und damit seine Lügen zu unterbinden. Zurück im Wohnzimmer, ramme ich das Messer wieder ins Sofa.

Die Schatten haben sich nun zu allumfassender Dunkelheit zusammengezogen. Mit einem Klick überflutet der Kronleuchter den Raum mit Licht. Bislang ist mir noch nicht aufgefallen, dass die länglichen Glastropfen so aussehen, als hinge ein Kranz aus Eiszapfen von der Decke. Zwar ist die Dunkelheit aus diesem Raum verbannt, doch das kalte künstliche Licht ist mir unheimlich.

Die Illusion, dass ihn keine Schuld trifft, ist so fest in ihm verwurzelt wie Unkraut, das seine Wurzeln tief in die Erde getrieben hat. Es wird länger dauern als gedacht, sie am Ansatz zu packen, herauszureißen und die Wahrheit freizulegen, die darunter zu ersticken droht. Aber ich höre erst auf, wenn ich das geschafft habe.

## 45 STEVEN

Kaum ist Ellie wieder in der dunklen Küche verschwunden, kämpft Steven mit dem Rollstuhl. Doch mitten in seinem Tauziehen mit den Fesseln erstarrt er.

An seinem linken Handgelenk hat sich das Klebeband gelockert. Wenn er seine Hand im richtigen Winkel dreht, kann er sie vielleicht herausziehen. Er fängt an, probeweise gegen die Fessel zu rucken. Während er die linke Hand hin und her manövriert, fixiert er durch den Türspalt zum Wohnzimmer das Messer auf dem Sofa. Irgendwie motiviert es ihn, dass es in der Rückenlehne steckt. Flucht ist jetzt keine abstrakte Vorstellung mehr, sondern liegt in greifbarer Nähe. Er kann es schaffen. Dazu muss er das, was unerreichbar scheint, nur in kleine Schritte herunterbrechen: Zuerst muss er sich aus diesem Stuhl befreien, sich dann das Messer schnappen und schließlich hier rauskommen.

Sie ist durchgeknallt, aber was auch immer sie mit dem Messer beabsichtigte, muss ihn jetzt nicht kümmern. Stattdessen wollen ihm zwei Worte, die sie eben gesagt hat, nicht mehr aus dem Kopf: *Darling Jane.*

Sie hat nicht gesagt, dass sie J. oder A. nie begegnet ist, aber die beiden erfuhren von ihm nur das, was ihre kurze Affäre betraf. Woher weiß Ellie also so viel? Das Klebeband schneidet in seine Haut, aber er macht immer weiter. Er muss jetzt jeden Augenblick seiner Beziehung mit Ellie neu überdenken, vor allem die Momente, in denen sie allein war. Darüber hat er bislang nie nachgedacht. Was hat sie gemacht, als er ohne sie duschen ging? Am Morgen nachdem sie zum ersten Mal miteinander geschlafen hatten, war sie in seinem Hemd durchs Wohnzimmer geschlendert und hatte sich alles angesehen. Möglicherweise hatte er sie unwissentlich beim Schnüffeln erwischt. Als er aufwachte, zeugte nur eine warme Kuhle neben ihm davon, dass sie bei ihm gelegen hatte, daher machte er sich auf die Suche nach ihr und fand sie im Wohnzimmer, wo sie mit dem Finger über die Rücken der Zeitschriften und Publikationen fuhr, die er ordentlich auf ein Regal gestellt hatte. Er lehnte sich an den Türrahmen und schaute zu, wie sie sich in seiner Wohnung und in seinen Kleidern bewegte.

»Was ist das?« Sie drehte sich um und schenkte ihm ein Lächeln, das perfekt zu ihren zerzausten Haaren passte: Es war die vollkommene Mischung aus Unschuld und Erotik, die ein Ziehen in seinem Unterleib auslöste.

»Sammelbände und Zeitschriften, in denen ich veröffentlicht wurde.«

»Was wurde denn veröffentlicht?«

»Hauptsächlich Essays, Artikel und ein paar Buchkritiken.«

Normalerweise wäre das der Zeitpunkt gewesen, da er ihr ein Taxi bestellt und versprochen hätte, sie anzurufen, um später etwas zusammen zu unternehmen, doch er merkte, dass er sie gar nicht loswerden wollte.

»Würdest du mir was davon vorlesen?«

»Ich will dich nicht langweilen.«

»Nein, bei dir ist es sicher interessant.«

Sie wandte sich wieder den Zeitschriften zu. Er ließ sie erst Sonntagmorgen ziehen. Ellie, das Mädchen, das blieb. Aber war das wirklich seine eigene Entscheidung gewesen?

Im harschen Licht der neuen Entwicklungen ist seine große Geste, ihr seinen Wohnungsschlüssel zu geben, zu einem lächerlichen Akt verkümmert. Das Gefühl der Demütigung breitet sich so schmerzhaft in seiner Brust aus, dass er meint, daran zu ersticken. Höchstwahrscheinlich hat sie sich schon längst einen nachmachen lassen. Er sieht förmlich vor sich, wie sie während seiner Arbeitszeit in seine Wohnung einbricht, alle Schubladen rauszieht und seine Unterlagen durchwühlt. Er hat sie an sich herangelassen, und sie hat sein Vertrauen aufs Schlimmste missbraucht. Dabei hat er sich geschworen, keine je an sich heranzulassen.

*Zoey.* Dieser Name taucht aus seinen Erinnerungen auf und hinterlässt den bitteren Geschmack des Betrugs auf seiner Zunge. Er hat schon jahrelang nicht mehr an sie gedacht, einfach nicht zugelassen, diesen Teil seines Lebens zu betrachten. Aber das ist gelogen. Manchmal, spät in der Nacht, wenn er zufällig nicht schlafen kann, fragt er sich doch, was hätte sein können, wenn es anders zwischen ihnen gelaufen wäre: ob er dann ein anderer Mann wäre. Ob er überhaupt hier wäre.

Sie hatte sich auf der Suche nach ihrem Seminar »Soziale Gerechtigkeit« verlaufen, als er sie traf.

»Soziale Gerechtigkeit wird überschätzt«, erklärte er. »Trink lieber einen Kaffee mit mir. Oder Cappuccino? Mokka? Bitte sag was, bevor ich zu Latte macchiato komme. Ich weiß nicht, ob ich ein Latte-macchiato-Mädchen ertragen kann.«

»Was ist so schrecklich an Latte macchiato?«, lachte sie.

»Komm mit, dann erkläre ich's dir. Und es wird viel interessanter sein als dein Seminar, versprochen.«

Sie war ganz anders als er, und deswegen hatte er sich in sie verliebt. Die Collegezeit war auch zum Experimentieren gedacht, und dazu eignete sich Zoey perfekt. Sie liebte Protestmärsche und Demonstrationen, weigerte sich, etwas zu essen, was mal ein Gesicht hatte, und hatte ihre Augen viel zu dick mit Kajalstift umrahmt. Mit Zoey zusammen zu sein war, als wollte man einen Drachen jagen, der im Sturm tanzte – etwas, das ihn in atemlose Hochstimmung versetzte.

»Fahr mit mir am Labor-Day-Wochenende in die Hamptons«, sagte er, als sie nur mit seinem Princeton-Sweatshirt in seinem Bett lag. Sie wohnte praktisch in seinem Wohnheimzimmer, und er war bereit, sie seinen Eltern vorzustellen.

»Bist du sicher? Ich wäre da bestimmt so fehl am Platz wie ein Kommunist in einem Country Club.«

»Genau darum geht es ja: Du kannst ein paar eingefleischte Republikaner auf die Palme bringen und alles ein bisschen aufmischen.«

Er brauchte nicht lang, um sie zu überreden. Viel länger brauchte sie, *ihn* dazu zu überreden, nicht mit dem Zug zu fahren, sondern entweder mit dem Bus oder im Wagen eines anderen Studenten, der in dieselbe Richtung wollte. Nach dieser Erfahrung fühlte er sich schmutzig, und zwar in vielerlei Hinsicht. Drei Stunden in einer rechteckigen Blechdose auf Rädern mit kaputter Klimaanlage, während die Sonne durch die Fensterscheiben brannte. Jeder einzelne Sitz besetzt von schwitzenden, ausdünstenden Körpern, die Luft schal mit dem bitteren Aroma von Menschen, die in einer Mikrowelle aufgewärmt wurden.

Als sie aus dem Bus stolperten, beschlossen sie, direkt weiterzugehen, anstatt sich in den Wellen des Atlantiks abzukühlen. Als sie es endlich zum Haus seiner Eltern geschafft hatten, spannte ihre Haut vom Salz und von der glühenden Sonne.

»Hallo?«, rief er, als wären sie ein Trupp auf der Suche nach Lebenszeichen.

»Steven!« Er hörte die Begrüßung seiner Mutter, schon bevor

sie mit freudestrahlendem Blick auftauchte. Mit ausgestreckten Armen lief sie auf ihn zu, in dem verzweifelten Wunsch, ihn an ihr Herz zu drücken. Er ertrug ihre innige Umarmung und fragte sich, was Zoey wohl davon halten mochte. Nach einer gefühlten Ewigkeit konnte er sich endlich aus der Umklammerung befreien.

»Hallo, Mr. Harding«, sagte Zoey mit einem breiten Grinsen auf ihrem sommersprossigen Gesicht, als sie seinem Vater mit einer Begeisterung die Hand schüttelte, die die Bedeutsamkeit und Peinlichkeit der vorausgegangenen Szene verpuffen ließ. Der Mund seines Vaters verzog sich zu einem dünnen Lächeln, während er sich – wie Steven glaubte – das korrigierende »Eigentlich heißt es *Professor* Harding« verkniff.

Unbekümmert wandte sich Zoey seiner Mutter zu, umarmte sie unter dem skeptisch-ironischen Blick seines Vaters und hüllte sie in ihre übliche Patschuliwolke. Zoey fehlte eine Eigenschaft, die unabdingbar war, um die Anerkennung seines Vaters zu gewinnen: Seriosität. Er sah schon vor sich, wie sein alter Herr sie bei einem seiner Geschäftsessen in der City als »rebellische Phase« seines Sohns titulierte.

»Fick mich, aber dein Vater ist ein Arschloch!«, bemerkte Zoey, als sie sich am ersten Abend fürs Bett auszogen. Es war zwar dunkel, aber deshalb nicht kühler geworden. Im Gegenteil, es herrschte drückende Schwüle, sodass sie nackt unter einem dünnen Baumwolllaken schliefen. Er hatte ihr zugesehen, während sie mit seinem Vater beim Abendessen über staatliche Sozialleistungen und Einwanderungspolitik stritt: der eingefleischte Republikaner und die idealistische Demokratin, die ihre Schlacht bei zwei Flaschen Merlot ausfochten.

»Gerne doch«, hatte er geantwortet und war mit den Lippen über ihren Körper gewandert, bis er an ihrer linken Leiste landete, wo sie ein Tattoo mit winzigen Vogelabdrücken hatte – eine Hommage an ihren Lieblingssong –, und sich dann ihrem Venushügel direkt daneben näherte, dessen goldener Lockenflaum ein paar Tage zuvor entfernt worden war.

Runde zwei fand am folgenden Tag bei einem Lunch auf der Terrasse statt, den seine Mutter arrangiert hatte. Als er ihren Schlagabtausch satthatte, zog er Zoey von der Bank, hob sie auf seine Arme und sprang mit ihr in den Pool. Er liebte es, wie sie sich so klein wie möglich machte und sich ganz eng an ihn geschmiegt gegen den Aufprall wappnete. Sie kreischte auf, als ihre Doppelarschbombe durch die Wasseroberfläche schlug. Als sie wieder auftauchten, waren ihre Nippel vom kalten Wasser hart, und das T-Shirt klebte an ihrem Körper. Während Steven sich das tropfnasse Gesicht abwischte, fiel sein Blick auf die Schuhe seines Vaters, die durch die Terrassentür verschwanden. Seine Mutter saß mit gesenktem Kopf zwischen den Essensresten und halb leeren Weingläsern am Tisch und strich mechanisch ihre Serviette glatt.

Am folgenden Tag fand die Hauptveranstaltung statt: die alljährliche Labor-Day-Party der Hardings. Familie und Freunde flüchteten auf der Terrasse unter die überdimensionalen Sonnenschirme, um der gnadenlosen Sonne zu entgehen. Die Temperatur war über Nacht noch gestiegen, und nun sprach man offiziell von einer Hitzewelle. Im Schatten bekam Steven ein Gespräch von einer älteren Nachbarin aufgezwungen – einer gewissen Edna Soundso –, die unbedingt jede Einzelheit von seiner Studienzeit in Princeton erfahren wollte. Sie roch wie ein Trödelladen, nach Mottenkugeln und einem Hauch von Schimmel. Irgendwie erinnerte ihn ihr Geruch an die Klamotten von Zoey.

»Dein Vater muss ja so stolz auf dich sein«, sagte sie und

legte ihm ihre Hand auf den Arm, deren pergamentartige Haut mit den Altersflecken kaum die blauen Adern verbarg, die sich darunter wölbten.

»Ja, stimmt«, log er. Es gab nur einen Menschen, auf den sein Vater je stolz gewesen war, und das war er selbst und ganz gewiss nicht sein Sohn Steven, der Princeton besuchte, während er in Yale gewesen war.

Als die alte Schachtel von ihrer Zeit an irgendeinem gottverlassenen College schwärmte, überflog er die Grüppchen auf der Suche nach Zoeys blonder Mähne und sonnenverbrannter Gestalt.

»Würden Sie mich entschuldigen?«, bemerkte er und ließ die Nachbarin stehen, ohne auf eine Antwort zu warten.

Er ging von einer Gruppe zur nächsten, doch Zoey war spurlos verschwunden. Dann flüchtete er vor der Gluthitze draußen durch die Flügeltür ins Innere des Hauses, weil er hoffte, sie irgendwo dort zu finden.

Sie stand in der Küche und beugte sich mit dem Oberkörper in den riesigen Kühlschrank.

»Was machst du da?«

»Ich wollte mir irgendwas holen, weiß aber ums Verrecken nicht mehr, was. Jetzt genieße ich die kalte Luft aus dem Kühlschrank und treibe die Stromrechnung deiner Eltern in nie da gewesene Höhen«, lachte sie und drückte die Kühlschranktür zu. Trotz der Kälte waren ihre Wangen immer noch hochrot. »Gehen wir schwimmen«, sagte sie und verschränkte ihre Finger mit seinen.

»Hast du deinen Vater gesehen?«, fragte seine Mutter, als sie wieder hinauskamen.

»Ich glaube, er ist ins Bad gegangen«, erwiderte Zoey und drückte seine Hand.

Nachdem die Sonne hinter den Strandhäusern verschwunden war, begab sich die ganze Party – wie viele andere – an den Strand, um sich das alljährliche Feuerwerk anzusehen. Wieder einmal war Zoey verschwunden. Auch als die ersten grünen und pinkfarbenen Raketen in der Dunkelheit explodierten, war sie nicht da, um den Augenblick mit ihm zu teilen. Während aller Augen zum Himmel gerichtet waren, ging er zu den Häusern zurück.

Er fand sie am Grundstück der Meyers, gequetscht zwischen eine alte Palisade und eine Gestalt, die seiner ähnelte. Die nächste leuchtend goldene Explosion am Himmel erhellte Zoeys Gesicht: Sie hatte ihre Zunge tief im Mund seines Vaters.

Der Anblick der beiden war ein so harter Schlag für ihn, dass ihm schwindelig wurde. Er erstarrte, als sein Blick der Hand seines Vaters folgte, die in Zoeys offenen Jeansshorts verschwand: Seine Finger steckten in ihr, während er mit dem Handballen über das Vogeltattoo auf ihrer Haut rieb. Er konnte den Blick auch nicht abwenden, als Zoey sich aus ihrem Kuss löste, selbstvergessen den Kopf in den Nacken legte und seinem Vater einen Ausdruck reinster Lust darbot, der bislang nur ihm gegolten hatte.

Das Sirren und Knallen der nächsten Raketen riss Steven aus seinem Bann. Als er über den Strand stolperte, geriet immer mehr Sand in seine Segelschuhe. Er zog sie aus und schleuderte sie ins Meer. Erst als Zoey und der Rest des Hauses schliefen, kehrte er zurück. Beim Frühstück am nächsten Morgen sagte er kein Wort. Er sah, wie sein Vater nach dem Krug mit dem Orangensaft griff, den die Hausangestellte frisch gepresst hatte, weil sein Vater keinen Saft aus dem Supermarkt mochte. Dabei zeigte er sein Handgelenk und die Stelle, mit der er in der Nacht zuvor über Zoeys Tattoo gerieben hatte.

Er stellte seinen Vater nie zur Rede, genauso wenig wie Zoey. In den Wochen nach ihrer Rückkehr schliefen sie zwar hin und wieder miteinander, aber jedes Mal wenn er ihr Tattoo sah, explodierten Bilder von ihr und seinem Vater wie Feuerwerksraketen in seinem Kopf. Also rief er sie nicht mehr an und ging ihr auf dem Campus aus dem Weg, was nicht so schwer war, da sie keine gemeinsamen Freundeskreise hatten.

Nie wieder brachte er danach ein Mädchen mit nach Hause. Nie wieder ließ er eine an sich heran. Nie wieder verliebte er sich wirklich. Bis Ellie kam.

## 46 ELLIE

Die dunkle Küche wird nur vom Licht aus der Eingangshalle erhellt. Nachdem ich hier einen ganzen Abend lang gekocht habe, kenne ich mich gut genug aus, um mich durch den Raum zu bewegen, ohne mir irgendwo den Zeh oder die Hüfte anzustoßen. Ich musste dem stillen Sturm im Foyer entkommen, und sei es nur für einen Moment.

Obwohl ich weiß, was ich will, verharre ich in der Dunkelheit und stütze mich auf die Arbeitsplatte aus bläulichem Granit. Trotz all meiner Gründe ist dies viel schwieriger, als ich erwartet hatte. Ich bin erschöpft, als hätte mich Stevens geringschätziger Widerstand aller Kraft beraubt, mir das Mark aus den Knochen gesogen. Langsam hole ich Luft, bis meine Lunge gegen ihren knöchernen Käfig drückt.

Die Haut der Weintrauben, die sich über den Rand der Obstschüssel ergießen, fühlt sich glatt an. Ich pflücke eine und werfe sie mir in den Mund. Sie rollt über meine Zunge, bis ich sie zwischen die Zähne nehme und mit leichtem Druck teste, wie fest die Haut ist. Als ich bereit bin, zerquetsche ich sie, sodass das Fruchtfleisch aus seiner Hülle quillt und Saft in meinen Mund spritzt.

Berauscht von der Süße, werfe ich mir noch eine ein. Ihr Geschmack erinnert mich immer an jenen Sommer, als eine Salatschüssel voller Trauben zwischen uns stand. Sie schälte die Haut mit den Zähnen ab, weil es sie faszinierte, wie viel Geduld man dafür brauchte. Sie wollte wissen, ob sie die aufbringen konnte. Wir saßen in ihrem Garten und ließen uns die nackten Beine vom Gras kitzeln. Die Sonne schien heiß auf unsere Schultern; ihre waren leicht gerötet und mit Sternbildern aus Sommersprossen übersät, ganzen Galaxien, die unter der Sonne aufblühten. Sie hielt die Weintraube zwischen den Fingern und nagte an der Haut. Als es ihr gelang, sie zu schälen, lächelte sie vor reiner, kindlicher Freude. In dieser Hinsicht war sie anders als ich, obwohl wir uns sonst in vielem ähnlich waren.

Im Schutz der Küche nutze ich die Pause, um mich wieder mit meinem Ich zu verbinden. Ich richte mich auf und strecke meine Arme, meinen Rücken, meinen ganzen Körper. Lebendig zu sein ist so viel mehr, als nur das Herz schlagen zu hören oder die Lunge mit Luft zu füllen. Ich finde wieder zu mir selbst, bin nicht länger das Püppchen, das ihn lockte, das ihn reizte und fesselte, bis er sich arglos von mir hierherbringen ließ.

Meine wahre Persönlichkeit hat seit Monaten in meinem Innern überwintert und sich jedes Mal still verhalten, wenn er wollte, dass ich sein Ego streichle. Ich hab mich nie geweigert, wenn ich nicht in Stimmung war, habe weder gewürgt noch gebissen, als ich ihn das erste Mal in den Mund nahm, habe nur im Stillen geschrien, wenn er mit einem jungen Mädchen sprach. Ich versteckte mich hinter meinem Lächeln, meiner Unterwürfigkeit und betrachtete ihn nur durch das Zerrbild der Anbetung. Ich durchlitt Schreckmomente, wenn ich vergaß, wer ich wirklich bin, und mich in einem innigen Kuss oder einer zärtlichen Geste verlor; wenn ich mir nicht nur meine eigenen Lügen abkaufte, sondern auch seine: das Trugbild eines fürsorglichen Mannes. Doch als jetzt Luft meine Lunge füllt, spüre ich die Ecken des Fotos in meinem BH, die meine Rückkehr aus einer Beziehung begrüßen, bei der ich meine geistige Gesundheit aufs Spiel gesetzt habe.

Hinter mir summt der Kühlschrank: Es ist ein leises Brummen, das alles andere übertönt, bis ich sonst nichts mehr hören kann. Nur dieses Geräusch. Wie surrende Fliegen über einer faulenden Frucht oder einer Blutpfütze. Ich presse die Fingernägel so fest gegen die harte Arbeitsfläche, dass sie zu brechen drohen. Plötzlich überkommt mich der Drang, auf das verdammte Ding einzuhauen, bis das Geräusch verstummt. Aber ich sollte keine Energie verschwenden. Die Wut, die ich nähre, ist für jemand anderen gedacht. Ich balle die Fäuste und halte darin das Gefühl fest, das uns so häufig verwehrt wird: Wut ziemt sich nicht für eine Frau, Wut ist nicht ladylike. Was auch immer uns geschieht, wir sollen es mit einem verdammten Lächeln ertragen, in *Würde*. Männer wie Steven schütteln sonst den Kopf, zeigen mit einem Seufzer ihre Enttäuschung und bezeichnen uns als überempfindlich oder hysterisch. Endlich nehme ich meine Wut an – ich habe jedes Recht auf sie – und nutze ihre Macht für meine Selbstbestimmung.

Hinter mir flirrt die Luft. Eine Sekunde lang meine ich, der Raum würde mit einer Inkarnation des Todes erfüllt, mit dichten roten Locken, in denen das Licht spielt. Ich meine eingefallene Haut zu sehen, milchige Augen, die durch mich hindurchblicken, blaue Lippen, die mich anlächeln.

Als ich herumwirble, ist der Raum leer. Ich weiß nicht, ob ich erleichtert oder enttäuscht sein soll, aber ich weiß, was als Nächstes getan werden muss.

# 47 ELLIE

Zurück in der Eingangshalle, schlägt mir Stevens ganzer Hass entgegen.

»Dafür landest du im Knast«, knurrt er, und ein Spuckebläschen erscheint an seinem Mundwinkel.

Er deutet mein Schweigen als Aufforderung weiterzureden. »Anfangs war ich noch geneigt, Nachsicht zu zeigen, aber das ist jetzt vorbei. Sobald ich aus diesem Rollstuhl und diesem verdammten Haus raus bin, zeige ich dich an.«

Ich umfasse die Handgriffe und schiebe ihn aus der Eingangshalle ins Wohnzimmer, aber es fällt mir viel schwerer, so als hätte er in den letzten Stunden an Gewicht zugelegt, als hätte sich seine Wut in Blei verwandelt.

»Hörst du? Ich verklage dich. Ich zieh dich vor den Kadi, Ellie. Du wirst in einer Irrenanstalt enden und dich nie wieder davon erholen.«

Er dreht den Kopf von einer Seite zur anderen, um einen Blick von mir zu erhaschen und meine Aufmerksamkeit zu gewinnen, aber ich schweige beharrlich. Als er erkennt, dass er keine Reaktion von mir bekommen wird, bis ich mich dazu entschließe, verstummt er. Ich bin nicht mehr Ellie. Er ist keine Frauen gewohnt, die sich nicht seinem Willen fügen. Genauer gesagt ist er überhaupt keine richtigen Frauen gewohnt, weil er junge Mädchen bevorzugt, die noch formbar sind.

Mir steckt die Kälte immer noch in den Knochen, da bringt es nichts, mir über die Arme zu reiben. Stattdessen werfe ich ein paar Holzscheite in die Asche und stochere mit dem Schürhaken in der fast erloschenen Glut, bis sie wieder zum Leben erwacht.

»Du musst noch Papier hinzufügen, um es richtig in Gang zu bringen«, bemerkt Steven und gibt mir mal wieder einen Ratschlag, um den ich nicht gebeten habe.

Ich zerknülle ein paar Zeitungsseiten und werfe sie ins Feuer. Steven ist zwar Literaturdozent, aber ganz sicher würde er lieber *Die Dämonen* zum Feueranzünden benutzen. Doch das Buch ist hier, um etwas anderes zu befeuern. Nachdem ich ein bisschen in der Glut gestochert habe, leckt eine Flamme an den Scheiten und hinterlässt schwarze Zungen an der weicheren Innenseite des Holzes. Sie kostet von den weißen Fasern; wenn sie erst mal Geschmack daran gefunden hat, wird sie gierig weiterfressen, bis sie alles verschlungen hat.

Auf dem großen Bildschirm des Panoramafensters sieht man – stumm gestellt durch die Doppelverglasung – eine Szene, in der ein gnadenloser Wind die schwarze Silhouette des Waldes erzittern und den Schnee aufstäuben lässt. Der Sturm hat wieder an Stärke gewonnen. Auf der Meeresseite brechen sich Wellen am Sandstrand: Auch hier zeigt sich lautlos die entfesselte Natur, da sich das Meer gegen das Ufer wirft und es attackiert wie ein Boxer. Der Soundtrack dieses Dramas besteht nur aus dem gedämpften Heulen des Windes und dem unterschwelligen Donnern der Wellen.

»Hast du schon mal vom Gesetz unbeabsichtigter Folgen gehört?«, frage ich, ohne den Blick von der durch das Wetter gebeutelten Landschaft zu lösen.

»Was?«, fragt er abgelenkt. Ich drehe mich zu ihm um. Sofort hört er auf, sich zu bewegen.

»Vom Gesetz unbeabsichtigter Folgen. Hast du schon mal davon gehört?«

»Ganz im Ernst, wollen wir jetzt über Soziologie reden?«

Darauf zucke ich nur die Achseln.

Verwirrung breitet sich in seinem Gesicht aus, er runzelt die Stirn. Der Aufruhr der Emotionen, der sich in seiner Miene gespiegelt hat, seit er wieder zu Bewusstsein gekommen ist, steht in großem Kontrast zu der Selbstbeherrschung und Arroganz, die normalerweise seine Persönlichkeit bestimmen. Aber diese neuen Emotionen – Angst, Verwirrung, Schuld – kratzen nur an der Oberfläche. Tief im Innern ist er unverändert.

Nur ein einziges Mal habe ich solchen inneren Aufruhr bei ihm bemerkt, und zwar kurz nachdem wir zusammenkamen. Wir hatten uns nach meinem letzten Seminar an diesem Tag in Norman's Café verabredet. Er wartete schon auf mich und hatte meinen üblichen Americano bestellt. Ich lächelte und tat so, als wäre das ein Zeichen von Aufmerksamkeit und nicht von Kontrolle. Als ich Platz genommen hatte, legte er mir die Hand auf den Nacken und zog mich zu sich, um mich zu küssen. Um mich nicht unter seiner Berührung zu versteifen, stellte ich mir vor, mich küsste jemand anderes.

»Wie war dein Tag?«, fragte er und ließ mich los.

»Ganz okay«, antwortete ich und wühlte in meiner Tasche. »Guck mal, die lagen im Audimax herum.« Ich strich den zerknitterten Handzettel glatt und schob ihn zu ihm.

Ich sah, wie seine selbstsichere Fassade bröckelte, während er mit gefurchter Stirn die plakative Ankündigung in Großbuchstaben las.

Dann deklamierte ich den Titel, den ich bereits auswendig kannte: »*Ein Abend mit Professor Stewart Harding. Montag, 24. Oktober.* Das ist doch dein Vater, oder?«

Tödliches Schweigen war die Antwort, überlagert vom Geruch nach Kaffee. Natürlich tat ich so, als hätte ich nicht bemerkt, wie aufgebracht er war.

»Sollen wir gehen?« Als er immer noch nicht antwortete, legte ich die Hand auf seine. Die unerwartete Berührung brachte ihn dazu, endlich den Blick vom schlecht fotokopierten Gesicht seines Vaters zu lösen und meins anzuschauen.

Er umklammerte den Handzettel und zerknüllte ihn fast vor lauter Erbitterung. »Erinnerst du dich noch an meinen Essay, den ich neulich erwähnte? Der wird vielleicht im *New Yorker* veröffentlicht.« Er schob den Zettel zu mir zurück, vermutlich weil er dachte, er würde genauso wiederverwendet wie das meiste Papier, das mir in die Hände geriet. Er hoffte bestimmt, ich würde den Namen seines Vaters zusammenfalten, bis er eine neue Form annahm. Aber ich rührte mich nicht.

»Steven, das ist ja großartig! Haben sie schon gesagt, wann?«

»Es steht noch nicht fest. Willst du ein Muffin?«

»Na klar.«

Er drehte sich auf seinem Stuhl um und winkte nach der Kellnerin.

»Und?«

»Was und?«

»Der Vortrag deines Vaters! Sollen wir da gemeinsam hingehen? Ist es nicht Zeit, mich deinem alten Herrn vorzustellen?«, fragte ich scherzhaft.

»Nein!«, stieß er hervor. Dann holte er tief Luft, sammelte sich und setzte sein künstliches Lächeln auf. »Nein, das wird nur langweilig sein. Gehen wir lieber in das neue Stück am Broadway.«

»Bist du sicher? Schließlich ist es dein Dad. Willst du ihn nicht unterstützen?«

»Der braucht meine Unterstützung nicht«, schnaubte er. »Komm schon, ich lade dich ein.« Wieder setzte er sein falsches Lächeln auf, doch es erreichte nicht seine Augen.

Steven versteckt sich unter einer glänzenden Fassade, die von allem ablenkt, was darunter liegt. Ich muss noch tiefer graben und alles herausholen, bis nur noch eine leere Hülle übrig ist, die ich dann mit Angst und Scham fülle und so seine Seele zerstöre, bis ihm nur noch ein einziger Ausweg bleibt.

»Diese Theorie wurde von Robert K. Merton aufgestellt«, erkläre ich. »Es geht um Folgen, die weder vorhergesehen noch durch eine geplante Aktion herbeigeführt wurden. Laut ihm kann man unbeabsichtigte Folgen in drei Kategorien einteilen« – ich zähle sie an den Fingern ab – »unerwartete positive Effekte, unerwartete negative Effekte und unerwartete perverse Effekte.«

»Du willst also ernsthaft darüber reden. Und was willst du jetzt von mir hören?«

»Dass wir hier sind, ist kein unerwarteter positiver Effekt deiner Handlungen.«

Er weigert sich, mir in die Augen zu blicken, und hält den Kopf gesenkt. Ich schweige, bis die Stille ihn veranlasst, doch aufzuschauen, bevor er etwas sagt. »Welche meiner Handlungen hat denn deiner Meinung nach hierzu geführt?«

»Ich dachte, *Die Dämonen* hätten dich auf die Spur gebracht.«

»Kommst du schon wieder mit deinem alten Argument! Doch wenn du nicht eins dieser Mädchen bist, ich aber nur solche will, wieso bin ich dann mit dir zusammen?«

»Weil ich dir genau das gebe, was du dir ersehnst und was du normalerweise von diesen Mädchen bekommst. Du brauchst jemand Verletzlichen, der zu dir aufschaut und dein verdammtes Ego streichelt! Ich musste nur ein bisschen mehr Sex ins Spiel bringen als diese Mädchen, um dich bei der Stange zu halten. Hast du dich nie gefragt, wieso du es so lange mit mir ausgehalten hast? Weil ich das Mädchen bin, das immer Ja sagt.«

Der Stuhl ruckelt unter seiner Wut. Ich sehe es: Jetzt endlich dämmert ihm, dass er manipuliert wurde, um eine Beziehung mit mir einzugehen und mir Zugang zu seinen Gefühlen zu gewähren. Dass in dieser Beziehung *er* der Dumme war, und das von Anfang an. Unwillkürlich muss ich lächeln.

Alles, was ich getan habe, war nur auf diesen Augenblick ausgerichtet: die ganzen letzten drei Jahre, die ausschließlich daraus bestanden, Spekulationen anzustellen, Beweise zu sammeln, jeden Schritt in meinem Kopf und in Notizbüchern zu planen, die ich später verbrannte. Ich beobachtete, wie die Flammen am Papier leckten, bis die Ideen darauf erst schwarz und dann zu Asche wurden. Ich schob die einzelnen Puzzleteilchen hin und her, bis ich sie zu einem realisierbaren Plan zusammenfügen konnte. Nun, da der Zeitpunkt endlich gekommen ist, kribbeln mir die Finger vor lauter banger Vorfreude. Mir klebt die Zunge am Gaumen, doch widerstehe ich dem Angebot des Servierwagens, dem Lockruf des Alkohols. Stattdessen stecke ich mir eine Zigarette in den Mundwinkel. Es fällt mir schwer, sie mit meiner zitternden Hand anzuzünden. Nach einem langen Zug stoße ich eine Rauchwolke aus und gleichzeitig die nervöse Energie, die mich durchzuckt hat.

»Ich hab deine Spielchen satt.« Er bemüht sich nicht mal, den Frust in seiner Stimme zu verbergen. Für ihn ist das hier immer noch das lächerliche Theater eines rachsüchtigen kleinen Mädchens.

»Ich auch, mein Lieber. Ich auch!«

Meine Tasche ist auf dem Sofa, wo sie bis jetzt darauf gewartet hat, endlich ins Spiel zu kommen. Das große Notizbuch, das schon seit vielen Jahren bei mir ist, verhakt sich mit dem Reißverschluss. Der letzte Zeuge, bereit zur Aussage. Mit äußerster Vorsicht befreie ich eine Ecke von den Metallzähnen und streiche mit den Fingerspitzen über die verblichenen Aufkleber: das Peacezeichen, das Nirvana-Smiley, den Sticker mit Peter Pan und Wendy – ein Geschenk von mir an dem Tag, als wir uns *(500) Days of Summer* ansahen. *O mein Gott, der ist perfekt, ich liebe ihn!*, hatte sie strahlend gesagt und mich so fest in ihre Arme geschlossen, dass ich mein Gesicht in ihren feuerroten Locken vergraben konnte.

Doch noch ist der Zeitpunkt nicht gekommen, an dem das Notizbuch zum Einsatz kommt. Stattdessen hole ich ein paar weitere Papiere heraus, die ich gefaltet neben den schützend harten Einband geschoben habe. Sie zittern in meiner Hand. Eigentlich habe ich sie nur zur Sicherheit herausgenommen, denn die Worte darauf haben sich vom unzähligen Lesen in mein Hirn eingebrannt. Wie üblich erfüllt mich der Anblick ihrer Schrift mit einer Mischung aus Traurigkeit und Freude über die Erinnerungen an unsere gemeinsame Zeit. Ich konnte schon immer ihre Stimmung an ihrer Schrift ablesen: ihre Ungeduld in den scharfen Kanten und den geraden Linien der Großbuchstaben, ihre Frustration in den tiefen Furchen, die sie mit dem Kugelschreiber ins Papier grub, ihre Langeweile in den nachlässig schräg auseinandergezogenen Buchstaben.

Aus dem Augenwinkel sehe ich, dass Steven angespannt wartet. Seine Stirn glänzt, eine Schweißperle rinnt ihm sogar über die Schläfe und den Hals hinunter, bis sie in seinem Hemdkragen verschwindet.

Vielleicht erinnert er sich doch.

## 48

9. Mai

*Liebe Vee,*

*das alles wäre nicht passiert, wenn du hier gewesen wärst. Ich geb dir keine Schuld, die gebe ich nur mir. Ich wünschte, ich wäre so stark wie du, ich wünschte, ich hätte es dir früher erzählt. Ich wünschte, ich hätte dir die Wahrheit gesagt. Einmal habe ich es versucht, doch dann habe ich gekniffen. Ich wollte dich nicht enttäuschen.*

*Er ist älter als ich, viel älter, als ich hab durchblicken lassen: keiner im letzten Jahrgang der Highschool nebenan und auch kein Collegestudent. Er unterrichtet Literatur an der Schule. Unserer Schule. Als Vertretung für Mr. Marsham, der wegen Langzeiterkrankung beurlaubt war. Ich dachte, er mag mich. Er mochte mich auch, aber dann habe ich irgendwas falsch gemacht und vermasselt, und da mochte er mich nicht mehr. Keine langen Nachmittage mehr in seinem Bett. Sein Geruch auf meiner Haut ist längst verflogen. Wenn ich auf dem Flur oder auf dem Weg zu meinem Tisch an ihm vorbeigehe, atme ich ein bisschen tiefer ein, um ganz kurz den Duft von Erinnerungen zu riechen, die mir die Tränen in die Augen treiben. Ja, sag es nur: Ich bin erbärmlich. Aber ich kann einfach nichts dagegen machen.*

*Er behandelt mich wie jede andere Schülerin, so als hätten die letzten Monate nur in meinem Kopf existiert. Manchmal frage ich mich, ob ich mir unsere Beziehung nur eingebildet habe. Vielleicht war ich die ganze Zeit die Wahnsinnige auf dem Dachboden und nicht sein* Darling Jane, *wie er mich gerne nannte. Aber ich habe es mir nicht nur eingebildet. Es war alles real. Eine Fantasie kann nicht so wehtun.*

*Wie besessen denke ich immer wieder darüber nach, was ich falsch gemacht habe, wieso er mich verlassen hat. Nachts kann ich nicht mehr schlafen. Ich liege im Bett und suche an der weißen Decke über mir nach Erklärungen, sehe aber nur Schatten. Wieder und wieder spiele ich jedes Gespräch, jede Geste in meinem Kopf durch, doch mein Fehler will sich einfach nicht zeigen, was mich verrückt macht! In der Stille meines Kopfs oder meines Zimmers prüfe ich jedes Gespräch, das ich je mit ihm hatte, ich analysiere es, ich löse das Fleisch von den Worten, bis ich die Knochen sehe, schäle die Haut von meinen Berührungen, weil ich hoffe, die Krebszelle zu finden, die meine Beziehung mit ihm angegriffen hat und wegen der er mich aus seinem Leben geschnitten hat. Ich kann an nichts anderes mehr denken. Ich kann nicht schlafen. Es hält mich nachts wach, es lenkt mich im Wagen ab und quält mich beim Fernsehen. Meine Noten sind in den Keller gerutscht. Du, mein Fels in der Brandung, bist einen Ozean weit entfernt; ohne dich habe ich keinen Halt. Es gibt niemanden, der mir sagt, dass ich damit aufhören muss – oder wie! Mom ahnt etwas, aber ich kann es ihr nicht sagen, sie würde das nie verstehen, und ich habe Angst vor ihrer Reaktion. Sie würde alles nur noch schlimmer machen.*

*Gestern bin ich zu seiner Wohnung gegangen und habe einen Brief unter seiner Tür durchgeschoben. Eine Nachricht auf der Mailbox war mir zu unpersönlich. Er war unterwegs, aber ich habe trotzdem mein Ohr an die Tür gepresst und auf die Stille in der Wohnung gelauscht, mich an die Zeit dort erinnert, an den rauen Teppich unter meinen nackten Füßen, an meine Worte, an mein Stöhnen, während Lichtstreifen durch die Jalousien im Schlafzimmer fielen. Als ich mich an die Tür drückte, stiegen mir die Erinne-*

*rungen bis in die Kehle: Es waren so viele, dass ich kaum noch Luft bekam. Ich floh die Treppe hinunter, aber zu schnell: Ich stolperte über die letzte Stufe und fiel auf den Fliesenboden der Eingangshalle. Erbärmlich. Danach habe ich immer wieder auf die frischen Blutergüsse gedrückt, um mir bewusst zu machen, dass ich kein Geist bin.*

*In meinem Brief habe ich ihn gebeten, sich mit mir am Cypress Point zu treffen. Wenn er kommt, weiß ich, dass er mich immer noch mag, zumindest ein bisschen. Ich hab ihm geschrieben, wenn er nicht kommt, könnte ich eine Dummheit begehen. Als ich ihn das letzte Mal sah, war er unglaublich wütend auf mich. Aber das kann doch nicht unsere letzte Begegnung gewesen sein! So kann es nicht enden! Er muss einfach kommen. Ich hab ihn an die Schulversammlung erinnert, wo Mrs. Harvey gesagt hat, wir könnten uns jemandem anvertrauen.*

*Ich musste es dir sagen; dieser Brief ist wohl so eine Art Beichte. Ich möchte, dass du es verstehst. Also schreibe ich alles auf, damit du es lesen kannst – sorry, dass es so konfus ist – und mir hoffentlich verzeihst.*

*Weißt du, ich denke an jene Nacht. Du weißt schon, welche. Damals war ich zu dumm, um es zu erkennen, außerdem hatte ich Angst, ich hätte was falsch verstanden, also hab ich nichts gesagt. Aber nach all dem, was hier passiert ist, wünschte ich, ich hätte was unternommen oder irgendwas gesagt, damit du es weißt. Es tut mir leid, dass ich erst den Mut dazu fand, als du schon am anderen Ende der Welt warst. Ich mache eben alles kaputt. Sogar uns.*

*Es wird etwas dauern, bis du das hier bekommst. Wer weiß schon, wie lange die Schneckenpost im Zeitalter von sofortigen Nachrichten und Antworten braucht?*

*Vermutlich erhältst du dies hier erst, nachdem ich ihn getroffen habe. Vielleicht kommt er aber auch nicht, und wenn doch, weiß ich nicht, was er sagen oder tun könnte. Du hättest ihn sehen sollen, als er das Foto fand! Er war so wütend! Wie er es zerrissen hat!*

*Wenn er nicht kommt, weiß ich auch nicht weiter. Ich weiß einfach gar nichts mehr. Manchmal wünschte ich mir, es würde alles aufhören: Seine Worte und meine Gedanken in meinem Kopf, die Art, wie er mich jetzt anguckt – ich brauche eine Pause, es soll sich einfach ein Loch auftun, in dem ich für eine Weile verschwinden kann. Wo ich nicht mehr existiere. Andererseits höre ich in meinem Kopf, wie du mir etwas zuflüsterst, du, meine einzige wahre Freundin, meine beste Freundin. Nein, du bist sogar mehr als das. Du bist der einzige Mensch, der mich je geliebt hat und mich immer lieben wird. Vielleicht kann ich so lange durchhalten, bis du zurückkommst und wir wieder zusammen sind.*

*Nur wir zwei.*

*Wendy*

## 49 ELLIE

»Du bist ihre Freundin. Die, die nach Europa gegangen ist.« Das ist keine Frage. Man merkt ihm an, dass er es erkannt hat. Die Wahrheit hat ihm die Augen geöffnet: Jetzt sieht er mich zum ersten Mal richtig. Mein wahres Ich, ohne dass Ellie uns im Weg steht. Er sieht den einzigen Menschen, der weiß, dass seine krankhafte Sucht nach Bestätigung Opfer fordert, Todesopfer.

Wendy. Trotz der vielen Jahre, die seitdem vergangen sind, ist der Schmerz nicht weniger geworden. Er schlummert unter meiner Haut und wacht beim leisesten Reiz auf. Wenn ich an sie denke, schnürt es mir derart die Kehle zu, dass das Schlucken wehtut. Tränen steigen mir in die Augen und rinnen mir, kaum dass ich blinzle, über die Wangen. Ich wische sie schnell mit dem Handrücken weg, aber mir brennt die Kehle, und schon spüre ich wieder die Vorboten der nächsten Panikattacke. Doch dazu ist jetzt keine Zeit.

»Du bist Wendys beste Freundin«, platzt es aus ihm heraus, als hätte er das gar nicht laut sagen wollen.

Ich beiße die Zähne zusammen, weil es mich trifft, wie selbstverständlich er ihren Namen ausspricht, so als wäre sie ein Teil von ihm. Am liebsten würde ich sie aus ihm herausschneiden, ihn aufschlitzen, um sie aus ihm zu befreien, doch sie muss noch eine Weile in ihm bleiben. Er muss sich der Realität stellen und endlich Verantwortung für das übernehmen, was er getan hat.

»Die ganze Zeit ...«

»Ja, die ganze Zeit. Ellie ist mein zweiter Vorname. Mein erster Vorname ist Verity, aber du kanntest mich als …«

»Vee.«

Mein Name durchschlägt seine Fassade. Ich halte den Schlüssel der Wahrheit zu all seinen Lügen, mein Name hat die Tür zu seinem Dachboden gesprengt, und jetzt starrt Steven mich an wie Dorian Gray, der mit seinem vergreisten Schreckensporträt konfrontiert wird. Mein Name raubt ihm jeglichen Rückzugsort. Er weiß nicht, wie oft ich es ihm sagen wollte, es beim Sex herausschreien oder ihm während eines unserer einseitigen Gespräche ins Ohr flüstern wollte, bei denen mein einziger Beitrag darin bestand, in tausend Variationen »Ja« zu sagen.

Verity. Jeder Buchstabe eine Stufe, die ihn zur wartenden Henkersschlinge führt. Denn ich weiß, was geschehen ist, weiß alles, was er Wendy angetan hat. Ich nehme wahr, welche Macht mein Name hat, wie er seine Gesichtszüge verändert. Ich kann ihn sogar an ihm riechen.

»Ta-da«, sage ich ausdruckslos. »Endlich lernen wir uns kennen. Nur acht Jahre zu spät. Als ich nach Monterey zurückkam, warst du schon lange weg. Aber ich wäre dir damals auch nicht aufgefallen.« Darauf runzelt er fragend die Stirn. »Ich war zwar kaputt, hatte aber die falsche Verpackung.«

»Hör mal, ich erinnere mich an Wendy. Sie war ein nettes Mädchen, aber …« Anstatt den Satz zu beenden, lässt er das Ungesagte zwischen uns schwären, bis es sich zu einer Kruste verfestigt, an der ich unbedingt zupfen will.

»Aber was?«

»Aber es ist nichts passiert. Zugegeben, sie hat für mich geschwärmt, das wusste ich. Und ja, ich fühlte mich geschmeichelt, aber als es außer Kontrolle geriet, habe ich unsere privaten Nachhilfestunden beendet.«

Da er mein Schweigen als Aufforderung deutet weiterzusprechen, fährt er fort.

»Was auch immer sie dir erzählt oder geschrieben haben mag, waren nur die Hirngespinste eines jungen, leicht zu beeindruckenden Mädchens mit einer zu lebhaften Fantasie. Sie war völlig fasziniert von *Jane Eyre* und bastelte sich eine Geschichte zusammen, in der ich Mr. Rochester war und sie Jane. Ich glaube, sie wurde auch an der Schule gemobbt. Ich hätte was sagen sollen, aber sie flehte mich an, das zu lassen.«

»Es ist nichts passiert ...«, murmle ich und grabe meine Nägel in meinen Handballen.

»Wenn das der Grund für all das hier ist ... Dann ist das unnötig. Ich habe nicht ... Das mit den anderen leugne ich ja nicht. J. und ... Jamie und Ashley ... und es tut mir auch leid, was mit diesen Mädchen war. Wendy war süß und hat endlos über dich geredet, aber ... nein. Sie hat mich einmal geküsst, aber ich hab ihr sofort gesagt, dass das nicht geht. Mehr war da nicht, ich schwöre, sie hat alles erfunden. Das ist ihr nicht vorzuwerfen, aber ...«

»Schluss jetzt!«

Das explodierende Glas schockt uns beide. Ich habe gar nicht bemerkt, dass ich das Wasserglas gepackt und bei meinem Schrei in den Kamin geworfen habe. Ich hatte alles von ihm erwartet, aber nicht, dass er die Erfahrungen einer Toten als reine Hirngespinste abtun würde: dass er die Erinnerung an sie in Brand setzen und einfach in Asche verwandeln würde.

»Wie kannst du nur derart schamlos lügen!«, spucke ich aus. »Ich kannte sie besser als jeden anderen Menschen. Sie war naiv, aber sie war ein guter Mensch und keine notorische Lügnerin!« Er will schon protestieren, lässt es dann aber. »Oder ist das deine übliche Verteidigungsstrategie, wenn du mit der

Wahrheit konfrontiert wirst? Behauptest du dann immer, es wäre nichts passiert und alles wäre nur das Hirngespinst eines durchgeknallten Mädchens?«

»Sie war süß und einsam, sehr einsam sogar, und wie ich schon sagte, wurde sie wohl gemobbt, aber überleg doch mal: Wieso sollte ich dich wegen ihr anlügen? Dazu habe ich gar keinen Grund. Die anderen – Jamie, Ashley – leugne ich ja gar nicht. Es ergibt doch gar keinen Sinn, nur wegen eines ganz bestimmten Mädchens zu lügen.« Mein Gelächter unterbricht den Strom der Lügen, der aus seinem Mund quillt.

»Jamie und Ashley? Glaubst du, ich nehme dir ab, dass das die Einzigen waren? Wann hörst du endlich auf, mich wie eine Idiotin zu behandeln? Die beiden sind doch nur die Spitze des Eisbergs! Wie viele Jahre bist du jetzt schon Lehrer?«

Anstatt zu antworten, beißt er nur die Zähne zusammen.

»Wenn du dich dafür entscheidest, dass ich mich an die Medien wende, werden sich ganz sicher noch mehr melden, die ihre Geschichte erzählen wollen.«

Seine Schamlosigkeit widert mich an. Ich flüchte mich in meine Erinnerungen und streiche über den Ledereinband ihres alten Tagebuchs. Für mich ist sie immer und überall, doch vor allem ist sie in den Seiten ihres Tagebuchs. Dort bin ich auch, zumindest eine Version von mir, die ich ablegen musste, um Ellie zu werden.

Bevor er mich kennenlernte, hungerte ich mich in die Gestalt eines halbwüchsigen Mädchens, auf die er so steht: schmal und ungefährlich. Ich brauchte Monate, um zu lernen, wie man unter gesenkten Lidern zu jemandem aufschaute, wie man ein Mädchen wurde, das immer nur zuhörte und pflichtschuldig nickte, wenn er sich stundenlang über seine Essays, seine Veröffentlichungen und anderen Leistungen erging; das nie vergaß, ihm zu gratulieren, und nie über sich selbst redete, außer wenn er nachfragte, das ihn nie mit Einzelheiten aus dem eigenen Leben langweilte. Das Mädchen, das immer seine Wahl der Restaurants, Theaterstücke und Ausstellungen billigte, das lernte, Wünsche auf eine Weise durchsickern zu lassen, dass er sie als eigene Ideen betrachten konnte, das beim Sex kühn, aber devot war. Das Mädchen, das nie selbst Vorschläge machte und seinen immer zustimmte, das manchmal Zweifel vortäuschte, damit er in den Genuss kam, es zu überzeugen, das wenn nötig einen Orgasmus vortäuschte und lernte, was er im Bett mochte: welche Stellungen er bevorzugte, welche Laute wann sein Ego anstachelten, wie man ihn bedeutsam anstarrte, wenn er in einen eindrang, wie man Lust vortäuschte, damit er sich etwas darauf einbilden konnte. Denn wichtig war nicht, dass sie es genoss, sondern nur, dass *er* ihr diesen Genuss bereitete und daraus ein Gefühl der Macht zog. Die Regeln dieses Spiels sind so schlicht, dass es mir leichtfiel, sie zu biegen und zu meinem Vorteil zu nutzen. Trotzdem hat er keine Ahnung, wie unglaublich anstrengend es ist, seine Freundin zu spielen.

Doch all das ist nichts im Vergleich zu den Opfern, die ich in unserer ersten Nacht bringen musste. An diesem Tag musste ich gerade betrunken genug sein, um die Sache durchzuziehen, aber doch noch so nüchtern, dass ich mich nicht verplapperte. Als ich das erste Mal Sex mit ihm hatte und spürte, wie seine Finger über meine Haut krochen, flüchtete ich mich in eine kleine Kammer in meinem Kopf, zog die Tür hinter mir zu und überließ ihm meinen unbewohnten Körper. Ich riss mich lange genug zusammen, bis ich zu Hause in meiner Dusche war. Dann erst löste ich mich unter dem heißen Wasserstrahl auf und sank schluchzend auf den Mosaikboden. Aber danach kam noch etwas, das viel schlimmer und niederschmetternder war als ein Zusammenbruch: der unerträgliche Verrat meines eigenen Körpers, wenn ich unter dem Rhythmus seines Körpers, seiner Finger oder seiner Zunge kam. In diesen Momenten ergriff mich unaussprechlicher Selbsthass. Ich werde mich wohl nie wieder heil und ganz fühlen können. Doch gleichgültig, wie sehr ich mir geschadet habe, ich tat es für sie. Das wird es wert sein.

»Wozu das Ganze?«

»Was?«, frage ich, immer noch abgelenkt von dem, was ich opfern musste.

»Wieso diese Scharade einer Beziehung? Wenn du dachtest, ich hätte etwas falsch gemacht: Wieso hast du dich nicht an die Behörden gewandt?«

Bei dieser Frage verengen sich meine Augen zu Schlitzen. Selbst jetzt noch kann er es einfach nicht zugeben. Als Literaturprofessor weiß er um die Bedeutung und Wirkung von Worten ... *Wenn du dachtest, ich hätte etwas falsch gemacht.* Damit schiebt er mir die Beweislast für meinen Verdacht zu.

»Weil du am eigenen Leib erfahren solltest, wie es sich anfühlt, verraten zu werden. Wenn der Mensch, der einem am liebsten ist, sich gegen einen wendet. Du solltest die Schmerzen spüren, die du anderen zugefügt hast. Du hast mir meine beste Freundin weggenommen. Du hast sie aus meinem Leben gerissen, sie für deine eigenen Zwecke missbraucht und dann in tausend kleine Stücke zerschmettert.«

Mir tun die Beine weh, trotzdem bleibe ich weiter stehen. Ich schlage wahllos das Tagebuch auf und muss leise lächeln, als ich die betreffende Stelle lese.

»Und nicht nur meine beste Freundin. Du hast mir den ersten Menschen weggenommen, den ich geliebt habe.«

»Aber ich hab doch schon gesagt, dass mit Wendy nichts war.

Wie oft muss ich das noch wiederholen?«, fragt er gleichmütig, als würde sein ruhiger Ton den Zündstoff in seiner Bemerkung entschärfen und verhindern, dass das Biest in mir geweckt wird.

»Ich glaube dir nicht. Ich glaube *ihr*!«

# 50 ELLIE

Wo ich auch bin, führen mich meine Erinnerungen immer an einen Punkt zurück: zur berühmten Wohltätigkeitsveranstaltung, die ihre Mutter alljährlich organisierte. Als ich die Party erreichte, schmachtete Wendy in tödlicher Langeweile neben ihren Eltern. Ihr babyblaues Kleid erinnerte mich an ein langes Tutu und raschelte bei jeder Bewegung. Ich konnte sie mir gut auf einer Spieldose vorstellen, wo sie vor Ringen und verhedderten Halsketten Pirouetten drehte. Aber jetzt zappelte sie unruhig auf der Stelle und zupfte an ihrem Oberteil, was ihr missbilligende Blicke von ihrer Mutter einbrachte. Ihre Augen leuchteten, als sie mich entdeckte, und sie löste sich von ihren Eltern und umarmte mich zur Begrüßung, während sich ihre Mom und ihr Dad mit einem älteren Pärchen unterhielten.

»Gott sei Dank bist du da«, sagte sie, während ich die Wärme ihrer nackten Arme an meinen Schultern und das Kitzeln ihrer Haare an meinem Hals genoss.

»Gott hatte nichts damit zu tun, es sei denn, sie kontrolliert die Ampeln auf dem Fremont Boulevard.«

»Wenigstens ist die Sache dieses Jahr kein kompletter Reinfall! Ehrlich, es ist so stinklangweilig!«

»Mit wem reden deine Eltern da?«

»Mit den Michaelsons. Er arbeitet mit meinem Dad.«

»Wenn sie so viel Geld in der Tasche haben wie Falten im Gesicht, winkt da ein fetter Scheck.«

Als Wendy schnaubend auflachte, presste ihre Mutter ihre Lippen zu einem dünnen roten Strich zusammen.

»Komm«, sagte sie und zog mich mit sich. »Bringen wir die Formalitäten hinter uns.«

Als wir bei Wendys Mom ankamen, hatte diese ihre Lippen zu einem Willkommenslächeln arrangiert. »Guten Abend, Verity.«

»Hallo, Mrs. Katz, tolle Party.«

»Danke.«

»Danke, dass Sie mich eingeladen haben.«

»Es ist doch schön für Wendy, jemanden in ihrem Alter hier zu haben,« erwiderte sie, ohne ihre Hand von Wendys Schulter zu nehmen.

»Ich sorg dafür, dass sie sich amüsiert.« Mein Versprechen ließ Mrs. Katz' Lächeln verblassen.

»Regina?« Als sie ihren Namen hörte, wandte sie sich um. Die Aussicht auf einen neuen Spender lenkte sie so von uns ab, dass wir einen sauberen Abgang machen und in der Menge verschwinden konnten.

»Und jetzt?«, fragte Wendy, als wir am anderen Ende des Ballsaals angekommen waren.

Ein rascher Blick zeigte uns, dass wir von einem Meer eleganter Abendkleider, Smokings und strenger Blicke umgeben waren; die Frauen sahen aus wie bunte Weihnachtsbäume, an denen funkelnde hochkarätige Anhänger und Girlanden hingen. Eine ganze Seite des Saals hatte Glastüren, die auf die Terrasse und den dahinter liegenden Garten des Hotels hinausgingen.

»Warte draußen auf mich«, sagte ich.

Sie wandte sich zur Terrasse, während ich mich in entgegengesetzter Richtung durch die Massen schlängelte. Ein paar Minuten später folgte ich Wendy nach draußen. Trotz der Jahreszeit war die Nachtluft noch warm von der inzwischen untergegangenen Sonne. Auf dem dunklen Pfad hörte man leise das Rauschen des Meeres, das sich mit dem Stimmengewirr reicher Leute vermischte, die so taten, als würden sie sich amüsieren. Beides folgte einem ähnlichen Rhythmus, doch das Heben und Senken der Stimmen aus dem Ballsaal war nicht so bezwingend wie das der Wellen. Dad erzählte immer wieder gerne, dass ich mit vier, als ich das erste Mal einen Sonnuntergang am Meer gesehen hatte, nicht mehr aufhören konnte zu weinen, weil ich überzeugt war, die Sonne wäre ins Meer gefallen und dort geschmolzen. Als Wendy diese Geschichte hörte, brach sie in lautes Gelächter aus.

Ich fand sie auf einer Bank. Ihre blasse Haut leuchtete im schwefeligen Licht der Gartenlaternen. Ich schüttelte das Prickeln an meinem Rücken ab und schluckte hart. »Dann wollen wir mal feiern!«

»Wo hast du das denn her?«

Ich stellte das Tablett mit Horsd'œuvres und eine Flasche Champagner neben ihr ab. »Ein Zauberer verrät nie seine Tricks.« Als sie einen Schmollmund zog, spürte ich ein Ziehen in meinem Inneren. »Na gut, ich hab einen Kellner mit fünfzig Mäusen bestochen.«

Eine halbe Flasche später hatten wir die ordentlichen Reihen der Häppchen dezimiert, und unsere Wangen waren hochrot von den schaumig platzenden Bläschen in unserem Mund.

»Du hast so einen schlechten Einfluss auf mich«, erklärte sie hicksend. »Bleib bitte so, wie du bist. Bleiben *wir* so, wie wir sind.«

Ich lächelte. »Nur wir zwei.«

»Nur wir zwei.«

Sie hob die Flasche an den Mund und trank noch einen Schluck. Als sie schluckte, verzog sie das Gesicht, und die

Sternbilder aus Sommersprossen auf ihren Wangen veränderten ihre Position.

»Mom würde mich umbringen, wenn sie das sähe.«

»Gib die Flasche her!« Ich entriss sie ihr, bevor sie sie leeren konnte. Da ihr Schaum vom Kinn tropfte, lachten wir beide, bis uns die Kiefer wehtaten.

Ich schloss meine Lippen um den Flaschenhals, den auch ihre schon berührt hatten, und trank einen schaumigen Schluck. Das Knirschen von Schuhen auf dem Kiesweg unterbrach unsere kleine Party. Einer der Kellner kam mit einer schief sitzenden Fliege und einer Kippe im Mundwinkel zu uns.

»Habt ihr Mädels zufällig Feuer?«

»Klar«, erwiderte Wendy, holte ein Feuerzeug aus ihrer Tasche und warf es ihm zu.

»Seit wann ...«, flüsterte ich, doch sie brachte mich sofort zum Schweigen.

Er kam ein paar Schritte näher und gab ihr das Feuerzeug zurück, nachdem er so gierig an der Zigarette gezogen hatte, dass der Tabak zu orangefarbener Asche verglühte. Da er jetzt mehr im Licht stand, konnte ich die Pickel an seinem Haaransatz sehen. Er war höchstens achtzehn, neunzehn.

»Feiert ihr eure eigene kleine Party?«, fragte er und lächelte mich an.

»Allerdings.«

Jetzt hätte er sich einfach trollen können, aber er blieb, wo er war, und zog angestrengt an seiner Kippe. Schweigen und der Geruch von Nikotin breiteten sich zwischen uns aus. Vielleicht vertrieb ihn ja die Peinlichkeit.

»Meine Freunde und ich haben in ein paar Stunden Feierabend, falls ihr noch Lust habt, was zu machen.«

Eher nicht.

Wendy hatte auf der Bank ihre Hand auf meine gelegt und drückte sie jetzt, um mir stumm zu zeigen, dass sie meiner Meinung war.

»Danke, aber wir bleiben lieber hier.«

»Seid ihr sicher? Wir haben Bier und Gras.« Er ließ die Kippe fallen und zerquetschte sie mit der Schuhspitze, was einen schwarzen Fleck auf dem hellen Pfad hinterließ. Wendys Hand lag immer noch auf meiner. Sie war so warm, dass meine Haut feucht wurde.

»Wir sind sicher.«

»Solltet ihr es euch anders überlegen, haltet einfach nach dem Lagerfeuer am Strand Ausschau.«

Wir sahen ihm nach, bis wir nur noch das Knirschen seiner Schuhe auf dem Kiesweg hörten.

»Ich glaube, der steht auf dich«, bemerkte Wendy und stieß mich an.

»Ja, klar. Abgesehen davon: Seit wann hast du ein Feuerzeug?«

»Ihr könntet später am Strand rumknutschen.«

»Knutsch doch selber mit ihm!«

»Nein, danke.«

»Wieso nicht?«

»Nur so«, sagte sie und sah mich flehend an.

»Wieso?«, beharrte ich.

»Weil ich meinen ersten Kuss nicht von einem bedeutungslosen Kellner kriegen will.«

»Du bist eine hoffnungslose Romantikerin.«

Der Champagner hatte mich hemmungslos gemacht, sodass es einfach aus mir herausplatzte. Ich bereute meine Worte, kaum dass ich sie ausgesprochen hatte. Wendy senkte den Blick und scharrte mit der Schuhspitze im Kies.

»Tut mir leid.«

Der Schampus brannte bitter in meiner Kehle. Wir saßen so dicht beieinander, dass sich unsere Arme berührten, eingehüllt vom süßen Duft des Geißblatts. Durch die offenen Terrassentüren drangen die Musik eines Streichquartetts, das leise Klirren von Gläsern und fernes Lachen.

»Vielleicht könntest du ja mein erster sein.«

»Was?«

»Kuss. Mein erster Kuss könnte von dir sein.«

»Du meinst, wie in *Eiskalte Engel*?«

»Ja, aber ohne den Psychoscheiß.«

Ich lachte, aber es klang künstlich.

»Im Ernst«, sagte sie. »Du bist meine beste Freundin. Also liegt es doch eigentlich nahe. Ich meine, meinen ersten Kuss von jemandem zu bekommen, der mich wirklich mag.«

Sie gab mir die Flasche. Mir hüpfte das Herz bis zum Hals. Ich wünschte mir nichts mehr, als meine Lippen auf ihre zu drücken und den Champagner in ihrem Atem zu schmecken, aber vor lauter Angst bekam ich kein Wort heraus. Die Sekunden, die ich brauchte, um zu antworten, waren die längsten in meinem ganzen Leben. Jede einzelne eine Aufforderung für Wendy, die gefürchteten Worte auszustoßen: »Vergiss es. War eine blöde Idee.«

»Okay.«

Mittlerweile klopfte mein Herz so laut, dass ich überzeugt war, sie könnte es hören. Mir stockte der Atem, als sie sich zu mir drehte und mich ansah. Sie trank einen Schluck und reichte mir wieder die Flasche. Ich trank auch, aber der Alkohol bewirkte nichts gegen meine verknoteten Eingeweide. Leise klirrend wurde die Flasche auf dem Boden abgestellt. Wendy kniff die Augen zu, krauste die Nase und verzog die Anordnung der

Sommersprossen auf ihren Wangen. Sie war genauso nervös wie ich.

»Wendy Moira Angela Darling: Entspann dich.«

Ihre Miene erschlaffte, halb lächelnd, halb hicksend. Ich nutzte die Schönheit dieses perfekten Augenblicks und drückte meinen Mund auf ihren. *Nur wir zwei.* Ihre Lippen waren weich und teilten sich mit einem Seufzer. Meine Hand klammerte sich an die Kante der Bank. Ich ließ mir Zeit und prägte mir auch das allerkleinste Detail ein. Ich schmeckte ihre Zunge, den Alkohol, den die kleinen Bläschen hinterlassen hatten. Ein Stromstoß durchzuckte mein Rückgrat. Der Geruch nach Vanille und Jasmin verdichtete die Luft zwischen uns. Durch meine geschlossenen Augenlider drang das künstliche Licht der Laterne und färbte die Dunkelheit rosa. Dies würde für immer die Farbe unseres ersten Kusses sein. Ich würde für immer diese Farbe sehen, wenn ich mich an sie erinnerte.

Mehr ist mir nicht geblieben.

# 51

*10. Mai*

Tut Sterben weh? Ich frage mich, ob man die Zeit hat, den Schmerz zu spüren, oder ob es zu schnell geht.

Als würde man gegen eine Pusteblume blasen.

## 52 ELLIE

Wieder strömen mir Tränen über die Wangen und sammeln sich in meinen Mundwinkeln. Sie konnte schon immer intensive Gefühle in mir heraufbeschwören, aber ihr Brief, die Erinnerung an jene Nacht auf der Wohltätigkeitsveranstaltung, ihr letzter Tagebucheintrag: All das ist zu viel. Ich wische mit den Ärmeln die Tränen ab, da erinnert mich ein leises Rascheln, dass ich nicht allein bin.

»Alles in Ordnung?«, fragt er so sanft, als wäre er nicht an diesen Rollstuhl gefesselt, als hätte ich ihn nicht dort hineingesetzt, als würden wir nur in alten Zeiten schwelgen, nachdem wir entdeckt haben, dass wir eine gemeinsame Bekannte haben.

»Hast du sie gesehen?«, will ich wissen. »Am Tag, als sie starb?«

Er schüttelt den Kopf.

Vor dem Fenster driften große Schneeflocken vorbei, leicht wie Federn, als würde auch der Sturm müde. Sie trudeln ganz langsam zu Boden wie die Daunen, die bei meiner ersten Übernachtung in ihrem Haus aus unseren Kissen platzten. Wegen der Kissenschlacht betrachtete mich ihre Mutter als schlechten Einfluss.

Gefangen in einem Haus, überwältigt von der Flut von Erinnerungen, von Bildern und Augenblicken aus unserer gemeinsamen Zeit, stehe ich vor dem Mann, der mir all das weggenommen hat, wegen dem es nie neue Erinnerungen gab und auch nie geben wird. Er riss sie aus meinem Leben und ließ mich, ohne mich auch nur zu kennen, in tausend Stücke zerspringen, mit einer Wucht, dass die Stücke sich nie wieder zusammenfügen konnten. Ich könnte schreien, weil er Erfahrungen mit ihr hat, die ich niemals haben werde, genauso wenig wie sie: Er hat ihr die Möglichkeit geraubt, die Wahl zu haben, schlechte Entscheidungen zu treffen, sich selbst zu finden, ihre Ansichten zu überdenken, anders zu werden, mit mir nach Berkeley zu gehen, zu rebellieren, sich die Haare pink zu färben, Vegetarierin zu werden, sich an meiner Schulter auszuweinen, weil sie sich sinnlos betrunken hat, und zwar nicht versehentlich, sondern mit voller Absicht. Er hat ihr auf tausend verschiedene Weisen das Leben genommen.

Das Messer in der Sofalehne lockt mich. Ich stehe davor, denke über die Idee nach und fahre mit dem Finger über die Klinge. Es wäre so einfach – meine Finger umschließen den Griff – nur ein paar gut platzierte Stiche oder ein sauberer Schnitt durch die Kehle, irgendwo unterhalb seines Adamsapfels. Das Ende. Aber in der Scheibe des Fensters sehe ich sie, nicht mich. Ihr Blick erinnert mich daran, dass er diese einfache, saubere Lösung nicht verdient. Das schulde ich ihr: Er muss seelisch so gebrochen werden, dass er selbst die Entscheidung trifft, allem ein Ende zu machen, oder für den Rest seines Lebens unter den Konsequenzen seiner Taten leidet. In meiner Vorstellung baumelt sein schlaffer Körper am Seil.

Das Internet und Bücher haben mich mit allen notwendigen Informationen über die mechanischen und körperlichen Aspekte des Hängens versorgt. Ich habe sowohl nützliches als auch unnützes Wissen darüber angesammelt. Wenn er mit der Schlinge um den Hals von der Galerie springt, wird durch die Wucht des langen Falls und das Gewicht seines Körpers sein Genick brechen und der Tod sofort eintreten. Also keine

Chance, dass er leidet, aber auch keine Chance, gerettet zu werden.

Wenn ich ihm stattdessen einen Stuhl unter den Füßen wegtreten würde, wäre der Fall kürzer. Sein Genick würde intakt bleiben, aber dann träte Hirnischämie ein: Es würden all seine Adern blockiert, die Blut und Sauerstoff in sein Hirn transportieren. Der Blutdruck in seinem Kopf stiege an, bis die Kapillaren in seinem Gesicht und seinen Augen platzten. Sein Gehirn würde langsam absterben, und ich hoffe, Wendys Gesicht wäre das Letzte, was er vor sich sähe, sie wäre sein Todesengel, während sich die kalte Dunkelheit um ihn zusammenschlösse. Schließlich würde die Schwellung seines Gehirns, die durch den Sauerstoffmangel entstünde, den vagalen Reflex auslösen, der Puls und Blutdruck abstürzen ließe, und seine zugeschnürte Luftröhre trüge zum langsamen Erstickungstod bei. Bliebe nur noch die Frage, was zuerst aufgäbe: Herz, Hirn oder Lunge – ene, mene, muh. Der Sterbeprozess zöge sich hin, etwa zehn Minuten – eine verlockende Vorstellung, allerdings stiege damit auch die Chance auf Flucht oder Rettung.

»Ellie? Verity?« Mein erster Vorname klingt seltsam aus seinem Mund. »Vee?«

Unwillkürlich verpasse ich ihm eine Ohrfeige, die einen roten Abdruck auf seiner Wange hinterlässt. Der Schmerz vom Schlag hallt in meiner Handfläche nach, bis ich ihn abschüttle.

»Benutze nie wieder diesen Namen!«

Sein Blick und seine Gesichtsmuskulatur verhärten sich, doch er ist an einen Rollstuhl gefesselt, und gegen die Ohrfeige von einer siebzehn Jahre jüngeren Frau kann er sich nur mit Empörung wehren.

»Du schlägst einen gefesselten Mann? Fühlst du dich jetzt mächtig?«

»Du kapierst es immer noch nicht, oder?«

»Erklär's mir doch!«, brüllt er so laut, dass sein Zorn das ganze Zimmer erfüllt.

Ich starre in das erlöschende Feuer im Kamin und lasse diese Idee in meinem Kopf hin und her springen wie eine Flipperkugel. Eigentlich hatte ich nicht geplant, ihm diesen Teil meiner Vergangenheit zu enthüllen. Aber ich bin bereit, alles zu tun, um ihn einen Schritt näher an seine Henkersschlinge zu bringen.

## 53 ELLIE

Londons feuchte Kälte hatte mich fest im Griff. Ich zog den Reißverschluss bis zum Kinn zu und wappnete mich damit gegen die Stadt und das Wetter. Dennoch kroch die klamme Kälte unter die verschiedenen Lagen meiner Kleider, drang durch Haut und Fleisch, bis sie meine Knochen erreichte. Obwohl ich erst seit ein paar Monaten hier wohnte, war die Sonne Nordkaliforniens zu einer fernen Erinnerung verblasst, zusammen mit vielen Dingen, die zu einem anderen Leben gehörten.

Ich vergrub mein Gesicht in meinem Schal. Alles hier war kleiner – Straßen, Häuser, Persönlichkeiten – und grauer, vor allem der Himmel. Manchmal konnte ich, wenn ich aufschaute, nicht sagen, ob ich eine Wolkendecke sah oder den tatsächlichen Himmel. Das trübe Licht Londons verstärkte den Schmerz über Wendys Abwesenheit noch und erinnerte mich ständig daran, dass zwischen ihr und mir ein ganzer Ozean lag.

Auf dem schmuddeligen Bürgersteig vor mir schlenderten zwei Mädchen etwa in meinem Alter. Während sie sich unterhielten, lehnten sie sich aneinander: Ihre körperliche Nähe und ihre Atemwolken, die miteinander verschmolzen, zeugten von ihrer geistigen Intimität, den Geheimnissen, die sie miteinander teilten. Als ich das sah, ging ich schneller. Ich wollte nach Hause, um Wendy eine lange E-Mail zu schreiben und für das kommende Wochenende ein WhatsApp-Treffen mit ihr zu organisieren: Vielleicht konnten wir den gleichen Film gucken, jede auf ihrer Seite des Ozeans, und darüber chatten. Vielleicht konnte ich sie sogar dazu bringen, mir zu verraten, was sie vor mir verbarg. Ich wusste, dass sie mir irgendwas verheimlichte, und ein Teil in mir war verletzt, doch ein größerer Teil spürte, dass sie unglücklich war, und wollte ihr unbedingt helfen.

Ich warf die Haustür hinter mir zu und lief, immer zwei Stufen auf einmal nehmend, die Treppe hinauf, weil ich mir möglichst schnell einen Plan zurechtlegen wollte. Jetzt verstand ich all die Frauen in Jane Austens Romanen, die fast verzweifelten, weil sie quälend lang auf einen Brief warten mussten, der Neuigkeiten von einem befreundeten oder geliebten Menschen brachte.

»Verity?« Gerade hatte ich den ersten Stock erreicht, da jagte Kates Stimme mir nach. Selbst nach so langer Zeit hätte ich sie niemals »Mom« nennen können.

»Ich wollte in mein Zimmer!«

»Kommst du mal kurz nach unten?«

Als ich das hörte, sackte ich leicht zusammen. »Muss das jetzt sein?«

»Bitte, Verity«, sagte sie in einem Ton, der keinerlei Zweifel darüber ließ, dass es sich nicht um eine Bitte, sondern um eine Aufforderung handelte.

Ich ließ meinen Rucksack am oberen Treppenabsatz und begab mich in die Küche, wo Kate mit einem dampfenden Becher am Tisch saß. Sie hatte rasch den hiesigen Brauch übernommen, Tee statt Kaffee zu trinken. In ihrer übergroßen Strickjacke wirkte sie vor den viktorianischen Küchenfliesen fast winzig. Bei ihrem Anblick überlief es mich eiskalt. Sie schaute mit geröteten Augen zu mir auf und griff nach einem der vielen zerknüllten Taschentücher, die den Tisch bedeckten. Es hätte mich nicht überrascht, wenn sie sich wegen des nasskalten Wetters schon wieder eine Erkältung eingefangen hätte, doch ihre herabgezogenen Mundwinkel verrieten mir, dass es etwas anderes war.

»Kate?« Meine brüchige Stimme kam mir auf einmal sehr fremd vor.

»Es ist etwas passiert. Zu Hause.«

Stille breitete sich zwischen uns aus, eine Schwelle zwischen dem gegenwärtigen Augenblick und dem Rest meines Lebens. Ich wollte nicht nachfragen, und sie wollte es nicht sagen. Ich wünschte, ich hätte für immer in diesem Augenblick verharren können, im Ungewissen, bevor sie meinen Schutzschirm mit vier Worten durchbrach.

»Es geht um Wendy ...«

Ihr Name traf mich an der Brust und bahnte sich dann seinen Weg durch die weiche Stelle zwischen meinen Rippen, brannte sich durch Haut und Fleisch. Es war nicht nur Wendys Name, sondern auch, wie Kate ihn ausgesprochen hatte, zitternd, in zwei Teile zerbrochen. Der glühende Schmerz drückte mich auf einen der leeren Stühle. Jetzt war ihr Name in meinen Kopf gedrungen und lief, wieder und wieder, in einer Endlosschleife durch meinen Geist, schneller und schneller, im Wettlauf mit meinem Herzschlag. Ich hörte die fünf Buchstaben und löste mich auf, ganz einfach so, weil ich auf gar keinen Fall mehr hören oder auch nur erahnen wollte.

»Schatz ...«

»Nein.« Wieder und wieder sagte ich dieses Wort, stapelte es aufeinander wie die Steine einer Wand, die mich vor der Wahrheit schützen sollten, doch die Worte meiner Stiefmutter fanden doch einen Weg durch die Ritzen.

»Es hat einen Unfall gegeben ...«, begann sie, obwohl ich immer noch »Nein – Nein«, sagte. »Wendy ist tot, Schatz.«

Tot. Dieses Wort trieb mich vom Stuhl und hinauf in mein Zimmer. Kate schickte mir Worte des Trostes nach, doch ich hörte sie kaum. In meinem Zimmer legte mein Körper langsam seine Taubheit ab und stellte sich dem rohen Schmerz. Ich vergrub das Gesicht im Kissen und schrie, schrie, bis mir die Kehle brannte, bis meine Spucke den Stoff nässte, bis ich alle Wut und allen Schmerz in die synthetische Füllung gebrüllt hatte. Wendy konnte nicht tot sein; sie war doch so alt wie ich! Eine Flut von Erinnerungen stieg in mir auf und durchströmte meinen Kopf, doch am Ende jeder Erinnerung schlug die Wahrheit zurück und demolierte mein Herz. Draußen spannte sich ein farbloser Himmel über der gezackten Silhouette von Schieferdächern und dünnen Schornsteinen. Nichts davon ergab einen Sinn. Eine Welt ohne sie konnte ich mir nicht vorstellen.

Als ich aufhörte zu weinen, war das Grau des Himmels einem undurchdringlichen Schwarz gewichen, das mein Schlafzimmer und meinen Kopf in ein dunkles Leichentuch hüllte. Feuchte Haarsträhnen klebten mir an den tränennassen Wangen. Während ich langsam aus meiner Benommenheit erwachte, erinnerte ich mich vage daran, dass Kate irgendwann wegen des Abendessens an die Tür geklopft und mich dann in Ruhe gelassen hatte, als ich nicht reagierte. Ich setzte mich auf, betrachtete die Schatten in meinem Zimmer und fragte mich, ob so die Welt ohne das Mädchen, das ich liebte, aussehen würde. Durch das Fenster erspähte ich den schmalen Sichelmond und die schwachen Lichtpunkte der Sterne zwischen vereinzelten Wolken. *Flieg einfach vorbei am zweiten Stern rechts und dann immer geradeaus bis zur Morgendämmerung.* Vielleicht musste ich gar nicht in einer Welt leben, in der es Wendy nicht mehr gab. Vielleicht konnte ich ihr Peter Pan sein, und wir würden nie älter werden müssen.

Die Luft vom offenen Fenster kühlte mein feuchtes Gesicht. Ich schwang erst ein Bein und dann das zweite über das Sims und war Wendy damit schon etwas näher. Mit geschlossenen

Augen saß ich da und holte ein letztes Mal tief Luft, bevor ich nach Neverland flog. Aber da wurde ich jäh zurückgerissen und landete wieder im Zimmer.

»Bist du verrückt?«, hörte ich meinen Vater rufen. Er umarmte mich, halb liebkosend, halb fixierend, und zerrte mich vom Fenster weg.

»Ich muss hier weg! Lass mich los!«, schrie ich.

»Beruhige dich!«

Ich stemmte meinen Rücken gegen seine Brust und trat zappelnd um mich, aber sein Griff war zu stark.

»Ich muss weg! Ich kann nicht ... Ich kann nicht ...«

»Ist schon gut, Käferchen. Schon gut.«

Am Ende war es Dads unerschütterliche Geduld, die mich erschöpfte. Nicht mein Toben und Schreien, nicht meine Raserei. Dad wartete einfach, bis erneut Tränen über mein Gesicht strömten, bis die Welle der Wut in mir in tausend Schluchzer zerbrach, die meine Worte überfluteten und in meiner Kehle ersterben ließen. Schließlich knickten meine Beine unter mir weg, und was von mir übrig geblieben war, zersprang beim Aufprall.

Trotzdem ließ mich mein Vater nicht los, sondern folgte mir auf den Boden. Und während Schmerz und noch viel mehr aus den Trümmern meines Ichs strömte, wurde mir Dads eiserner Griff zur Zuflucht.

Nach diesem Ausbruch nagelte Dad nur zur Sicherheit das Fenster zu. Es überraschte mich, dass er und Kate nicht auch all meine Gürtel und Spiegel beschlagnahmten. Allerdings hätten sie sich die Mühe auch nicht machen müssen: Nach meinem Zusammenbruch in den Armen meines Vaters wachte ich am nächsten Tag vollkommen ausgelaugt auf. Und dieses Gefühl hat mich seitdem nicht verlassen, sondern lastet bleischwer in meinen Knochen. Als sie mir erklärten, ich würde es niemals rechtzeitig zur Beerdigung nach Hause schaffen, erwarteten sie einen weiteren Ausbruch, doch ich schleppte nur wortlos meinen Körper zurück in mein Zimmer und schleifte dabei die Decke hinter mir her.

Da Dads Auftrag verlängert wurde, blieben wir in London. Als wir drei Jahre später durch die Glastür des Ankunftsbereichs am Flughafen von San Francisco traten, rechnete ich ganz kurz damit, Wendy würde mit breitem Grinsen und einem albernen Schild in der Hand auf uns warten. Doch der kurze Anflug von Hoffnung verflog im Nu und wurde im Anblick der grausamen Wirklichkeit von einer Übelkeit verdrängt, die mich auf die Flughafentoilette trieb, wo ich mich übergeben musste. Noch am gleichen Tag besuchte ich Wendy und verbarg meine verweinten Augen hinter einer Sonnenbrille. Selbst nach drei Jahren war der Schmerz noch frisch und schlummerte dicht unter der Oberfläche meiner brüchigen Fassade, bereit, beim leisesten Stupser aufzuwachen.

Wendy erwartete mich unter einer Zeder. Die Vorbereitungen von Doktor S. lösten sich sämtlich in Luft auf, als ich die beiden Daten sah, die durch einen Bindestrich getrennt waren: ihr ganzes Leben in dieser kurzen Zeile zusammengefasst. Wie sehr ich das hasste! Sie war so viel mehr als das. Ich las ihren in Goldbuchstaben gemeißelten Namen und musste unwillkürlich lächeln. Sie war ein ungekünstelter Mensch, bei diesem Anblick hätte sie die Augen verdreht. Ich hielt eine Origamiblüte in der Hand, die ich zitternd an den Grabstein legte. Im Vergleich zu Wendys Kunstwerken war dies nur ein kümmerlicher Versuch. Das hier war alles falsch. Es sollte keinen Grabstein geben, keine Inschrift, die sie als »Unsere geliebte Tochter« bezeichnete.

Einmal als sie bei mir übernachtete und wir uns bei Limo mit Schuss *Nur mit dir* ansahen, hatte sie erzählt, was sie sich wünschte, falls sie sterben sollte. Damals war uns der Tod noch so weit weg erschienen, dass wir mit der Sorglosigkeit der Jugend darüber sprechen konnten. Sie wollte eingeäschert werden, sagte sie, und ihre Asche sollte von einer Klippe ins Meer gestreut werden. Weil sie über dem Meer tanzen und mit dem Wind fliegen wollte, erklärte sie. Die Vorstellung hatte mich erschreckt: nicht so sehr, dass sie sterben, sondern dass es eine Welt ohne sie geben könnte. Ich hatte einen großen Schluck von der Limo mit Schuss getrunken und nur lässig »Ja, ich auch« gesagt.

Sie hatte nie die Chance gehabt, dies ihren Eltern zu erzählen. Sie würde nie mehr die Chance haben, ihnen irgendetwas zu erzählen oder irgendetwas zu tun.

»Wie konntest du mich einfach so verlassen?«, platzte es aus mir heraus, noch bevor mir bewusst wurde, was ich da gesagt hatte; was ich bislang weder mir noch Doktor S. oder Dad gegenüber eingestehen konnte: Wendy war nicht einfach gestorben, sondern sie hatte mich verlassen.

Die Trauer zwang mich in die Knie. »Du bist einfach gegangen und hast mich verlassen. Mich«, schluchzte ich. »Ohne ein Wort, ohne dich auch nur von mir zu verabschieden! Ich hätte dir doch helfen können … Du fehlst mir so! Es tut so weh. Es tut so gottverdammt weh! Die ganze Zeit!«

Ich streckte die Arme aus und drückte Gesicht und Hände ins Gras, weil ich mich verzweifelt nach einer Umarmung meiner besten Freundin sehnte, die unter der Erde lag.

»Komm zurück, bitte, bitte, komm zurück. Ich vermisse dich so, ich brauche dich *so, so* sehr. Ich ertrag's hier nicht ohne dich. Es tut so weh. Bitte, ich brauche dich. Bitte, komm zurück. Bitte ... Es tut mir leid, es tut mir unendlich leid. Ich war nicht hier«, flüsterte ich ihr zu und berührte mit dem Mund die Erde.

Dicke Tränen voller angestauter Gefühle tropften ins grüne Gras. Ich stellte mir vor, wie sie bis zu ihr drangen. Die Fragmente meines zersprungenen Ichs verteilten sich über ihr Grab, während ich dort lag. Und das Gefühl des Verlusts strömte kalt durch meine Adern, bis ich wieder ganz allein auf der Welt war.

# 54 ELLIE

Die Erinnerungen haben mir den Atem geraubt. Die anschwellende Trauer in meiner Brust drückt meine Lunge zusammen, bis sie nicht mehr arbeiten kann. Ich atme wie wild, kann aber keine Luft aufnehmen, während mein Herz sich gegen die Rippen wirft.

V ... U, T ...

Ich beuge mich über die Sofalehne, greife die Polster und spüre, wie meine Knie weich werden. Ich umkralle die Lehne fester und konzentriere mich auf die Buchstaben.

S, R ... Q ...

Krampfhaft klammere ich mich an Doktor S.s Anweisungen: *Wenn du spürst, dass eine Panikattacke kommt, sag das Alphabet rückwärts auf.* Nach und nach dringen ferne Echos und verzerrte Wörter zu mir durch. Ich halte mich an ihnen fest, bis sie einen Sinn ergeben. Sie trösten mich. Mein Gesicht ist nass vor Tränen, dabei habe ich nicht mal gemerkt, dass ich geweint habe. Seit Wendys Tod fühle ich mich, als hätte ich eine große Schlange verschluckt. Sie lebte in meiner Brust, hatte sich um meine Organe gerollt. Zuerst war sie ständig da, aber unter Doktor S.s Führung hat sie sich in meine Magengrube verzogen und schläft dort, außer wenn die Gefühle zu stark werden.

»Ellie? Rede mit mir. Ellie, alles in Ordnung?«

Da ich außerstande bin, etwas zu sagen, nicke ich nur und gehe in die Küche, um mir ein Glas Wasser zu holen, das ich hinunterstürze. Die Flüssigkeit zwängt sich an meiner zugeschnürten Kehle vorbei. Als ich zurückkomme, ist Steven still und wirkt in seinem Rollstuhl irgendwie kleiner. Er betrachtet mich mit einem Ausdruck, den man mit Mitleid verwechseln könnte. »Es tut mir sehr leid, dass du das durchmachen musstest.« Ich öffne schon den Mund, um etwas zu sagen, doch er ist noch nicht fertig. »Und das mit Wendy tut mir auch leid. Was ihr zugestoßen ist, war eine echte Tragödie, aber nichts …«

»Hat sie dich wütend gemacht?« Im Eifer, die Wahrheit zu erfahren, knie ich mich vor ihn hin. »Vielleicht war es ja nur ein Unfall. Vielleicht wolltest du sie gar nicht hinunterstoßen.« *Ich weiß nicht, was er sagen oder tun könnte.* Das waren ihre Worte, diese Worte haben mich jahrelang nachts wach gehalten und meinen Verdacht genährt. Sein Verhalten an diesem Abend hat gezeigt, dass er durchaus gewalttätig werden kann. So oft hat er mich angeschaut, als wäre ich zerbrechlich. Wenn er sich je aus diesem Stuhl befreien kann, könnte er wer weiß was tun.

»Ich kann doch sagen, was ich will, du glaubst mir ja doch nicht«, erklärt er unvermittelt. Möglich, dass er das nicht mal zu mir sagt. »Aber könnte ich was zu trinken bekommen?«

Ich sehe ihn forschend an, weil ich nicht weiß, ob ich seiner Bitte nachgeben soll. Er könnte das als Schwäche betrachten, als eine Kerbe, in die er reinhauen kann: zuerst ein bisschen Wasser, dann seine Freilassung. Ich sollte aufhören, immer nachzugeben. Wie jede andere Beziehung ist auch diese ein subtiler Machtkampf.

»Bitte?«

Da ich diese Psychospielchen satthabe, hole ich ihm eine Flasche Wasser. Er wirkt müde, die dünne Haut unter seinen Augen ist dunkler und leicht geschwollen. Die Silhouette der Bäume hinter ihm hebt sich kaum aus der Dunkelheit ab. In der Nacht verschmilzt alles miteinander, sodass man nicht mehr bestimmen kann, wo eins endet und das Nächste beginnt. Es muss später sein als gedacht, aber ohne einen Blick aufs Handy ist es nicht genau festzustellen.

Ich stelle die Flasche auf den Servierwagen, wende mich von Steven ab und schließe die Augen. Hinter meinen geschlossenen Lidern finde ich sie: Strahlend begrüßt sie mich mit ihrem sommersprossigen Gesicht, kaut wie immer auf einer ihrer Locken. Wie alle Mädchen mit Locken wollte sie unbedingt glatte Haare, aber ich war froh, dass sie die nicht hatte. Hinter den geschlossenen Türen unserer Zimmer tauschten wir Geheimnisse und noch mehr Küsse, die wir als Übung bezeichneten. Wir malten uns die nächsten zehn, zwanzig Jahre aus, in denen wir immer noch beste Freundinnen wären – oder mehr, wie ich hoffte, ohne je den Mut zu fassen, ihr die Wahrheit zu gestehen. Sie insgeheim zu lieben fühlte sich sicherer an als das Risiko der Ehrlichkeit. Ich befürchtete, wenn sie nicht dasselbe empfände wie ich, würde das entstehende Unbehagen zwischen uns schwären und irgendwann die Bindung zwischen uns zerstören. Solange es eine Zukunft für uns gab, konnte immer noch mehr aus uns werden. Aber diese Zukunft hat nie begonnen, und zwar wegen des Mannes, der vor mir gefesselt im Rollstuhl sitzt! Wegen seiner Sucht nach Anerkennung, nach Anbetung. Er hat mir meine Zukunft geraubt!

Jasmin und Vanille.

Bilde ich mir den Duft nur ein oder habe ich wirklich ihren Geist heraufbeschworen?

»Du glaubst, dies hier wird dir helfen. Die Rache an mir würde dir einen Abschluss ermöglichen. Aber du irrst dich. Mich umzubringen ist nicht die Lösung.«

Ich verkneife mir eine spöttische Bemerkung über seine Wald-und-Wiesen-Psychologie. Ist er immer noch in der Illusion verhaftet, er könnte mir gut zureden und mich so von meinem Vorhaben abbringen?

»Wenn du nicht auf meinen Handel eingehst, landest du im Register der Sexualstraftäter. Du wirst von den akademischen Kreisen, die du so schätzt, geächtet werden. Wenn ich mit dir fertig bin, wirst du nicht mal eine Stelle an der Abendschule eines Problemviertels kriegen! Du wirst nie mehr als Lehrer arbeiten. Ich wäre nicht überrascht, wenn Daddy dich enterben würde.«

Er zuckt zusammen. Die letzte Bemerkung ist ein herber Schlag für seinen Stolz. Ich stelle mir vor, wie diese Worte tief in ihn einsinken und dann die Sprossen seines Brustkorbs hinaufsteigen, bis sie seine Kehle erreichen, wo er an ihrer Bedeutung erstickt und nur noch den Geschmack von Asche in seinem Mund zurückbehält.

»So sehr hasst du mich«, sagt er und meint es nicht als Frage. »Also die ganze Zeit, die wir zusammen waren ...«

»War nur darauf ausgerichtet, dich hierherzuschaffen und dir diesen Deal anzubieten. Dir die Wahl deiner Bestrafung zu überlassen. Ich wusste, dazu musste ich dir ganz nahekommen.«

»Und wenn ich deinen Vorschlag zu diesem Ausflug abgelehnt hätte?«

»Ich habe ein paar leere Lagerhäuser am East River entdeckt. Da wären wir ungestört gewesen, aber weit weniger isoliert.«

»Du hast das alles gründlich durchdacht.«

»Ich plane das, seit ich zwanzig bin, und hatte Jahre, um meinen Plan zu perfektionieren. Du kannst also nicht darauf hoffen, dass ich irgendein Szenario außer Acht gelassen hätte.«

»Zwanzig?«

Zwanzig: drei Jahre, in denen ich Pläne geschmiedet und

Vorbereitungen getroffen habe. Was für eine Entdeckung, dass eine junge Frau ihn schon so lange hasst, und schlimmer noch: dass sie sein Bett geteilt hat und gelächelt, wann immer er ihren Namen sagte; dass sie ihren Mund öffnete, wann immer er sie küsste – und sich in das empfindliche Fleisch zwischen Daumen und Zeigefinger kniff, wann immer der Hass aus ihr herauszuplatzen und offen zutage zu treten drohte. »Seit ich dich zum ersten Mal sah, aber ich erwarte nicht, dass du dich an mich erinnerst. Damals hatte ich nicht die Art von Körper, die dir ins Auge gefallen wäre«, erkläre ich, als er schon protestieren will. »Leugnen hat keinen Zweck. Wir wissen doch beide, wie die Figur aussieht, die du bevorzugst.« Er verzieht finster das Gesicht. »Bitte! Ich hab Stunden in Norman's Café verbracht und versucht, deine Aufmerksamkeit zu gewinnen, ohne dass es zu sehr auffällt. Aber du hast mich erst an dem Tag bemerkt, als ich tropfnass in einem durchsichtigen Kleid, das mir am Körper klebte, und mit einem Rette-mich-Blick ins Café platzte.« Der Drang, Wendy zu rächen, war das Feuer gewesen, das mein Fett verbrannt und meinen Körper zu dem geformt hatte, was, wie ich wusste, ihm gefallen würde: mit schmalen Hüften und kleinen Brüsten, das Mädchen auf der Schwelle zur Frau. Die äußere Verwandlung war in gewisser Weise einfacher als die innere: Ich musste Schwäche und Sanftmut in mir kultivieren, das Bedürfnis nach seiner Anerkennung, musste lernen, vertrauensvoll zu sein, ohne ihn mit meinen Problemen zu belasten – es sei denn natürlich, wenn ich ihn um Hilfe bat, damit er den Retter spielen konnte. Wann immer ich versagte, erschien ihr Geist vor mir und mahnte mich: *Nur wir zwei.*

»Wie hast du es entdeckt?«, fragte Steven. »Wer ich war?«

# 55 ELLIE

In Dads Arbeitszimmer herrschte Stille und der Geist seiner Präsenz. Ich war vor den vielen Menschen geflohen, die unser Wohnzimmer bevölkerten, um wegen Dad zu kondolieren. Sollte Kate sich um sie kümmern. Ich saß auf seinem alten Ledersessel, der einzigen Konstante, die ihn bei jedem Umzug begleitete. Mochten seine Schreibtische auch wechseln, aber nie sein Chefsessel. Als ich meine Wange an die Kopfstütze schmiegte, roch ich den vertrauten Duft nach Tabak und Orangenblüten. Ich fuhr mit der Hand über den Schreibtisch und erinnerte mich daran, wie ich auf Dads Schoß gesessen, endlose Zahlen in seinen Taschenrechner eingegeben und so getan hatte, als würde ich Geschäfte abschließen. Jede Schublade, die ich aufzog, enthielt eine weitere Erinnerung, ein weiteres Bild von Dad. Die unterste war voller Krimskrams, dazwischen eine Schachtel mit der Aufschrift »London«.

Ich hob den Deckel zu diesem kurzen Lebensabschnitt und stöberte darin herum, bis ich einen dicken braunen Umschlag mit amerikanischen Poststempeln entdeckte. Ich erkannte die schräge Blockschrift, obwohl sie auf dem Kopf stand. Als ich das Päckchen aus seinem Versteck gezogen hatte, wog es schwer in meiner Hand. Hatte Dad das vor mir versteckt? Die Poststempel verrieten mir, dass Wendy es mir am Tag vor ihrem Tod geschickt hatte. Wie konnte er nur? Andererseits war es verständlich, wenn man meinen Ausbruch bei der Nachricht ihres Todes bedachte.

Im Schutz des Arbeitszimmers riss ich mit zitternden Fingern den Umschlag auf. Darin befand sich ihr Tagebuch, zusammengehalten von einem Gummiband, aus dem ein paar herausgerissene Seiten quollen. Ein sorgfältig gefaltetes Blatt Papier fiel mir auf den Schoß. Ich holte tief Luft und entfaltete es.

*Liebe Vee,*

*das alles wäre nicht passiert, wenn du hier gewesen wärst. Ich geb dir keine Schuld, die gebe ich nur mir. Ich wünschte, ich wäre so stark wie du, ich wünschte, ich hätte es dir früher erzählt. Ich wünschte, ich hätte dir die Wahrheit gesagt.*

Als ich den Brief zu Ende gelesen hatte, war meine Trauer von loderndem Zorn verdrängt, weil ich nur noch an den Mann dachte, den sie geliebt hatte, den Mann, der sie von einer Klippe in den Tod getrieben hatte. Noch lange nachdem der letzte Gast gegangen und es im ganzen Haus still geworden war, saß ich auf dem Boden von Dads Arbeitszimmer und studierte die Puzzlestücke von Wendys Leben, die vor mir ausgebreitet waren. Ich schob einzelne Teilchen herum, suchte nach Ecken und Kanten, die zusammenpassten, und bildete aus verstreuten Einzelheiten größere Zusammenhänge. Nun war ihr Tod nicht länger ein Rätsel, das mich innerlich auffraß. Auf jedem einzelnen Papierfetzen erzählte sie mir, was er ihr angetan hatte, wie er sie so zerrissen hatte wie die Seiten ihres Tagebuchs. Und ich saß da und fügte alles, fügte *sie* wieder zusammen. Wenn ich sie nur so wieder zurückhaben konnte, dann würde ich mich damit begnügen.

Dr. S., die Therapeutin, die ich auf Dads und Kates Drängen hin nach meinem Ausbruch und der anschließenden Depression aufsuchte, erklärte mir, dass meine Antidepressiva nur die

Symptome beseitigten. Heilung trete nur durch die Erkenntnis ein, was einen krank gemacht habe. Ich mochte Dr. S. mit ihrem Kurzhaarschnitt und der überdimensionalen Brille. Ich glaube nicht, dass ich mit einem Mann über die verwirrenden Gedanken hätte sprechen können, die in meinem Schädel herumwirbelten. Einmal die Woche saß ich auf ihrem beigen Sofa, drückte mir ein Kissen an die Brust und zupfte nicht vorhandene Fussel vom Stoff. Doch eines Tages vergaß ich das Kissen. Ich folgte ihrem Blick zum anderen Ende des Sofas, wo es lag, und dann erklärte sie: »Du wirst wieder zurechtkommen, Verity.«

Es war dieser Mann, der mich krank gemacht hatte, genauer gesagt die Vorstellung, dass er ein erfülltes Leben hatte, ohne Schuldgefühle, ohne jede Konsequenz, während meine beste und einzige Freundin wegen seiner skrupellosen Gleichgültigkeit in der Erde vermoderte.

Das Internet bot mir digitale Wegweiser, Informationskrümel, denen ich folgen konnte. Ich stellte mich dem Ursprung meiner Krankheit und studierte sein Foto auf der Website der Prep School in Manhattan , wo er unterrichtete. Ich musste ihn sehen, den Umriss seines Körpers mit Fleisch füllen, ihn in Bewegung sehen und seine Stimme hören. Das Schicksal spielte mir in die Hand, weil es ihn nach New York geschickt hatte. Ich überzeugte Kate, dass ich einen Tapetenwechsel brauchte, und gab vor, Dads Cousine Janet und ihren Sohn Connor in New York City zu besuchen.

Mit einer MetroCard und der Adresse der Richmond Prep machte ich mich auf, um ihn zu finden. Ich hatte keine Ahnung, was ich dann tun, was ich sagen würde, wusste nicht mal, ob ich überhaupt mit ihm reden wollte. Ich war nur getrieben von dem Drang, ihn in Fleisch und Blut zu sehen.

Die Schule stand im Schatten einer Reihe von Bäumen, die die Straße säumten. Ich bezog auf der gegenüberliegenden Straßenseite Stellung und wartete. Kurz darauf flog die Doppeltür auf und entließ eine Woge von Schülern, die alle eine dunkelblaue Uniform trugen. Trotz des einheitlichen Bildes konnte ich ausmachen, wer zu welcher Gruppe gehörte: die Beliebten mit ihrer lässigen Haltung und dem leicht wiegenden Gang, die Nerds oder Schüchternen, die ihre Bücher wie Schilde an die Brust drückten oder sich verkrampft an den Trägern ihrer Rucksäcke festhielten. Es war alles deutlich zu sehen: das selbstsichere Lächeln auf kaugummirosa Lippen, das arrogante Streichen durchs Haar, das sorglose Lachen – und das künstliche, abgehackte Lachen, das eher an einen Schluckauf erinnerte, die nervösen Blicke auf der Suche nach einem Freund, nach einem Rettungsring, bevor man den Falschen ins Auge fiel.

Mitten im Meer dieser Teenager tauchte er auf. Der Mann, den ich so oft auf dem Bildschirm betrachtet hatte, wurde plötzlich dreidimensional und auf die Welt losgelassen. Groß stand er da und redete, winkte, lächelte – so lebendig, wie Wendy tot war. Zorn erfüllte mich, verhärtete mein Rückgrat, trieb Wurzeln in mir, die mich an meinen Posten auf dem Bürgersteig fesselten. Ein paar Sekunden lang sah er mich direkt an und runzelte die Stirn. Mich überkam die irrationale Angst, er könnte mich erkannt haben. Der Schweiß brach mir aus. Aber er kannte mich nicht, und sein Blick ging durch mich hindurch.

Dann schaute er auf sein Handy, ging langsam die Treppe hinunter und marschierte mit großen Schritten die Straße hinunter. Als er um eine Ecke bog, löste ich mich aus meiner Erstarrung und jagte ihm nach. Ein Blick auf ihn hatte mich nicht zufriedengestellt, ich brauchte mehr. Er blieb ein Schatten, eine Hülle ohne Substanz. Ich folgte ihm durch das Labyrinth der

Upper East Side und verlor ihn fast, als er zur U-Bahn-Station der 68sten Straße hinunterging. Ein Stromstoß durchzuckte mich, doch dann erhaschte ich einen Blick auf seinen dunklen Schopf, als er das Drehkreuz passierte, bevor er im Schwarm der Pendler verschwand. In Panik überflog ich die Menge, bis ich ihn wiederentdeckte, auf dem Weg zum nächsten Gleis. Ich stürzte ihm nach. Er betrat die Bahn, als ich noch die Treppe hinunterrannte. Das schrille Signal der sich schließenden Türen trieb mich dazu, die letzten vier Stufen hinunterzuspringen und mich durch die nächste Wagentür zu werfen. Als die Bahn ruckend anfuhr, ließ ich mich mit wild klopfendem Herzen auf einen Sitz fallen. Sobald ich einen Blick zu ihm riskierte, sah ich, dass er mich und meinen waghalsigen Sprung in den Waggon nicht bemerkt hatte.

An der Station Grand Central und 42ste stiegen wir aus, wo ich ihn im Strom der entgegenkommenden Pendler fast wieder verlor. Schließlich holte ich ihn ein, als er die Treppe zur Grand Central Library hinauflief. Ich folgte ihm in die Abteilung für Wirtschaft und Soziologie. Wie ein Schatten an einer Wand aus Büchern lungerte ich eine Reihe hinter seiner herum, strich mit dem Finger über Buchrücken und entzifferte Titel bei meiner vorgeblichen Suche nach einer bestimmten Ausgabe. In einer Lücke zwischen Büchern und Regal sah ich, wie er wiederholt auf sein Handy blickte und den Siegelring an seinem kleinen Finger drehte. Eine leise Stimme in meinem Kopf drängte mich flüsternd, ihn anzusprechen. Aber ich erstarrte, als ich erkannte, dass es Wendys Stimme war.

Ich öffnete schon den Mund, doch noch bevor ich etwas sagen konnte, breitete sich ein Lächeln über sein Gesicht aus. In diesem Augenblick sah ich den Funken, der Wendy magisch angezogen hatte, spürte das unwiderstehliche Prickeln auf der Haut.

Sie wirkte sehr jung; sie konnte höchstens sechzehn sein und trug die Schuluniform der Richmond Prep. Ihr Gesichtsausdruck jagte mir Angst ein: Es war eine Miene reiner Anbetung, so als würde die Welt mit ihm beginnen und enden. Wie die Kinder in der alten Legende vom Rattenfänger war sie verzaubert und bereit, ihm überallhin zu folgen: ins Bett, auf eine Klippe und in diesem Fall an ein stilles Plätzchen in der hintersten Reihe mit staubigen Büchern.

Zwischen den Lücken des Regals konnte ich die Bewegungen ihrer Körper sehen und wurde so zum stillen Beobachter ihrer geheimen Intimität. Ich sah, wie sie sich an ihn presste, wie ihre Lippen sich fanden, wie sie leise aufstöhnend nach Luft schnappten. Es schnürte mir auf meiner Seite des Regals die Kehle zu, als ich mit dem Gesicht so nahe an die Bücher rückte, dass ich die alten Ledereinbände riechen konnte. Ich war gebannt von der lockenden Melodie ihres Duetts, gefesselt von ihrer verbotenen Intimität, eine Mitverschwörerin, die den Blick nicht abwenden konnte, bis seine Hand unter ihrem Faltenrock verschwand und ihr Gesicht sich ekstatisch verzerrte. Da schob sich das Foto in meiner Tasche vor mein inneres Auge, und statt der sich vor mir windenden Körper sah ich Wendys nackten Leib, der sich unter einem dünnen Laken räkelte, sah, wie sie den Kopf so hingebungsvoll in den Nacken legte wie das Mädchen vor mir. Und plötzlich sah ich einen weißen Grabstein mit zwei Daten.

Draußen an der Eingangstreppe stützte ich keuchend die Hände auf die Knie und kämpfte verzweifelt darum, normal atmen zu können, während die Menge durch meine tränenverschleierten Augen wie eine verschwommene, vielfarbige Flut um mich herumwogte. Trauer, Frustration und Übelkeit verebbten unter einem neuen Ansturm von Gefühlen und der sicheren Überzeugung, dass er niemals aufhören würde. Wie lang würde es dauern, bis sich das nächste Mädchen von einer Klippe oder vor einen Zug warf, bis Steven Hardings selbstsüchtiger Solipsismus ein weiteres Opfer fand?

»Hey, Cousinchen alles in Ordnung?«

Bei der unerwarteten Frage fuhr ich auf. »Connor? Was machst du denn hier?«

»Ich gebe ein paar Bücher ab. Du siehst echt nicht gut aus.« Seine besorgte Miene bestätigte meine Ahnung, dass Kate Janet von meinem labilen Zustand erzählt und sie das an Connor weitergegeben hatte. Pass auf das zerbrechliche, gefährdete Mädchen auf – es steht auf der Kippe.

Ich zwang mich zu lächeln und hoffte, es wäre überzeugend. »Ist nur Unterzucker. Hab das Mittagessen ausgelassen.«

»Dann spendier ich dir Milchshake und Fritten.« Er legte den Arm um meine Schultern und führte mich weg von der Bibliothek und ihrem dunklen Geheimnis. Aber trotz Connors guter Absichten konnte ich Steven nicht abschütteln. Er musste aufgehalten werden. Und ich war es, die ihn aufhalten musste. Zur Polizei konnte ich nicht gehen. Hier stand Aussage gegen Aussage, und in dieser Welt zählte die einer Einundzwanzigjährigen so gut wie nichts. Wenn ich ihn nicht stoppte, würde es nicht lange dauern, bis ein weiteres Mädchen endete wie Wendy. Da ich die einzige Zeugin war, lag es bei mir. Es ging nicht mehr nur noch um Rache für Wendy, sondern darum, einen weiteren Todesfall zu verhindern. Vier Monate später begann ich mein Graduiertenstudium an der NYU.

# 56 ELLIE

Meine Entstehungsgeschichte hat Steven die Sprache verschlagen. Er starrt auf die unwiderlegbare Wahrheit wie der Schöpfer auf seine Schöpfung – denn wie Dr. Frankenstein hat er mich erschaffen. Eine verwundete Seele, gefangen in einem Käfig aus Fleisch und Blut, getrieben von Hass und Rachsucht. Die Entstehung war unbeabsichtigt, doch wie das Monster habe ich nicht darum gebeten, erschaffen zu werden. Aber wer ist eigentlich das wahre Monster: die Kreatur oder ihr Schöpfer?

»All das für etwas, das nie geschehen ist.«

Finster starre ich ihn an.

»Ich kann sagen, was ich will, du wirst mir sowieso nie glauben. Aber frag dich mal selbst: Welche Beweise hast du abgesehen von den Fantastereien eines halbwüchsigen Mädchens?«

Müdigkeit überkommt mich. Stevens Lügen oder Leugnung oder beides nagen an meiner Entschlossenheit. Ich werde nur noch von den Fäden meiner Freundschaft mit Wendy zusammengehalten. Jemand muss für sie eintreten. Ich werde sie nicht im Stich lassen, so wie er und all die Erwachsenen, die damals die Signale übersahen oder missachteten.

»Aber das in New York ist doch Jahre her. Wieso all das *jetzt*?«

»Erinnerst du dich noch daran, wie ich dich einmal mit Bananenpudding von der Richmond Prep abholte?«

Da spiegeln sich so viele Emotionen in seiner Miene, dass ich nicht weiß, was er gerade denkt. Aber aus seinem Schweigen und den geballten Fäusten schließe ich, dass er mehr hören will.

»Ich habe behauptet, es hätte ein dummes Missverständnis mit einem Freund gegeben, aber in Wahrheit habe ich auf dich gewartet, weil ich ein Gespräch mitgehört hatte, das mich daran erinnerte, wieso ich das alles tun muss.«

Die Doppeltür der Richmond Prep wurde gesprengt von der Flut der Schüler, die das letzte Läuten der Glocke entfesselt hatte. Überall auf dem Bürgersteig sammelten sich kleinere und größere Grüppchen von Freunden, die sich noch voneinander verabschieden oder noch schnell ihr Gespräch beenden wollten.

Ich tauchte ein in die Geräuschkulisse meiner Jugend: Stimmengewirr und aufgeregtes Gelächter. Nur langsam ordnete sich das akustische Chaos, bis ein Satzfetzen hinter mir meine Aufmerksamkeit weckte.

»... er ist viel älter als ich.«

»Wow, ich fasse es nicht, du hast dir einen Mann geangelt! Einen echten Mann und keinen dieser blöden Jüngelchen wie Justin McGuire und seine Freunde.«

»Mit einem Mann ist es so anders«, versicherte das unbekannte Mädchen, ermutigt von der Begeisterung der Freundin. »So intensiv. Manchmal fühle ich mich wie auf einer der irren Achterbahnen auf Coney Island. Du weißt schon, wie auf der, wo man von ganz oben senkrecht in die Tiefe fällt.«

Ich klammerte mich an die Schnüre des Päckchens in meiner Hand, die neueste Requisite in meiner Beziehungsfarce.

»Ich bin ja so neidisch! Wieso darfst du mir nicht sagen, wer es ist?«

»Weil – du weißt schon – es ist kompliziert ... Ich darf's einfach nicht. Es ist ein Geheimnis.«

Der letzte Satz ließ mich mehr frösteln als der kühle Winterwind an diesem Tag. Vor meinem inneren Auge sah ich Wendy wieder von der Klippe fallen, aber sie war nicht allein. Sie alle fielen. Sie waren verloren, weil niemand da war, der sie auffangen konnte. Weil er sie isolierte. Vor all den Jahren hatte mich Wendy über WhatsApp um Hilfe gebeten, doch auch ich hatte sie nicht aufgefangen. Weil ich zu blöd war, um zu erkennen, dass es ein Hilferuf war – nein, noch schlimmer, weil ich gekränkt und eifersüchtig war. Doch wer dieses Mädchen hinter mir auch war: *Sie* würde ich auffangen.

Ich betrachte Steven in seinem Rollstuhl. »Was ich da hörte, brach mir das Herz, aber wolltest du mich nach Hause gehen lassen? O nein, denn Professor Steven Harding bekommt immer, was er will, ganz gleich, was sein Gegenüber fühlen mag. Du hast mich in deine Wohnung gezerrt!« Er öffnet schon den Mund, doch seine Zeit für Entschuldigungen ist längst verstrichen. »Ich musste mein Gesicht ins Kissen pressen, damit du meine Schreie nicht hörtest, als ich in tausend Stücke zersprang, weil *du* mal wieder Sex haben wolltest und dir wie immer eingeredet hast, dann wollte ich das doch sicher auch. Ich konnte mich kaum noch beherrschen, als ich ins Bad flüchtete, aber du wolltest mich nicht mal lausige fünf Minuten in Ruhe lassen!«

Er starrt aufs Feuer. Seine gefesselten Hände liegen schlaff auf den Stuhllehnen. Ich verrate ihm nicht, dass jede einzelne Zelle in meinem Innern abgestorben war, als ich an jenem Tag nach Hause kam, und dass ich die Nacht nur überlebte, weil ich auf dem Boden meines Badezimmers Wodka trank, bis der Alkohol jede Erinnerung gelöscht hatte, die er mit seinen Worten und Taten, mit seiner bloßen Anwesenheit in meinem Leben besudelt hatte. Am nächsten Morgen erwachte ich mit dröhnenden Kopfschmerzen, einer leeren Flasche und einem glasklaren Entschluss.

»Du hältst dich für den Ritter in glänzender Rüstung, der bereit ist, die holde Maid vor dem Drachen zu retten, doch in Wahrheit bist du selbst der gottverdammte Drache!«

Schweigen senkt sich über das Wohnzimmer, so schwer und kalt wie der Schnee draußen. Doch die Drohung, die jetzt im Raum steht, ist wesentlich gefährlicher als das unwirtliche Wetter. Genug gespielt.

»Wofür entscheidest du dich also?«, frage ich und breche damit das Eis, in das die Stille sich verwandelt hat.

»Du spinnst doch! Ich hab dir versichert, dass mit Wendy nichts war! Und nichts von dem, was du erzählt hast, kann an dieser Tatsache rütteln. Wie oft soll ich dir das noch sagen, bis du es endlich kapierst? Außerdem: Glaubst du wirklich, du kannst mich in den Selbstmord treiben?« Herablassung schwingt in dieser Frage mit. Selbst gefesselt an einen Rollstuhl hält dieser Mann sich immer noch für überlegen!

Ich schweige so lange auf seine Frage, bis meine wortlose Antwort sich einen Weg durch seinen dicken Schädel bahnt, sich wie ein gefräßiger Wurm tief in sein Hirn bohrt, wie ein Parasit, der ihn in den Wahnsinn treibt. Dann sehe ich, dass sich seine Nackenmuskeln anspannen.

»Ich lasse dich hier. Nehme den Wagen und fahre in die nächste Stadt«, sage ich so langsam und deutlich, dass er meine Entschlossenheit unmissverständlich spürt. »Zuerst gehe ich zur Polizei und erzähle ihnen, wie du mich zu einem angeblichen romantischen Wochenende hierhergelockt hast, mich in Wahrheit aber allein hier im Haus haben wolltest, weil ich herausgefunden hatte, was mit dir los ist.«

»Die werden dir niemals glauben«, schnaubt er.

»Ach, wirklich nicht?«

»Hast du schon vergessen, dass du dieses Haus hier gebucht

hast? Also werden sie wissen, dass du hier alles geplant hast.« Er verzieht selbstgefällig grinsend die Lippen, aber nicht lange, denn ich reagiere nicht geschockt, so wie er wohl erwartet hatte. Stattdessen erwidere ich sein Grinsen und lasse mir Zeit mit der Antwort. Mein Lächeln und mein Schweigen setzen ihm sichtlich zu, sie zerbröseln Steven Hardings monolithisches Selbstbewusstsein zu feinem Sand, den ich wegpusten werde, bis nichts mehr davon übrig ist.

»Weißt du, was heutzutage das Problem ist? Die Leute haben so viele Kreditkarten, dass es ihnen schwerfällt, sie wirklich im Auge zu behalten. Wann hast du zum Beispiel das letzte Mal die Abrechnungen deiner Mastercard überprüft?«

Darauf verweigert er trotzig wie ein Kind die Antwort. Aber ich kann sie sehen, hinter seinen zusammengebissenen Zähnen, hinter seinen zusammengepressten Lippen. Er will die Worte verschlucken, aber sie brennen in seiner Kehle.

»Eine Mastercard, eine Buchungsanfrage online und eine E-Mail-Adresse: Mehr hast *du* nicht gebraucht, um dieses Haus zu buchen. Übrigens fand es Mrs. Winslow sehr romantisch, dass sie das Festnetztelefon entfernen sollte, damit wir wirklich ungestört sind.«

Sein Schweigen zieht sich in die Länge und verdichtet sich, bis er darin gefangen ist. Er weiß, dass ich recht habe. Er weiß, dass er verloren hat. Jetzt glüht neuer Hass in seinen Augen. Ich sehe es ihm an: Er will mir wehtun, und zwar sehr. Gut, jetzt bin ich nicht mehr das kleine Mädchen, das ein Spiel spielt, mit dem es sich nicht auskennt. Jetzt endlich nimmt er mich ernst. Jetzt bin *ich* Frankenstein, und er ist mein Monster.

»Dann«, fahre ich fort, »werde ich ihnen eine Aussage, eine Geschichte und die nötigen Beweise liefern: E-Mails, Fotos, ein Tagebuch, ein Verhaltensmuster. Sie werden die Blutergüsse an meinen Handgelenken und meinen Innenschenkeln fotografieren und meine aufgeplatzte Lippe. Danach gehe ich zur Richmond Prep und rede mit dem Direktor, ich rede mit dem Dekan vom Barnard College, mit der Schulbehörde und der Verwaltung der Columbia-Universität.«

Nun hat sich ein dunkler Schleier über seine Augen gelegt, und er beißt so fest die Zähne zusammen, dass ich sie knirschen höre: Tief in seinem Innern ist etwas erwacht, ein Aufruhr, der mit jedem Atemzug größer wird.

»Ich werde ihnen alles erzählen, was ich auch schon der Polizei erzählt habe. Am Ende wende ich mich dann an die Medien und gebe meine Geschichte, besser gesagt *unsere* Geschichte zum Besten. Ich erzähle von Wendy, zeige ihren Brief, in dem sie schreibt, dass sie Angst vor dem hat, was du ihr antun könntest. Und ich werde keine Ruhe geben, bis die Ermittlungen zu ihrem Tod wieder aufgenommen werden!«

»Wie du schon sagtest: Es ist nur eine Geschichte. Es steht dein Wort gegen meins. Du hast nur ein paar Textnachrichten und unscharfe Fotos. Nichts wirklich Belastendes«, knurrt Steven und lässt endlich seine kultivierte Maske fallen.

Verächtlich sieht er mich an, während ich etwas aus meiner Tasche ziehe und ihm vors Gesicht halte. Er reißt die Augen auf, als er die eindeutige Szene auf dem Foto sieht, von dessen Existenz er wohl nichts wusste: das lächelnde Gesicht eines minderjährigen Mädchens, noch erhitzt vom Orgasmus, die roten Locken zerzaust vom Umhertollen im Bett, und hinter ihr Stevens Körper, träge ausgestreckt, mit einem Laken über dem Schambereich. Sein Gesicht ist trotz des Blickwinkels und der ungeschickten Aufnahme deutlich zu erkennen.

Ich falte das Foto und stecke es zu dem anderen in meinem BH. Seine Nase pfeift leise, als er schwer atmend vor Zorn den

Beweis seiner Straftat zur Kenntnis nimmt und abschätzt, ob dies ein Buschfeuer entfachen kann, das sich durch sein Leben frisst und seine Karriere und seine Zukunft zerstört.

»Hast du geglaubt, sie hätte dir den einzigen Abzug gegeben?«, spotte ich. »Ach, offensichtlich!«

Bevor ich weiterspreche, rücke ich mein Gesicht so dicht an seins, dass mein Mund fast sein Ohr berührt. Dann gebe ich ihm ganz langsam und deutlich ein Versprechen, das sich so tief in sein Hirn graben soll, dass er an nichts anderes mehr denken kann.

»Du hast ja keine Ahnung, welche Verbindungen mein Vater zu den Medien und zum Justizministerium hatte! Wenn die Behörden und ich mit dir fertig sind, wird dein Ruf ruiniert sein. Deine Zukunft wird auf einen Eintrag im Register für Sexualstraftäter reduziert sein, wenn du irgendwann wieder aus dem Knast kommst, in dem du wegen Unzucht mit Minderjährigen, sexueller Nötigung, fahrlässiger Tötung und Freiheitsberaubung gesessen hast.«

Während ich das sage, blickt Steven, ohne auch nur einmal zu blinzeln, starr geradeaus auf einen imaginären Punkt, doch seine angespannten Nackenmuskeln und sein am Klebeband ruckendes Handgelenk zeigen, welche Wirkung mein Versprechen auf ihn hat.

»Doch du hast immer noch eine Alternative. Du kannst all dies verhindern und deinen kostbaren Ruf behalten. Du kannst erreichen, dass man dich als herausragenden Lehrer und ehrenwerten Menschen in Erinnerung behält. Besser, es sofort zu tun, als irgendwann im Gefängnis. Was sagst du, Professor?«

Im Hintergrund knackt das Feuer, es ist der Protest der sterbenden Scheite, geschwächt von den unerbittlichen Flammen. Die Augen auf die Dunkelheit jenseits des Fensters gerichtet, wägt Steven schweigend die Form und Länge seiner Zukunft ab.

Ich setze mich wieder auf die Sofakante, schiebe die Hände unter den Po, um mir die Illusion von Kontrolle zu erlauben, und neige mich leicht vor, um seine Antwort zu empfangen. Als er so weit ist, wendet er mir den Kopf zu und durchbohrt mich mit dem Blick. Das Holz im Kamin wird vom Feuer gebrochen.

»Ich muss noch mal pissen«, sagt Steven gleichmütig.

# 57 STEVEN

Mit einem lauten Seufzer rutscht Ellie von der Kante des verdammten Sofas, auf dem sie so gerne hockt.

»Du zögerst nur das Unvermeidliche hinaus.«

»Wie du meinst, aber sonst wird es hier nach Pisse stinken. Schließlich kann ich nicht mal schnell aufs Klo«, stößt er hervor und zeigt damit ganz offen seine Aggressivität.

»Na schön.« Sie verlässt das Zimmer, um die Flasche zu holen, die sie im oberen Bad gelassen hat.

Sie weiß Bescheid. Schlimmer noch, sie hat Beweise. Jede Einzelheit dieses verdammten Fotos hat sich in sein Hirn gebrannt. Jetzt oder nie! Er bemüht sich mit allem, was er hat, seine rechte Hand unter dem Klebeband hindurchzuziehen, und drückt seinen Daumen so weit wie möglich unter die Handfläche. Hier ist der Ausdruck »als hinge sein Leben davon ab« keine hohle Phrase, sondern nackte Realität. Da seine Haut ständig an der Armlehne geklebt hat, ist das Kunstleder glitschig von seinem Schweiß: Seine Angst und sein Überlebensinstinkt erleichtern ihm die Flucht. Fantasien von allem, was er Ellie antun wird, sobald er frei ist, treiben ihn zusätzlich an. Er wird ihr ein, zwei Lektionen erteilen, sie in Rot und Blau auf ihre Haut schreiben. Er wird sich das Foto von ihr zurückholen und die E-Mails, das Tagebuch und den ganzen Rest. Er wird das alles im Kamin verbrennen. Ihre kostbaren Beweise vernichten. Es geht nur langsam voran, die Kante des Klebebands schneidet in seine Haut, aber er ignoriert den Schmerz, das Ziehen und Brennen des widerspenstigen Kunststoffstreifens. Dann auf einmal ist seine Hand frei. Er dreht den Arm und rotiert das Schultergelenk in der Pfanne, um die Steifheit von endlosen Stunden erzwungener Bewegungslosigkeit loszuwerden.

Leise Geräusche lenken seine Aufmerksamkeit zur Decke und zum Umstand, dass er keine Zeit zu verlieren hat. Er bewegt sich von einer Seite zur anderen, um die Bremsen zu lösen, und schiebt mit einer Hand den Rollstuhl zum Sofa und zu dem Messer im Polster, aber durch die ungleichmäßige Bewegung dreht sich der Stuhl leicht, sodass das Messer außer Reichweite bleibt. Doch kann er sich so weit vorbeugen, dass seine Finger knapp die glatte Stahlklinge berühren. Er grunzt, weil sich die Bänder seiner Schulter schmerzhaft in die Länge ziehen. Ellie kann jede Sekunde zurück sein. Fast schafft er es, stupst in seinem Eifer das Messer aber zu fest an, und es schwingt in die entgegengesetzte Richtung. Sein Mut sinkt. *Komm schon, Steven, das schaffst du.* Mit angehaltenem Atem streckt er sich, so weit er kann. Die scharfe Kante des Klebebands an seinem anderen Handgelenk schneidet in seine Haut; er nutzt den Schmerz, lässt ihn knurrend entweichen. Endlich erreicht er mit den Fingerspitzen den Griff, der noch warm ist von Ellies Hand.

Er hat das Messer.

Sofort schneidet er die zweite Fessel los, die ihn immer noch an den Rollstuhl zwingt. In dem Bewusstsein, dass sein Zeitfenster sich jede Sekunde schließen kann, springt er auf, doch sofort rotiert das ganze Zimmer um ihn. Er stützt sich mit der Hand auf der Sofalehne ab und wartet, dass die Erde aufhört, sich zu drehen. Los jetzt, befiehlt er sich. Beweg dich!

Er unterdrückt die Welle der Übelkeit, die in ihm aufsteigen will, und taumelt durch die Eingangshalle zur Küche, achtet aber darauf, nicht zur Galerie zu blicken, wo das Henkersseil baumelt. Als er Licht macht, sieht er, dass der Schlüsselhaken leer ist. Er legt das Messer nieder. Zieht Schubladen auf, sichtet ihren Inhalt. Besteck und nutzloser Kram, die unter seiner wachsenden Frustration leise klirren. Er zuckt zusammen, als die Küchenfliesen das Echo zurückwerfen. Verdammt, er muss vorsichtig sein! Doch er ist schlapp und fahrig von dem, was sie ihm angetan hat. Ein paar tiefe Atemzüge helfen ihm, sich zu stabilisieren. Als er seine Suche wieder aufnimmt, geht er leiser vor. Der Stolz befiehlt ihm hierzubleiben, auf Ellie zu warten und ihr für ihre Grausamkeit eine Lektion zu erteilen. Ein Teil in ihm, der ihm gar nicht ähnlich sieht, will das auch. Aber so ein Mann ist er nicht, er schlägt keine Frauen. Die Angst hat seine Prioritäten neu geordnet, mit der Vergeltung kann er warten, bis er wieder in der Stadt ist. Er muss weg von hier, so weit weg, wie es geht, er muss dieses Haus und ihre bizarre Scharade hinter sich lassen. Also muss er unbedingt den verdammten Autoschlüssel finden!

Einen anderen Ausweg gibt es nicht, ohne den Schlüssel sitzt er im Haus mit einer Harpyie fest, die seinen Tod will. Selbst wenn er sich seinen Mantel schnappen und sofort abhauen würde: Wie weit käme er bei diesem Wetter? Wie weit entfernt ist die Hauptstraße und von dort aus die nächste Stadt? Auf der Fahrt hierher hat er kaum andere Autos gesehen und erinnert sich auch nicht an Lichter von irgendwelchen Häusern. Bei ihrem Spaziergang waren nirgendwo Nachbargrundstücke in Sicht. Durchs Fenster sieht man nur eine verschwommene Fläche aus Schwarz und Weiß, bis sich plötzlich kupferfarbene Locken darin spiegeln, die gar nicht da sein dürften. Er wirbelt herum und sieht eine sehr reale Ellie im Türrahmen. Ihr Blick huscht zu dem Messer, das auf der Kücheninsel zwischen ihnen liegt.

Damit könnte er sie zwingen, ihm zu verraten, wo der Autoschlüssel ist. Beide stehen da, zum Sprung bereit, und warten gespannt, ob sich der andere zuerst bewegt. Er ist näher am Messer, kann es also vor ihr erreichen. Ein Zucken von ihr löst einen Reflex in ihm aus. Er stürzt nach vorn und schlägt seine Hand aufs Messer, da wird es stockdunkel. Ellie hat das Licht ausgemacht.

Seine Augen gewöhnen sich schnell an die Dunkelheit, als sich schwarze Formen aus den Schatten lösen. Hass und Adrenalin durchströmen ihn. Er setzt sich in Bewegung, jagt ihr nach, weicht Schrankecken und Türrahmen aus, bevor er ihr die Treppe hinauf nachstürzt. Mit einem Satz packt er ihren Fußknöchel und reißt sie aus dem Gleichgewicht. Als er hört, wie ihr Kopf gegen eine Stufe schlägt, breitet sich Wärme in seiner Brust aus. Während er sie am Bein zu sich zieht, schrammen ihr Rücken und ihre Gliedmaßen über das Holz. Er richtet sich auf, sodass sie unter ihm liegt.

»Lass mich los!« Sie wehrt sich mit Armen und Beinen und schlägt ihm unkontrolliert das Messer aus der Hand. Ihre Angst riecht süß und würzig an ihrer Kehle. Er spürt ihre dünnen Armknochen an seiner Brust, die Spitzen ihrer Hüftknochen, die zarten Sicheln ihrer Rippen: ein Angebot schrecklich zerbrechlicher Knochen. Im Dämmerlicht sieht er den silbernen Anhänger blinken. Er schlingt die Kette um seine Finger, reißt sie ihr vom Hals und schleudert sie weg. Sie beißt die Zähne zusammen, ergibt sich aber nicht. Aber er will ihr nicht nur wehtun, er will sie bestrafen. Also packt er ihre Haare und zieht fest daran, bis sie endlich einen befriedigenden Schrei ausstößt.

»Wo ist der Autoschlüssel?«, knurrt er und klingt mehr wie ein Tier und nicht wie ein Mensch.

»Fick dich doch!«, spuckt sie aus, was einen archaischen

Drang in ihm weckt, den er bislang noch nie verspürt hat. Er muss sie brechen. Noch bevor sie verstummt ist, packt er ihre Haare noch fester und knallt ihren Kopf gegen die Stufe.

»Der Schlüssel, Ellie.«

»Vergiss es!« stößt sie trotzig hervor. Ihr nach Bourbon riechender Atem ist viel zu warm auf seinem Gesicht. Bevor er weiß, wie ihm geschieht, küsst er sie, hart, presst seinen Mund auf ihren. Er drückt sich an sie, umfasst grob ihren Busen und kneift ihr so fest in die Brustwarze, dass sie aufschreit. Er verlagert sein Gewicht, lässt ihre Brust los, taucht mit der Hand unter ihren Pulli, in ihre Leggings und greift zwischen ihre Beine. Als seine Finger das Gummi ihres Schlüpfers berühren, spürt er, wie sie sich anspannt.

»Tu doch nicht so, als wolltest du das nicht!«

Ihre Antwort trifft ihn wie ein Stromstoß, der glühend durch seinen Körper zuckt. Er krümmt sich zusammen, doch das sengende Feuer lässt seinen Puls hochschießen und schmilzt alle Gedanken in seinem Kopf, bis nur noch der Schmerz bleibt, der jede Faser seines Körpers durchdringt. Obwohl ihm die Qual ein Loch in die Brust brennt und seinen Unterleib versengt, merkt er undeutlich, dass Ellie sich unter ihm wegwindet und die Treppe hinaufrennt und die scharfen Kanten der Stufen sich nun in seinen Oberkörper drücken. Durch einen Schleier aus Tränen sieht er nur noch ihre Füße nach oben verschwinden, während er in Embryostellung, die Hände auf seinen Eiern, zuckend die Wellen des Schmerzes durchsteht. Eine weitere Demütigung, für die sie büßen wird.

Doch erst mal bleibt ihm nichts anderes übrig, als in der Dunkelheit durch den Schmerz zu atmen, bis die Wellen nachlassen und er wieder zusammenhängende Gedanken bilden kann. Miststück! Er greift nach dem Messer, müht sich auf und humpelt die Treppe hoch. Langsam, denn mit jedem Schritt meldet sich der Schmerz zurück. Auch das verzeichnet er auf der Liste ihrer Grausamkeiten und nutzt es für seine Ideen, was er ihr antun wird, wenn er sie erst mal geschnappt hat.

Auf dem oberen Treppenabsatz hält er inne. Was ist, wenn sie den Autoschlüssel längst hat? Wenn er ihn nicht finden konnte, weil sie ihn die ganze Zeit hatte? Dann könnte sie sich wieder runterschleichen, während er seine Zeit damit verschwendet, sie oben zu suchen. Was ist, wenn sie vor ihm zum Wagen kommt? Sie hat ihn in eine Falle gelockt, aber er darf sie nicht fliehen lassen. Wenn sie ohne ihn fährt ... was sie alles lostreten wird ... Ihre Prophezeiungen strömen auf ihn ein und erfüllen ihn mit solcher Angst, dass das Undenkbare als einzige Lösung erscheint. Er weiß, was er tun muss.

# 58 STEVEN

Draußen empfängt ihn gruselige Stille. Der Mond scheint durch einen dünnen Wolkenschleier und erfüllt die Nacht mit violettem Licht. Das Schlimmste des Sturms ist überstanden, doch zwischen einzelnen scharfen Windböen ist die Bedrohung noch spürbar. Nur das Knirschen seiner Schuhe auf dem dichten Schnee unterbricht die Stille.

Geschützt unter einer dicken Schicht Goretex starrt Steven auf sein in die Höhe gehaltenes Handy und betet um die zwei Balken, die er noch zwei Tage zuvor im Wagen hatte – selbst einer würde reichen. Doch vergeblich: Wo er auch steht und in welchem Winkel er das Handy auch hält: kein Empfang. Kein Autoschlüssel. Keine Hoffnung auf Entkommen, und im Haus eine Irre, die wild entschlossen ist, seinen Ruf und seine Karriere zu vernichten oder, schlimmer noch, ihn zu zwingen ... Noch einmal reckt er sein Handy in die Höhe und dreht es hin und her. Groll staut sich in seiner Kehle, und mit einem Mal schleudert er laut knurrend das Handy von sich. Das verschafft ihm ein, zwei Sekunden Befriedigung, doch dann kommt er wieder zur Vernunft.

Mist. Hastig stapft er zu der Stelle, wo das schwarze Rechteck im Schnee versunken ist. Er hebt es auf und wischt es mit seinem Pullover ab: Auf gar keinen Fall darf seine einzige Verbindung zur Außenwelt schlappmachen. Sobald es hell wird, wird er zur Hauptstraße laufen und eine Stelle suchen, wo er Empfang hat. Oder er wird ein vorbeifahrendes Auto anhalten und die Polizei holen, den Sheriff, die verfluchte Kavallerie, egal wen, um diesem Wahnsinn ein Ende zu machen. Bis dahin bleibt ihm nur eine Möglichkeit.

Bei jedem Atemzug brennt die eiskalte Luft in seiner Nase und Kehle, beißt in seine Wangen. *»Ich frage mich, wie lange man ohne entsprechende Kleidung in diesem Wetter überleben könnte.«* So waren ihre Worte, als sie unter einer Decke auf dem Boden des Wohnzimmers lagen, in einem anderen Leben. Einem Scheinleben. Die Antwort lautet: nicht lange, jedenfalls nicht er. Als er das Handy wieder in die Tasche steckt, spürt er die beruhigende Form des Haustürschlüssels und macht sich daran, was getan werden muss.

Er wirft nicht einen einzigen Blick zum Haus zurück, aus Angst, eine Gestalt in einem der oberen Fenster zu sehen, aber die falsche, die unmögliche, eine, die am anderen Ende des Landes unter der Erde liegen sollte. Andererseits: die Reflexion im Küchenfenster, die unverkennbaren kupferfarbenen Locken ... Er schüttelt die absurde Vorstellung ab. An ein Leben nach dem Tod glaubt er nicht: Wenn man tot ist, war's das, also muss man alles rausholen, solange man lebt. Was er zu sehen glaubte, war nur eine Projektion seines Unterbewusstseins, weil sein Gehirn Ellies Enthüllungen verarbeiten und gleichzeitig die Drogen abbauen musste, die sie ihm verabreicht hatte. Zufrieden mit dieser Erklärung, weigert er sich, einen Blick zurückzuwerfen. Vor ihm erstreckt sich schwarz und unergründlich der Wald. Zwar hofft er, irgendwo ein Licht zu sehen, als Zeichen, dass Hilfe nahe ist. Doch nichts. Er ist vollkommen allein. Fröstelnd lässt er die Schultern sinken und stapft weiter zur Garage.

Vor dem Tor türmt sich der Schnee, sodass er Mühe hat, es aufzuziehen. Wie sehr er auch kämpft, es bewegt sich nur wenige Zentimeter. Die Muskeln in seinen Armen brennen. Das Tor öffnet sich einen weiteren Zentimeter. Er wirbelt herum, weil ihn plötzlich die Angst befällt, Ellie würde sich an ihn heranschleichen. Aber da ist niemand. Jetzt blickt er doch zu den Fenstern, auf der Suche nach ihrer Gestalt oder irgendeinem Hinweis. Nein, Zeitverschwendung! Er zwängt seine Schulter in die Öffnung, rammt sein ganzes Gewicht, seine ganze Wut gegen das Tor und schiebt es weit genug auf, um hindurchzuschlüpfen. Die Kurven des Lexus heben sich von der Dunkelheit ab, denn das Perlmuttgrau fängt alles ein, was es hier an Licht gibt. Mit seinen behandschuhten Fingern fährt er über den Kotflügel auf der Fahrerseite. In Manhattan mit dem schrecklichen Verkehr in der Innenstadt und dem guten U-Bahn-System ist ein Wagen ein unnötiger Luxus, doch als er den SUV im Schaufenster eines Autohändlers sah, war es um ihn geschehen. Jetzt starrt er auf die beigen Ledersitze und denkt an seine Beziehung mit Ellie, daran, wie sie darin vor Ellies Wohnhaus saßen und rumknutschten wie Teenager. Er hatte sich zehn Jahre jünger gefühlt. Doch er muss der Tatsache ins Auge blicken, dass alle Erinnerungen an sie und ihre Beziehung Illusionen sind. Stattdessen stellt er sich vor, wie sie auf den Fahrersitz steigt, die Tasche mit dem belastenden Material auf den Beifahrersitz stellt und losfährt.

Ihm fällt etwas auf dem Armaturenbrett ins Auge: Der Origamikranich, den sie aus ihrer Tankquittung gebastelt hat, scheint ihn zu verspotten. All die Zeichen, die er nicht gesehen oder, schlimmer noch, ignoriert hat. Zum Beispiel hätte er merken sollen, dass sie nicht zum ersten Mal hier war. *Das große Schlafzimmer ist oben rechts von der Treppe.* Sie wusste auch sofort, dass man am Schloss der Haustür ruckeln musste und wo sich die Becher und Servietten befanden. Andererseits hatte er zu dem Zeitpunkt keinen Grund gehabt, ihr zu misstrauen.

Jetzt müsste er ein Auto kurzschließen können, aber das kann er eben nicht. Also sticht er immer wieder mit dem Messer in den Vorderreifen. Während dort zischend Luft entweicht, nimmt er sich auch den anderen Reifen vor. Zwar sabotiert er damit sein einziges Mittel zur Flucht, aber er verhindert auch, dass Ellie ihre Drohung umsetzen kann. Jetzt sitzt sie hier genauso fest wie er. *Erledigt*, was auch immer geschieht, bis ... Er erlaubt sich nicht weiterzudenken. Jetzt ist ihm nur noch ein einziger Ort geblieben, wohin er gehen kann.

Zu seiner Überraschung jedoch richtet sich sein Blick auf den dunklen Tunnel der Zufahrt. Ohne darüber nachzudenken, stapft er plötzlich über den verschneiten Weg, der vom Haus wegführt. Er kann dem Lockruf der Hauptstraße mit der Möglichkeit zur Flucht einfach nicht widerstehen. Nach ein paar Minuten in bitterer Kälte und vollkommener Dunkelheit kriecht ihm ein Gefühl der Verlassenheit durch die Schichten seiner Kleider und dringt bis in sein Innerstes vor. So einsam hat er sich nicht mehr gefühlt, seit er sechs Jahre alt war.

Seine Eltern waren mit ihm nach Disneyland in Kalifornien geflogen, nachdem er monatelang gebettelt hatte. Seine Mutter hatte ziemlich schnell zugestimmt; viel länger hingegen hatte es gedauert, bis sein Vater voll Widerwillen und Groll nachgab, und diese Gefühle begleiteten ihn auch den gesamten Aufenthalt in jener gottverfluchten Stadt namens Los Angeles. Steven war hin- und hergerissen gewesen zwischen dem Wunsch, seinem Vater zu gefallen, und der Sehnsucht, den magischen Ort zu sehen, von dem sein Schulfreund Joseph monatelang in der Pause schwärmte. Doch sein innerer Zwiespalt schwand in der Sekunde, als er die Main Street in Disneyland erreichte und seine Mutter mitzog. Wochenlang hatte er vorher die Karte des Freizeitparks studiert und sich die Wege zu den einzelnen Themenbereichen eingeprägt. Sein erstes Ziel war Frontierland. Doch irgendwann in der Penny Arcade ging seine Begeisterung mit ihm durch, und seine Hand entschlüpfte dem Griff seiner Mutter.

Er weiß nicht mehr, wann er sich umdrehte, um sie etwas zu fragen, und sie nicht mehr da war. Seine Mutter war weg, einfach so. Überwältigende Panik stieg in ihm auf, als er nur noch von Beinen umgeben war. Er stand in einem Wald aus Beinen, Beinen in Bermudashorts, in Röcken und in Hosen mit Bügelfalte. Mit zurückgelegtem Kopf drehte er sich um sich selbst, um seine Mutter zu finden, doch alle Gesichter um ihn herum wirkten in der gleißenden kalifornischen Sonne bleich oder umschattet. Das fröhliche Stimmengewirr und die Musik verwandelten sich in eine misstönende Kakophonie, die die Rufe nach seiner Mutter übertönte, und die Kirmesatmosphäre erschlug ihn.

Dasselbe Gefühl empfindet er jetzt, als er sich durch den tiefen Schnee müht, sich durch den baumgesäumten Weg kämpft, bis sein Fuß auf einmal gegen einen Stein oder einen abgebrochenen Ast stößt und er stürzt. Er stützt sich mit den Händen ab, versinkt tief im Schnee und spürt, wie sich feuchte Kälte in den Spalt zwischen den Handschuhen und seiner Jacke schiebt. Das Wetter und der Wald haben sich verschworen, um zu verhindern, dass er von hier flieht und sich so weit wie möglich von Ellie entfernt. Vor ihm liegt der undurchdringliche Tunnel, der ihm den Zugang zur Hauptstraße versperrt. Der eisige Wind peitscht sein Gesicht und brennt so beißend in seinen Augen, dass die Hoffnung auf Entkommen hinter einem Schleier aus Tränen verschwindet. Mühsam rappelt er sich wieder auf. Die

Kälte hat jede einzelne Faser seines Körpers und seines Geistes durchdrungen. Er kann an nichts anderes mehr denken als an diese Kälte. Als seine Zähne anfangen, gegen seinen Willen zu klappern, ist er gezwungen umzukehren.

# 59 STEVEN

In der dunklen Eingangshalle begrüßt ihn das Henkersseil zurück in der Hölle. Aber jetzt ist er frei, und nicht nur sein Hals könnte in dieser Schlinge enden. Er beginnt in der Halle, macht das Licht an und vertreibt damit Dunkelheit und Schatten, wo sie sich verstecken könnte. Ein kurzer Blick in die Küche erweist sich als ergebnislos. Danach späht er durch die Doppeltür zum Wohnzimmer, um zu prüfen, ob sie sich mit einem weiteren Messer im Schutz des Bücherregals versteckt. Er schmeckt seine Angst, sie ist metallisch, als hätte er eine Münze auf seiner Zunge. Im Wohnzimmer droht keine Gefahr. Der leere Rollstuhl steht immer noch da, die Klebebänder, die ihn stundenlang gefesselt haben, hängen schlaff von den Armlehnen und Fußstützen. Als er den Stuhl aus dem Weg kickt, kippt der auf die Seite und schlittert über den Boden, bis er ans Fenster kracht. Bourbon aus einer Flasche vom Servierwagen spült ihm den metallischen Geschmack aus dem Mund. Hier auch keine Spur von ihr.

Er verlässt das Erdgeschoss und geht mit dem Rücken am Geländer die Treppe hinauf. Oben macht er Licht und verrät damit seine Anwesenheit. Zuerst das Arbeitszimmer: Die Tür schwingt auf und knallt gegen die Wand. Der dumpfe Schlag der Klinke gegen den Gips zeigt ihm, dass sie nicht dahinter steht und mit einem Messer, einer Vase, einer Skulptur oder irgendeinem stumpfen Gegenstand darauf wartet, ihm so fest den Schädel einzuschlagen, dass Blut spritzt. Bei der Vorstellung hat er sofort wieder den metallischen Geschmack im

Mund. Mit einem Mal bietet das Haus unzählige Verstecke hinter Türen, unter Möbeln, zwischen Vorhängen, so als stünde es auf Ellies Seite und würde sie vor ihm abschirmen.

Als Nächstes kommt das Gästezimmer, unberührtes Terrain mit jungfräulich frischer Bettwäsche in Beige und Hellbraun, doch ohne jede Spur von Ellie. Für seinen Blutdruck ist das gar nicht gut. Mit jedem überprüften Zimmer schwinden die Möglichkeiten, wo sie sich verstecken könnte. Das große Bad erstrahlt, als er den Lichtschalter betätigt, und ist eine Oase aus blendendem Weiß, inklusive der Handtücher, in der nur der Geruch nach abgestandenem Zigarettenrauch stört. Immer noch keine Spur von Ellie: Sie versteckt sich auch nicht in der riesigen Badewanne.

Jetzt bleibt nur noch ein Raum. Er betritt die Zeitkapsel des großen Schlafzimmers. Der Duft nach Vanille und Jasmin hat ihn nicht bis hierher verfolgt. Stattdessen riecht es nach dem leichten, blumigen Aroma von Ellies Parfüm und Bodylotion. Auf dem gemachten Bett liegt provozierend der nachlässig gefaltete Schlafanzug. Er fühlt sich betrogen, weil er sich die Mühe gemacht hat, ihn für sie zu besorgen, obwohl er von Anfang an nur dazu gedacht war, ihn zu täuschen. Am Kopfende lehnt das Kissen, auf dem sie erst in der Nacht zuvor seinen Namen seufzte, und dabei glühte ihr erhitztes Gesicht, während er sich über ihr bewegte. Am bezauberndsten war sie immer in jenen Momenten der Hingabe, wenn ihre Lider sekundenlang flatterten und ihr Blick sich vor Lust trübte. Aber letzte Nacht gehört nun zu einem anderen Leben, einer anderen Wirklichkeit, als er noch ein Mädchen liebte, das es nie wirklich gab. Ihr Gesicht, ihre offenen Arme, selbst ihre Höhepunkte waren alles nur Fäden in einem Netz, das sie wob, um ihn zu fangen. Das Mädchen hingegen, das er an diesem Abend kennengelernt hat, hasst ihn für etwas, was er nicht mal getan hat. Er hat Wendy nicht getötet. Er hatte nichts damit zu tun.

Ein Druck auf den Lichtschalter bestätigt ihm, dass auch das angrenzende Bad leer ist. Als er sich genauer im Schlafzimmer umschaut, fällt ihm etwas ins Auge, was ihm zuvor entgangen war, irgendwas ist anders, so wie bei einem Bilderrätsel à la »Finde die Unterschiede« in der Zeitung, doch kommt er zuerst nicht darauf. Plötzlich erkennt er: Der begehbare Schrank! Er starrt auf die Tür, die einen Spaltbreit offen steht. Hat er die so gelassen, als er zum Abendessen nach unten ging? Oder ist das eine Warnung, dass er sich in einen Raum gewagt hat, in dem ihm jemand an die Kehle will?

Er schleicht zu der Tür, zieht sie langsam auf und überlegt, auf welcher Seite der Lichtschalter ist. Reglos starrt er in die Dunkelheit, kann aber nicht weiter sehen als bis zu den Kleidern auf den ersten Bügeln. Das Licht aus dem Schlafzimmer spiegelt sich trüb auf dem Plastik der Kleiderhüllen, die die Vermieter zur Verfügung gestellt haben. Dahinter verschmilzt der Inhalt des Schranks mit der undurchdringlichen Dunkelheit, in der sich seine durchgeknallte Freundin problemlos verstecken könnte. Sofort spielen sich vor seinem inneren Auge wilde Szenarien ab, die alle damit enden, dass er blutend auf dem cremefarbenen Teppich liegt. Auf dem Schrankboden steht ihre kleine Reisetasche, aus ihrer klaffenden Öffnung quillt der zarte Spitzenträger eines ihrer BHs. Sie ist so chaotisch, dass all ihre Taschen immer überquellen von nutzlosem Kram, den sie mit sich herumschleppt. Der nächste Gedanke trifft ihn wie ein Stromstoß: Was, wenn sie eine Schusswaffe hat? Nein, das ist albern: Hätte sie eine Waffe, hätte sie ihn damit eingeschüchtert, als er noch an den Rollstuhl gefesselt war. *Es sei denn* ... Es sei denn, sie hat sie sich aufgespart, als eine

Art Schachtelteufel. Nein, er macht sich lächerlich. Die Angst vernebelt seinen Verstand, und auch dafür hasst er sie.

Aus dem Augenwinkel sieht er den Lichtschalter und schlägt darauf wie auf eine Mücke im Sommer. Stotternd erwacht das Neonlicht zum Leben und bietet ihm ein paar Sekunden lang nur kurze Schnappschüsse vom Inneren des Schranks. Aber er ist leer. Als er hineingeht, sieht er auf der rechten Seite Ellies Kleider, die dort hängen wie Körperhüllen, die gefüllt werden wollen. Das flache Flanellhemd, die schlaffe rosa Strickjacke führen ihm deutlich vor Augen, dass sie nicht da ist. Ihr Duft, der aus den Kleidern strömt, überwältigt ihn. Sie ist ein Geist, der ihn in die Geisterwelt entführen will. Auf einmal sticht er auf das Hemd ein, so heftig, dass der Stoff reißt und Knöpfe fliegen. Wieder und wieder jagt er das Messer durch ihre Kleider. Dann sinkt er auf die Knie und nimmt sich ihre Tasche vor.

Die Erinnerungen an all das, was in den letzten zwölf Stunden passiert ist, treiben ihn dazu, das Messer immer wieder in die Tasche zu stoßen, während sich diese Erinnerungen in seinem Magen ausbreiten, über seine Organe nach oben klettern und sich in seiner Kehle und zwischen seinen Schulterblättern stauen. Sie tauchen ihn in eine Flut aus Emotionen: als sie ihn in die Eingangshalle rollte und ihm zum ersten Mal das Henkersseil zeigte, als ihm bei diesem Anblick das Blut in den Adern gefror, als er entdeckte, dass die Frau, die ihn angeblich liebte, ihn so hasste, dass sie ihn umbringen wollte.

Mit einem Mal steigt der Druck der Emotionen derart in ihm an, dass er in Tränen ausbricht, so einsam und verlassen fühlt er sich. Unaufhörlich strömen ihm Tränen über die Wangen, während er wie manisch ihre Tasche zerfetzt. Ellie hat ihn gezwungen, sich zum ersten Mal in seinem Leben seiner Sterblichkeit zu stellen. Sie schmeckt salzig auf seinen Lippen.

Dabei ist das doch nur nervöse Energie. Er will nicht sterben, nicht heute und niemals. Er kann sich die ewige Dunkelheit nicht mal vorstellen: Allein der Gedanke, nicht mehr zu existieren, erfüllt ihn mit blankem Entsetzen. Genau wie bei einer Operation, wo einen die Narkose in das Vakuum absoluter Zeitlosigkeit katapultiert. In der Schrankkammer schluchzt er ohne Hemmungen und ohne Scham so heftig, dass ihm der Schnodder aus der Nase läuft.

Als die Flut aus Gefühlen schließlich verebbt, fühlt er sich ausgelaugt, sein Arm tut weh, und sein Nacken ist steif. Er muss sich sammeln und einen klaren Kopf bekommen. Wenn er erst mal die Drogen los ist, die sie ihm eingeflößt hat, wird er zu allem eine Lösung finden: zu Ellie, wie er hier wegkommt, wie er sein Leben zurückkriegt und wie er verhindert, dass sie seinen Ruf zerstört.

Doch bevor er irgendwas anderes tut, zieht er einen Stuhl zur Tür, klemmt die Lehne unter die Klinke und verbarrikadiert sich so im Zimmer. Mit dem Messer in der Hand schleppt er sich zum Bett. Obwohl er hier nur bedingt sicher ist – geschützt lediglich von Holz und Polster unter einer Türklinke –, tröstet ihn die Vorstellung, dass er allein ist und Ellie/Verity in diesem Haus genauso festsitzt wie er.

# TAG DREI

*Der Kluge hat eine Waffe*
*und verriegelt die Tür.*
*Doch übersieht er*
*den mächtigeren Geist*
*in seiner unmittelbaren Nähe.*

Emily Dickinson

# 60 STEVEN

Er stützt sich mit beiden Händen am Waschbecken ab und taucht sein Gesicht in das eisige Wasser. Die Kälte fegt den Drogennebel aus seinem Hirn und jagt einen Schauer über seinen angespannten Nacken. Das muss erst einmal reichen. Sein Körper sehnt sich nach der heilenden Kraft einer Dusche, doch will er sich hier auf keinen Fall noch einmal in eine angreifbare Position bringen.

Nachdem er sich im großen Schlafzimmer eingeschlossen hatte, sank sein Adrenalinpegel, und Erschöpfung machte sich ihn ihm breit, doch konnte er nicht schlafen. Zwar schloss er die Augen, fand aber keine Ruhe. Ständig hatte er Ellies Stimme im Ohr, die ihm weiterhin ihre bösartigen Vorwürfe einflüsterte. Gleichzeitig sah er hinter seinen geschlossenen Lidern Gesichter, die ihn mit Entsetzen und Ekel anstarrten: die Gesichter von Schuhmacher und von Eltern seiner Schüler, die von Kollegen, doch am deutlichsten das Gesicht seines Vaters, verzerrt vor Enttäuschung und Verachtung. Unruhig wälzte er sich im Bett hin und her und befahl sich, nicht albern zu sein: Niemand würde ihr glauben, denn sein Ruf und seine makellose Karriere sprächen für sich selbst. Doch wann immer der Einwand »Und wenn doch« sich meldete, brachen die Zweifel in einer Welle der Übelkeit wieder über ihn herein. Obwohl er mehrere Stunden im Bett lag, stand er erschöpfter und schwerfälliger wieder auf, so als wären ihre Worte in ihm versteinert.

Jetzt taucht er erneut seinen Kopf in kaltes Wasser und ertränkt damit die giftigen Gedanken, die sie ihm eingeflößt hat.

Mit einem nassen Waschlappen reibt er sich Reste des Klebebands von den Handgelenken, bis seine Haut feuerrot ist. Langsam kommt er wieder bei sich an. Er erinnert sich daran, wer er ist: jemand, der Kontrolle über sich hat und seine Zukunft zurückfordert. Der entschieden sein Leben in die Hand nimmt. Er wird sich ihr nicht ergeben, selbst wenn sie redet: Dann steht eben sein Wort gegen ihres. A.s Fotos beweisen gar nichts. Das von W. ist retuschiert, ein erbärmlicher Versuch, ihm etwas anzuhängen. Er besitzt die Achtung und das Vertrauen der akademischen Gemeinschaft; sie hingegen ist nur eine Studentin, eine verschmähte Freundin, die sich rächen will. Er weiß, wie er die richtigen Worte findet, um eine schlüssige Geschichte zu erzählen. Man wird *ihm* glauben und nicht ihr.

Mit tropfenden Haaren steht er am Fenster und umklammert ein weiches Handtuch. Die Scheibe reflektiert ihn in seiner ganzen Größe. Er weiß wieder, wer er ist. Dies sind die Finger, die Tausende von Aufsätzen benotet, die viele von der Kritik gefeierte Essays getippt haben. Dies sind die Hände, die die Hand des Dekans der Columbia geschüttelt, das Gesicht seiner perfekten Freundin umfasst, nach dem Erfolg gegriffen haben. Fast hätte er in diesem Haus alles verloren. Sie hat seine Zukunft zu Staub zermahlen, der ihm durch die Finger rinnen sollte, doch sie hat nicht mit seinem festen Griff gerechnet, mit seiner Weigerung loszulassen. Sie musste ihn erst unter Drogen setzen und fesseln, um ihn zu überwältigen, doch jetzt hat er sich von ihren Fesseln befreit. Als er sich das Gesicht abtrocknet, schabt der Stoff leicht stockend über seinen Dreitagebart. Er setzt sich mit Blick zur Tür in einen Sessel, stützt das Kinn auf die Hand und wartet; die Stoppeln kratzen leise an seinen Fingern, wie ein schwaches Echo vom knackenden Feuer unten. Er fragt sich, ob es schon erloschen ist.

*Wendy.* Mit einem Mal dringt ihr Name in sein Bewusstsein. All dies hier geschieht wegen ihr, wegen eines Fehltritts vor fast acht Jahren: der Flügelschlag eines Schmetterlings, der in den letzten vierundzwanzig Stunden fast sein Leben ruiniert hätte. Er hatte keine Ahnung, dass Wendy so ein Mädchen war, dessen Anbetung sich in nackte Verzweiflung verwandeln würde, nachdem er Schluss gemacht hatte. Er hielt sie für so willensstark wie Jane Eyre, doch sie erwies sich als schwach. Als er in dem verdammten Rollstuhl festsaß, hatte Ellie ihm die entscheidende Frage gestellt:

*Bist du hingegangen? Bist du ihrer Bitte gefolgt und hast dich mit ihr getroffen?*

Er erinnert sich. Er erinnert sich an alle.

Der Brief wartete auf dem Boden seiner Wohnung auf ihn. Er hätte ihn übersehen, hätte er nicht das knisternde Papier unter seinem Fuß gespürt statt des weichen Teppichs. Die steile Schrift und sein doppelt unterstrichener Name sagten ihm, dass er einen Drink brauchte, bevor er das las, was auf dem dicken, edlen Papier stehen mochte. Mit einem doppelten Bourbon in der Hand ließ er sich aufs Sofa fallen und öffnete den Umschlag erst, nachdem er einen Schluck getrunken hatte.

Als er ihre Worte las, hörte er ihre Stimme in seinem Kopf. Die wirren, gekünstelt leidenschaftlichen Formulierungen, die Bitten, Forderungen, Drohungen, das ganze Drama nervte ihn, schon bevor er sein Glas geleert hatte. Er stand auf, um sich nachzuschenken. Wieso klammerten sie sich ständig an etwas, was ein für alle Mal vorbei war? Sie hatten noch ihr ganzes Leben vor sich und wollten doch nicht die Vergangenheit loslassen. Dabei verdarben sie damit nur die schönen Erinnerungen, so wie ein großartiger Gedanke in einem Aufsatz von einem Autor ruiniert wurde, der einfach nicht wusste, wann man aufhören musste, und der mit einem einzigen Satz die vorangegangene Schönheit null und nichtig machte. Ein kurzer Blick auf die Uhr verriet ihm, dass Sloane in nicht mal einer Stunde kommen würde. Allein ihr Name reichte, um den Rhythmus seines Herzens zu beruhigen. Allein ihr Name zeigte schon ihre Raffinesse, die Mädchen wie Wendy einfach fehlte. Mit Sloane konnte er bei einer Flasche Wein kluge Gespräche über Kunst und Zeitgeschehen führen und Restaurants und Ausstellungen besuchen. Sie hatte ihm auch von der Stelle an einer exklusiven Privatschule in Manhattan erzählt, auf die ihr jüngerer Bruder ging. Also war es vielleicht Zeit, wieder an die Ostküste zu ziehen. Durch seinen Fortgang wurde es für die Mädchen immer leichter, ihn zu vergessen.

Er hasste sich dafür, dass er ihrer flehentlichen Bitte gefolgt und zur Klippe gekommen war. Zuerst hatte er das nicht gewollt, doch ihre Worte hatten die ganze Nacht in seinem Kopf herumgespukt. Erst nach drei Gläsern Bourbon hatte er ihre Stimme nicht mehr gehört und konnte einschlafen. Doch vielleicht würde er ihr damit helfen, einen Abschluss zu finden, und ihr einen Rat mit auf den Weg geben können, wie sie ihr Leben wieder aufnehmen konnte – und ihn in Ruhe ließ.

»Steven!« Sie rief seinen Namen wie ein freudiges Versprechen. Er hätte nicht kommen sollen.

»Hallo«, sagte er betont gleichmütig, verschränkte die Hände hinter dem Rücken und richtete seine Bewegungen, seinen Tonfall, jedes einzelne Wort darauf aus, nur keinen falschen Eindruck über seine Absichten zu vermitteln.

»Ich war mir nicht sicher, ob du kommen würdest. Gehofft

hatte ich es, aber ...« Sie trat einen Schritt auf ihn zu, um die Distanz zwischen ihnen zu verringern, aber er wich zurück.

»Wendy«, sagte er und versuchte mit seinem Tonfall, eine Barriere zwischen ihnen zu errichten. Er zog ihren Namen in die Länge, um anzuzeigen, dass er genervt war und sie so nicht weitermachen konnten.

Daraufhin ließ sie ihre nackten Schultern sinken. Ein Windstoß vom Meer drückte den aufreizend dünnen Stoff ihres Tops gegen ihre Brüste. Als sie zitterte, musste er unwillkürlich an ihre Nachmittage und Wochenenden im Bett denken – wie er mit den Fingern die dünnen Träger über die Klippen ihrer Schultern gestreift und ihre Brüste freigelegt hatte, die auf seine Lippen warteten. Er hatte den Verdacht, dass sie bewusst dieses Top angezogen hatte, doch als er ihr ins Gesicht schaute, sah er nicht die Anbetung in ihrem Blick, die er mittlerweile gewohnt war, sondern reine Verzweiflung. Er erschrak bis ins Mark. Das Prickeln in seinem Nacken warnte ihn, sofort zu gehen, in seinen Wagen zu steigen und ein für alle Mal zu verschwinden.

»Ich versteh's einfach nicht. Es war doch alles gut. Habe ich was falsch gemacht?« Die Tränen in ihren Augen waren ein weiteres Warnsignal, dass er flüchten sollte.

Er schaute sich kurz um, dann ging er ein kalkuliertes Risiko ein und strich ihr über die Arme, bis ein hoffnungsvolles Lächeln ihre Lippen umspielte.

»Wir hatten eine wunderschöne Zeit miteinander, die aber irgendwann vorbei war. Du solltest nicht traurig sein, dass sie geendet hat, sondern dich freuen, sie erlebt zu haben«, sagte er genau so, wie er es vorher im Wagen geübt hatte. Blieb nur zu hoffen, dass das die gewünschte Wirkung hatte!

»Aber warum muss es denn enden?«

»Alles hat ein Ende.«

»Ich glaube, du hast es vergessen«, sagte sie so leise, dass er nicht sicher war, ob das wirklich an ihn gerichtet war.

Darauf antwortete er nicht. Er war ihr so nahe, dass er sich langsam im vertrauten Duft ihres Parfüms verlor, einer Mischung aus Jasmin und Vanille, nach der bis vor Kurzem seine Laken gerochen hatten.

»Als du zu Weihnachten weg warst. Da hast du vergessen, wie gut wir zusammen waren, wie glücklich wir uns machen konnten ...« Sie griff nach dem Stoff seines Hemdes und zog ihn langsam zu sich. Sein Widerstand schmolz, als sie ihre Lippen auf seine drückte, unwillkürlich teilten sich seine, als er ihre Zunge spürte. Seine Schwäche verhärtete sich, als sie mit ihrem Kuss die Tür öffnete, die er zugedrückt hatte. Doch als sie sich immer heftiger küssten, wurde sie plötzlich anders. Ihre Lippen pressten sich dünn und hart gegen seine, ihre Finger krallten sich in sein Hemd, und der Druck erstickte jegliches Verlangen nach ihr. Er packte ihre Handgelenke und befreite sich aus der verzweifelten Umklammerung. »Hör auf. Bitte.«

»Ich will dich nur daran erinnern ...«

Ihre Hand, die sich seinem Gesicht näherte, stieß ihn ab: der abgeplatzte Nagellack, die gitterstabähnlichen knochigen Finger, mit denen sie ihn festhalten wollte. Ihre Jammerei zerrte an seinen Nerven. War sie schon immer so erbärmlich gewesen?

»Herrgott, Wendy, lass es einfach!« Er wich ihr aus und ging auf den Parkplatz zu, seinen Wagen, seine Zukunft.

»Steven ...« Sein Name erstarb auf ihren Lippen, als sie in Schluchzen ausbrach. Das Kreischen der Möwen über ihnen versuchte das Donnern der Wellen zu übertönen, die sich am

Fuß der Klippe brachen. In diesem Pandämonium aus Geräuschen setzte ihm am meisten Wendys Heulen zu.

»Will das nicht in deinen Dickschädel: Es ist vorbei!«, rief er und ließ damit auch noch den letzten Rest an Zurückhaltung fahren.

Da sah er, wie Zorn ihr Gesicht verzerrte, wie seine Grausamkeit ihr Selbstwertgefühl zerfraß wie Säure. Hier hätte er Ruhe geben sollen, aber er konnte es nicht, obwohl er genau wusste, dass die Wirkung auf sie verheerend sein und jede der zukünftigen Beziehungen in ihrem Leben beeinträchtigen würde.

»Hast du denn gar keine Selbstachtung? Wenn ich gewusst hätte, dass es hier nur um kindische Bettelei, um emotionale Erpressung gehen würde, wäre ich gar nicht gekommen.«

Vor dieser brutalen Wahrheit wich sie zurück, doch so leicht wollte er sie nicht davonkommen lassen. Sie war der Grund für seinen Frust und Zorn, und wenn sie jetzt die Folgen tragen musste, war das ganz allein ihre Schuld. Sie hätte ihn einfach ziehen lassen sollen. Als er wieder einen Schritt auf sie zuging, wich sie weiter zurück, näher zum Rand der grasbewachsenen Klippe, die zehn Meter tief zum blauen Meer unter ihnen abfiel.

»Das mit uns war ein Fehler«, schob er nach. Jetzt stand er so dicht vor ihr, dass sein Schatten sie überragte.

Sie zuckte zurück: Dieser Schlag war zu hart für ihren zarten Körper. Ihr Fuß strauchelte, und sie kippte nach hinten.

»Gott, sei vorsichtig, sonst fällst du«, rief er und zog sie mit einem Ruck zurück.

Sie stand nur da, mit geschwollenen roten Augen und nassen Wangen, und nagte wortlos an der Innenseite ihrer Wange. Das Mädchen, das ihm so gefallen hatte, sein Darling Jane, war spurlos verschwunden. Er war hier fertig.

»Ende des Schuljahrs ziehe ich sowieso weg«, verkündete er und ließ ihren Arm los.

»Was?«

»Ich ziehe nach New York, also betrachte mich bis dahin bitte nur noch als deinen Lehrer.«

»Steven ...«

»Bitte! Für dich Mr. Harding.«

Das waren die letzten Worte, die er zu ihr gesagt hatte. Wendys Tod ist nicht seine Schuld. Er hat sie festgehalten, als sie ausrutschte. Was auch immer danach kam, war nicht seine Schuld. Ihr Tod war nur ein tragischer Unfall, den niemand hatte vorhersehen können. Schließlich war er für ihr Handeln nicht verantwortlich.

Doch ihr Verhalten an diesem Tag wirkte auf ihn wie ein Katalysator. Als er wieder in seiner Wohnung war, schwor er, sich nie wieder auf so etwas einzulassen. Er rief Sloane an, um ihre Verabredung abzusagen, und schleppte sich unter die Dusche. Den Rest des Abends verbrachte er mit einer Flasche Bourbon. Von da an hielt er sich von Mädchen wie Wendy fern und konzentrierte sich wieder auf seine Karriere. Er ging mit Frauen aus, die seine Freunde ihm vorstellten, die er in Bars oder auf Ausstellungen traf, doch diese Affären dauerten immer nur ein paar Wochen. So blieb es etwa ein Jahr, bis T. mit ihrem dichten Pony über den flehenden Augen in seiner Klasse landete. Sie durchbrach den Schutzwall, den er um sich herum errichtet hatte, und riss ihn mit sich.

Das alles könnte er Ellie erklären. Er sieht schon vor sich, wie er sie findet und sie trotz ihrer wilden Gegenwehr zu dem verdammten Rollstuhl im Wohnzimmer schleppt, um sie dort so zu fesseln wie sie ihn, damit sie ihm endlich zuhört. Er könnte sie dazu bringen, ihn zu verstehen. Eines muss er ihr lassen: Dass sie den Duft nach Jasmin und Vanille versprüht hat, war ein kluger Schachzug von ihr, der ihn verrückt gemacht hat.

Lautes Magenknurren reißt ihn aus seinen Gedanken. Er reibt sich über den Bauch und überlegt, wann er zuletzt was gegessen hat. Dann sieht er die Szene vor sich wie einen Film aus dem Leben eines anderen: beim Dinner mit Ellie, als sie bei gutem Wein und gefüllten Auberginen über die Reise nach Italien sprachen, auf die er sie mitnehmen wollte. Sie spielte mit, obwohl sie wusste, dass es keine Reise geben würde, und fütterte ihn mit Lügen, die von ihrem sanften Lächeln begleitet wurden. Wieder knurrt sein Magen und verkündet damit, dass er keine Ruhe geben wird, bis er etwas kriegt. Trotz allem denkt er an sie nur als Ellie. Der Wecker auf dem Nachttisch verrät ihm, dass es kurz nach drei Uhr morgens ist. Also hat er über vierundzwanzig Stunden lang nichts gegessen. Kein Wunder, dass sein Magen sich beschwert wie ein gereiztes Gör! Angesichts der Zeitspanne wird er nur noch hungriger.

Es ist vielleicht eine ganz schlechte Idee, aber er braucht seine ganze Kraft. Also packt er mit der einen Hand das Messer und entfernt mit der anderen den Stuhl, um die Tür zu öffnen.

# 61 STEVEN

Auf der Schwelle bleibt er stehen und lauscht, ob die Stille ihm einen Hinweis auf Ellies Verbleib gibt. Die kleine Ruhepause hat ihn erfrischt und die letzten Reste der Drogen entfernt, die ihm das Hirn vernebelt haben. Er fühlt sich wieder lebendig und wachsam. Vielleicht sind seine Sinne sogar zu sehr geschärft, denn bei jedem leisen Knacken und jedem unerwarteten Luftzug spannen sich seine Muskeln an.

All die Lampen, die er Stunden zuvor angeschaltet hat, brennen noch. Das Haus ist nach seiner Razzia unverändert. Seltsamerweise fühlt er sich allein. Von dort, wo er steht, kann er bis zur Treppe sehen, doch da ist nichts, nicht mal Schatten, um etwas zu verbergen. Er wippt auf den Fußballen, bis er genug Mut gesammelt hat, um die Zuflucht des Schlafzimmers zu verlassen. Einmal in Bewegung, hält er erst am Fuß der Treppe inne, als er in der Eile gegen ein kleines Hindernis auf einer der unteren Stufen stößt. Etwas Weißes fliegt durch die Luft und knallt gegen den Türrahmen zum Wohnzimmer. Es ist der Becher, den Ellie als Ascher missbraucht hat. Jetzt ist er zerbrochen, und unter ihm breitet sich eine schmutzige Pfütze aus. Irgendwie ist dieser Becher der erste Kollateralschaden in ihrem Krieg gegeneinander. Nein, der zweite. Ganz kurz hat er den Wagen mit den zerschnittenen Reifen vergessen.

Er schleicht weiter und fährt sich mit der Zunge über die Zähne, denn sein Mund ist wie ausgetrocknet. Jeder Schritt könnte sein letzter sein. Worst-Case-Szenarien wirbeln ihm durch den Kopf: Ellie, die sich aus einem Versteck auf ihn stürzt, ihm eine

Spritze in den Hals rammt und die Füße wegtritt, sodass er zu Boden geht. Er eilt durch die Eingangshalle, da hört er irgendwo hinter sich ein scharfes Zischen. Seine Nackenhaare stellen sich auf. *Idiot.* Nur der Wind im Kamin. Als Ellie genau wegen dieses Geräuschs zusammenzuckte und sich an einer Scherbe schnitt, hat er ihr Vorwürfe gemacht.

Er späht ins Wohnzimmer, doch dort ist es still und alles noch so, wie er es verlassen hat. Auch der Rollstuhl liegt noch auf der Seite wie das Gerippe eines verendeten Tiers aus Metall. Der Duft nach Jasmin und Vanille ist verflogen; jetzt riecht er nur noch den Geruch des erloschenen Holzfeuers und den Gestank von Ellies Zigaretten.

In der Küche ist jeder größere Schrank ein potenzielles Versteck für Ellie, in das sie sich verkrochen haben könnte, um ihn anzufallen, wenn er am wenigsten damit rechnet. Oder sie könnte die Schranktür öffnen, wenn er daran vorbeigeht, und ihm die Achillessehnen durchtrennen, sodass er wie eine Marionette mit gekappten Fäden zusammensinken würde. Er sieht es förmlich vor sich, wie er sich über den Boden zieht und eine Blutspur auf den Fliesen hinterlässt, während sie über ihm ragt, bereit, erneut zuzuschlagen.

Mit dem Rücken an die Kücheninsel gepresst, bewegt er sich seitwärts zum Kühlschrank am anderen Ende des Raums und schaut sich dabei ständig um. Er verachtet sich, weil er so ein Theater macht. Aus dem Kühlschrank nimmt er sich ein Stück Käse, den Teller mit dem übrig gebliebenen Bacon und die Dose mit der Butter. Kaum hat er auch Brot, verlässt er die Küche und eilt mit seinen Vorräten auf den Armen zurück Richtung Schlafzimmer, um dort ein improvisiertes Picknick auf dem Teppich zu veranstalten. Dabei vermeidet er es bewusst, zum Henkersseil zu blicken, das von der Galerie herabhängt.

Im Schlafzimmer verschlingt er Sandwichs mit Käse und Bacon, bis ihm das weiche Brot in der Kehle stecken bleibt. Hastig stürzt er ins Bad, um mit Wasser aus dem Hahn den breiigen Klumpen hinunterzuspülen. Als er sich mit dem Handrücken den Mund abwischt, muss er wieder an den kaputten Becher in der Eingangshalle denken, aus dem die schwärzlich-bräunliche Flüssigkeit sickerte, und er fragt sich, ob dieselbe Brühe auch durch Ellies Adern strömt. Obwohl er allein ist, begleitet sie ihn die ganze Zeit: Ihre Zahnbürste teilt sich ein Glas mit seiner, ihre Creme, ihre Seife und ihr Kosmetikbeutel liegen auf dem Waschbecken. Neben sich sieht er ihre Bürste, in der noch Haare von ihr hängen. Es ist unmöglich, sich ihr zu entziehen.

Als er satt ist, zieht es ihn zum Schlafzimmerfenster. Draußen herrscht immer noch Nacht, die Dämmerung lässt auf sich warten. Der Boden schimmert wie ein weißes Laken; während er schlief, muss es erneut geschneit haben, denn seine Fußspuren sind verschwunden, so als wäre er nie nach draußen geflohen. Hier vom Fenster aus wirkt die Schneeschicht tief. Als er vor ein paar Stunden hindurchstapfte, versank er schon bis zu den Waden im Schnee und musste sich mühsam seinem eisigen Griff entziehen, so als wollte er ihn nicht loslassen. Der Wald dahinter ist immer noch ein drohender Wall aus knorrigen Bäumen, der keinerlei Schlüsse dazu erlaubt, was dahinter liegt oder wo sich das nächste bewohnte Haus befindet. Wenn er auf der Herfahrt nur besser aufgepasst hätte!

Die Außenwelt bietet ihm keinerlei Antworten, doch vielleicht findet er welche hier drinnen. Die offene Tür zum begehbaren Schrank zieht ihn magisch an. Er muss einfach wissen, was sie noch mitgebracht haben könnte, um ihn damit zu konfrontieren.

Er lässt ihre Reisetasche aufs Bett fallen. Sie trägt deutliche Spuren seiner Wut auf sie. Jeder Schlitz, jedes Stück zerfetzter Stoff zeugt davon, dass sie ihn in den Wahnsinn getrieben hat. Mit beiden Händen taucht er in die Tasche und holt ihren Inhalt heraus. Er wühlt sich durch zerschnittene Pullis, Blusen und Unterwäsche und rechnet damit, ein Aufnahmegerät zu finden, einen USB-Stick oder noch mehr Fotos. Irgendetwas. Die Überreste ihrer Garderobe fliegen wild verstreut auf das Bett, aber er entdeckt nichts Verdächtiges, dabei braucht er doch irgendeinen Hinweis darauf, wie viel sie weiß. Stattdessen fällt ihm ihr BH aus schwarz-rosa Spitze in die Hände, mit dem sie vor dem Kamin für ihn tanzte – was ihm das Ausmaß ihres Verrats nur noch deutlicher vor Augen führt. Sie hat das verfluchte Foto von ihm und Wendy, Ashleys Fotos und das verdammte Tagebuch. Und sie hat ihren Körper: die aufgeplatzte Lippe, die Blutergüsse an den Handgelenken und Oberschenkeln – und eventuell noch andere von ihrem Gerangel auf der Treppe. Geplatzte Äderchen von seinen zu groben Berührungen, Blut, das sich langsam unter Ellies Haut staut. Er weiß, welche Geschichte diese Hämatome im richtigen Kontext erzählen.

Da muss doch irgendetwas sein! Er schleudert den BH weg, läuft ins Bad und kippt ihre Kosmetiktasche ins Waschbecken. Wühlt sich durch Fläschchen, Tuben, Lippenstifte und Puderdosen. Als er immer noch nichts findet, sichtet er den Spiegelschrank in der Hoffnung, dass sie dort etwas versteckt hat. Die Fläschchen purzeln ins Waschbecken und stoßen klirrend gegen die weiße Keramik. Nichts.

Frustriert läuft er zurück ins Schlafzimmer, sinkt auf die Knie und schaut unter dem Bett nach. Fast rechnet er schon damit, Ellie dort zu finden, doch Fehlanzeige: Er hat keine Ahnung, wo sie verdammt noch mal ist, und er findet auch keine

Hinweise darauf, was sie gegen ihn in der Hand hat. Er steht wieder auf, dreht sich um sich selbst und sucht nach weiteren Verstecken im Zimmer. Er muss irgendeinen Beweis finden, etwas Greifbares, das er verbrennen, zerreißen oder zertrampeln kann. Vor lauter Frust kommt ihm die Galle hoch, und er schafft es gerade noch rechtzeitig ins Bad, um den halb verdauten Brei aus Brot und Käse wieder von sich zu geben.

Nachdem er sich den Mund ausgespült hat, legt er sich aufs Bett und versucht, seine Atmung zu beruhigen. Er betrachtet die weiße Decke über sich und sucht nach einer Antwort auf die Fragen, die ihm im Kopf herumwirbeln und sich alle nur darum drehen, was er als Nächstes tun soll. Da hört er über sich ein leises Scharren. Er kneift leicht die Augen zusammen und starrt zur Decke. Verdammte Ratten ... als hätte er mit der Beseitigung *einer* Ratte nicht schon genug zu tun! Dann hört er wieder das Scharren, diesmal jedoch deutlicher, und ein Bild entsteht in seinem Kopf, das ihn auffahren lässt.

»Miststück«, stößt er hervor und schnappt sich das Messer vom Nachttisch. Er tritt so heftig gegen den Stuhl unter der Türklinke, dass er quer durch den Raum fliegt, und stürmt aus dem Schlafzimmer. Bislang war es ihm ein Rätsel, wo sie sich versteckt haben könnte. Er hatte sogar überlegt, dass sie sich irgendwo in einem Nebengebäude im Wald verkrochen hätte, von dem er nichts wusste.

Wieso ist er nicht früher darauf gekommen? Den einen naheliegenden Ort hatte er außer Acht gelassen, als er das ganze Haus durchsuchte, und das nur, weil sie ihm beiläufig gesagt hatte, er wäre abgeschlossen, weil sie behauptet hatte, es gäbe keinen Schlüssel, weil er zu dem Zeitpunkt keinen Grund hatte, an ihren Worten zu zweifeln, weil ihn die Vorstellung der abgeschlossenen Tür beruhigt hatte, weil sie seinen Verstand mit Drogen umnebelt hatte, weil er gedacht hatte, es wären Ratten, als er gestern unter der Dusche das Geräusch hörte.

Als er am Ende des Flurs vor der Tür zum Dachboden steht, lodert der Zorn in seiner Brust. Er nutzt die Energie, um mit voller Wucht gegen die Tür zu treten, direkt auf die Stelle unter dem Schloss. Beim dritten Tritt ächzt die Tür, beim fünften splittert sie. Und beim siebten Tritt heißt es Sesam verflucht öffne dich!

# 62 ELLIE

Mein Bewusstsein schwebt im Übergang zwischen Wachsein und Schlafen. Es duftet nach Jasmin und Vanille. Hier wartet sie auf mich, zusammen mit unserer ersten Begegnung. Halb Traum, halb Erinnerung, fühlt sie sich an wie ein Mythos oder eine Entstehungsgeschichte. Diese Begegnung bestimmte, was aus uns wurde.

Monterey war ein hübscher Ort. Mir gefiel die Luft dort, sie war warm, aber trocken und roch nach den wilden Kräutern und Blumen, die an der Küste wuchsen. Sie war das pure Gegenteil von der Schwüle in Orlando, wo die Luft so feucht war, dass sie einen niederdrückte, sobald man ins Freie trat. So angenehm es dort auch war, änderte es doch nichts an meinem Status als *Neue*. Schon wieder. Ständig war ich die *Neue*. Ich holte tief Luft und stieg aus dem Wagen, um mich einer Umgebung zu stellen, in der über Jahre gefestigte Freundschaften keinen Platz für mich ließen. Schon als ich am Fuß der Treppe herumlungerte und mich dabei krampfhaft an die Träger meines Rucksacks klammerte, hatte ich das Gefühl, angestarrt zu werden und nicht dazuzugehören. *Tu so, dann wirst du so, Käferchen*, hätte Dad gesagt. Fünfte Klasse: Ich komme.

Unter dem Schatten einer Zeder bildete eine Brigade von Mädchen mit Pferdeschwänzen und Kleidern in verschiedenen Variationen von Pink einen Halbkreis um ein Mädchen, das im Schneidersitz auf dem Boden saß. Selbst aus der Ferne konnte ich sehen, dass es den Tränen nah war. Ich erkannte die Szene, auch ohne dass ich etwas hörte, an den verächtlich nach unten gezogenen Mundwinkeln der anderen und ihrer unmissverständlichen Aufstellung: Das Rudel umkreiste seine Beute und isolierte sie vom Rest der Herde. Das war eine ewig gleiche Geschichte, die man an jeder Schule fand. Es brachte mich in Rage, wie sie dem Mädchen zusetzten, obwohl ich es gar nicht kannte. Als Neue stand ich ohnehin ganz unten in der Hackordnung, also hatte ich nichts zu verlieren.

»... du bist so eine Loserin, wer *macht* denn so was?«, fragte die Chefzicke und lächelte boshaft zu ihrer gehässigen Bemerkung.

»Lasst sie in Ruhe«, sagte ich und baute mich vor ihr auf.

»Wer bist *du* denn?«, höhnte sie und musterte mich von Kopf bis Fuß. »Guck mal, du Spinnerin, du hast einen Fan.«

»Ich bin keine Spinnerin«, brüllte das Mädchen auf dem Boden.

»Ist dein Zopf zu straff oder bist du sowieso ein bisschen langsam im Kopf?«, erkundigte ich mich. »Lass sie in Ruhe!« Dieses Mal verblasste ihr Lächeln, als ihre kleine Gang unterdrückt kicherte.

»Ihr zwei habt euch verdient«, zischte sie, warf sich verächtlich den Pferdeschwanz über die Schulter und wandte sich ab. Die anderen folgten ihr zögernd.

»Alles in Ordnung?«, fragte ich und ging vor dem Mädchen in die Hocke. Sie hatte den Kopf gesenkt, sodass ihr Lockenschopf ihr Gesicht verdeckte, und blickte starr auf ihre halb geschlossenen Hände, in denen sie etwas aus gelbem Papier hielt. »Was ist das?«

Da öffnete sie ihre Hände etwas weiter und zeigte mir einen winzigen Vogel aus Papier; er war aus raffinierten Falten gebildet.

»Wow, das ist echt cool. Hast du das gemacht?«

Ihr Lächeln verschob die Anordnung der Sommersprossen auf ihren Wangen. »Das ist Origami«, erklärte sie. »Und ich heiße Wendy.«

»Verity, aber du kannst mich Vee nennen.«

***

Nach meinem Schwur, ihren Tod zu rächen, wurde ich zu einem ihrer Origamigeschöpfe. Wie ihr Papierkranich faltete ich mich in eine Form, die Steven gefallen sollte. Ich erschuf Linien, wo vorher keine waren, machte mich biegsam und verbarg die Knicke. In meinem Kopf hallen die Erinnerungen wie Donner wider.

Beim nächsten Donnerschlag springe ich auf. Er hat mich gefunden! Mit jedem seiner Tritte schlägt mein Herz schneller, während meine Augen hektisch auf der Suche nach einem Versteck durch den Dachboden huschen, doch es gibt nur ein paar Kartons – zu klein für mich –, in denen ich zur Sicherheit ein paar Sachen mitgebracht habe, und ein kleines Quadrat aus Licht auf den Holzdielen. Das Fenster. Ich schiebe eine schwere Kiste darunter und steige leise in meine Boots.

Als ich den Griff des Dachfensters umlege, hallen seine Tritte immer noch von den Wänden des Treppenhauses. Ich will es aufschieben, doch es bewegt sich nicht. Das Fenster will sich nicht öffnen. Noch ein Schlag, lauter diesmal. Panik breitet sich in mir aus. Ich zerre am Griff, aber immer noch rührt sich nichts. Unten tritt Steven mit all der Wut gegen die Tür, die sich in ihm aufgestaut hat, seit ich ihn unter Drogen gesetzt habe. Ich muss an seinen Atem auf meiner Wange denken, als er mich auf der Treppe festgenagelt hatte, an seine gierige Hand auf meiner Brust, den Plan, den er für meinen Körper hatte, bevor ich ihm das Knie in die Eier stieß. Die Vorstellung, was er mit mir anstellen könnte, wenn er mich in die Hände bekäme, lässt meinen Überlebensinstinkt anspringen. Ich ramme meine Schulter gegen die Fensterscheibe. Beim zweiten Versuch werde ich mit einem schwachen Knacken der Eisschicht belohnt, die das Fenster umschlossen hat. Dieses Geräusch und Stevens wütende Bemühungen sind mir Ansporn genug.

Ein lautes Krachen verkündet mir, dass er die Tür aufgebrochen hat. Schon höre ich seine donnernden Schritte auf der Treppe zum Speicher. In wenigen Sekunden wird er hier sein. Ich sammle allen Mut, alle Willenskraft und Energie, die mir zur Verfügung stehen, und kanalisiere sie in die Wucht, mit der ich knurrend meinen Körper gegen das Fenster werfe. Mit einem lauten Krachen springt es auf und lässt eiskalte Luft herein. Vom Schwung lande ich mit dem Oberkörper auf dem Dach.

»Du Miststück!« Bevor ich durchs Fenster fliehen kann, packt er meine Waden. Ich schreie auf, als er mich zurückreißt. Der Fensterrahmen schrammt über meine Brust. Mit steifen Fingern kralle ich mich erbittert an die rauen Dachziegel unter der Schneeschicht. Alles, damit er nicht kriegt, was er will!

Aber so verzweifelt ich mich auch festhalte, spüre ich doch, wie ich wieder hineingezogen werde. Mit den letzten Zentimetern des Dachs entgleitet mir auch meine Freiheit. Stevens Körper dämpft meinen Fall, doch mehr als diesen unfreiwilligen Gefallen hat er nicht mehr für mich übrig. Er packt meine Haare und reißt so heftig meinen Kopf zurück, dass mir Tränen in die Augen schießen.

Panik und Galle steigen mir in die Kehle. Ich wehre mich gegen seine unerbittliche Umklammerung. Doch mit jeder Bewegung drückt er mich fester an sich. Komm schon, Vee, denk nach! Benutz deinen Kopf. Ja, benutze deinen Kopf! Ich senke ihn leicht, lasse ihn dann mit voller Wucht zurückschnellen und ramme ihn gegen sein Gesicht. Schmerz explodiert in meinem Schädel, doch sein Griff erschlafft, sodass ich mich losreißen kann. Taumelnd steige ich wieder auf die Kiste, halte mich am Rahmen fest und krieche aufs Dach. Ich bin schon halb draußen, da packt mich Steven erneut.

Wenn er mich wieder zurückzieht, bin ich tot. Wild trete ich nach ihm; mit jedem gewonnenen Zentimeter verlängere ich mein Leben. Endlich trifft mein freier Fuß etwas Hartes, einen Knochen an seinem Oberkörper, und er lässt los. Mit einer letzten Anstrengung hieve ich mich aus dem Fenster und rutsche zur Kante des Dachs hinunter. Ich mache mich ganz klein, dann springe ich und wappne mich gegen den Aufprall. Die eiskalte Luft peitscht mein Gesicht, ich schreie auf und schicke ein Stoßgebet zum Himmel, da gräbt sich mein Körper in die Schneedecke. Die Kälte schockt mich wie ein Defibrillator. Keuchend tauche ich auf, spüre, wie Schneeflocken auf meiner Haut schmelzen, und vergewissere mich, dass ich noch heil und an einem Stück bin. Aber es bleibt keine Zeit, mich zu beglückwünschen: Da Steven weiß, wo er mich findet, ist er noch lange nicht fertig.

Durch die knietiefe Schneedecke kämpfe ich mich Richtung Garage und hinterlasse dabei unvermeidlich eine deutliche Spur. Aber Steven ist nicht meine einzige Sorge. Der eisige Schnee verbrennt meine Haut, raubt jegliches Gefühl aus meinen roten, wunden Fingern. Feuchte Kälte dringt unter meine Kleider und unter meine Haut, bis sie meine Knochen erreicht hat. Sie strömt in meine Adern und verbreitet sich in meinem ganzen Körper, klettert über meine Wirbelsäule hinauf in mein Hirn, bis ich nur noch daran denken kann, wie kalt mir ist. Tödlich kalt.

Als ich durch den Spalt des Garagentors schlüpfe, sind meine Hände im bitteren Frost zu Krallen erstarrt. Vorsichtig puste ich dagegen und öffne sie langsam. Mit zitternden Fingern hole ich mein Handy aus der Bauchtasche. Das Licht der Taschenlampe durchdringt die Dunkelheit und zeigt mir Schnappschüsse der Garage. Ein Regal mit alten Farbdosen, ein Gartenschlauch. Als mein Arm unkontrolliert zuckt, knallt das Handy auf den Boden. Ich bücke mich, um es aufzuheben, da huscht das Licht über den Hinterreifen des Wagens: schlaff und eingesackt. Ebenso der Vorderreifen. Der Anblick verflüssigt meine Eingeweide, Furcht spritzt an die Wände meiner Magengrube. *Scheiße!* Selbst wenn ich die Wagenschlüssel hätte, kann ich jetzt nicht mehr abhauen. Ich habe überall gesucht, aber vergeblich. Als Steven mich auf der Treppe angriff, hat er mir schmerzlich klargemacht, dass er die Schlüssel nicht hat und auch nicht weiß, wo sie sind; die blauen Flecken auf meinem Rücken und meinen Armen zeugen davon. Ich hätte Ersatzschlüssel machen lassen sollen, doch Steven hat ernste Probleme damit, eine Frau ans Steuer seines Wagens zu lassen. Ich wurde immer auf den Beifahrersitz verwiesen. Jetzt hat er dafür gesorgt, dass ich nirgendwohin fahren kann.

Das ändert alles.

»Ellie!«, ruft Steven schaurig lang gezogen in die Dunkelheit. Er verlängert die Silben, als wollte er sie genüsslich auskosten. »Du kannst nirgendwohin!«

Ich lösche das Licht. Vor Panik kommt mir plötzlich mein Mageninhalt hoch, doch ich schlucke ihn wieder hinunter. Dazu ist jetzt keine Zeit. Geduckt schleiche ich zum Heck des Wagens, da stoße ich mit dem Fuß gegen etwas Hartes auf dem Boden. Blind taste ich umher, bis ich etwas Langes, Schmales spüre. Ich hebe es hoch. Das könnte reichen. Damit könnte ich etwas Zeit gewinnen, um mich zu sammeln und über meinen nächsten Schritt nachzudenken.

»Du kannst dich nicht verstecken! Komm raus! Lass uns reden!« Seine Arroganz ist wie immer mein unfreiwilliger Verbündeter. Weil er unbedingt laut verkünden will, dass er die Oberhand hat, weiß ich jetzt, wo er ist.

Rasch husche ich aus der Garage und umrunde sie, bevor ich so schnell zum Waldsaum renne, wie es meine im Schnee versinkenden Füße zulassen. Ich verstecke mich hinter einem dicken Baum und warte. Mit jedem eisigen Windstoß rauben mir meine feuchten Kleider mehr von meiner Körperwärme, bis ich immer heftiger zittere. Ich habe Angst, mich mit meinen klappernden Zähnen zu verraten. Wenn mich Steven nicht erledigt, dann der Winter. Ohne Mantel halte ich hier draußen nicht lange durch.

Ich höre, wie seine im Schnee knirschenden Schritte immer lauter werden, bevor sich seine Silhouette schließlich vor den dunkelgrauen Morgenhimmel schiebt. Er stapft zur Garage, eingehüllt in seine dicke, unförmige Winterjacke, mit dem Schal um den Hals. Ich beneide ihn um seine schützenden Schichten. In seiner behandschuhten Hand blinkt die lange Klinge eines Messers. Am Garagentor bleibt er stehen und überfliegt mit dem Blick den Waldrand. Ich ducke mich hinter den Baum, atme in meinen Ärmel und warte, bis ich wieder seine Schritte höre.

Während er in der Garage rumort, schleiche ich mich erneut an und stelle mich am Tor auf, den Arm zum Schlag bereit. Als seine Schritte sich nähern, umklammere ich in einer Mischung aus Angst und Erwartung fester den glatten Stahl, denn ich weiß, was jetzt geschieht, ist entscheidend dafür, ob ich eine Zukunft habe und wie sie aussieht.

# 63 ELLIE

Er taucht aus der Garage auf, ohne die Gefahr hinter sich zu ahnen, denn er präsentiert mir seinen Hinterkopf. Ich schwinge den Montierhebel, doch der Luftzug verrät mich. Steven wirbelt herum, reißt den Arm hoch und wehrt meinen Angriff ab. Er taumelt zurück, ich stürze mich vor. Dann folgt wildes Gerangel in dem Versuch, den anderen in einer gewalttätigen Erwachsenenversion des Fangenspiels abzuschlagen.

Er reißt den Arm hoch und schlitzt mit dem Messer durch die Luft. Ich schwinge den Arm quer und schlage mit dem Montierhebel gegen seine Rippen. Vor Schmerz verzerrt er Gesicht und Körper. Wieder hebt er einen Arm und erwischt mich an der Schläfe. Der Schlag bringt mich aus dem Gleichgewicht. Mit einem lauten Grollen stürzt er sich auf mich, aber ich ramme meinen Kopf gegen seine Brust. Jetzt verliert *er* das Gleichgewicht und kippt rückwärts in den Schnee. Stolpernd weiche ich zurück, doch nicht weit genug. Er packt den hinteren Saum meines Pullis und zerrt mich zu sich. Wir gehen beide zu Boden und bemühen uns, als Erster wieder auf den Beinen zu sein. Ich gewinne. Er kniet noch, als ich schon die Stahlstange auf ihn niedersausen lasse. Er reißt seinen Arm hoch. Reflexartig schirme ich mich ab, da durchzuckt ein glühender Schmerz meinen Unterarm und breitet sich explosionsartig bis in meine Brust aus. Unwillkürlich fuchtle ich mit dem Montierhebel und treffe Steven zufällig an der Schläfe.

Er sinkt in den Schnee. Mit erhobenen Armen warte ich, ob ich noch mal zuschlagen soll. Doch nach ein paar Sekunden bewegt er sich immer noch nicht. Nur seine Schultern heben und senken sich sacht.

Während ich über ihm stehe, ist die Versuchung stark, ihm einfach den Schädel einzuschlagen. Aber einen so leichten Tod, einen, den er nicht kommen sieht, verdient er nicht. Er verdient keine Gnade.

*Bewegung, Verity, Bewegung!* Jede Sekunde, die er bewusstlos daliegt, ist kostbar. Ich mühe mich zum Haus, falle immer wieder hin, so steif sind meine Beine, so atemlos bin ich von der Kälte. Als ich durch die Haustür stürze, ist es so köstlich warm, dass ich heulen könnte. Durch die Wärme schwindet die Taubheit in meinen Gliedmaßen, wachen meine Zehen und Nervenenden auf. Mit einem Mal bin ich zerrissen von Schmerzen, die alle meine Aufmerksamkeit fordern, vom schrecklichen Brennen meiner Finger bis zum heißen, pochenden Schmerz in meinem linken Arm. Vorsichtig begutachte ich den Schlitz in meinem Ärmel. Als ich das Blut sehe, das mir über die Hand läuft, schwankt der Boden unerwartet unter meinen Füßen, und ich muss mich am Türrahmen abstützen. Eine klaffende Wunde verläuft über die Innenseite meines Arms. Das Blut tropft auf die Schachbrettfliesen und hinterlässt dort neben den Scherben eines Bechers Rorschachmuster. Als ich den Geruch nach rostigem Metall von der Wunde rieche, überkommt mich eine Welle der Angst und Übelkeit. Ich schlucke krampfhaft. Da scheint der Schmerz aufzulodern, so als würde er allein dadurch stärker, dass ich die Wunde bemerkt habe. Ich kann an nichts anderes mehr denken, es gibt nichts anderes mehr, ich bin reduziert auf diesen unerträglichen Schmerz. Er brennt so heftig, dass mir schwindelig wird und mir die Beine wegzuknicken drohen.

Ich umklammere den verletzten Arm mit dem anderen und atme mich durch Schmerz und Tränen, stöhne knurrend mit zusammengebissenen Zähnen, bis mein Körper sich an die Qual gewöhnt hat. Hier kann ich nicht bleiben. Ich richte mich auf und taumle ins Wohnzimmer zum Servierwagen. Mit zitternder Hand greife ich nach dem Gin und verschmiere dabei jede Oberfläche mit Blut. Dann schnappe ich mir meine Tasche vom Sofa und steuere die Küche an.

Flasche und Tasche stelle ich auf der Küchentheke ab, bevor ich die Rolle Klebeband hole. Zischend schiebe ich Stückchen für Stückchen den Ärmel bis zum Ellbogen hoch. Als ich das aufgeschlitzte Fleisch sehe und das Blut rieche, krampft sich mein Magen zusammen, und Säure schießt mir in den Mund. Ich stolpere zum Spülbecken und übergebe mich. Als mein Magen leer ist, spüle ich mit Wasser meinen Mund und spucke den sauren Geschmack aus. *Ich schaff das.* Wie ein Mantra sage ich mir das immer wieder, bis ich daran glaube. Ein Schluck Gin stärkt meine Nerven, bevor ich die Wunde mit Alkohol desinfiziere. Doch das brennt so furchtbar, dass ich aufschreie und mir Tränen in die Augen schießen. Als ich es erneut versuche, beiße ich in den Kragen meines Pullovers, um den Schmerz aushalten zu können. Ein sauberes Küchentuch dient als Verband, den ich mit Klebeband fixiere. Noch mal trinke ich einen großen Schluck Gin, spüre, wie er warm meine Kehle hinunterrinnt, und bin dankbar für seine betäubende Wirkung. Ich hole das Päckchen Zigaretten aus meiner Tasche, fische eine mit den Zähnen heraus, zünde sie an, nehme einen tiefen Zug, spüre, wie der Rauch meine Lunge füllt, und atme mit einem erleichterten Seufzer wieder aus.

Steven ist frei. Im Moment bewusstlos, aber frei. Der Wagen ist lahmgelegt. Irgendwie kann ich das nicht glauben, obwohl ich doch die platten Reifen gesehen habe. Die Blätter des riesigen Ficus glänzen wächsern; Steven hat alle Lampen eingeschaltet, wie ein Kind, das sich vor der Dunkelheit fürchtet. Ich reiße ein Blatt ab und rolle es zwischen meinen Fingern. Er hat sein einziges Fluchtmittel unbrauchbar gemacht, nur damit ich es nicht nutzen kann. Der Mann überrascht mich doch immer wieder. Nach allem, was ich ihm angetan und in Aussicht gestellt habe, hat er jegliche Hemmungen verloren. Wenn er mich wieder in die Fänge kriegt, ist er zu Gott weiß was fähig. Ich denke an die Treppe, wo er mich mit seinem ganzen Gewicht, mit seiner ganzen Wut niederdrückte. Wieder kommen mir die Tränen.

Angst prickelt in meinen Fingerspitzen, strömt meine Arme hinauf bis in meine erschauernden Schultern. Ich versuche sie abzuschütteln, doch sie hat mich fest im Griff und raubt mir den Atem.

Z, Y, X ... W, V ...

Das Pochen meines Herzens dröhnt in meinen Ohren.

U, T ... S, R.

Ich schnappe nach Luft, doch vergeblich. Konzentriere mich aufs Alphabet.

Q, P, O ... O ...

Langsam. Einatmen. Und. Ausatmen.

Der gleichförmige Rhythmus von Einatmen-Ausatmen erdet mich, bis meine Lunge wieder weiß, wie sie funktioniert. Der Sauerstoff beruhigt mein rasendes Herz und meine wirbelnden Gedanken, sodass ich mich wieder spüre, das Brennen in meinen Fingern, den pochenden Schmerz in meinem Arm. Der Schmerz zieht mich zurück ins Jetzt, ins Hier.

Das Haus ist ein stiller Zuschauer, der darauf wartet, was als Nächstes geschieht. Nur ein unerbittliches Ticken durchbricht die Stille: die antike Uhr auf einem der Regalborde, die mir bislang nicht aufgefallen ist. Jetzt höre ich nur sie, wie sie die

Sekunden unheilvoll bis zur unvermeidlichen Katastrophe vor uns herunterzählt. Ich brauche einen neuen Plan. Und zwar schnell. Das Flutlicht draußen ist noch nicht angesprungen. Noch ist Zeit. Noch.

Ich zerdrücke meine Zigarette und spiele mit dem Blatt in meiner Hand. Wieder und wieder knicke ich die glatte Oberfläche und bilde damit eine grobe Version von Wendys zarten Origamiwerken.

Am Panoramafenster liegt der umgekippte Rollstuhl, das bizarre Symbol dafür, wie weit ich zu gehen bereit war und wie sehr Steven mich jetzt hasst. Vielleicht will er das Henkersseil nun für mich benutzen. Ich schließe die Augen und denke an die, die ich liebe. Connor. O Gott, Connor! Das kann ich ihm nicht antun, nicht nach all dem, was er für mich getan hat und was er mir bedeutet. Seine bloße Existenz hat mich für lange Zeit stabilisiert, weil er mir immer wieder vor Augen führte, dass es auch anständige Männer gibt. Wenn ich Steven tötete, wäre er am Boden zerstört, doch wenn ich dadurch den wahren Steven enthülle, wenn es auch nur ein einziges Mädchen rettet ... Wenigstens muss Dad das nicht mehr miterleben, oder Kate. Nach allem, was er getan hat, kann Steven nicht einfach davonkommen wie so viele andere Männer. Wendy, die anderen Mädchen, der Rollstuhl, die Henkersschlinge, mein Arm ... ich füge die Puzzleteile in meinem Kopf zusammen, bis ein neues Bild in mir auftaucht, das mir einen Weg aus diesem Labyrinth zeigt.

Ich lächle mein Spiegelbild in der Scheibe an, das feuchte Haare, einen zerrissenen Pullover und ein Küchentuch um den verwundeten Arm hat. Und in der Reflexion ist Wendy bei mir: das Mädchen mit den wilden Locken, die ich mir früher um den Finger wickelte, das Mädchen, das Zigaretten für uns stahl und das all meine Geheimnisse kannte, wie zum Beispiel, dass ich bei *Jurassic Park* geweint oder wie ich mir in jenem Sommer wirklich den großen Zeh gebrochen hatte. Im Grunde ist sie nur eine Halluzination, erzeugt durch den großen Blutverlust, die Unterkühlung und vielleicht eine leichte Gehirnerschütterung, doch diese Illusion bringt mir Frieden und tröstet mich in meiner Entscheidung. Ich nicke ihr lächelnd zu. Ich habe einen Plan.

Das Klebeband lässt sich nur schwer vom Rollstuhl lösen. Ich knülle es zusammen und werfe es ins Feuer, wo es mit einem beißenden Geruch zerschmilzt und sich in nichts auflöst. Ich wickle neue Stücke um die Arm- und Fußstützen. Setze mich auf den Rollstuhl, lege meine Arme dorthin, wo Stevens stundenlang gefesselt waren. Klebe mir Streifen über meine Handgelenke, spüre, wie sie an meiner Haut und meinen Härchen ziehen, und reiße sie wieder ab, wobei Hautpartikel und rote und blaue Wollfädchen mit abgehen und Reste vom Klebeband auf meinen Gelenken und meinen Kleidern hängen bleiben. Mein Blut hinterlässt dunkle Flecken auf dem Kunstleder. Ich wiederhole das Ganze an meinen Fußgelenken. Diesmal bleiben schwarze Flusen von den Leggings am Klebeband hängen. Mit einem Mal werde ich von Schwindel erfasst. Dunkelheit rast auf mich zu. Ich umklammere die Armstützen, sehe, wie es immer dunkler wird, verliere langsam das Bewusstsein und drohe schon ohnmächtig zu werden, da wird irgendwo in meinem Hirn ein Schalter umgelegt, und ich wache wieder auf. Es wird hell, in mir und um mich herum. Ich schüttle leicht den Kopf, um die Benommenheit loszuwerden. Irgendwann kann ich Schwäche zulassen, aber jetzt noch nicht. Noch habe ich zu tun.

Als ich mich langsam aus dem Rollstuhl erhebe, verspüre ich ein unangenehmes Kribbeln im Rücken. Ganz kurz schwankt der Raum, bevor ich wieder festen Boden unter den Füßen habe. In der Küche wartet auf einem Regal Ahornsirup auf mich, den ich mir greife und mit zurückgelegtem Kopf in meinen Mund laufen lasse. Der dickflüssige goldene Sirup versetzt mir einen belebenden Zuckerschock. Ich muss mich beeilen, Steven könnte jederzeit wieder zu Bewusstsein kommen.

Als ich die Treppe Richtung Speicher hinaufsteige, trägt das Geländer fast mein gesamtes Gewicht. Das lackierte Holz pulsiert unter meinen Fingern: Das Herz des Hauses schlägt für mich. Vielleicht bin ich der Geist, den das Haus bereits erkannt hat; es schützt mich, bis ich durch seine Zimmer spuke. Wenn wir unsere Geister mit uns bringen, hoffe ich, Wendy spukt hier mit mir zusammen. Eine Ewigkeit mit ihr wäre gar kein so furchtbares Ende. Manchmal ist ein Ende auch ein Neuanfang.

Ich bekomme eine Gänsehaut. Trotz der Wärme der Heizung und des ersterbenden Kaminfeuers sind meine Kleider noch nass, sodass mein Körper nicht warm werden kann. Frierend und angeschlagen tröste ich mich mit dem Gedanken, dass schon bald alles vorbei sein wird. Nur weiß ich nicht, wer von uns es schaffen wird.

In der Eingangshalle wird es heller, weil mit einem Schlag das Flutlicht von draußen hereindringt.

Er ist aufgewacht.

# 64 STEVEN

Immer wieder verschwimmt der Wald vor seinen Augen. Hoch aufragende Gestalten in Schwarz tanzen vor ihm: Jetzt kommt der Mob mit dem Seil, um seinen Kopf durch die Schlinge zu stecken. Werden sie Ellie auf dem Scheiterhaufen verbrennen, wenn sie mit ihm fertig sind, oder werden sie sie ins Meer werfen, so wie früher die Puritaner? Aber als seine Sicht sich schärft, verharren die Gestalten in ihrer Bewegung und werden wieder zu hohen, schmalen Bäumen.

Seine linke Gesichtshälfte fühlt sich an, als würde sie in Flammen stehen. Stöhnend rollt er sich auf den Rücken. Blinzelnd sieht er Schnappschüsse vom glitzernden Himmel, doch weiß er nicht, ob die Sterne echt sind oder ob er Sternchen sieht. Während die Kälte in seine Lunge dringt und seine Haare vom Schnee nass werden, liegt er da. Sein ganzer Körper ist taub, abgesehen von seiner linken Schulter und seiner Halsbeuge: Dort pocht ein dumpfer Schmerz. Er muss unbedingt weg von hier. Also schält er sich aus der nassen Schneedecke, in die sein Körper gesunken ist, und aktiviert das Flutlicht unter dem vorstehenden Dach, was ihn eine Sekunde lang blendet und verwirrt.

Er trottet zur Haustür zurück, tritt aber nicht ein. Drohend ragt das Gebäude aus Holz und Glas vor ihm in die Höhe und dominiert die dunkle Umgebung. Bislang ist es ihm noch nicht aufgefallen, aber die Fenster sind verspiegelt, sodass er nicht hineinsehen kann. Ganz still steht das Haus da und hält sein Geheimnis in sich, so als würde es die Luft anhalten. Es wirkt kalt und unfreundlich, nicht wie ein Liebesnest, sondern wie ein modernes Mausoleum inmitten von Natur und Elementen. Irgendwo hinter ihm fährt der Wind zischend durch die nackten Zweige und warnt ihn davor, das Haus zu betreten – so als hätte es sich mit ihr gegen ihn verschworen, als schirmte es sie vor ihm ab.

Er entscheidet sich gegen die abweisende Haustür und die Szenerie dahinter: sein Schicksal, das am Geländer baumelt, die Schlinge, die für seinen Hals geknüpft wurde. Stattdessen schleicht er sich durch die Küchentür ins Innere, wo seine Boots Pfützen auf den Fliesen hinterlassen – die jedoch nichts sind im Vergleich zu den Blutpfützen auf der Küchentheke, im Spülbecken und auf dem Boden. Das ganze Haus riecht verwundet.

Undeutlich und verschwommen steigen Bilder vom Geschehen vor seiner Bewusstlosigkeit in ihm auf: das glänzende Schwarz eines Montierhebels, der Hinterhalt am Garagentor, die bunten Ärmel ihres Pullovers, die flappten wie die Flügel eines bösartigen Vogels, seine fuchtelnden Arme, die ihren Angriff abwehren wollten, der Biss des Metalls in sein Fleisch, der rot glühende Schmerz, der in seinem Kopf explodierte.

Sachte berührt er mit den Fingern seinen schmerzenden Nacken und zuckt sofort zusammen, weil ein glühender Stromstoß ihn durchfährt. Äußerst langsam bewegt er seine Schulter, bewegt den Oberarmknochen im Schulterblatt: schmerzhaft, aber erträglich, anscheinend nichts gebrochen. Aber *sie* ist verletzt. Diese Erkenntnis zaubert ein Lächeln auf seine Lippen. Irgendwie hat er Verity mit dem Messer getroffen. Das Messer liegt noch neben dem Abdruck seines Körpers im Schnee, der aussieht wie eine verunglückte Version eines Schneeengels.

Auf der anderen Seite der Küchentheke lockt ihn der Gin,

doch das verschmierte Blut auf der Flasche stößt ihn ab. Er nimmt ein Küchentuch aus einer Schublade und geht ins Wohnzimmer, wo der Bourbon auf ihn wartet, den er direkt aus der Flasche trinkt: Die rauchig süße Flüssigkeit strömt wohltuend durch seine Kehle und wärmt seinen Körper. Er schiebt ein paar Scheite in den Kamin, stopft zerknüllte Zeitung darunter und entzündet ein Feuer, um die Kälte zu vertreiben, die ihm in den Knochen steckt. Zaghafte Flammen verwandeln die Zeitungsbällchen in Asche, lecken aber kaum an den Scheiten. Um die Sache zu beschleunigen, hilft er mit Bourbon nach und sieht zu, wie das Feuer explodiert und die Flammen hochschießen, sich vom Alkohol nähren und mit ihrem Geruch den schalen Zigarettenrauch vertreiben, der noch von Ellies Anwesenheit zeugt.

*Hoffentlich leidet sie wie ein Hund*, denkt er, setzt sich aufs Sofa und rubbelt sich mit dem Küchentuch die Haare trocken. Sie muss irgendwo oben sein. Er stellt sich vor, dass sie zusammengerollt daliegt wie ein verwundetes Tier, das seine Lektion gelernt hat. Der Status quo hat sich zu seinen Gunsten verlagert. Ohne Drogen oder Fesseln kann sie es nicht mit ihm aufnehmen, sie ist die Gazelle gegen den Löwen. In der Küche hat er ihre Angst gerochen und sie leuchtend rot auf der Arbeitsfläche gesehen. Der anbrechende Morgen wird sein Licht auf die ganze verrückte Situation werfen; der Schwindel wird bei Sonnenaufgang auffliegen, denn wie alles Böse kann er nur in der Dunkelheit bestehen.

Sobald die Sonne aufgegangen ist, wird er zum Ende der Auffahrt laufen, zur Hauptstraße, wo er entweder Empfang bekommt oder ein Auto anhält. Zurück im Schutz der Zivilisation, wird er die Geschichte von seiner gestörten Freundin erzählen, die ihre Eifersucht und Paranoia monatelang vor ihm geheim hielt, bis sie ihn an diesen abgelegenen Ort lockte, wo sie ihn unter Drogen setzte und fesselte, was ein unbezweifelbarer Beweis für ihre Labilität und Manie ist.

Das ist alles, was er braucht, um diesem verrückten Haus und seiner verrückten Bewohnerin zu entfliehen: Sonnenlicht. Feierlich trinkt er einen weiteren Schluck aus der Flasche und spürt, wie der Bourbon den Schmerz unter seiner Schädeldecke dämpft. Der Albtraum kann dem Aufgang der Sonne nicht trotzen. Das hat seine Mutter immer zu ihm gesagt, wenn er als kleiner Junge ein Monster am Fenster sah, das mit spindeldürren Fingern an der Scheibe kratzte, um ihn zu entführen. Dann setzte sie sich auf seine Bettkante, und er spürte, wie die Decke unter ihrem Gewicht stärker spannte. Gruselige Dinge sind nicht mehr gruselig, wenn man sie bei Licht betrachtet, sagte sie und drehte die Nachttischlampe zum Fenster. Und mit einem Mal sah er, dass das skelettartige Monster nur die Äste der Eiche waren, die sich im Wind bewegten. Siehst du, sagte sie, strich ihm übers Haar und vertrieb damit seine Angst, jetzt weißt du, dass da kein Monster ist, selbst wenn ich das Licht ausmache. Damals duftete sie nach Lavendel, und wenn sie lächelte, lächelten auch ihre Augen. Das war, noch bevor sein Vater ihr mit seiner Gefühllosigkeit und seinen Fehltritten alle Lebensfreude raubte. Manche Monster trotzen auch dem Licht.

Die Hitze und das Knacken des Feuers locken ihn in einen Zustand zwischen Wachen und Schlafen. Dabei muss er auf der Hut bleiben. Wenn er gewinnen will, darf er sich nicht einlullen lassen. Also springt er vom Sofa und tigert vor dem Kamin auf und ab. Es wäre so einfach, nachzugeben und sich auf eines der großen Kissen zu legen, doch ganz gleich, wie verführerisch die Vorstellung ist: Das darf er nicht. Kaffee! Kaffee ist die Lösung. Ein starker Kaffee wird seine Sinne schärfen und ihn bis zum Morgen durchhalten lassen. Er sollte wirklich die Finger vom Alkohol lassen. Er riecht schon fast das Aroma eines frisch gebrühten, starken Kaffees, da schiebt sich ein durchdringender Duft von Jasmin und Vanille davor und reißt ihn zurück in die Gegenwart.

Er hält inne und mustert wachsam seine Umgebung. *Wie macht sie das?*, fragt er sich. *Woher kommt dieser Geruch?* Er schaut sich im Wohnzimmer um, auf der Suche nach einem Lufterfrischer, der in einer der Steckdosen eingestöpselt ist. Doch vergeblich: Die Steckdosen sind leer oder mit Lampen verbunden. Die Blätter des Ficus rascheln leise, als er die Zweige auseinanderschiebt, weil er nach einem Lufterfrischer im Topf sucht.

Er wirbelt herum, bis sein Blick an einer schwachen Spiegelung im Fenster hängen bleibt und ihm das Herz stockt. Dort, hinter seinem eigenen Spiegelbild, erscheint eine Gestalt, mit dem zarten Hemdchen, das sie an jenem Tag auf der Klippe trug, und mit einem unverkennbaren kupferroten Lockenschopf.

»Was willst du von mir?«, schreit er sie an.

Ihr Mund öffnet sich und bildet unverständliche Worte, denn sie ist in der Welt der Schatten und Spiegelbilder gefangen.

»Es tut mir leid. Willst du das von mir hören? Ich hab doch gesagt, dass es aus ist. Wieso hast du dich so an mich geklammert? Es passierte alles so schnell. Ich wollte doch nicht … Gottverdammt! Wieso musstest du auch so meinen Ärmel packen?«

Sie hebt schlaff den Arm und streckt die Finger nach ihm aus wie vor acht Jahren auf der Klippe – bevor er zu seinem Wagen rannte –, da streicht ein Luftzug an seinem Nacken vorbei. Er wirbelt herum und erwartet schon, sie dort stehen zu sehen, doch da ist niemand. Als er wieder zum Fenster blickt, ist sie verschwunden.

»Ich hab's nicht verdient, dafür zu sterben«, sagt er und schlägt auf die Scheibe. »Das habe ich einfach nicht verdient! … Es tut mir leid. Ist es das, was du hören willst?«

Wild blickt er um sich, doch gibt es vor der Angst, die sich langsam in ihm aufbaut, kein Entrinnen. Seine durchs Zimmer huschenden Blicke finden einfach keinen Ort, an dem sie sich ausruhen können, dazu hat er zu viel Angst vor dem, was sie sehen könnten. Nervös fährt er mit den Fingern durch seine Haare und spürt, wie ihn Panik überkommt. Doch es gibt kein Versteck, er ist nackt und ungeschützt.

## 65 STEVEN

Irgendwie raubt Ellie ihm den Verstand. Mit Sicherheit steckt sie hinter dem Trugbild, etwas anderes ist für seine rationale Denkweise unfassbar. *Die Flasche.* Er umklammert fester ihren Hals und starrt sie entsetzt an: Was ist, wenn Ellie ihn schon wieder unter Drogen gesetzt hat, wenn sie etwas in den Bourbon oder gar in alle Spirituosen gegeben hat? Er hält die Flasche gegen das Licht, sieht aber nichts Auffälliges wie etwa irgendein Pulver oder die Reste einer Tablette, die sich in der bernsteinfarbenen Flüssigkeit aufgelöst hat.

Immer noch verunsichert, rennt er in die Küche, beugt sich über das Spülbecken und steckt zwei Finger in den Hals, bis sein Mageninhalt auf die weiße Keramik spritzt und sich dort mit Ellies Blut vermischt, bevor er den Hahn aufdreht und es wegspült. Er konnte sich immer auf sich verlassen und seinem Urteil trauen, aber selbst das hat sie ihm jetzt genommen. Seine Wut auf sie nimmt immer mehr zu, bis sie sich zu einer echten Raserei entwickelt und eine Woge brutaler Energie seinen ganzen Körper erfasst. Seine Fingerknöchel werden weiß, so fest umklammert er die Platte der Küchentheke. Neben ihm steht die Flasche Gin, trotzig und verschmiert mit ihrem Blut, was wirkt wie eine archaische Kriegsbemalung. Allein die Tatsache, dass sie vor ihm steht, ist Auslöser genug: Seine Hand ist schnell, die Bewegung präzise, und schon liegt die Flasche in Scherben im Spülbecken. Tentakel aus Blut entrollen sich im Alkohol und treiben langsam Richtung Ausguss. Finster starrt er darauf, während rote und schwarze Gedanken in seinem

Kopf explodieren: wie er Ellie die Treppe hinunterstößt, wie sie sich im Fall den Kopf, die Wirbelsäule, die Arme und Beine am Hartholz anschlägt, bis ein lebenswichtiger Knochen bricht.

Sein Spiegelbild im Küchenfenster zeigt ihm eine derangierte, sich auflösende Version seiner selbst, was ihn schockiert. Im Gegensatz zu Ellie hat er keinerlei Erfahrung mit einem Chaos aus Emotionen, das seine Handlungen diktiert. Er muss nur seinen Geist beschäftigen.

Also geht er zum Bücherregal im Wohnzimmer, sichtet die Titel auf den Borden und entscheidet sich trotz seiner Schwäche für Capotes wohlgeformte Prosa gegen *Kaltblütig*. Mit jedem neuen Titel beruhigt sich sein Herzschlag und damit auch seine Mordlust, bis sie wieder tief in seinem Innern begraben ist. Als er nach der ledergebundenen Ausgabe von *Für Esmé – in Liebe und Elend* greift, ist das Zittern in seinen Händen kaum noch sichtbar. Es gibt doch keinen besseren Begleiter durch die Nacht als einen amerikanischen Klassiker, der ihm helfen wird, wieder Kontrolle über seinen Geist zu erlangen und sich über die Urinstinkte zu erheben, die Ellie in ihm geweckt hat. Vielleicht war es aber auch dieses Haus oder die Wildnis um ihn herum.

Als er sich umdreht, sieht er ihn unter dem Sofa hervorlugen: den Griff von Ellies Tasche. In dem ganzen Durcheinander hat er sie ganz vergessen. Das Buch gleitet ihm aus den Händen, als er in die Hocke geht und am Griff zerrt, bis die Tasche aus ihrem Versteck herauskommt. Noch etwas anderes kommt gleich mit. Im Licht des Feuers blinkt sein Wagenschlüssel. Da er ihn nicht finden konnte, hatte er angenommen, Ellie hätte ihn – was sie auch nicht abstritt, als er sie auf der Treppe zur Rede stellte. Aber jetzt ist er wirklich der Angeschmierte, und zwar aus eigener Schuld. Sie hat ihn hereingelegt, weil sie so aufreizend vor ihm tanzte, dass er sich gierig die Kleider vom

Leib riss und aufs Sofa schleuderte. Dabei muss ihm der Wagenschlüssel aus der Hosentasche gerutscht sein. Wegen des Wagens kann er jetzt nichts mehr machen. Aber er kann etwas anderes machen.

Ohne zu zögern, kippt er den Inhalt der Tasche ins Feuer. Die einzelnen Gegenstände fallen auf die brennenden Scheite, und die Tasche landet auf ihnen. Die Papierbögen krümmen sich unter dem Ansturm der Flammen, die Worte darauf färben sich schwarz. Ellies Geschichte verwandelt sich in Rauch und Asche. Nun kann sie ihre kostbaren Beweise nicht mehr gegen ihn verwenden. Unwillkürlich muss er lächeln.

Aber er wird auch nicht mehr lange hier sein. Schon bald wird er in die Zivilisation mit ihrem Strafgesetzbuch und ihrem funktionierenden Mobiltelefonnetz zurückkehren. Bei dem Gedanken klopft er sich auf die Hosentaschen, entdeckt zu seiner Überraschung aber, dass sie leer sind. Zur Sicherheit schiebt er die Hände hinein, doch es bleibt dabei: leer.

»Hast du es schon wieder in deiner Jacke gelassen?«

Beim Klang ihrer Stimme spannt sich sein Körper an, als müsste er sich gegen Schmerzen wappnen. Sie steht auf der Schwelle zwischen Wohnzimmer und Eingangshalle: mit einem Grinsen auf dem Gesicht, einem Verband mit Klebeband am linken Arm und seinem Handy in der rechten Hand. Als er auf sein Handy und das schlanke Handgelenk darüber starrt, sieht er zum ersten Mal den Hinweis, den er die ganze Zeit vor der Nase hatte und doch nicht erkannte: Das nicht ganz geschlossene liegende Unendlichkeitszeichen ist in Wirklichkeit ein verschnörkeltes W. Sie hat sich mit der Initiale ihrer Rache gezeichnet.

Trotzig steht sie vor ihm, doch die dunklen Schatten unter ihren Augen verraten, wie erschöpft sie ist, entweder vom

Schlafmangel oder vom Blutverlust. Dennoch weckt ihre verhärmte Erscheinung keinerlei Mitleid in ihm. Im Gegenteil, ein einziger Blick auf sie lässt sofort den Zorn in ihm auflodern, sodass er buchstäblich rotsieht. Sie hat ihm schon so viel genommen; das wird sie ihm nicht auch noch nehmen.

»Gib es besser zurück«, warnt er sie mit schmerzhaft fest zusammengebissenen Zähnen.

»Sonst was?«, erwidert sie provozierend.

»Ich hab dein kostbares Tagebuch und alles andere aus deiner Tasche verbrannt.«

Ungerührt starrt sie ihn weiter an. »Glaubst du etwa, ich hätte die Originale mitgenommen?«

Sie hat wirklich auf alles eine Antwort. Jedes Mal wenn er das Gefühl hat, an die Oberfläche zu kommen, drückt sie ihn wieder unter Wasser. Dieser Albtraum wird nicht enden, solange sie da ist, er wird einfach nicht enden. Sie hat sich sein Handy geschnappt, aber das darf sie nicht behalten. Dieses eine Stück von ihm wird er nicht aufgeben.

»Gib mir das Handy zurück«, befiehlt er grollend.

»Wenn du so scharf darauf bist, dann komm und hol es dir, *Professor.*« Seinen Titel spricht sie so herablassend aus, dass er noch mehr in Rage gerät.

Doch bevor er reagieren kann, rennt sie los, aber nicht zur Treppe, sondern in die entgegengesetzte Richtung. Die Haustür springt auf und knallt gegen die Wand. Ohne nachzudenken, jagt er ihr nach.

# 66 STEVEN

Auf den Spuren, die sie eben im Schnee hinterlassen haben, flieht Ellie vor ihm zum Wald und wird dort von den Schatten zwischen den Bäumen verschluckt. Der Schock, sie aus den Augen verloren zu haben, durchzuckt ihn wie ein Stromstoß und treibt ihn an. Er tritt gegen Schnee und rennt schneller.

Im stillen Dom der nackten Bäume hört er das Knirschen ihrer Schritte aus allen Richtungen.

»Gibst du schon auf?«

Er lächelt. Denn dieses eine Mal nützt ihm ihre Provokation: Jetzt weiß er, wo sie ist. Sein Zorn und Groll konzentrieren sich auf einen Punkt vor ihm. Er wird sie zur Strecke bringen. Aus der Dunkelheit vor ihm taucht schemenhaft ihre Gestalt auf. Er rennt noch schneller und hat sie schon fast erreicht, da erscheint vor ihm wie aus dem Nichts ein dunkler, großer Fleck. Er kann nicht mehr ausweichen, prallt mit dem Schienbein dagegen und verliert das Gleichgewicht.

»Verflucht!«, stößt er aus und stürzt kopfüber in den Schnee.

Mühsam setzt er sich auf und spuckt zuerst Schnee und dann Blut. Wie sich herausstellt, ist das Hindernis ein alter kaputter Sessel. Wie zum Teufel ist der hier mitten im Wald gelandet? Er rappelt sich auf und tritt gegen das völlig zusammengefallene Möbelstück, lässt seine ganze Frustration an diesem nutzlosen Stück Holz aus. Im Eifer des Gefechts verliert er erneut das Gleichgewicht und kracht mit dem Hintern in den Schnee.

»Bist du schon erledigt, alter Mann?« Sie lehnt an einem

Baum in greifbarer Nähe. Ihr höhnisches Grinsen würde er ihr am liebsten mit einer Ohrfeige aus dem Gesicht fegen.

Er springt auf, und die Jagd beginnt von Neuem. Sie flitzt durch die Bäume, immer geradeaus, schlägt dann einen Haken und schießt nach rechts. Die Kälte brennt auf seinen Wangen und treibt ihm Tränen in die Augen. Aber er rennt weiter. Die Jagd erfrischt ihn, er fühlt sich stärker und lebendiger als je zuvor.

Sie durchbrechen die Barriere des Waldes mit seiner beklemmenden Dunkelheit und gelangen an den offenen Strand. Immer noch ist sie weit vor ihm, ihr Haar weht wie eine Fahne im Wind, das Licht über dem Meer verwandelt das Schwarz des Wassers in rötliches Indigo. Die Sonne naht, genau wie er, immer näher kommt er ihr. Rachedurst prickelt in seinen Fingerspitzen, so sehr will er ihre wehenden Haare packen. Das Spiel gewinnen. Doch da erhöht sie ihr Tempo und lässt ihn zurück. Sauerstoff brennt in seiner Lunge, und das Blut in seinen Beinen wird zu Blei.

»Willst du dein Handy?«, brüllt sie, dreht sich um und läuft rückwärts.

Aber noch bevor er antworten kann, schmeißt sie das Handy wie eine Handgranate weg: In einem perfekten Bogen fliegt es durch die Luft. Wie angewurzelt bleibt er stehen. Als es mit einem lauten Klatschen ins Meer taucht, kippt etwas in ihm. Die letzte Hemmung, ein letzter Rest Menschlichkeit – an den er sich geklammert hatte – zerspringt, als sein Handy aufs Wasser schlägt. Damit hat sie seine letzte Hoffnung zerstört. Sie wird niemals aufhören, ihm etwas wegzunehmen. Das muss ein Ende haben.

»Keine Angst. Ich habe alle Nachrichten und Fotos gespeichert.«

Mit einem grollenden Aufheulen sprintet er los, befeuert von reinem Hass. Er schießt auf ihre vom Wind gebeugte Gestalt zu und wird immer schneller. Als sie sich umdreht, sieht er einen Anflug von Angst auf ihrem Gesicht. Nun gibt es kein Zögern und Zweifeln mehr: Er wird sie packen. Er wird dafür sorgen, dass sie es bereut. Ihr Rücken ist ein knöchernes Ziel, das unter seinen Händen und Füßen brechen wird. Ihr Wissen wird diesen Ort niemals verlassen.

Sie sind einmal im Kreis gelaufen, denn nun erscheint die Silhouette des Hauses vor dem Teil des Himmels, der noch der Nacht gehört. Als sie näher kommen, trifft ein Sonnenstrahl auf die riesigen Fenster des Wohnzimmers, die so grell aufblinken, dass er die Augen zusammenkneifen muss. Wieder einmal ist das Innere des Hauses nicht einsehbar. Dieses Haus bewahrt seine Geheimnisse, Steine und Mörtel sind so viel zuverlässiger als Menschen. Was immer innerhalb dieser Mauern geschieht, ist von der Außenwelt abgeschirmt und damit im Grunde nicht existent. Er wird es beenden, wo sie es begonnen hat.

## 67 STEVEN

Als er immer weiter aufholt, hört er ihr Keuchen, hört die Anstrengung ihres Körpers, das rasende Tempo beizubehalten. Auf den Stufen zur Veranda macht er einen Satz und greift nach ihren Haaren, berührt sie tatsächlich für eine Sekunde. Sie schießt durch die Haustür und schmettert sie ihm entgegen, doch er weicht ihr aus, ohne langsamer zu werden. Es klingt wie ein Warnschuss, als die massive Eichentür zuknallt. Ohne zu zögern, rennt Ellie, immer zwei Stufen auf einmal nehmend, die Treppe hinauf. Treibt sich selbst in eine Ecke, nur für ihn.

Als sie den oberen Treppenabsatz erreicht, kann er sie packen. Er umschlingt ihre Beine und reißt sie ihr weg. Mit einem dumpfen Schlag prallt ihr Körper so heftig auf das teppichbelegte Hartholz, dass ihr ein Ächzen entfährt. Er zieht sich an ihr hoch, bis er ihren warmen Atem an seiner Wange spürt, packt ihre Haare und reißt so brutal daran, dass sie aufheult. Die Wunde an ihrer Lippe ist wieder aufgeplatzt und blutet. Mit Händen und Füßen wehrt sie sich gegen sein Gewicht und den Schmerz, den er ihr zufügt, doch vergeblich. Er liegt auf ihr wie schon unzählige Male zuvor, als ihr Körper sich im Einklang mit seinem bewegte und sich an ihn drängte statt von ihm weg. Als sie immer weiter gegen ihn kämpft, spürt er, wie seine Erregung steigt. Das Entsetzen in ihren Augen zeigt ihm, dass sie es auch spürt. Hinter diesen Augen liegt all das Wissen, das sie gegen ihn in der Hand hat. Er könnte ihren Schädel gegen den Hartholzboden rammen und zusehen, wie dieses Wissen aus ihrem Kopf in den Teppich sickert.

»Runter von mir, du perverser Bastard!«, spuckt sie aus, drückt ihre Fäuste gegen seine Brust und starrt ihn mit hervorquellenden Augen an wie eine Irre.

»Gib's zu, du hast verloren«, brüllt er.

Sie trommelt gegen seine Schulter, schlägt auf die wunde Stelle an seinem Nacken und kratzt mit ihren Fingernägeln tiefe Schrammen in sein Gesicht. Daraufhin ohrfeigt er sie so heftig, dass der Abdruck sich rot auf ihrer Wange abmalt. Bevor sie zurückschlagen kann, umfasst er ihre Handgelenke und nagelt sie am Boden fest. Unter dem improvisierten Verband und dem Alkohol nimmt er den rostigen Geruch von getrocknetem Blut wahr: Aus ihrer verrottenden Wunde breitet sich bereits der Tod aus.

»Fick dich!«, kreischt sie. Ihr Gesicht ist zu einer hässlichen Maske verzerrt, sie hat buchstäblich Schaum vorm Mund und stinkt nach Nikotin. Ihm wird leicht übel: Wie konnte er je mit einer derart vulgären Person zusammen sein? Sie ist eine Betrügerin, durch und durch, aber nicht mehr lange. Jetzt sieht er es ganz klar: Gleich wird er ihre ordinären Schmähreden unter einem Haufen gebrochener Knochen begraben. Aus der Wunde an ihrer Lippe läuft Blut bis in den Mundwinkel.

Sie hebt den Kopf, bis ihr Gesicht nur noch Zentimeter von seinem entfernt ist. »Runter von mir, du ... Vergewaltiger!«

»Hör auf!«

»Ich werde allen von dir erzählen. Wie du dich auf kleine Mädchen stürzt ...«

»Hast du nicht gehört?« Mit seinen Oberschenkeln quetscht er ihren Brustkorb, testet die Flexibilität ihrer Rippen. Sie wehrt sich mit Hohnreden gegen den Schmerz.

»Hast du sie hypnotisiert, damit sie dir blind ins Bett folgen? Wie der ...«

Er lässt eines ihrer Handgelenke los und hält ihr den Mund zu, um ihre Lügen zu stoppen, spürt ihren feuchten Atem. Plötzlich beißt sie zu. Der glühende Schmerz bringt ihn nur noch mehr in Rage.

»Miststück!«

Um ihr zu zeigen, wer hier das Sagen hat, boxt er auf ihre Wunde. Sie heult auf wie ein verendendes Tier.

Doch kaum hat er seine Hand von ihrem Mund genommen, verspritzt sie keuchend weiter ihr Gift: »Wie der Rattenfänger von Hameln sind sie dir alle über die Klippe gefolgt …«

»Sei still!«

»So wie du Wendy über die Klippe gejagt hast.«

»Es war ein Unfall!«

Als er merkt, was er da gesagt hat, zuckt er zusammen.

»Ich wusste es! Du warst dabei! Du hast sie gestoßen, oder etwa nicht? Und dann bist du weggerannt wie ein Feigling. Du hast meine beste Freundin umgebracht. Dabei war sie noch ein Kind. Ich sag's allen. Ich werde alles verraten!«

»Sie hat das Gleichgewicht verloren. Es war ein Unfall.« Jetzt klingt seine Stimme ganz und gar nicht mehr selbstsicher wie sonst. Nur wegen ihr. Das alles ist ihre Schuld.

»Ich miete eine Plakatwand am gottverfluchten Madison Square Garden, damit alle es sehen können. Stell dir vor, wie dein Vater sich für dich schämen wird! Die Schande, dass sein missratener Sohn …«

»Sei still. Sei endlich still!«

Ihr Hohn dröhnt in seinen Ohren. Ihr Blick enthält all seine Geheimnisse, sie wird sie mitnehmen, wohin sie auch geht. Ihr Zischen – wie eine Armee von Klapperschlangen. Das muss ein Ende haben. Er muss dem ein Ende bereiten. Ihr muss er ein Ende bereiten. Dieses ohrenbetäubende weiße Rauschen treibt ihn in den Wahnsinn, fegt jeden Gedanken aus seinem Hirn, bis nichts mehr bleibt als der Drang, sie zum Schweigen zu bringen. Es dröhnt in seinen Ohren. Mit gefletschten Zähnen, brennender, schweißbedeckter Haut kniet er auf ihr. Er löst die Hände von ihren Handgelenken und legt sie um ihren Hals. Als er ihre Kehle zusammendrückt, betrachtet er seine Hände, als gehörten sie jemand anderem. Sie ist selbst schuld, dass sie jetzt stirbt, sie hat ihn zu dieser drastischen Maßnahme getrieben. Ganz allein *sie* bringt ihn dazu.

Er sieht schon alles vor sich: ihren leblosen Körper, den er mit Steinen in ihrer Jacke beschwert. Wie die frühen Siedler Hexen ins Wasser warfen, um den Sturm zu beenden, wird er sie im Atlantik versenken, und ihre Haare werden wie Seegras im Wasser schweben. Ihr weißes Gesicht wird sich immer weiter entfernen und dann ganz vom Antlitz der Erde und aus seinem Leben verschwinden. Sie wird eine Ziffer in der Datenbank vermisster Personen werden, wie jemand, der kurz Zigaretten holen wollte und nie mehr zurückkehrte. Fische und Krebse werden sich an ihrem grauen Fleisch, an ihren glasigen Augen bedienen und sie für ein Festmahl halten.

Heftig wehrt sie sich gegen seinen Griff, zerkratzt seine Hände und versucht, sie auseinanderzureißen. Bitten und Flehen oder auch Beleidigungen ersticken gurgelnd in ihrem Mund. Er ignoriert es, bis er in dem undeutlichen Husten und Würgen etwas versteht, das ihn schockt und seinen Griff um ihren Hals lockert.

»Die Polizei kommt«, krächzt sie. Unbeholfen versucht sie, sich seinem Griff zu entwinden, und stützt sich auf die Ellbogen.

»Bullshit. Hier gibt's keinen Empfang.« Wieder bewegt sie die Lippen, doch ihre Stimme ist so kraftlos, dass er sie nicht versteht. »Was?«, fragt er.

»Handyblocker.«

Mit diesem einen Wort zerstört sie all seine Hoffnungen, dass dieser aberwitzige Schlamassel bald vorbei ist. Er löst die Hände von ihrem Hals und rauft sich die Haare.

»Wann ...«

»Hab sie gerufen, bevor ich rausrannte«, stößt sie keuchend hervor und holt pfeifend Luft.

»Lügnerin«, brüllt er, umfasst erneut ihren Hals und drückt zu, aber längst nicht mehr so überzeugt.

»Wenn du mich jetzt tötest, hast du keine Zeit mehr, meine Leiche loszuwerden. Dann bist du ein *Mörder*«, quetscht sie hervor und spricht damit ihr bizarres Todesurteil über ihn.

Sie lügt. Die verzweifelte Lüge eines verzweifelten Mädchens. Es muss eine Lüge sein. Eine List, damit er sie aus Angst loslässt. Er will sein Leben zurück, will es ihr aus den kalten, toten Händen zerren. Sie lügt. Anders kann es nicht sein. Wie eine Hexe liest sie seine Gedanken und tötet ihn mit dem bösen Blick. Ihre blutunterlaufenen Augen scheinen direkt aus der Hölle zu kommen, sind jetzt leuchtend grün. Alles Blau ist verschwunden.

»Ticktack, Professor ... Wofür entscheidest du dich?« Ihre Miene gibt nichts preis. »Ich bin bereit zu sterben.« Damit legt sie die Arme schlaff auf den Boden, kippt den Kopf in den Nacken und bietet ihm ihre Kehle dar, bietet ihm an, ihr das Leben zu nehmen.

Kann er ihr glauben? Soll er ihr glauben? Der Rest seines Lebens und sein Ruf hängen davon ab. Hat er nur den Lockruf einer Sirene gehört oder spielt ihm die Angst einen Streich? Er beugt sich vor, der weiche Knorpel unter seinen Händen erscheint ihm so zerbrechlich. Der Wind heult, immer lauter und lauter, bis es erneut zum Heulen einer Sirene wird. Schriller. Und näher.

Er sieht Ellie, der das Blut aus der Lippe übers Kinn läuft.

Er sieht das Gesicht seines Vaters.

Er sieht die Klippe und Wendy, die die Hand nach ihm ausstreckt.

Jetzt weiß er es. Er weiß, was getan werden muss.

# 68 ELLIE

Das Haus wird ihnen verraten, was sich abgespielt hat. Alles hier erzählt eine Geschichte. Wahrheit macht frei, heißt es.

Das ist ein Irrglaube.

Es beginnt mit dem lautlosen Puls blauer Lichter, die durchs Fenster dringen, dann erobert die Außenwelt mit lautem Klopfen und Schritten das Haus. Durch die offene Eingangstür dringt Kälte und huscht die Treppe hinauf. Das Haus erschauert und erwacht zum Leben.

Stimmengewirr verdrängt die Stille. Einzelne Wörter tauchen aus der Geräuschkulisse auf: *Opfer. Nicht ansprechbar. Mein Gott!* Sie stammen von einem Polizisten mit Burt-Reynolds-Schnäuzer. Eine blanke Marke weist ihn als Deputy Wilcox aus: schwarze, in Messing geätzte Buchstaben, das o fast zu einem zweiten c verkratzt. In seinen Augen spiegeln sich die Fragen, während er zu entschlüsseln versucht, was hier passiert ist. Er riecht nach Kaffee, und an seinem Schnäuzer klebt noch Milchschaum. Hinter seinen gesprungenen Lippen sieht man gelbe Zähne, die mal dringend gereinigt werden müssten.

So überlebe ich. Ich konzentriere mich auf die Details.

Mit der Hand am Kinn überblickt er eine Szenerie, die man in dieser friedlichen Gegend des Landes wohl noch nie gesehen hat. Einen Autounfall, das schon, oder hin und wieder ein Missgeschick beim Holzhacken. Aber so was? So was tun sich nur Tiere an – und das in den Tiefen des Waldes, nicht in einem schicken Haus. Was hier passiert ist, hat Teppich und Wände mit Blut und Gestank getränkt. Weitere Wörter – *fahren, Kran-*

*kenhaus* –, doch fehlt immer noch zu viel, um daraus ganze Sätze und einen Sinn zu bilden. Ich spüre das Gewicht einer Decke und die kratzige Wärme von Wolle auf meinen Schultern. Als ich mich bewege, rieche ich den Gestank auf meiner Haut, von der klaffenden Wunde an meinem Arm. Worte verhaken sich wie Stacheldraht in meiner Kehle. Sie sind unnötig. Das Haus wird ihnen verraten, was sich abgespielt hat.

Nun stehe ich auf und bewege mich mit Deputy Wilcox' Hilfe langsam die Treppe hinunter. Schauen Sie auf die Stufen, sagt er. Schauen Sie auf die Stufen. Auf der dritten Stufe liegt eine zerrissene Halskette mit einem herzförmigen Anhänger. Das Geschenk für ein Mädchen, das es nicht mehr gibt. Einer von Wilcox' Kollegen hebt sie auf und lässt sie in ein Plastiktütchen fallen, wo der einstige Liebesbeweis zu einem weiteren Indiz für die Gräuel wird, die hier stattgefunden haben. Die kleine Tüte wird versiegelt und kommt zu den anderen, die größtenteils zerfetzte Kleider enthalten. In einer stecken die Scherben eines Bechers. Noch ein Detail von Stevens Gewalt gegen mich.

Im Erdgeschoss wimmeln weitere Polizisten mit Fragen im Blick im scheinbaren Chaos herum: Blitzlichtgewitter, statisches Rauschen aus Funkgeräten, das Schnalzen von Latexhandschuhen. Hier unten ist der Gestank schlimmer: Rost vermischt mit etwas Beißendem, das an Schwefel erinnert. Ich muss würgen, doch bin ich innerlich leer. Blut bedeckt die Wände und Türrahmen, die Küchentheke ist vollkommen verschmiert: Spritzer und Flecken ein Bilderrätsel, das gelöst werden muss. Überall die Spuren von Stevens Wüten gegen mich.

*Das Haus wird ihnen verraten, was sich abgespielt hat.*

Im Wohnzimmer liegt der umgekippte Rollstuhl, an den Steven mich fesselte, um aus mir herauszupressen, was ich wusste. Im Kamin schwelen die verbrannten Überreste meiner Tasche.

Vor mir geht Deputy Wilcox zur weit offen stehenden Haustür. Hinter uns bilden Wände und Decke der Eingangshalle den Rahmen für das Henkersseil, das Steven für mich knüpfte, als ihm klar wurde, dass ich zu viel wusste. Es baumelt immer noch dort.

Draußen empfängt mich die beißende Kälte. Die Sonne färbt den Horizont zu einem fahlen Gelborange und kündet vom neuen Tag, der auch nie hätte kommen können. Die aschgraue Wolkendecke hat sich aufgelöst, das Blau den Himmel zurückerobert. Möwen schreien die Eindringlinge an, die die friedliche Stille der Küste stören.

Durch den Schnee vor dem Haus verläuft eine Blutspur, an deren Ende ein Officer das Messer aus seiner eisigen Ruhestätte ausgräbt, mit dem Steven mich attackiert hat. In einiger Entfernung sieht man in einer offenen Doppelgarage, wie ein weiterer Beamter in die Hocke geht und die tiefen Schnitte im Vorderreifen eines Wagens begutachtet – Stevens verzweifelter Versuch, mich hier festzuhalten, damit ich nicht um Hilfe rufen konnte.

Alles hier erzählt eine Geschichte.

Mitten in den kreuz und quer geparkten Streifenwagen wartet eine Ambulanz mit blitzenden Lichtern. Dahinter wirkt der Wald nicht mehr bedrohlich: Die Bäume haben sich aus der Dunkelheit gelöst. Bei Tageslicht sieht alles anders aus. Doch unter der leuchtend weißen Schneedecke ist der Boden immer noch tot.

Zwei Sanitäter springen aus dem Krankenwagen und helfen mir hinein. Die dicke, tröstliche Decke wird durch eine flatternde leichte Thermofolie ersetzt. Es riecht durchdringend nach Desinfektionsmittel, mit dem Krankheit und Tod von den glänzenden Oberflächen gewischt werden. Die Matte auf der Tragbahre ist dünn und quietscht bei jeder Bewegung. Alle schauen mich an, und sie sehen nur, was Steven mir angetan hat.

»Wohin, Jungs?«, fragt der Deputy.

»Ins Mercy General Hospital«, erwidert der Sanitäter mit dem blonden Pferdeschwanz. Er wirkt viel zu jung, um die Verantwortung für das Leben anderer zu übernehmen.

Die Türen des Krankenwagens schlagen zu, doch ein Wort hängt weiter in der Luft, beißend wie der Schwefel von einem Streichholz. Ein Wort, das hier völlig fehl am Platze ist.

*Mercy: Gnade.*

# 69 ELLIE

Meine Benommenheit schwindet ein bisschen beim Brummen des Motors, das so tröstlich ist, dass ich fast in Tränen ausbreche. Eine Weile nach unserer Ankunft erwache ich richtig vom geordneten Chaos des Krankenhauses und dem starken Geruch nach Desinfektionsmitteln. Gedanken strömen wieder in meinen Kopf und damit auch der Rest der Zivilisation: ein freies Ballett von Menschen, die den Raum um mich füllen. Nach nur zwei Tagen habe ich vergessen, wie viel Krach Menschen machen.

Zwei Krankenschwestern ziehen mich unter Aufsicht von Deputy Wilcox bis auf die Unterwäsche aus und verstauen meine Kleider umsichtig in Plastikbeuteln. Ungerührt von dem Umstand, wie viel nackte Haut zu sehen ist, fotografiert er meinen ganzen Körper, jeden roten und blauen Fleck, den Schnitt an meiner Unterlippe, die klaffende Wunde an meinem Unterarm. Erst als er das Stück Papier entdeckt, das unter meinem BH hervorlugt, zieht er die linke Augenbraue hoch und lässt seine starre Maske fallen. Ich fische es heraus, es ist noch warm von meiner Haut, und entfalte es vorsichtig. Der tiefe Knick in der Mitte droht Wendy und mich für immer zu trennen. Er betrachtet das Bild zweier halbwüchsiger Mädchen, ihr Grinsen, ihre Umarmung. Es ist der mit Chemikalien und Fotopapier für immer festgehaltene Beweis einer engen Beziehung.

»Darf ich das behalten? Bitte.«

Als er mir ansieht, dass dies nicht nur ein Andenken ist, sondern ein Fels in der Brandung meiner sturmgepeitschten

Psyche, nickt er. Also kommt das Foto in sein Versteck zurück, bevor wir uns wieder der Bestandsaufnahme meiner Verletzungen zuwenden. Er bittet mich, den Kopf zu senken, und hält meine Haare zurück, als er die Kamera auf meinen Hals richtet. Wieder verändert sich seine Miene, als er die dunklen Fingerabdrücke darauf sieht. Vermutlich verbindet er eine Verletzung mit der nächsten, bis aus den Einzelteilen eine ganze Geschichte entsteht. Bin ich für ihn noch ein Mensch oder nur die Summe meiner Verletzungen? Als Nächstes schabt er mit einem Holzstab unter meinen Fingernägeln und versiegelt das, was sich darunter befunden hat, in kleinen Plastiktüten.

Als er fertig ist, schlüpfe ich in das Hemdchen, das mir eine der Krankenschwestern hinhält. Sie ist eine ältere Frau mit aufgesteckten Löckchen und einem verschrammten Schildchen an der Brust, das sie als Schwester Chandlers ausweist. Auf dem Foto sind ihre Haare kürzer, und in ihren Augen zeigt sich die Anspannung ihres ersten Arbeitstags.

Deputy Wilcox steckt alle Beweismittel von mir in eine Kiste. »Sollen wir jemanden für Sie anrufen?«

Sofort denke ich an Connor. Stundenlang hat er mir bei Fritten und Milchshakes zugehört, erst bei meinem Besuch, als ich neunzehn war, und dann nachdem ich zum Studieren nach New York zog. Connor, den ich seit seiner Nachricht vor drei Tagen immer noch nicht zurückgerufen habe. *Hey, Cousinchen, hör zu, Joao und ich wollten übers Wochenende mit ein paar Freunden nach Vermont. Willst du mitkommen? Du kannst auch deinen geheimnisvollen Freund mitbringen, von dem ich nichts weiß. Wie auch immer, ruf mich zurück.* Der sorglose Connor, der sich mit seinem Freund eine Wohnung in Brooklyn teilt, der im Verlagswesen arbeitet, im Prospect Park radelt und mit seinen Freunden Partys auf Dachterrassen feiert, die mit

Märchenbeleuchtung geschmückt sind. Als ich in New York ankam, wartete er am La Guardia auf mich, obwohl ich ihn nicht darum gebeten hatte. *Empfangskomitee,* sagte er nur, nahm mir den Koffer ab und überreichte mir eine Brezel. *Du und dein ständiges Essen,* lachte ich.

Allein durch die Erinnerung an ihn schmilzt das Eis in meinen Nervenbahnen. Aber dieses Eis betäubt mich und hält mich zusammen. Wenn ich ihn jetzt anrufe, wird er alles stehen und liegen lassen und in wenigen Stunden hier sein. Er wird für mich da sein, was auch immer ich brauche. Allerdings weiß er nichts von Ellie. Und momentan kommt es nur auf Ellie an.

»Nein, ich habe niemanden«, sage ich.

Meine Perspektive verlagert sich vom abgewetzten Linoleum zu den melierten Deckenplatten. Deputy Wilcox hat den Raum verlassen, vielleicht auch das Krankenhaus. Das Spekulum in mir ist kalt und bohrt sich auf der Suche nach Spuren von Steven tief in mich. Sein Name steckt mir immer noch in der Kehle und in einer Nische meines Kopfes; ich kann ihn nicht mal in Gedanken aussprechen: Es könnte mich zerreißen. Das Spekulum bohrt sich noch tiefer und nagt an mir, doch spüre ich jetzt einen anderen Schmerz: den Druck der harten Tischkante an meinem Schambein, als er mein Kleid hochschob. Ich klammere mich so fest an die dünne Matratze, dass die Papierunterlage Löcher bekommt.

»Verzeihung, es dauert nicht mehr lange«, sagt eine körperlose Stimme automatisch auf die neue Anspannung in meinem Körper.

Ich frage mich, wie oft sie schon so etwas zu Frauen auf dieser Liege gesagt hat, wie viele Augen auf diese Platten an der Decke gestarrt haben – an der linken ist eine kleine Ecke abgebrochen –, wie viele Hände die Unterlage zerrissen haben, während ihnen Erinnerungsschrapnelle durchs Hirn krachten, während sie das kalte Metall zu ignorieren versuchten, das sich in ihre Vagina schob: noch ein unerwünschter Eindringling, aber ein notwendiger, noch ein Schmerz, den es durchzustehen galt in der Hoffnung, dass ihnen dann Gerechtigkeit widerfahren würde. Als sich das Spekulum noch tiefer in mich schiebt, rinnt mir eine Träne über die Schläfe.

Die Spritze blinkt im künstlichen Licht. Mit leichtem Kneifen verschwindet die Nadel unter der Haut meiner Hand.

»Was ist das?«, krächze ich. Jedes Wort brennt mir in der Kehle.

»Etwas gegen die Kälteverbrennung.«

Ich richte mich auf der Untersuchungsliege auf und konzentriere mich auf die Poster über Grippeimpfung und Symptome von Gürtelrose. Alles, um mich ganz auf die Gegenwart zu fokussieren. Alles, um nicht zurückzudenken. Gänsehaut überzieht meine Arme.

»Armes Kind«, sagt die Schwester mit deutlichem Südstaatenakzent und verschwindet hinter dem zugezogenen Vorhang, der einem die Illusion von Privatsphäre vermitteln soll. Ich schätze, sie ist alt genug, um mich als Kind zu betrachten.

In meiner Kabine aus blauem Stoff lausche ich auf körperlose Gespräche und gewöhne mich wieder an das Wirrwarr des Lebens.

Als die Schwester zurückkommt, schiebt sie einen Rollstuhl, auf dem ein Morgenmantel und ein Paar Wollsocken liegen. Bei diesem Anblick klopft mein Herz schneller.

»Ich kann doch laufen.«

»Sie sind ganz bleich. Bestimmt frieren Sie. Hier, bitte.« Sie zieht mir persönlich die Socken an und schiebt meine Arme in die Ärmel des Morgenmantels. Dabei kann ich meinen Blick nicht von dem Rollstuhl lösen; seine Präsenz in der Mitte der Kabine ist überwältigend, eine stille Anklage, ein Geheimnis, das nur wir zwei kennen, obwohl ich weiß, dass es nicht der aus dem Haus ist.

Als sie mich angezogen hat, manövriert sie den Rollstuhl näher zu mir.

»Schwester Chandlers ...«, will ich protestieren, muss aber pfeifend Luft holen.

»Bitte, nennen Sie mich doch Shelley.« Bei ihrer Stimme muss ich an einen heißen Sommertag auf der Bourbon Street denken. In ihrer Nähe wird es mir wärmer, ich fühle mich nicht nur wie eine Hülle, sondern mehr wie ein menschliches Wesen.

»Kann ich nicht einfach laufen?«

»Tut mir leid, Schätzchen, Vorschrift des Krankenhauses, wir dürfen Sie nicht laufen lassen, solange eine Gehirnerschütterung nicht ausgeschlossen ist. Sehen Sie es doch so: Sie bekommen einen eigenen Chauffeur.« Als sie mich anlächelt, versuche ich, ihr Lächeln zu erwidern, spüre aber, dass es ein mickriger Versuch bleibt.

Als Erstes werde ich in ein Kämmerchen gebracht, wo ein junger Arzt mit Bartflaum und Sommersprossen meine Wunde säubert und näht. Jedes neue Gesicht, das ich sehe, ist eine Perle auf einem Faden, der mich immer weiter vom Haus entfernt. Zwölf Stiche später fährt mich Shelley zu meinem Termin in der Gynäkologie. Als ich die Beine auf die Stützen des Stuhls lege, fliege ich im Geist nach Neverland, während das kalte Spekulum erneut in mich eindringt.

Nach dieser unangenehmen Zwischenstation geht es in die Röntgenabteilung, wo zunächst verifiziert wird, dass ich nicht an etwas leide, das sich Pulmonalödem nennt, und danach, dass das Gewebe an meinem Hals unverletzt ist.

Eine Ärztin zeigt meinen Geist auf dem Röntgenbild, beleuchtet den Negativraum meines Körpers, der aussieht, als hätte die Dunkelheit des Waldes und der letzten zwei Tage mein Inneres schwarz und grau gefärbt. Sie starrt so konzentriert auf die Hohlkörper meiner Knochen, als wollte sie eine geheime Sprache entziffern und die Bedeutung der Linien und Kurven übersetzen. Ich frage mich, wie viel sie dort von den letzten Tagen lesen kann.

»Sieht alles gut aus.« Sie lächelt, als hätte ich einen Wettbewerb gewonnen. »Keine Wirbelfrakturen, kein gebrochenes Zungenbein. Nur ein paar Blutergüsse und Schwellungen.« Ich bin nicht so zuversichtlich wie sie, denn in mir ist etwas zerbrochen, das sich nicht mit medizinischen Apparaten nachweisen lässt.

Zurück im Rollstuhl, werde ich zum nächsten Test, zur nächsten Station dieses Parcours gefahren. Während ich steif wie ein Stock in dem Rollstuhl sitze, läuft es mir kalt den Rücken hinunter: Ich will mich nicht umdrehen, denn auf einmal überfällt mich die Angst, dass *er* mich schiebt. Auf dem Gang kommen wir an Deputy Wilcox vorbei, der einen dampfenden Becher Kaffee in der Hand hält. Das überrascht mich, hatte ich doch gedacht, er wäre wieder auf der Wache oder am Haus.

»Wo wollen Sie jetzt hin?«, fragt er Shelley.

»Zum MRT.« Sie bleibt neben dem Plastikstuhl stehen, auf dem er Platz genommen hat. Der sieht zwar unbequem aus, aber ich würde liebend gern mit dem Deputy tauschen.

»Mein Kopf ist in Ordnung«, sage ich heiser. Nicht mein Kopf, sondern meine Kehle tut höllisch weh.

»Ihr Kopf ist auf dem Boden aufgeschlagen, Schätzchen. Wir müssen sichergehen, dass Sie keine Gehirnerschütterung und kein SHT haben.« Sie zieht das Wort »Schätzchen« in die Länge.

»SHT?«

»Schädel-Hirn-Trauma«, erklärt sie lächelnd. »Keine Sorge, das sind alles nur Vorsichtsmaßnahmen. Reine Routine.«

»Wird das länger dauern?«, fragt der Deputy und trinkt einen Schluck aus dem Styroporbecher. Ich wusste nicht, dass die noch hergestellt werden: In New York City gibt es nur noch Pappbecher.

»Sie ist erschöpft, Joe, das sehen Sie doch. Nach den Tests muss sie sich ausruhen.« Er öffnet schon den Mund, um zu protestieren, aber sie ist noch nicht fertig. »Ihre Aussage hat noch Zeit. Ich rufe Sie sofort an, nachdem sie ein Nickerchen gemacht hat.«

Das MRT ist eine enge Röhre, ein Kunststoffsarg, wo ich ganz still liegen, mich tot stellen soll. In dem leeren Raum und dem Brummen der Maschine fangen meine Gedanken an umherzuschweifen und landen bei anderen engen Räumen, bei Toten, und plötzlich wird mir ganz kalt. Ist *er* hier? Liegt er auch in einem beengten Raum, irgendwo im Keller dieses Gebäudes? Ich frage mich, wie viele Schichten aus Stahl und Beton uns trennen. Wie leicht hätte auch ich im Untergeschoss dieses Krankenhauses landen können!

»Bitte, Sie dürfen sich nicht bewegen«, bemerkt eine Stimme aus dem Off. Das ist kein Vorwurf, sondern nur eine sachliche Feststellung mit leicht schepperndem Klang.

Wie soll ich erklären, dass mich erzwungene Reglosigkeit nur daran erinnert, wie nahe ich der ewigen Ruhe gekommen bin? Dass das Heben und Senken meines Brustkorbs, meine brennende Lunge und meine schmerzende Kehle Zeichen dafür sind, dass ich noch lebe?

Danach warte ich im Rollstuhl darauf, dass der nächste Arzt mir den neuen Status meines Körpers meldet.

»Alles gut«, versichert er mit der Begeisterung eines Coachs, der mich am Ende eines zermürbenden Zehnkampfs aus Tests erwartet hat. »Keine Gehirnerschütterung, aber sicherheitshalber möchten wir Sie über Nacht hierbehalten. Nur zur Beobachtung.«

Diesmal stelle ich keine Fragen, sondern akzeptiere die Entscheidung, weil ich nicht weiß, wie diese Beobachtung aussehen soll. Ich füge mich in alles, was da kommen mag. Shelley übernimmt wieder die Kontrolle über meinen Rollstuhl und schiebt mich zu meinem nächsten Termin, wo man mir kühles Gel auf die Haut schmiert und mich an Elektroden und eine Maschine anschließt. Vielleicht sitzen hinter einer Glasscheibe ein, zwei Ärzte, beobachten gezackte Linien und Signale von den Maschinen und schließen daraus, was in mir geschieht. Für sie bin ich nur zittrige Linien auf Millimeterpapier.

»Ist *das* der Beobachtungsraum?«, frage ich Shelley, als sie mich in ein ganz normales Krankenzimmer fährt. »Aber ja, Schätzchen. Haben Sie vielleicht erwartet, dass wir Sie in einen Raum voller Medizinstudenten bringen?«, lacht sie und hilft mir vom Stuhl ins Bett. Ich schweige, weil ich nicht zugeben will, dass mein erschöpftes Hirn sich tatsächlich noch etwas Spektakuläreres vorgestellt hat.

Als ich im Bett liege, deckt sie mich zu. »Sie ruhen sich jetzt ein bisschen aus. Wenn Sie etwas brauchen, drücken Sie den Knopf hier, ansonsten schauen wir alle paar Stunden nach Ihnen.«

Bevor sie geht, legt sie mir zwei ovale Tabletten in die Hand. »Was ist das?«, erkundige ich mich.

»Etwas gegen die Schmerzen. Runter damit«, fügt sie hinzu und reicht mir ein Glas Wasser. Ich begrüße jegliche Möglichkeit zu vergessen, obwohl der Weg zum Shangri-La hier das Schlucken von zwei Pillen und Wasser erfordert, was sich anfühlt, als würde ein Stacheldrahtknäuel meine Kehle hinunterrutschen, und einen Hustenanfall bei mir auslöst.

»Sind Sie sicher, dass da niemand ist, den wir für Sie anrufen können?«, fragt Schwester Chandlers und verharrt auf der Türschwelle.

Lächelnd schüttle ich den Kopf. »Nein, aber das ist schon okay, Schw– ... Shelley.«

»Na gut. Schlafen Sie gut, Schätzchen.«

»Shelley?«

»Ja?«

»Könnten Sie das Licht anlassen?«

Sie fragt nicht nach, sondern nimmt nur ihren Finger vom Schalter. »Wenn Sie mich brauchen, drücken Sie auf den Knopf«, sagt sie noch, bevor sie die Tür hinter sich zuzieht.

Ich rutsche unter die Decke, bis ich vollkommen darunter verschwunden bin. In der Wärme und im frischen Duft nach Waschmittel spüre ich, wie die Pillen wirken. Mein Geist führt mich zurück zum Haus, ich stelle mir vor, wie ich es besuche, wenn all dies hier vorbei ist. Ich bin jetzt ein Teil von ihm. Mein Blut rinnt durch die Rohre, ist durch den Teppich bis in die Holzdielen gesickert und auf ewig mit dem Gebäude verbunden. Ich bin ein Geist, von dem keiner der zukünftigen Gäste dieses Hauses etwas ahnt. Während ich mich an diese Vorstellung klammere, schwindet das Adrenalin, und ich löse mich in nichts auf.

# 70 VERITY

Ich sitze aufgestützt auf mehreren Kissen im Bett, während Deputy Wilcox den unbequem aussehenden Lehnstuhl im Zimmer besetzt. Er balanciert auf der harten Holzkante, weil er wohl befürchtet, dass er nie wieder aufstehen kann, wenn er sich erst mal zurückgelehnt hat. Hinter ihm steht ein junger Officer und verlagert sein Gewicht nervös von einem Fuß auf den anderen. Beide beobachten, wie ich das Stück Papier in meinen Händen falte und biege und Formen erschaffe, die vorher nicht da waren. Langsam erinnere ich mich wieder, obwohl ich dieses spezielle Faltmuster schon ein paar Jahre nicht mehr versucht habe.

Während diese beiden uniformierten Männer mich beobachten, sehe ich, dass sie mich als Opfer betrachten, sehe ihr Mitleid – doch an ihren fragend gefurchten Mienen erkenne ich auch eine Frage, die sie sich nicht stellen dürften, die sich ihnen aber aufdrängt: Womit hat sie ihn provoziert?

»Verzeihung, wir haben keine weiblichen Beamten«, sagt Deputy Wilcox.

Im Zimmer riecht es durchdringend nach Pinien und nach Krankenhaus: Desinfektionsmittel und alte Menschen.

»Fühlen Sie sich gut?«, erkundigt er sich. Ich weiß nicht, ob das eine allgemeine Frage zu meinem körperlichen Zustand sein soll, der offizielle Beginn meiner Befragung oder eine Bemerkung zu meiner neuen Haarlänge. Als ich nach ein paar Stunden aus einem unruhigen Schlaf erwachte, schleppte ich mich mühsam ins Bad und sah mich im summenden

Neonlicht im Spiegel: ein Mädchen mit dunklen Schatten unter den Augen, aufgeplatzter Lippe und lila Halsband von seinen Fingern an meiner Kehle. Ein verhärmtes Gesicht, umrahmt von schlaffen Haarsträhnen, die mir bis auf die Brust fielen.

Shelley brachte mir die Schere, um die ich gebeten hatte. Zuerst zögerte sie – ich brauchte ein paar Sekunden, um den Grund zu erkennen. Dann sagte ich, sie könnte ruhig bleiben und zusehen, wenn sie sich dann wohler fühlte. Also blieb sie.

»Soll ich das für Sie übernehmen, Schätzchen?«

Ich schüttelte den Kopf.

Eine Strähne nach der anderen schnitt ich auf Schulterlänge ab, spürte, wie ihr Gewicht von mir abfiel, während sie sich zu meinen Füßen sammelten. Ich schnitt mir den geraden Pony aus meiner Teenagerzeit und nahm wieder das Leben auf, das ich unterbrochen hatte, um Wendy zu rächen. Nachdem das erledigt war, starrte ich so lange auf das neue Ich im Spiegel, bis es wieder zu meinem alten Ich wurde: Vee, die in mir geschlummert hatte und nun wiedererwachte, die in meine Haut schlüpfte, die Hände ballte und streckte, meine Lunge füllte und sich von Neuem mit ihrem Körper vertraut machte. Als ich aus dem Bad trat, ließ ich Ellie im Spiegel zurück: eine Rolle, die ich eine Zeit lang übernehmen musste und die nun überflüssig geworden war.

Doch ich irrte mich.

Bevor Deputy Wilcox noch etwas sagen kann, unterbricht leises Klopfen die Stille, und Shelley kommt mit zwei Bechern Kaffee herein. Einen stellt sie auf den Nachttisch, den anderen reicht sie dem Deputy.

»Danke, Shelley. Sie sind die Beste.« Er grinst sie an, doch sie verdreht erst die Augen, bevor sie zurücklächelt. Ich senke den Blick, weil ich das Gefühl habe, unbeabsichtigt Zeugin einer intimen Szene geworden zu sein.

Sie geht mit diesem Kompliment und hinterlässt erneut eine Stille, die sich am Fußende meines Bettes platziert, als bräuchten die Officer und ich eine Art Übersetzer. Ich tausche das Origami gegen den Kaffeebecher, umfasse ihn mit beiden Händen und spüre, wie die heiße Keramik an meinen Fingerspitzen brennt, während ich den nötigen Mut sammle, um mich den Fragen des Polizisten zu stellen. Meine Gedanken schweifen zu den letzten zwei Tagen, zum Morgen, zu den Details, die meine Geschichte ausschmücken.

»Haben Sie gut geschlafen?«, fragt Wilcox in dem Versuch, Konversation zu betreiben.

Dabei signalisiert er mir mit seinem Lächeln, dass alles wieder gut wird. Er wird mich auf dem Weg zur Heilung führen und meine Hand halten, sollte ich über einen schmerzlichen Moment, ein quälendes Detail stolpern. Er wird mir zur Seite stehen, wenn meine Worte mich innerlich zerreißen, er wird mir alle Zeit geben, die ich brauche, um mich wieder zu fassen und fortzufahren. Ich sehe, wie ich in seinen Augen wirke: wie ein zerbrechliches Mädchen, das einen furchtbaren Albtraum durchlitten hat und nicht unbeschadet davongekommen ist.

Ich nicke, doch es stimmt nicht: Trotz der Tabletten habe ich sehr schlecht geschlafen. Jedes Mal wenn mein Geist in der Stille des Schlafs versinken wollte, riss mich ein Geräusch wieder an die Oberfläche. Aber es war nicht das, mit dem ich gerechnet hatte, nicht das Schnappen eines Seils, das von einem fallenden Körper straff gezogen wird. Stattdessen hörte ich brechende Knochen, das Echo von jenem Nachmittag, als wir am Strand die Möwe in der Falle sahen – nur lauter: das Krachen eines Körpers, der in einen unmöglichen Winkel gestaucht wurde, weil er aus fünf Meter Höhe auf Marmorboden aufgeschlagen war. Bis zum Ende wollte Steven noch einen Rest Kontrolle behalten, hatte das Seil verschmäht, das ich für ihn geknüpft hatte, und seine eigene Todesart gewählt. Wenn ich jetzt die Augen schließe, höre ich dieses Geräusch so klar und deutlich wie beim ersten Mal in jener Nacht.

Da war mir klar geworden, dass es vorbei war. *Vorbei. Endgültig vorbei.* Ich hatte aufgeatmet. Und während die Luft aus meiner Lunge strömte und sich brennend einen Weg durch meine Luftröhre bahnte, erkannte ich, dass ich schon sehr lange den Atem angehalten hatte, im Grunde seit dem Tag in der öffentlichen Bibliothek in New York, als seine Finger unter dem Faltenrock einer Schuluniform verschwunden waren. All das atmete ich mit aus. Auch die Spannung der letzten Tage strömte sturzartig aus mir heraus, Tränen liefen über mein Gesicht und tropften auf meinen Pullover. Ich presste mich an die Wand und schlang mir trotz der Schmerzen an meiner Wunde die Arme um die Brust, so fest, dass ich mit den Fingerspitzen meinen Rücken berührte. Ich tröstete mich in meiner eigenen Umarmung, obwohl ich mich nach der eines anderen Menschen sehnte. Schluchzend stieß ich Gefühle und Schmerzen aus, und mit ihnen die Dunkelheit, ich reinigte mich. Als Deputy Wilcox mich fand, wartete er, bis das Schluchzen verebbte, das Zittern meines Körpers aufhörte, und sagte erst dann, es sei schon gut, es werde alles wieder gut werden. *Ich weiß*, wollte ich sagen, konnte es aber nicht.

»Miss ... Miss Masterson, ist alles in Ordnung?« Deputy Wilcox' besorgte Frage katapultiert mich zurück in die Gegenwart. Sein Hintern schwebt über der Sitzfläche des Stuhls, während sein jüngerer Kollege mich mit dem Blick eines verstörten Tiers anschaut.

Am liebsten würde ich ihnen sagen, dass Steven mich am vorigen Abend besucht hat und genau an dem Stuhl stand, auf dem Wilcox jetzt sitzt. In meiner Vision waren durch die Schlitze der Jalousien Sonnenstrahlen gefallen, die meinen Blick zu ihm lenkten. Jemand hatte unbemerkt das Licht ausgemacht. Ich starrte ihn an, aber mein Puls blieb völlig ruhig. Wir nehmen unsere Geister immer mit, daher war mir klar, dass er irgendwann auftauchen würde. Er hatte die Arme verschränkt und schaute mich mit zur Seite geneigtem Kopf hohläugig an. Irgendwann dämmerte mir, dass sein schräg gelegter Kopf und sein zur Seite gebogener Hals von der gebrochenen Wirbelsäule rührten, die unter seiner Haut hervorstand. Er machte mir keine Angst. Er war wie Ellie, ein Geist aus meiner Vergangenheit, von dem ich mich verabschieden musste. Er war schuldig. Es war ganz gleich, ob er Wendy an jenem Tag am Cypress Point mit seinen Händen oder seinen Worten über die Klippe gestoßen hatte. So oder so war er dafür verantwortlich.

Ich signalisiere dem Deputy, dass er sich wieder setzen kann. Wische mir mit dem Handrücken die Tränen aus dem Gesicht, ziehe die Mundwinkel hoch – um zu zeigen, dass es mir gut geht – und trinke einen Schluck Kaffee.

»Miss Masterson?«

»Bitte nennen Sie mich doch Ellie.«

Ich brauche sie doch noch. Denn nachdem ich Ellie im Bad zurückgelassen hatte, ging ich wieder ins Bett, nippte an einem Glas Wasser und dachte nach. Meine Gedanken wanderten aus dem Krankenhaus zurück in die Stadt, wo meine Wohnung darauf wartet, geräumt zu werden, wo ich die NYU anrufen muss, um zu erklären, wieso ich mein Studium abbrechen muss und Zeit brauche, um mich zu erholen. Ich fragte mich, wie viele Zeitungen vom Tod Steven Hardings berichten würden, dem

Sohn des berühmten Professors Stewart Harding, und von seinem Missbrauch, den er während fast seiner gesamten Zeit als Lehrer systematisch betrieb. Wenn die Wahrheit endlich ans Licht kommt, werden sie sich melden. In meiner Vorstellung haben sie alle ihr Gesicht und ihren Namen – Wendy. Eine Heerschar verlorener Mädchen, die mit zerstörter Seele entkommen, doch immer noch am Leben sind. Endlich werden sie ihre Geschichten erzählen und Steven immer stärker belasten. Bei diesem Gedanken wurde mir ganz warm ums Herz. Doch da hörte ich durch die offene Tür Stimmen zu mir dringen, irgendeine Unterhaltung im Hintergrund, bis mich allzu vertraute Worte aus meinem Tagtraum rissen.

»Schrecklich, einfach schrecklich. Gerade mal fünfzehn. Nicht zu fassen. Du hättest sie sehen sollen.«

»Was ist denn passiert?«

»Sie kann sich nicht erinnern. War betrunken, vielleicht auch unter Drogen gesetzt. Wir warten noch auf die Ergebnisse der Blutprobe. Als sie mit ihr fertig waren, haben sie sie einfach draußen auf dem Rasen liegen lassen.«

»Mein Gott.« In meiner Vorstellung bekreuzigte sich die Schwester in der kurzen Pause, die darauf folgte.

Steven ist tot, aber nichts hat sich geändert. Es sind noch andere da, die darauf warten, sich auf junge Mädchen zu stürzen, sie aus ihrer Kindheit zu reißen und sie einfach wegzuwerfen, wenn sie mit ihnen fertig sind. Und sie kommen damit durch.

Ellie ist noch nicht fertig.

»Ich bin bereit«, erkläre ich mit heiserer Stimme, die noch brüchig ist durch die Schwellung meiner Stimmbänder.

»Vielleicht sollten Sie dann Ihre Aussage zu Protokoll geben. Was meinst du, Joe?« Zum ersten Mal meldet sich der jüngere Deputy zu Wort. Seine raue Stimme passt gar nicht zu seiner schlaksigen Gestalt, er klingt, als wäre sein Körper von einem Geist besessen, der vierzig Jahre lang geraucht hat.

Bei diesem Vorschlag spannt sich jeder Muskel in meinem Körper an. Noch bevor Deputy Wilcox etwas sagen kann, schüttle ich den Kopf und ignoriere die stechenden Schmerzen an meinem Hals. Jetzt ist nicht der Zeitpunkt, etwas auf Papier aufzuschreiben, die Worte müssen aus mir, aus meinem Körper heraus. Sie müssen erst mal in die Luft, bevor sie Seiten füllen.

Von seinem Stuhl aus betrachtet Deputy Wilcox mich und meine Bitte, weil er sich wohl fragt, ob ich stark genug bin. Wir alle warten auf seine Entscheidung.

»Dann erzählen Sie uns mal mit Ihren eigenen Worten, was passiert ist. Lassen Sie sich Zeit«, fügt er hinzu. Aber ich brauche nicht mehr Zeit. Jetzt nicht mehr.

Mit geschlossenen Augen hole ich tief Luft und sehe alles wieder vor mir. Ich liege auf dem Boden der Galerie, höre in der Ferne die Sirenen und spüre mit jedem Atemzug, wie meine Kehle brennt.

*Versprichst du es?*, fragte Steven. Das waren seine letzten Worte.

Meine Kehle war wund, jedes Wort eine Nadel, die in weiches Fleisch gestochen wurde. Daher besiegelte ein schlichtes Nicken unsere Abmachung, bevor er zum Geländer ging und sich der Schwerkraft ergab.

*Versprichst du es?* Aber mir kommen drei weitere Worte in den Sinn.

*Nur wir zwei.*

Ich öffne die Augen.

»Wahrscheinlich fing alles damit an, dass ich auf dem Computer meines Freundes ein paar verräterische E-Mails und verstörende Bilder fand.«

Nach dem heutigen Tag wird ganz New York meinen Namen und meine Geschichte kennen, aber unser altes Haus in Monterey wird mir ein Zuhause und Anonymität gewähren. Einen Ort, wo ich mich wieder zusammenflicken kann, doch wer bin ich jetzt eigentlich? Obwohl das Haus leer ist, wartet jemand auf mich. Ich kann sie besuchen und ihr endlich mitteilen, dass es vollbracht ist. Auf dem Nachttisch steht eine perfekt gefaltete Lotusblüte. Wendy. Ihr Name schmerzt mich. Vielleicht wird sie durch all dieses friedlicher ruhen, doch für mich gibt's keine Ruhe. Nicht solange da draußen noch so viele Stevens herumlaufen. Derselbe Mann mit unterschiedlichen Gesichtern. Ich weiß jetzt, wonach ich suchen muss, was sie wollen, wo ich sie finde und wie ich mit ihnen umgehen muss. Bei meiner Vorbereitung für Steven habe ich viel Recherche betrieben. Männer haben ihre Verbrechen unter so verdrehten Geschichten versteckt, dass sie kaum noch zu erkennen waren. *Sie hat zwar »Nein« gesagt, aber ihre Augen meinten »Ja«. Das blaue Auge hat sie, weil sie gegen eine Schranktür gelaufen ist. Sieh dir nur an, wozu du mich gebracht hast! Sie hat sich mir an den Hals geworfen.* Aber ich kann mich so tarnen, dass ich auch nicht mehr zu erkennen bin. Ich kann mich ihnen nähern, mich in ihr Leben und ihr Bett schleichen – alles nur, damit nicht noch eine Wendy von der Klippe stürzt. Der Kaffee schmeckt bitter. Ellie und Verity existieren nebeneinander, weil es notwendig ist – und vielleicht auch, weil ich sie nach alldem gerne um mich habe. Ich trinke noch einen Schluck und lächle.

## ANMERKUNG DER AUTORIN

Den Tag, an dem #MeToo durch Twitter fegte, habe ich noch genau in Erinnerung. An diesem Tag gab es nicht eine einzige unter meinen Freundinnen, die nicht auch so etwas erlebt hatte. Ihre Geschichten erschienen in meinem Feed; traumatische Erfahrungen, oft in Isolation, und nun mit zwei Worten zusammengefasst: Me Too. Plötzlich waren wir nicht mehr allein. Der Mut und die Solidarität an diesem Tag halfen mir, auch meine Geschichte preiszugeben.

Dieser Roman ist zum Teil von meiner und der Erfahrung anderer Frauen inspiriert, die Opfer sexueller Übergriffe wurden. Wie Wendy war ich als Teenager geschmeichelt von der Aufmerksamkeit eines älteren Mannes. Glücklicherweise führte das Ganze nicht so weit wie bei ihr, doch wie Wendy fühlte ich mich zutiefst gedemütigt, und als es endete, war ich überzeugt, dass ich irgendetwas falsch gemacht oder ihn zu irgendetwas verführt hätte. Ich brauchte fünfundzwanzig Jahre, bis ich es meiner Mutter erzählen konnte – nicht weil ich befürchtete, sie würde mir nicht glauben, sondern weil ich vor Scham wie gelähmt war. Es war wichtig für mich, Wendys Geschichte zu erzählen: Damit wollte ich mir und anderen Frauen vor Augen führen, dass wir nicht allein sind und dass es nicht unsere Schuld ist.

Ich konnte diesen Roman nicht beenden, ohne einige Organisationen zu nennen, an die Menschen sich wenden können, denen Ähnliches widerfahren ist. Dies sind entsprechende Adressen im deutschsprachigen Raum:

https://weisser-ring.de/vergewaltigung, Allgemeine Opferberatung, auch bei Vergewaltigung.

https://lgbt-helpline.ch, Hilfetelefon für LGBT+ Menschen mit Gewalterfahrung.

https://hilfetelefon.de, Unterstützung für Frauen, die Gewalt erfahren haben (sexuell oder weitere Formen der Gewalt).

www.hilfe-portal-missbrauch.de. Das Hilfe-Portal Sexueller Missbrauch unterstützt Menschen, die in ihrer Kindheit oder Jugend sexuelle Gewalt erlitten haben.

Wenn Sie helfen wollen, können Sie für die oben genannten Organisationen spenden. Wichtiger jedoch ist es, dazu beizutragen, einen geschützten Raum zu schaffen, in dem Frauen sich offenbaren und von ihrer Vergewaltigung oder anderen sexuellen Übergriffen erzählen können. Das setzt als Erstes voraus, Frauen zu glauben, wenn sie ihre Geschichten erzählen, und Opfern niemals die Schuld an dem zu geben, was ihnen widerfahren ist.

Und die Männer, die diesen Opfern helfen wollen, bitte ich, nicht zu schweigen, wenn sie mitbekommen, dass andere Männer Frauen verbal belästigen oder körperlich bedrängen. Wir alle sind dafür verantwortlich, dass die Gesellschaft, in der wir leben, besser wird.

# DANK

Ich liebe die Danksagungen in Büchern. Als angehende Autorin habe ich im Laufe der Jahre bestimmt hundert Danksagungen im Kopf entworfen, aber nie wirklich daran geglaubt, dass ich eines Tages wirklich eine für ein veröffentlichtes Buch schreiben würde. Doch jetzt ist es so weit. Zunächst einmal würde es diesen Dank nicht ohne meine wunderbare Agentin Juliet Mushens geben. Juliet hat meine Einsendung von ihrem Eingangsstapel genommen und damit meinen Traum Wirklichkeit werden lassen. Seit unserer ersten Begegnung hat sie mir mit unglaublicher und nie nachlassender Leidenschaft und Energie zur Seite gestanden. Mittlerweile lebe ich nach der Regel: Wenn Juliet nicht besorgt ist, bin ich es auch nicht. Ich bin ihr auch sehr dankbar, dass sie meine Liebe zu Leopardenmustern zu schätzen weiß.

Zu meiner Begeisterung ist *Nur du und ich* bei Penguin Michael Joseph untergekommen. Ich danke dem ganzen Team, das sich mit diesem Buch beschäftigt hat. Es war geradezu traumhaft, mit einer Lektorin wie Clio Cornish zu arbeiten, die dieses Buch und die Figuren von Anfang an verstanden hat. Mit Hingabe und Scharfsinn hat sie die Geschichte von Ellie und Steven zu der geformt, die sie heute ist. Ich habe auch deshalb sehr gerne mit ihr gearbeitet, weil sie mich immer wieder aus meiner Komfortzone lockte, um die bestmögliche Version dieses Buches zu erzielen.

Ich danke meinem Redakteur David Watson, weil er mir seine grammatikalische Expertise zum Thema *missverständliche*

*Modifikatoren* zuteilwerden ließ und mich daran erinnerte, nicht die Kommata zu vergessen.

Es mag ein Klischee sein, aber der Teufel steckt im Detail. Daher gilt großer Dank meinem Lektor Wes Miller bei Grand Central Publishing. Er half mir, mit vielen kleinen Details die richtige Atmosphäre für einen in den USA angesiedelten Roman zu schaffen. Sein Wissen über New York und das amerikanische Bildungssystem war von unschätzbarem Wert.

Ein besonderer Dank gilt den beiden Jens: Jen Breslin für ihre wirklich genialen Marketingfähigkeiten. Von ihr stammt der perfekte Slogan, der Ellie und Steven zum *abgefucktesten Pärchen des Jahres 2022* erklärt. Und niemand kann es mit Jennifer Harlow aufnehmen, wenn es darum geht, für *Nur du und ich* zu werben.

Ich danke auch Lauren Wakefield und Joe Mills für ihr perfektes Titelbild zu Ellies und Stevens Geschichte.

Ich kann mich glücklich schätzen, dass unzählige Menschen mich beim Schreiben unterstützt haben. Besonderen Dank an Philippa Fast, die mir im Laufe der Jahre eine kritische, aber konstruktive Partnerin war und mich mit ihrem Enthusiasmus und Scharfsinn oft von lähmenden Zweifeln erlöste. Dank auch an Joanna Barnard, die mir großzügig ihre Zeit schenkte und mich mit wohlüberlegten Anmerkungen bereicherte. Nicht vergessen darf ich meine ersten Leserinnen Anna, Kathryn und Danielle, die mir mit ihrem Feedback halfen, einen frühen Entwurf dieser Geschichte auszuformen.

Des Weiteren danke ich meiner Dozentin Marina Kemp für ihre Unterstützung und dass sie mich auf meine Schwäche für Zeugmata aufmerksam gemacht und mir Edward St Aubyns Trilogie über Patrick Melrose empfohlen hat.

Ich stehe auf den Schultern der Schriftstellerinnen, die vor mir geschrieben haben. Ihre Romane zeigten mir, dass Protagonistinnen Schwächen und Untiefen haben dürfen und doch die Heldinnen ihrer eigenen Geschichten sein können: Emily Brontë, Sylvia Plath, Sarah Waters, Emily Dickinson und insbesondere Gillian Flynn. Ich bin dankbar für ihre Geschichten und die nie versiegende Quelle der Motivation und Inspiration.

Ohne meine Mutter wäre ich nicht, wo ich jetzt bin. Mum, du hast mir mein erstes Buch ohne Bilder gegeben (*Sophie und andere Katastrophen* von Sophie de Ségur) und damit meine Liebe zum Lesen und Geschichtenschreiben geweckt. Seit ich acht Jahre alt war, hast du daran geglaubt, dass auch ich eines Tages ein Buch veröffentlichen würde (sorry, dass es so lange gedauert hat). Du hast lange vor mir geglaubt, dass ich Schriftstellerin bin.

Mein Dank gilt auch der wunderbaren Autorencommunity für ihre Unterstützung: Schriftstellerkollegen, 2022 Debütanten wie ich und Blogger und Kritiker. Danke für eure Liebe zu Büchern und danke, dass ihr euch Zeit genommen habt, meins zu lesen und zu kommentieren.

Schließlich danke ich allen Lesern, die sich für mein Buch entschieden haben und die, genau wie ich, immer den Dank zuerst lesen. Ich hoffe, ihr genießt diese Geschichte.